colección **eldorado**

John Grisham
EL SOCIO

Otras obras de John Grisham
en esta colección

EL JURADO

John Grisham

EL SOCIO

Traducción de Eva Zimerman de Aguirre
Profesora de la Universidad de Antioquia

GRUPO EDITORIAL NORMA
Barcelona Buenos Aires Caracas Guatemala
Lima México Panamá Quito San José San Juan
San Salvador Santa Fe de Bogotá Santiago

Título original en inglés: *The Partner*
Primera edición en inglés: publicada en 1997 por Doubleday,
una división de Bantam Doubleday Dell Publishing Group, Inc.
1540 Broadway, New York, New York, 10036
© John Grisham, 1997
Reservados todos los derechos

Primera edición en castellano: junio de 1997
© Editorial Norma S.A., 1997
Apartado 53550, Santafé de Bogotá

Derechos reservados para América Latina
Excepto Argentina y el Caribe

Diseño de cubierta: Camila Cesarino Costa

Impreso en Colombia por Printer Colombiana S.A.
Printed in Colombia
Prohibida la reproducción total o parcial de este libro
sin la autorización de la editorial.

Este libro se compuso en caracteres Linotype Electra

CC 24008013
ISBN 958-04-3900-1

A David Gernert
amigo, editor, agente

AGRADECIMIENTOS

Como siempre, me basé en los conocimientos de numerosos amigos mientras escribía este libro, y aquí quiero darles las gracias.
Steve Holland, Gene McDade, Mark Lee, Buster Hale y R.
Warren Moak me prestaron su experiencia y/o buscaron pequeños hechos oscuros. Una vez más Will Denton leyó el manuscri-
to, y una vez más consiguió que el manejo legal fuera preciso.

En Brasil me ayudó Paulo Rocco, mi editor y amigo. Él y su
encantadora esposa Ángela compartieron conmigo su amada Río,
la ciudad más hermosa del mundo.

Ante mis preguntas, estos amigos respondieron con la verdad.
Como de costumbre, los errores son todos míos.

UNO

Lo encontraron en Ponta Porã, un agradable pueblito de Brasil, limítrofe con Paraguay, en una región aún conocida como la Frontera.

Lo encontraron viviendo en una sombreada casa de ladrillo, en la calle Tiradentes, una amplia avenida con árboles por el centro y niños descalzos que pateaban balones de fútbol sobre el pavimento caliente.

Lo encontraron solo, hasta donde se alcanzaban a dar cuenta, aunque una criada entraba y salía a horas diferentes durante los ocho días en que lo vigilaron escondidos.

Lo encontraron viviendo una vida cómoda, aunque nada lujosa, en verdad. La casa era modesta y podría pertenecer a cualquier comerciante local. El automóvil era un Volkswagen escarabajo, modelo 1983, fabricado en São Paulo junto con un millón más. Era rojo y lo mantenía limpio, bien brillado. En la primera instantánea que le tomaron estaba encerándolo detrás del portón, en su pequeño garaje.

Lo encontraron más delgado, con mucho menos de los ciento cuatro kilos que cargaba cuando fue visto por última vez, y con el pelo y la piel más oscuros. Le habían puesto el mentón más cuadrado y la nariz más afilada. Cambios sutiles en el rostro. Le habían dado un buen soborno al cirujano de Río que se había encargado de alterarle las facciones hacía dos años y medio.

Lo encontraron cuatro años después de una búsqueda tediosa pero diligente; cuatro años de callejones sin salida, pistas falsas y caminos perdidos; cuatro años de echar dinero bueno en un barril sin fondo, dinero bueno en pos del malo, al parecer.

Pero lo encontraron. Y esperaron. Al principio sintieron la tentación de agarrarlo de inmediato, drogarlo y sacarlo de contrabando a una casa segura en Paraguay, llevárselo antes de que él los viera o de que un vecino comenzara a sospechar. La emoción inicial del hallazgo los hizo considerar la posibilidad de un golpe rápido, pero después de dos días se calmaron y se dedicaron a esperar. Se mantenían en diversos lugares, por la calle Tiradentes, vestidos como los lugareños, tomando té a la sombra, sacándole el cuerpo al sol, comiendo helado, hablando con los niños, vigilando su casa. Lo siguieron cuando bajó en auto al centro, de compras, y luego le tomaron fotografías desde la acera del frente, cuando salía de la farmacia. Pasaron muy cerca de él en una frutería y lo oyeron hablándole al vendedor. Excelente portugués, con un acento levísimo, como el de algún norteamericano o alemán que hubiera estudiado el idioma con juicio. En el centro anduvo recogiendo mercancías, luego regresó a su casa, y desapareció en ella luego de cerrar con candado el portón. Su breve viaje de compras dio como resultado una docena de buenas fotos.

En su vida anterior le gustaba trotar, si bien durante los meses previos a la desaparición su kilometraje disminuía a medida que el peso aumentaba. Ahora que estaba al borde de la inanición, no los extrañaba verlo correr otra vez. Salió de su casa, cerró la puerta tras de sí, y emprendió un trote lento por la acera de la calle Tiradentes. Cinco minutos y medio gastó en el primer kilómetro, allí donde la carretera era recta y las casas se espaciaban. En las afueras del pueblo se acababa el pavimento y comenzaba el camino destapado. En la mitad de su tercer kilómetro aumentó el paso a cinco minutos por kilómetro, y Danny Boy se dio una buena sudada. Era un mediodía de octubre, la temperatura alcanzaba casi los 27 grados centígrados, y Danny ganaba velocidad a medida que se alejaba del pueblo; pasó frente a una pequeña clínica atestada de madres jóvenes y a una capilla construida por los bautistas. Los caminos se volvieron más polvorientos cuando enfiló hacia el campo, a poco más de cuatro minutos por kilómetro.

Correr era para él un asunto serio, cosa que a ellos los alegraba enormemente. Danilo acabaría por caer entre sus brazos corriendo.

◇

El día después de haberlo visto por primera vez, un brasileño de nombre Osmar alquiló una cabaña desaseada en las afueras de Ponta Porã, y al poco tiempo llegó el resto del grupo de búsqueda. Este se componía por partes iguales de norteamericanos y brasileños. Osmar daba las órdenes en portugués mientras Guy vociferaba en inglés. Osmar, que se defendía en ambos idiomas, se había convertido en el intérprete oficial del grupo.

Guy, uno de esos individuos que han sido empleados oficiales, provenía de Washington. Lo habían contratado para encontrar a Danny Boy, como fue apodado Danilo. Guy era considerado como un genio en algunos niveles y como un hombre de inmensos talentos en otros, y su pasado era un hueco negro. Ya estaba bien avanzado el quinto de sus contratos, de un año de duración, para encontrar a Danny Boy, y recibiría una buena bonificación si lograba agarrarlo. Sin embargo, y aunque no se le notaba, Guy había ido derrumbándose lentamente por el hecho de no haberlo hallado.

Cuatro años, tres y medio millones de dólares, y nada que mostrar.

Pero ahora, por fin, habían dado con él.

Osmar y su banda de brasileños no tenían ni la menor idea de cuáles habían sido los pecados de Danny Boy, pero cualquier tonto se daría cuenta de que había desaparecido llevándose un camionado de dinero. Y aunque sentía gran curiosidad, había aprendido a no hacer preguntas. Guy y el resto de los norteamericanos no decían una palabra sobre el asunto.

Ampliaron las fotos de Danny Boy a ocho por diez y las pegaron a lo largo de un muro de la cocina de la cabaña desaseada, donde fueron estudiadas por una serie de hombres sombríos de ojos duros, que fumaban uno tras otro cigarrillos fuertes, y movían la cabeza de lado a lado mientras las observaban. Hablando en voz baja entre sí, comparaban las fotos nuevas con las viejas, procedentes de su vida anterior. Un hombre más bajo, mentón raro, nariz diferente. Tenía el pelo más corto y la piel más oscura. ¿Sí sería él?

Hacía diecinueve meses, ya habían pasado por las mismas en Recife, en la costa nororiental, cuando alquilaron un apartamento y estuvieron observando otras fotografías que habían pegado en uno de los muros, hasta que tomaron la decisión de agarrar al norteamericano y examinar sus huellas digitales. Huellas equivocadas. Norteamericano equivocado. Le metieron más droga y lo abandonaron en una cuneta.

Tenían miedo de hurgar demasiado hondo en la vida actual de Danilo Silva. Si en realidad era su hombre, tendría una buena cantidad de dinero. Y el dinero en efectivo solía hacer milagros con las autoridades locales. Durante varias décadas, el dinero le había asegurado la protección a los nazis y demás alemanes que habían llegado a escondidas hasta Ponta Porã.

Osmar deseaba agarrarlo. Guy decía que debían esperar. Al cuarto día desapareció, y en la cabaña desaseada reinó el caos durante treinta y seis horas.

Lo vieron salir de la casa en el escarabajo rojo. Iba de prisa, según el informe. A toda velocidad recorrió el pueblo hasta llegar al aeropuerto; en el último minuto se montó en un avión de corto vuelo, y se marchó. Su auto quedó en el único aparcadero del lugar, que fue vigilado cada segundo de cada hora. El destino final del avión era São Paulo, luego de cuatro escalas intermedias.

Entonces decidieron entrar en su casa y requisarlo todo. Tenía que haber documentos. Forzosamente tendría que atender los asuntos de dinero. Guy soñaba con encontrar extractos bancarios, informes de transferencias, resúmenes contables, toda suerte de papeles organizados en un portafolio que los llevaría de manera directa al dinero.

Pero sabía que no hallarían nada. Si Danny Boy huía por causa de ellos, jamás dejaría evidencia tras de sí. Y si este era en realidad el hombre, su casa estaría equipada con un excelente sistema de seguridad. Donde quiera que se hallara, lo más probable era que Danny Boy supiera en qué momento abrían su puerta o su ventana.

Esperaron, maldiciendo y discutiendo, y se pusieron aún más tensos por la presión. Guy hizo su llamada diaria a Washington, que esta vez fue muy desagradable. Vigilaban el escarabajo rojo. Cada aterrizaje los hacía sacar los binóculos y los teléfonos celulares. Seis vuelos el primer día. Cinco el segundo. En la cabaña desaseada comenzó a hacer mucho calor y los hombres se acomodaron en el corredor: los norteamericanos hicieron la siesta bajo un delgado árbol umbrío en el patio trasero, y los brasileños jugaron cartas adelante, junto a la cerca.

Guy y Osmar salieron luego a dar una vuelta en automóvil, y juraron agarrarlo si alguna vez regresaba. Osmar confiaba en que lo haría. Lo más seguro es que hubiera salido sólo para un viaje de negocios. Debían agarrarlo y tomarle las huellas, y si resultaba ser el hombre equivocado, simplemente arrojarlo a una cuneta y salir corriendo. Ya lo habían hecho antes.

El quinto día volvió. De nuevo animados, lo siguieron de regreso a la calle Tiradentes.

◇

Al octavo día, la cabaña desaseada quedó vacía pues los brasileños y los norteamericanos ocuparon sus posiciones.

La carrera era de cerca de diez kilómetros. Los había cubierto todos los días mientras estuvo en esa casa, saliendo casi a la misma hora, con la misma pantaloneta de carreras azul y naranja, unos zapatos de tenis marca Nike bastante usados y medias tobilleras. Pero no llevaba camisa.

El punto perfecto quedaba a cuatro kilómetros de la casa, sobre una colina pequeña, en una carretera destapada, no lejos del lugar donde solía dar la vuelta para regresar. Danilo llegó a la cima de la colina cuando llevaba veinte minutos corriendo, un poco antes de lo programado. Por alguna razón estaba corriendo más rápido. Quizás debido a las nubes.

Justo en la cima de la colina había un auto con un neumático pinchado obstruyendo el camino, con el baúl abierto y un gato que le levantaba la parte trasera. El conductor era un joven corpulento que fingió sorprenderse al ver avanzar al hombre delgado, sudoroso y jadeante hacia la parte alta de la colina. Danilo mermó la velocidad por un instante. Había más espacio hacia la derecha.

–*Bom dia* –dijo el joven corpulento, dando un paso en dirección a Danny.

–*Bom dia* –dijo Danilo, aproximándose al auto.

De pronto, el conductor sacó del baúl una larga y reluciente pistola y se la apretó a Danilo contra la cara. Este se quedó petrificado, con los ojos pegados al arma, la boca abierta y la respiración pesada. El conductor, un hombre de manos gruesas y brazos largos y fornidos, agarró a Danilo por la nuca y lo lanzó con brusquedad hacia el automóvil, en donde fue a estrellarse contra el parachoques. Luego se guardó la pistola en un bolsillo, y con ambas manos lo obligó a doblarse y lo metió en el baúl. Danny Boy luchó y lanzó patadas, pero no había nada que pudiera hacer.

El conductor cerró con fuerza la tapa del baúl, bajó el gato, lo arrojó en la cuneta y emprendió la marcha. Una milla más adelante dobló por un camino destapado y angosto, donde sus compinches lo esperaban ansiosos.

Amarraron a Danny Boy por las muñecas con cuerdas de nilon y le pusieron un trapo negro sobre los ojos; luego lo arrojaron a la parte trasera de una camioneta. Osmar se sentó a su derecha y otro brasileño a su izquierda. Alguien le sacó las llaves de la cartera de velcro que llevaba a la cintura. Danilo no dijo nada cuando la camioneta echó a andar. Sudaba y respiraba cada vez con más fuerza.

Apenas se detuvieron en un camino polvoriento, cerca de una granja, pronunció sus primeras palabras.

—¿Qué quieren? —preguntó en portugués.

—No hable —replicó Osmar en inglés. El brasileño que se encontraba a la izquierda de Danilo sacó una jeringa de una pequeña caja metálica y con destreza la llenó de un líquido potente. Osmar le agarró a Danilo las muñecas por la fuerza y las atrajo hacia sí, mientras el otro le introducía la aguja en la parte superior del brazo. Danilo se puso rígido y se sacudió, pero luego se dio cuenta de que no había remedio, y decidió relajarse mientras la última porción de droga le entraba en el cuerpo. La respiración se le hizo más lenta y la cabeza comenzó a darle vueltas. Cuando el mentón le hubo llegado al pecho, Osmar le levantó la pantaloneta con delicadeza, con el dedo índice derecho, y encontró exactamente lo que esperaba encontrar: piel clara.

Gracias al trote se mantenía delgado, y también bronceado.

Los secuestros eran muy comunes en la frontera. Los norteamericanos eran blancos fáciles. Pero, ¿por qué a él?, se preguntaba Danilo con los ojos cerrados y la cabeza floja. Sonrió mientras caía por el espacio esquivando cometas y meteoros, agarrándose de lunas y atravesando galaxias completas.

❖

Lo metieron a la fuerza debajo de unas cajas de cartón llenas de melones y moras. Los guardias de la frontera aprobaron su paso mediante un movimiento de cabeza, sin levantarse de sus sillas, y al cabo de un rato Danny Boy se encontraba en Paraguay, aunque en ese momento poco le importaba. Rebotaba feliz en el piso de la camioneta, a medida que las carreteras se iban poniendo peores y el terreno más empinado. Osmar seguía fumando un cigarrillo tras otro y de vez en cuando señalaba hacia uno u otro lugar. Una hora después de haberse apoderado de él, llegaron al último recodo del camino. La cabaña estaba situada en una cañada, entre dos colinas pronunciadas, y casi no se veía desde la estrecha carretera. Lo llevaron como si fuera un bulto de harina y lo descargaron sobre una mesa, en un rincón, donde Guy y el perito en huellas digitales se pusieron a trabajar.

Danny Boy roncaba con fuerza cuando le tomaron las huellas de todos los dedos. Los norteamericanos y los brasileños se apiñaron a su alrededor para no perderse ningún detalle. Junto a la puerta había una caja nueva de whisky, para el caso de que este fuera el legítimo Danny Boy.

De pronto, el perito abandonó la habitación y se dirigió a un cuarto en la parte de atrás. Luego de cerrar la puerta con llave, extendió las huellas frescas. Ajustó la luz. Preparó el conjunto maestro, aquellas que Danny Boy había proporcionado libremente cuando era mucho más joven, cuando era Patrick y buscaba ser admitido oficialmente como abogado del estado de Louisiana. Qué raro que les tomaran las huellas digitales a los abogados.

Ambos conjuntos de huellas se hallaban en buen estado, y aunque de inmediato quedó claro que cuadraban a la perfección, las revisó todas con meticulosidad. No tenía prisa. Que esperaran allá afuera. Estaba disfrutando en grande el momento. Al fin abrió la puerta y frunció el ceño ante la docena de caras que lo escrutaban. Luego sonrió.

—Es él —dijo en inglés, y lo aplaudieron.

Guy aprobó el whisky, pero con moderación. Había más trabajo. A Danny Boy, todavía comatoso, le pusieron otra inyección y lo llevaron a una alcoba pequeña, sin ventanas, con una puerta pesada que se cerraba desde afuera. Allí habría de ser interrogado y, de ser necesario, torturado.

Los muchachos que jugaban descalzos al fútbol en la calle estaban demasiado embebidos en su juego para mirar. El llavero de Danny Boy sólo tenía cuatro llaves. Abrieron la pequeña puerta delantera con facilidad y la dejaron abierta. Un cómplice, que venía en un automóvil de alquiler, se detuvo cerca de un árbol grande, cuatro casas más abajo. Otro, en moto, estacionó al otro extremo de la calle y comenzó a juguetear con los frenos.

Si cuando entrara empezaba a sonar alguna alarma, el intruso sólo tendría que salir corriendo y no volverse a dejar ver. Si no sonaba, entonces se encerraría y haría el inventario.

La puerta se abrió sin sirenas. El panel de seguridad de la pared le informaba a quien estuviera mirando que el sistema se encontraba desactivado. Respiró con alivio y se quedó totalmente quieto durante un minuto; luego comenzó a caminar por todas partes. Le quitó el disco duro al computador de Danny Boy y recogió todos los disquetes. Hojeó todos los archivos de su escritorio, pero no encontró más que cuentas normales, algunas ya pagadas, otras pendientes. El fax era barato y estaba fuera de servicio. Tomó fotos de la ropa, los alimentos, los muebles, los estantes de libros y los revisteros.

Cinco minutos después de haber abierto la puerta, una señal

silenciosa se activó en el ático de Danilo, y estableció comunicación telefónica con una firma de seguridad privada a once cuadras de distancia, en el centro de Ponta Porã. La llamada no recibió respuesta, pues el asesor de seguridad que se encontraba de turno se estaba meciendo con suavidad en una hamaca en el patio de atrás. Un mensaje grabado, de la casa de Danilo, informaba a la persona que debía estar escuchando que alguien había entrado. Pasaron quince minutos antes de que algún oído humano se percatara del mensaje. En ese momento el asesor salió corriendo a casa de Danilo, pero el intruso ya se había marchado. Lo mismo que el señor Silva. Todo parecía en orden, incluido el escarabajo, que se hallaba debajo del cobertizo. La casa y el portón estaban cerrados con llave.

Las instrucciones del archivo eran específicas. En caso de alarma, no llamar a la policía. Tratar primero de localizar al señor Silva, y si no se encuentra, llamar a un número en Río. Preguntar por Eva Miranda.

Con una emoción apenas reprimida, Guy hizo su llamada diaria a Washington. Hasta cerró los ojos y sonrió al pronunciar las palabras:

—Es él.

Su voz sonaba una octava más alta.

Al otro extremo hubo una pausa. Luego:

—¿Estás seguro?

—Sí. Las huellas casan a la perfección.

Otra pausa mientras Stephano organizaba sus pensamientos, proceso que por lo general tomaba unas pocas milésimas de segundo.

—¿El dinero?

—No hemos comenzado aún. Todavía está drogado.

—¿Cuándo?

—Esta noche.

—Estaré cerca del teléfono —Stephano colgó, aunque de buena gana se habría quedado hablando unas cuantas horas más.

Guy encontró un lugar sobre un tronco detrás de la choza. La vegetación era densa; el aire, ligero y fresco. Voces tenues de hombres felices subían hacia él. Los padecimientos estaban a punto de concluir.

Se acababa de ganar cincuenta mil dólares adicionales. Encontrar el dinero significaría otra bonificación, y él estaba seguro de lograrlo.

DOS

El centro de Río. En una pequeña y pulcra oficina del décimo piso de un rascacielos, Eva Miranda apretó el teléfono con ambas manos y repitió con lentitud las palabras que acababa de escuchar. La alarma silenciosa había convocado al guardia de seguridad. El señor Silva no se encontraba en casa, pero su automóvil estaba estacionado en la acera y la casa se encontraba cerrada con llave.

Alguien había entrado, había disparado la alarma, y no podía tratarse de un error porque seguía activada todavía cuando el guardia de seguridad había llegado.

Danilo no estaba allí.

Quizás había salido a trotar y había descuidado la rutina. Según el recuento del guardia, la activación de la alarma silenciosa había tenido lugar hacía una hora y diez minutos. Pero Danilo trotaba menos de una hora... Nueve kilómetros y medio a razón de unos cinco minutos por kilómetro, para un total máximo de cincuenta minutos. Sin excepciones. Ella conocía sus movimientos.

Lo llamó a la casa de la calle Tiradentes y nadie respondió. Llamó al número de un teléfono celular que él a veces llevaba consigo, y nadie respondió.

Unos tres meses atrás él había disparado la alarma de modo accidental y ambos se habían llevado un gran susto. Pero una rápida llamada telefónica de Eva había aclarado el asunto.

Danilo tenía demasiado cuidado con el sistema de seguridad como para descuidarse. Significaba demasiado.

Volvió a llamar, con el mismo resultado. Esto tiene que tener una explicación, se dijo.

Marcó el número de un apartamento en Curitiba, una ciudad de millón y medio de habitantes, capital del estado de Paraná.

Hasta donde ellos sabían, nadie conocía ese apartamento. Había sido alquilado bajo un nombre falso y se empleaba como depósito y para encuentros poco frecuentes. En algunas ocasiones pasaban allí fines de semana cortos, no los suficientes para el gusto de Eva.

No esperaba que le contestara nadie en el apartamento, y nadie lo hizo. Danilo no iba allá sin llamarla primero.

Cuando terminó de hacer las llamadas telefónicas, cerró con llave la puerta de su oficina y se recostó contra ella con los ojos cerrados. Apenas si alcanzaban a oírse los asociados y secretarias en el pasillo. La sociedad tenía treinta y tres abogados, y era la segunda de Río, con una sucursal en São Paulo y otra en Nueva York. Los teléfonos, los faxes y los dictáfonos se mezclaban en un ajetreado y distante coro.

A sus treinta y un años de edad, Eva era una curtida abogada, con cinco años como empleada de la empresa. Tan curtida era que trabajaba hasta tarde y venía los sábados. Los dueños eran catorce socios, con sólo dos mujeres. Ella tenía el propósito de hacer cambiar esta proporción. Diez de los diecinueve empleados eran mujeres, evidencia de que en Brasil, como en los Estados Unidos, las mujeres estaban ingresando cada vez más a la profesión. Había estudiado derecho en la Universidad Católica de Río, una de las mejores en su opinión. Su padre seguía enseñando filosofía allí.

Él había insistido en que Eva estudiara derecho en Georgetown, luego de terminar en Río. Georgetown era el *alma máter* del padre. La influencia de este unida a su impresionante hoja de vida, su belleza excepcional y su fluido inglés le ayudaron a encontrar rápidamente un empleo del más alto nivel en una empresa de renombre.

Junto a la ventana hizo una pausa y se dijo que debía tranquilizarse. De pronto, el tiempo se volvía crucial. La siguiente serie de movimientos requería de nervios firmes. Iba a tener que desaparecer. Tenía una reunión dentro de media hora, pero habría que posponerla.

La carpeta estaba encerrada en un cajón a prueba de fuego. La sacó y volvió a leer la hoja de instrucciones que tantas veces había repasado con Danilo.

Él sabía que lo iban a encontrar.

Eva había preferido ignorar tal posibilidad.

Se puso a divagar mientras se preocupaba por la seguridad de Danilo. Se sobresaltó al oír el teléfono. No era Danilo. La secretaria le informó que un cliente, que había llegado temprano, la esperaba. Eva le pidió que le presentara disculpas y que, cortésmente, le volviera a fijar una cita. Y que no la volviera a importunar.

En ese momento el dinero se encontraba en dos lugares: un banco en Panamá y una filial en las Bermudas. Su primer fax ordenó una transferencia inmediata del dinero, que debía pasar de Panamá a un banco de Antigua. El segundo fax lo dispersó en otros tres bancos de la isla Gran Caimán. El tercero lo sacó de las Bermudas y lo trasladó a las Bahamas.

Eran casi las dos en Río. Los bancos europeos estaban cerrados, de manera que se vería forzada a hacer saltar el dinero por todo el Caribe durante unas horas, mientras el resto del mundo abría.

Las instrucciones de Danilo eran claras pero generales. Dejaba los detalles a su discreción. Eva definió las transferencias iniciales. Resolvió en qué bancos poner cuál dinero. Había elaborado una lista de nombres de corporaciones ficticias bajo las cuales ocultar el dinero, lista que Danilo jamás había visto. Dividía, dispersaba, movía y volvía a mover. Se trataba de un ejercicio que habían ensayado muchas veces, pero sin los detalles específicos.

Danilo no podía saber en dónde quedaría el dinero. Sólo Eva. Ella tenía un poder amplio e ilimitado, y en aquel momento y bajo circunstancias tan extremas, podía moverlo como a bien tuviera. Su especialidad era el derecho comercial. La mayor parte de sus clientes eran negociantes brasileños que querían exportar a los Estados Unidos y a Canadá. Poseía buenos conocimientos sobre los mercados extranjeros, las monedas y la banca. Lo que ignoraba sobre la forma de hacer correr el dinero por el mundo lo había aprendido de Danilo.

Miró el reloj varias veces. Había transcurrido más de una hora desde la llamada telefónica de Ponta Porã.

Mientras salía otro fax de la máquina, el teléfono volvió a sonar. Ah, seguro que era Danilo, por fin, con alguna historia fantástica, y todo este sufrimiento habría sido en vano. Tal vez un simulacro, un ensayo para ver cómo funcionaba ella bajo presión. Pero él no era el tipo de persona a la que le gustan los juegos.

La llamaba uno de los socios, molesto porque estaba retrasada para otra reunión. Se disculpó con pocas palabras y regresó a su fax.

La presión aumentaba minuto a minuto. Ni una palabra de Danilo todavía. Ninguna respuesta a sus repetidas llamadas. Si en verdad lo habían encontrado, no tardarían en tratar de hacerlo hablar. Esto era a lo que más le temía él. Por eso debía apresurarse.

Hora y media. La realidad la apabullaba. Danilo, que jamás desaparecía sin ponerla al corriente, estaba perdido. Él solía planear sus movimientos con gran cuidado, temiendo siempre a las sombras que lo acechaban. La peor pesadilla se estaba cumpliendo, y lo hacía de manera acelerada.

Desde un teléfono público que había en el vestíbulo de su edificio, Eva hizo dos llamadas. La primera al administrador de su edificio, para ver si alguien había estado en su apartamento de Leblon, al sur de Río, donde vivían los ricos y la gente bonita se divertía. La respuesta fue que no, pero le prometió vigilar. La segunda llamada fue a la oficina del FBI en Biloxi, Mississippi. Se trataba de una emergencia, explicó con la mayor serenidad posible, haciendo un gran esfuerzo por hablar en un inglés norteamericano libre de acento. Esperó, sabiendo que a partir de aquel momento ya no habría retorno posible.

Alguien se había llevado a Danilo. Por fin le había dado caza su pasado.

—Hola —dijo la voz, como si se hallara a sólo una cuadra de distancia.

—¿El agente Joshua Cutter?

—Sí.

Hizo una pequeña pausa.

—¿Está usted a cargo de la investigación de Patrick Lanigan? —sabía a la perfección que así era.

Una pausa al otro extremo.

—Sí. ¿Con quién hablo?

Rastrearían la llamada hasta Río, lo que tomaría unos tres minutos. Entonces su huella se perdería en una ciudad de diez millones de habitantes. Pero de todas maneras miró en derredor, nerviosa.

—Llamo desde Brasil —dijo, de acuerdo con el guión—. Capturaron a Patrick.

—¿Quién? —preguntó Cutter.

—Le daré un nombre.

—Escucho —dijo Cutter, mostrando una repentina inquietud en la voz.

—Jack Stephano. ¿Lo conoce?

Una pausa mientras Cutter trataba de ubicar el nombre.

—No. ¿Quién es?

—Un detective privado de Washington. Desde hace cuatro años busca a Patrick.

—Y usted dice que lo encontró, ¿no?

–Sí. Sus hombres lo hallaron.

–¿Dónde?

–Aquí. En Brasil.

–¿Cuándo?

–Hoy. Y es posible que lo maten.

Durante un segundo Cutter sopesó lo que oía, y luego preguntó:

–¿Qué más me puede decir?

Le dio el número de Stephano en Washington, luego colgó y salió caminando del edificio.

Guy hojeó con cuidado los diversos papeles que se había llevado de la casa de Danny Boy, y se sorprendió de su capacidad para desaparecer los rastros. El extracto mensual de un banco de la localidad daba un balance de tres mil dólares, una suma muy lejana de la que habían tenido en mente. El único depósito era de mil ochocientos dólares, y los débitos del mes, de menos de mil. Danny Boy vivía de un modo muy frugal. Las cuentas de la electricidad y del teléfono no se habían pagado, pero no estaban atrasadas. Había unas doce pequeñas cuentas adicionales ya canceladas.

Uno de los hombres de Guy revisó todos los números telefónicos de las cuentas de Danny Boy, mas no encontró nada interesante. Otro escudriñó el disco duro de su computador portátil y muy pronto se dio cuenta de que Danny no era ningún aficionado. Había un extenso diario sobre sus aventuras en las llanuras brasileñas. La última entrada tenía casi un año de haber sido escrita.

La escasez de documentos era en sí misma muy sospechosa. ¿Sólo un extracto bancario? ¿Quién en este mundo tiene en casa sólo un extracto bancario? ¿Y el del mes anterior? Danny Boy tenía algún depósito en alguna parte, lejos de su casa. Lo cual era muy propio de un fugitivo.

Por la noche, a Danny Boy, aún inconsciente, lo despojaron de la ropa, dejándole sólo la interior: unos apretados calzoncillos de algodón. Le quitaron los zapatos de trotar sucios y las medias sudorosas, que revelaron unos pies casi transparentes de la blancura. Su nueva piel oscura era falsa. Lo acomodaron sobre una lámina de triplex de tres centímetros de espesor, junto a la cama. Habían horadado la lámina, y emplearon cuerdas de nilon para asegurarle con fuerza tobillos, rodillas, cintura, pecho y muñecas. Le sujetaron la frente con una correa negra de plástico muy ancha. Sobre él pendía una bolsa de suero gota a gota. El tubo acababa en una vena de la muñeca izquierda.

Otro pinchazo. Una inyección en el brazo izquierdo para despertarlo. Su respiración laboriosa se volvió más rápida. Cuando abrió los ojos los tenía rojos y vidriosos, y pasó un rato estudiando la bolsa de suero. El médico brasileño entró en escena, y sin decir palabra le clavó una aguja en el brazo izquierdo. Era pentotal, una droga primitiva que a veces se usa para hacer hablar a la gente. El suero de la verdad. Obra mejor si hay cosas que el cautivo desea confesar. Todavía está por desarrollarse una droga de la verdad perfecta.

Pasaron diez minutos. Trató de mover la cabeza, pero no pudo hacerlo. Alcanzaba a ver unos pies a cada lado. El cuarto estaba oscuro, salvo por una pequeña luz en alguna parte, en una esquina detrás de él.

Se abrió la puerta y luego se cerró. Guy entró solo. Caminó derecho hacia Danny Boy, puso los dedos en el borde de la tabla y dijo:

—Hola, Patrick.

Patrick cerró los ojos. Danilo Silva había quedado atrás, se había marchado para siempre. Un viejo amigo de confianza, desaparecido así como si nada. La vida simple en la calle Tiradentes, desvanecida a la par que Danilo; su precioso anonimato arrancado con esas amables palabras: "Hola, Patrick."

Durante cuatro años se había preguntado muchas veces cómo se sentiría si lo atrapaban. ¿Tendría una sensación de alivio? ¿De justicia? ¿Alguna emoción ante la perspectiva de volver a casa y dar la cara?

¡De ninguna manera! En ese momento Patrick se hallaba presa del terror. Prácticamente desnudo y atado como un animal, sabía que las próximas horas serían insufribles.

—¿Puedes escucharme, Patrick? —preguntó Guy mirando hacia abajo, y Patrick sonrió, no porque quisiera hacerlo, sino por un impulso irrefrenable que encontraba algo divertido en todo aquello.

La droga estaba haciendo efecto, advirtió Guy. El pentotal es un barbitúrico de corta duración que debe administrarse en dosis muy controladas. Es en extremo difícil hallar el nivel adecuado de conciencia en el que una persona puede ser interrogada. Si la dosis es demasiado pequeña, la voluntad de confesar no se activa. Si es excesiva, el sujeto simplemente queda inconsciente.

La puerta se abrió y se cerró. Otro norteamericano se coló en el cuarto para escuchar, pero Patrick no podía verlo.

—Llevas tres días dormido, Patrick —dijo Guy. Eran en realidad unas cinco horas, ¿pero cómo podía saberlo?—. ¿Tienes hambre o sed?

—Sed —dijo Patrick.

Guy destapó una pequeña botella de agua mineral y con cuidado se la echó a Patrick entre los labios.

Gracias —dijo, y sonrió.

—¿Tienes hambre? —preguntó Guy de nuevo.

—No. ¿Qué pretende?

Guy puso sin prisa el agua mineral sobre la mesa y se inclinó para acercarse más al rostro de Patrick.

—Dejemos algo en claro primero, Patrick. Mientras dormías tomamos tus huellas digitales. Sabemos con exactitud quién eres, de manera que te puedes ahorrar las negativas iniciales.

—¿Quién soy? —preguntó Patrick sonriendo otra vez.

—Patrick Lanigan.

—¿De dónde?

—De Biloxi, Mississippi. Nacido en Nueva Orleans. Estudios de derecho en Tulane. Casado, con una hija de seis años. Perdido desde hace cuatro años.

—Bingo. Soy yo.

—Cuéntame, Patrick, ¿asististe a tu propio entierro?

—¿Es acaso un crimen?

—No. Sólo un rumor.

—Sí. Lo vi. Me sentí conmovido. No sabía que tenía tantos amigos.

—Qué bien. ¿Dónde te ocultaste después del entierro?

—En una parte u otra.

De la izquierda surgió una sombra y una mano ajustó la válvula de la parte inferior del suero.

—¿Qué es eso? —pregunto Patrick.

—Un coctel —contestó Guy haciéndole al otro hombre una señal con la cabeza.

—¿Dónde está el dinero, Patrick? —preguntó Guy con una sonrisa, cuando el otro se marchó al rincón.

—¿Cuál dinero?

—El que te llevaste.

—Oh, ese dinero —dijo Patrick, y respiró profundamente. De pronto se le cerraron los párpados y su cuerpo se relajó. Pasaron varios segundos y el pecho comenzó a movérsele más despacio, arriba y abajo.

—Patrick —dijo Guy con suavidad sacudiéndolo por el brazo.

Ninguna respuesta, sólo los sonidos de un sueño profundo. La dosis fue reducida de inmediato, y permanecieron a la espera.

❖

El archivo que el FBI tenía sobre Jack Stephano era un breve informe. Ex detective de Chicago, con dos grados en criminología, ex cazador de recompensas bien cotizado, experto tirador, autodidacta en investigación y espionaje, dueño ahora de una dudosa compañía en Washington que al parecer cobraba enormes honorarios por localizar y vigilar a gente perdida.

El archivo del FBI sobre Patrick Lanigan llenaba ocho cajas. Era lógico que un archivo atrajera al otro. No eran pocos los que querían encontrar a Patrick y devolverlo a casa. El grupo de Stephano había sido contratado para hacerlo.

La firma de Stephano, Edmund y Asociados, ocupaba el último piso de un edificio inclasificable de la calle K, situada a seis cuadras de la Casa Blanca. Dos agentes se quedaron esperando en el vestíbulo junto al ascensor, mientras otros dos entraron como trombas en la oficina de Stephano. Casi tienen que forcejear con una robusta secretaria que insistía en que el señor Stephano se hallaba demasiado ocupado en el momento. Lo encontraron sentado en su escritorio, solo, hablando feliz por teléfono. Su sonrisa desapareció cuando le cayeron con las resplandecientes placas.

—¡Qué diablos es esto! —preguntó Stephano. En la pared de atrás de su escritorio había un mapamundi rico en detalles, con todo y lucecitas rojas y titilantes pegadas sobre continentes verdes. ¿Cuál de todas era Patrick?

—¿Quién te contrató para buscar a Patrick Lanigan? —preguntó el Agente Uno.

–Eso es confidencial –dijo Stephano, desdeñoso. Había sido policía muchos años y no se dejaba intimidar con facilidad.

–Nos hicieron una llamada de Brasil esta tarde –dijo el Agente Dos. A mí también, pensó Stephano sorprendido, pero haciendo esfuerzos por parecer tranquilo. Dejó caer el mentón unos centímetros y se le aflojaron los hombros, mientras por su mente cruzaban veloces las posibles teorías sobre qué habría traído a este par de rufianes hasta allí. Había hablado con Guy, y con nadie más. Guy era completamente confiable. Jamás hablaba con nadie, y mucho menos con el FBI. No podía haber sido él.

Guy empleaba un teléfono celular desde las montañas del oriente de Paraguay. Era imposible que hubieran interceptado las llamadas.

–¿Estás aquí? –preguntó el Dos con malicia.

–Sí –contestó indiferente.

–¿Dónde está Patrick? –preguntó el Uno.

–Tal vez en Brasil.

–¿En qué parte?

Stephano alzó los hombros con rigidez.

–Cómo voy a saber. Es un país muy grande.

–Tenemos una orden de arresto pendiente –dijo el Uno–. Él nos pertenece.

Stephano se volvió a encoger de hombros, esta vez de manera más indiferente, como si fuera a decir: "Vaya gracia."

–Lo queremos –exigió el Dos–. Y ya mismo.

–No te puedo ayudar.

–Mientes –dijo el Uno con desprecio, y al hacerlo ambos se juntaron frente al escritorio de Stephano, y lo miraron desde arriba.

El Agente Dos era el encargado de hablar:

–Tenemos hombres apostados abajo, afuera, a la vuelta de la

esquina y frente a tu casa en Falls Church. Vigilaremos cada movimiento que hagas desde ahora hasta que tengamos a Lanigan.

–Bien. Ya se pueden ir.

–Y no lo lastimes, ¿O.K.? Nos encantaría clavarte si a nuestro muchacho le pasa algo.

Se marcharon al tiempo y Stephano cerró la puerta. Su oficina no tenía ventanas. Se paró ante el mapamundi. En Brasil había tres lucecitas, lo que significaba poco. Movió la cabeza de un lado a otro con lentitud, completamente perplejo.

Gastaba mucho tiempo y dinero cubriendo sus pasos.

Su empresa era conocida en algunos círculos como la más hábil para recibir dinero y desaparecer entre las sombras. Jamás la habían pillado. Nadie sabía nunca a quién estaba acechando Stephano.

TRES

Otra inyección para despertarlo. Luego una para sensibilizar sus nervios.

Una puerta se abrió de golpe y de pronto el cuarto quedó iluminado. Se llenó con las voces de muchos hombres, hombres ocupados, todos con un propósito, todos como si tuvieran los pies pesados. Guy daba órdenes y alguien gruñó en portugués.

Patrick abría y cerraba los ojos. Al fin los abrió del todo, cuando las drogas le hicieron efecto. Sobre él había cantidades de manos activas. Le cortaron la ropa interior sin mayor delicadeza, y quedó desnudo y expuesto. Una máquina de afeitar eléctrica comenzó a zumbar y le rozó la piel produciéndole dolor en algunos puntos del pecho, la ingle, los muslos y las pantorrillas. Se mordió el labio e hizo muecas; el corazón quería salírsele, aunque en realidad el dolor apenas empezaba.

Guy, con las manos inmóviles, no le quitaba los ojos de encima.

Aunque Patrick no hacía ningún esfuerzo por hablar, aparecieron más manos desde arriba que le pegaron con fuerza sobre la boca una franja gruesa de cinta de enmascarar plateada. Luego le adhirieron con pinzas de caimán electrodos fríos en los puntos afeitados, y escuchó una voz recia que preguntaba algo relacionado con la "corriente". Enseguida le sujetaron los electrodos con cinta. Creyó contar ocho puntos nítidos sobre la carne. Tal vez nueve. Tenía los nervios de punta. En medio de la oscuridad alcanzaba a sentir las manos que se movían sobre él. La cinta se adhirió con fuerza a su piel.

En una esquina había dos o tres hombres atareados, ajustando un aparato que Patrick no alcanzaba a ver. Todo su cuerpo estaba cruzado por cables, como un alumbrado navideño.

No lo iban a matar, se repetía una y otra vez, aunque en algún momento, en las próximas horas, la muerte pudiera llegar a ser una perspectiva agradable. A lo largo de esos cuatro años había imaginado esta pesadilla mil veces. Había orado para que nunca se hiciera realidad, pero siempre supo que llegaría. Siempre supo que estaban allá atrás, en algún lugar entre las sombras, rastreándolo, sobornando y buscando debajo de las piedras.

Patrick siempre lo supo. Eva era demasiado ingenua.

Cerró los ojos, trató de respirar de manera uniforme y de controlar los pensamientos que se le escabullían, de preparar su cuerpo para la suerte que el destino le deparaba. Las drogas le aceleraban el pulso y le producían picazón en la piel.

No sé dónde está el dinero. No sé dónde está el dinero. Lo decía como un sonsonete, casi en voz alta. Gracias a Dios la cinta le cubría la boca. No sé dónde está el dinero.

Acostumbraba a llamar a Eva *todos* los días entre las cuatro y las seis de la tarde. Todos los días. Los siete días de la semana. Sin excepción, a menos que lo hubieran acordado. En el corazón, que ahora le latía con fuerza, sabía que ella ya había movido el dinero, que este se encontraba a salvo en dos docenas de lugares alrededor del mundo. Y él ignoraba dónde.

¿Pero se lo creerían?

La puerta se volvió a abrir, y dos o tres figuras abandonaron el cuarto. La actividad en torno a su camastro de triplex estaba disminuyendo. Por un momento todo quedó en silencio. Abrió los ojos y vio que la bolsa del suero ya no estaba.

Guy lo miraba. Con suavidad, tomó un extremo de la cinta pegante y se la quitó para que Patrick pudiera hablar, si es que se decidía a hacerlo.

—Gracias —dijo Patrick.

El médico brasileño apareció de nuevo por la izquierda y le

clavó una aguja en el brazo. La jeringa era larga y sólo contenía agua coloreada pero, ¿cómo iba a saberlo Patrick?

—¿Dónde está el dinero, Patrick? —preguntó Guy.

—Yo no lo tengo —replicó este. Le dolía la cabeza, aprisionada contra el triplex. La ceñida banda de plástico que le cruzaba la frente estaba caliente. Llevaba varias horas sin moverse.

—Me lo vas a decir, Patrick. Ten la seguridad de que lo vas a hacer. Lo puedes hacer ya o dentro de diez horas, cuando estés medio muerto. Facilítate las cosas.

—Yo no quiero morir ¿sabe? —dijo Patrick con los ojos llenos de miedo. No me van a matar, se decía a sí mismo.

Guy alzó un aparatico sencillo pero desagradable que estaba junto a Patrick y se lo puso frente a la cara. Se trataba de una palanca cromada, con una punta de caucho negra montada sobre un cubito cuadrado del que salían dos cables.

—Mira esto —dijo Guy, como si Patrick tuviera posibilidad de elección—; cuando se alza la palanca, se rompe el circuito —con delicadeza quitó la punta de caucho con los dedos pulgar e índice, y la fue bajando lentamente—, pero cuando se baja hasta este pequeño punto de contacto, el circuito se cierra y la corriente se mueve a lo largo de los cables, hasta llegar a los electrodos que tienes pegados sobre la piel —detuvo la palanca a pocos centímetros del punto de contacto. Patrick contuvo el aliento. El cuarto estaba en silencio.

—¿Quieres ver qué sucede cuando se manda el corrientazo? —preguntó Guy.

—No.

—Entonces, ¿dónde está el dinero?

—No lo sé. Lo juro.

A unos treinta centímetros de la nariz de Patrick, Guy empujó la palanca para que llegara al punto de contacto. El corrientazo fue instantáneo y espantoso: una serie de descargas calientes de electricidad se le clavaron en la carne. Patrick se sacudió y las cuerdas de nilon se tensaron. Cerró los ojos con fuerza y apretó los dientes en un esfuerzo decidido por no gritar, pero al cabo de un segundo se rindió y emitió un alarido penetrante que se escuchó por toda la cabaña.

Guy alzó la palanca, esperó unos segundos a que Patrick recuperara el aliento y abriera los ojos, y dijo después:

—Este es el nivel uno, la corriente más baja. Tengo cinco niveles, y los voy a usar todos si es necesario. Ocho segundos del nivel cinco te matan, y como último recurso estoy dispuesto a hacerlo. ¿Estás escuchando, Patrick?

Todavía le ardía la carne desde el pecho hasta los tobillos. El corazón le latía con furia y sus exhalaciones eran rápidas.

—¿Me escuchas? —repitió Guy.

—Sí.

—La verdad es que tu situación es muy simple. Me dices dónde está el dinero y sales vivo de este cuarto. Al final te devolveremos a Ponta Porã y puedes seguir viviendo como te plazca. No tenemos interés en notificárselo al FBI —Guy hizo una pausa para dar un mayor efecto dramático y se puso a jugar con la palanca cromada—. Sin embargo, si te niegas a decirme dónde está el dinero, no saldrás vivo de este cuarto. ¿Comprendes, Patrick?

—Sí.

—Bien. ¿Dónde está el dinero?

—Te lo juro que no lo sé. Si lo supiera te lo diría.

Guy bajó la palanca sin decir palabra, y la corriente lo atravesó como si fuera ácido hirviendo.

—¡No lo sé! —gritó Patrick en medio de su sufrimiento—. Juro que no lo sé.

Guy alzó la palanca y esperó unos segundos a que Patrick se recuperara. Entonces repitió impasible:

—¿Dónde está el dinero?

—Juro que no lo sé.

Otro alarido llenó la cabaña, se escapó a través de las ventanas abiertas y llegó hasta el cañón en las colinas, donde se oyó su tenue eco antes de perderse en la selva.

◇

El apartamento de Curitiba estaba situado cerca del aeropuerto. Eva le pidió al taxista que la esperara. Dejó la maleta en el baúl, y llevó consigo el grueso maletín de documentos.

Subió en ascensor hasta el noveno piso y llegó al corredor, que estaba oscuro y silencioso. Eran casi las once de la noche. Caminó con lentitud, mirando en todas las direcciones. Abrió la puerta del apartamento, y con otra llave procedió a desactivar el sistema de seguridad.

Danilo no estaba allí, y aunque se lo esperaba, no dejó de sentir un cierto desengaño. Tampoco había mensaje alguno en el contestador. Ni el más mínimo signo suyo. Su ansiedad aumentó otro grado.

No podía demorarse, porque los hombres que tenían a Danilo podían aparecer en cualquier momento. Aunque sabía con exactitud qué hacer, sus movimientos eran forzados y lentos. Era un apartamento de sólo tres cuartos, y los revisó con rapidez.

Los papeles que buscaba se encontraban en un archivador cerrado, en el estudio. Abrió los tres pesados cajones y metió los papeles, en orden, dentro de una elegante maleta de cuero que él guardaba en uno de los armarios del cuarto. En su mayor parte, los archivos contenían extractos financieros. Pero no eran muchos, para una fortuna tan grande. El rastro de papel debía ser lo más difuso posible. Una vez al mes él pasaba por el apartamento para ocultar los extractos, y al menos una vez al mes picaba el material viejo.

Y, por el momento, Danilo no debía saber dónde se encontraban sus papeles.

Volvió a activar el sistema de seguridad y salió de prisa. En el congestionado edificio nadie la había visto. Encontró un cuarto en un hotelito del centro, cerca del Museo de Arte Contemporáneo. Los bancos asiáticos aún estaban abiertos, y ya eran casi las cuatro en Zurich. Desempacó un fax portátil y lo enchufó al teléfono de la habitación. Al cabo de un rato, la cama sencilla estaba cubierta de cartas autorizando transacciones bancarias.

Estaba cansada, pero ahora no podía pensar en dormir. Danilo dijo que la buscarían. No podía ir a su casa. No pensaba en el dinero sino en Danilo. ¿Aún estaba vivo? Y en caso tal, ¿estaría sufriendo mucho? ¿Cuánto les habría contado, y a qué precio?

Se frotó los ojos y comenzó a organizar los papeles. No había tiempo para llorar.

Cuando se tortura, los mejores resultados se obtienen tres días después de un maltrato intermitente. La voluntad más férrea se va minando poco a poco. Se sueña con el dolor, que se agiganta mientras la víctima espera la próxima sesión. Tres días, y la mayor parte de la gente se derrumba hecha añicos.

Pero Guy no tenía tres días. Su prisionero no era un prisionero de guerra, sino un ciudadano estadounidense buscado por el FBI.

Hacia la medianoche dejaron solo a Patrick por unos minutos, para que sufriera y pensara en la siguiente tanda. Tenía el cuerpo cubierto de sudor y la piel irritada por el voltaje y el calor. Sobre el pecho, por debajo de la cinta, le habían apretado excesivamente los electrodos, que le quemaban la carne, y un hilo de sangre le chorreaba por el cuerpo. Luchaba para poder respirar y se lamía los labios resecos y rajados. Tenía las muñecas y los tobillos en carne viva por la presión de las cuerdas de nilon.

Guy regresó solo, y se sentó en un banco cerca de la lámina de triplex. Por un minuto el cuarto estuvo en silencio, y el único sonido que se escuchaba era la respiración de Patrick, que intentaba dominarse. Mantenía los ojos cerrados con fuerza.

—Eres muy terco —dijo Guy por fin.

No hubo respuesta.

Las dos primeras horas no produjeron nada. Todas las preguntas se habían referido al dinero. No sabía dónde estaba, había repetido cien veces. ¿Existía? No, había dicho en forma reiterada. ¿Qué le había pasado al dinero? No lo sabía.

La experiencia de Guy con torturas era bastante limitada. Había consultado con un experto, un canalla degenerado que en realidad parecía disfrutarlas. Había leído un burdo manual de procedimientos sobre el tema, pero no le había resultado fácil encontrar la ocasión de practicar.

Ahora que Patrick sabía lo feas que se podían poner las cosas, era importante charlar un poco con él.

—¿Dónde estabas durante tu entierro? —preguntó Guy.

Los músculos de Patrick se relajaron un poco. Por fin una pregunta que no tuviera que ver con el dinero. Vaciló y pensó. ¿Qué mal había en ello? Lo habían pillado. Estaba a punto de contar su historia. Tal vez si cooperaba mermarían el voltaje.

—En Biloxi —dijo.

—¿Escondido?

—Sí, claro.

—¿Y viste el servicio fúnebre?

—Sí.

—¿Desde dónde?

—Encaramado en un árbol, con binóculos —tenía los ojos cerrados y apretaba los puños.

—¿A dónde te fuiste después?

—A Mobile.

—¿Allí te escondiste?

—Sí, ese fue uno de los escondites.

—¿Cuánto tiempo te quedaste allá?

—Entre idas y venidas, un par de meses.

—¿Tanto tiempo? ¿Dónde residías cuando estabas en Mobile?

—En hoteluchos. Me mantenía en movimiento. Subía y bajaba por el Golfo. A Destin. A la playa de Panama City. Y de nuevo a Mobile.

—Cambiaste de aspecto.

—Sí. Me afeité, me teñí el pelo, rebajé veinticinco kilos y medio.

—¿Estudiaste idiomas?

—Portugués.

—¿O sea que sabías que te vendrías para acá?

—¿Dónde es acá?

—Digamos que Brasil.

—Pues sí, me imaginaba que este era un buen lugar para ocultarme.

—Después de Mobile, ¿a dónde fuiste?

—A Toronto.

—¿Por qué a Toronto?

—Tenía que ir a alguna parte. Es un buen lugar.

—¿Conseguiste papeles nuevos en Toronto?

—Sí.

—¿Te convertiste en Danilo Silva en Toronto?

—Sí.

—¿Tomaste algún otro curso de idiomas?

—Sí.

—¿Perdiste más peso?

—Sí. Otros catorce kilos —mantenía los ojos cerrados, tratando de ignorar el dolor, o al menos de vivir con él por el momento. Los electrodos del pecho lo quemaban y le laceraban la piel cada vez más.

—¿Cuánto tiempo permaneciste allí?

—Tres meses.

—¿Te fuiste más o menos en julio del 92?

—Más o menos por esa época.

—¿Y a dónde te marchaste luego?

—A Portugal.

—¿Por qué a Portugal?

—Tenía que ir a alguna parte. Es un buen lugar. Nunca había estado allí.

—¿Cuánto tiempo permaneciste allá?

—Un par de meses.

—¿Y luego a dónde?

—A São Paulo.

—¿Por qué a São Paulo?

—Hay veinte millones de personas allí. Es un magnífico lugar para esconderse.

—¿Cuánto tiempo te quedaste allí?

—Un año.

—Cuéntame qué hiciste allá.

Patrick respiró profundo, luego hizo una mueca al mover los tobillos. Se relajó.

—Me perdí en la ciudad. Contraté a un profesor privado y aprendí el idioma. Perdí unos kilos más. Me cambiaba de un apartamentico a otro.

—¿Qué hiciste con el dinero?

Pausa. Contracción de músculos. ¿Dónde estaba la maldita palanca de cromo? ¿Por qué no podían seguir hablando de los lugares donde vivió y dejar a un lado lo del dinero?

—¿Qué dinero? —preguntó al borde de la desesperación.

–Vamos, Patrick. Los noventa millones de dólares que le robaste a la sociedad de abogados y a tu cliente.

–Ya te lo dije. No estás hablando con la persona indicada.

De pronto, Guy pegó un grito en dirección a la puerta. Esta se abrió al instante y los demás norteamericanos entraron presurosos. El médico brasileño le vació otras dos jeringas en las venas y luego se marchó. Dos hombres manipulaban el aparato de la esquina. Encendieron la grabadora. Guy se mantenía junto a Patrick, con la palanca cromada en posición vertical, renegando furioso y decidido a matarlo si no hablaba.

–El dinero fue transferido a la cuenta de la filial de Nassau que tenía tu sociedad de abogados. La hora, exactamente las 10:15, hora del Este. La fecha, marzo 26 de 1992, cuarenta y cinco días después de tu muerte. Tú te encontrabas allá, Patrick, de buen aspecto y bien bronceado, haciéndote pasar por otra persona. Tenemos fotos tuyas, tomadas por las cámaras de seguridad del banco. Tenías papeles falsificados a la perfección. Muy poco después de haber llegado el dinero, lo transfirieron a un banco en Malta. Tú te lo robaste, Patrick. Bien, ¿dónde está? Dímelo y vivirás.

Patrick le dio una última mirada a Guy y un último vistazo a la palanca, luego cerró los ojos con fuerza, se apuntaló y dijo:

–Te juro que no tengo ni idea de qué hablas.

–Patrick, Patrick...

–¡Por favor, no! –suplicó–. ¡Por favor!

–Este es sólo el nivel tres, Patrick. Estás a mitad de camino –Guy bajó la palanca y vio el cuerpo arquearse y tensarse.

Patrick, sin ningún dominio de sí, emitió un grito tan aterrador y terrible que Osmar y los brasileños se paralizaron por un segundo en el corredor del frente. Dejaron de conversar en la oscuridad. Uno de ellos ofreció una oración silenciosa.

A unos cien metros de distancia de la casa, un brasileño armado vigilaba en el borde de la carretera polvorienta, por si aparecía algún automóvil. No esperaban ninguno. La vivienda más cercana quedaba a varios kilómetros de distancia. También ofreció una breve oración cuando se reanudaron los gritos.

CUATRO

Fue la tercera o cuarta llamada de las vecinas la que enfureció a la esposa de Stephano, y obligó a Jack a contarle la verdad. Los tres hombres de traje oscuro apostados junto al auto estacionado en la calle, en todo el frente de su casa, eran agentes del FBI. Explicó por qué se encontraban allí. Le contó la mayor parte de la historia de Patrick —una violación grave de la ética profesional—. La esposa de Stephano jamás hacía preguntas.

No le importaba lo que su esposo hiciera en la oficina. Sin embargo, le molestaba mucho lo que pudieran pensar sus vecinos. Al fin de cuentas vivían en Church Falls y el qué dirán resultaba muy importante para ella.

La mujer se fue a dormir a la medianoche y Jack se recostó en el sofá del estudio. Cada media hora se levantaba a asomarse a través de las persianas para ver qué estaba pasando afuera. Pero a las tres de la mañana, cuando sonó el timbre de la puerta, estaba dormido.

Salió a abrir con la sudadera puesta. Había cuatro hombres junto a la puerta, y de inmediato reconoció a uno de ellos como Hamilton Jaynes, el director asistente del FBI. Por casualidad el número dos de la agencia vivía a cuatro cuadras de distancia y pertenecía a su mismo club de golf, aunque jamás se habían conocido.

Los hizo pasar a su amplio estudio. Se presentaron con frialdad. Cuando estaban tomando asiento, la esposa de Stephano bajó en levantadora, pero salió a perderse al ver el cuarto lleno de hombres de traje oscuro.

Jaynes era el único que hablaba, en nombre del FBI.

—Estamos trabajando sin parar en este descubrimiento de

Lanigan. Nuestro servicio de inteligencia nos informa que ustedes lo tienen bajo custodia. ¿Puede confirmarlo o negarlo?

–No –Stephano estaba tan frío como el hielo.

–Tengo aquí una orden de detención contra usted.

El hielo se derritió un poco. Stephano miró a otro agente cara de piedra.

–¿Bajo qué cargo?

–El de alojar a un fugitivo federal. Interferencia. Póngale el nombre que quiera. ¿Qué importa? No estoy interesado en condenarlo a usted. Lo único que quiero es llevármelo a la cárcel, luego coger al resto de los miembros de esa sociedad suya y más tarde encerrar a sus clientes. Tomará unas veinticuatro horas reunirlos a todos. Luego procederemos a las acusaciones, dependiendo de si agarramos a Lanigan o no. ¿Le queda claro?

–Sí. Creo que sí.

–¿Dónde se encuentra Lanigan?

–En Brasil.

–Lo necesito. Y que sea ya.

Stephano parpadeó un par de veces y captó las dimensiones del asunto. Dadas las circunstancias, entregar a Lanigan no era una mala táctica. Los federales tenían maneras de hacerlo hablar. Ante la perspectiva de una vida en prisión, era posible que Patrick chasqueara los dedos e hiciera aparecer el dinero. Habría una presión enorme desde todos los ángulos para que lo sacara a la luz.

Más tarde, Stephano volvería a pensar en un asunto que resultaba increíble: ¿Cómo diablos habían sabido que él tenía a Lanigan?

–Está bien, le voy a proponer algo –dijo Stephano–. Déme cuarenta y ocho horas y le daré a Lanigan. Y queme mi orden de detención y deje de amenazarme con futuros juicios.

–Trato hecho.

Hubo un momento de silencio mientras a ambos lados se saboreaba la victoria.

Jaynes dijo:

–Necesito que me diga dónde podemos recogerlo.

–Mande un avión a Asunción.

–¿Paraguay? ¿Qué pasó con Brasil?

–En Brasil tiene amigos.

–Ya lo oyó –dijo Jaynes en voz baja a un auxiliar, que enseguida se marchó de la casa–. ¿Está en una sola pieza? –preguntó a Stephano.

–Sí.

–Mejor que sea así. Una sola herida, y lo mando a usted al infierno.

–Necesito hacer una llamada.

Jaynes alcanzó a esbozar una sonrisa. Escudriñó las paredes y dijo:

–Esta es su casa.

–¿Están intervenidas mis líneas telefónicas?

–No.

–¿Lo jura?

–Dije que no.

–Excúsenme –y Stephano se metió en la cocina y de ahí pasó al cuarto de atrás para buscar un celular que mantenía escondido. Luego salió al patio trasero, donde se quedó parado en medio de la hierba húmeda, junto a una lámpara de gas. Llamó a Guy.

Los alaridos habían cesado por un momento cuando el brasileño que vigilaba la camioneta oyó repicar el teléfono. Este descansaba sobre la pila de recarga, en el asiento delantero de la camioneta, con una antena que se elevaba más de cuatro metros por encima del techo. Contestó en inglés y luego corrió a buscar a algún norteamericano.

Guy salió presuroso de la cabaña y tomó el aparato.

—¿Está hablando? —preguntó Stephano.

—Un poco. Se derrumbó hace una hora.

—¿Qué sabes?

—Que el dinero aún existe. Él no sabe dónde. Lo controla una mujer en Río. Una abogada.

—¿Conseguiste su nombre?

—Sí. Ya estamos haciendo llamadas. Osmar tiene gente en Río.

—¿Puedes sacarle más datos?

—No lo creo. Está medio muerto, Jack.

—Detén lo que le estés haciendo. ¿Está el médico allí?

—Claro.

—Que le den algún tratamiento y lo alivien. Llévenlo a Asunción lo más pronto posible.

—¿Qué pasa?

—No hagas preguntas. No hay tiempo. Los federales nos rodean por todas partes. Limítate a hacer lo que te digo, y asegúrate de que no esté lesionado.

—¿Que no esté lesionado? Llevo cinco horas tratando de matarlo.

—Haz lo que te digo. Compónlo. Drógalo. Arranquen para Asunción. Llámame cada hora, a la hora en punto.

—Como digas.

—Y encuentra a la mujer.

Levantaron la cabeza de Patrick con delicadeza y le echaron agua fría entre los labios. Le cortaron las sogas de muñecas y tobillos y, con cuidado, le retiraron cintas, alambres y electrodos. Saltaba y se encogía, gimiendo con palabras que nadie entendía. Le pusieron una inyección de morfina en las venas, ya bastante resentidas, luego un sedante suave, y Patrick salió a volar de nuevo.

Al amanecer, Osmar se encontraba en el aeropuerto de Ponta Porã esperando un vuelo que lo dejaría en Río al final del día. Había hecho contacto con su gente en aquella ciudad. Los había sacado de la cama con promesas de muchos dólares. Debían estar en las calles.

❖

Lo primero que hizo fue llamar a su padre, al despuntar el día, un momento que él siempre disfrutaba en la terracita, con su periódico y el café. Vivía en un apartamento pequeño, en Ipanema, a tres cuadras de la playa, no lejos de su muy querida Eva. El edificio de apartamentos tenía más de treinta años, lo que lo convertía en uno de los más viejos de la sección más elegante de Río. Vivía solo.

Por la voz de Eva supo que algo andaba mal. Ella le aseguró que estaba bien y que seguiría estándolo, que en Europa la necesitaba un cliente con urgencia durante dos semanas, y que lo llamaría todos los días. A renglón seguido le explicó que este cliente en particular era tal vez un poco receloso y lleno de secretos, y que por lo tanto podría mandar representantes a que investigaran su pasado. Que no se alarmara. Esto no era inaudito en los negocios internacionales.

A él le quedaron varias preguntas que sabía que no hallarían respuesta.

La llamada al socio supervisor era mucho más difícil. Aunque la historia que había ensayado sonaba bien, tenía aún vacíos demasiado grandes. Un nuevo cliente había llamado ayer tarde, recomendado por un abogado norteamericano, compañero de estudios, y le había dicho que la necesitaban de inmediato en Hamburgo. Iba a tomar el primer avión de la mañana. El cliente estaba metido en negocios de telecomunicaciones y planeaba una gran expansión en Brasil.

El socio estaba semi-dormido. Le pidió que lo llamara más tarde para darle los detalles.

Eva llamó a su secretaria, le contó la misma historia, y le pidió que pospusiera todas las citas y compromisos hasta su regreso.

Desde Curitiba voló a São Paulo, donde abordó un avión de Aerolíneas Argentinas, para un vuelo sin escalas a Buenos Aires. Por primera vez usó su nuevo pasaporte, el que Danilo le había ayudado a conseguir el año pasado. Lo mantenía oculto en el apartamento, junto con dos tarjetas de crédito nuevas y ocho mil dólares en efectivo.

Ahora se había convertido en Lía Pires, una mujer de la misma edad pero diferente fecha de nacimiento. Danilo no conocía muchos de estos detalles; no los podía saber.

De veras se sentía distinta.

Muchas cosas podrían haberle sucedido a Danilo. Quizás algún bandido le había disparado en el curso de un asalto rutinario por alguna carretera rural. En la frontera a veces sucedían esas cosas. O podrían haberlo agarrado las sombras de su vida anterior, podrían haberlo torturado, asesinado y enterrado en la selva. Tal vez habló y, si lo hizo, de pronto mencionó el nombre de Eva. A ella le tocaría entonces pasar el resto de su vida como fugitiva. Al menos se lo había advertido desde el comienzo. Pero quizás no había hablado, y ella podía seguir siendo Eva.

Tal vez estaba vivo en algún lugar. Él le había asegurado que no lo matarían. Quizás lo harían suplicar que lo mataran, pero no se podían dar el lujo de asesinarlo.

Si las autoridades norteamericanas lo hallaban primero, sería asunto de extraditarlo. Si por algo había huido a Latinoamérica era por su renuencia histórica a la extradición.

Si las sombras lo encontraban primero, lo golpearían hasta

que les contara dónde estaba el dinero. Ese era su principal temor: que lo forzaran a hacerlo.

Trató de dormir un rato en el aeropuerto de Buenos Aires, pero le fue imposible. Volvió a llamar a la casa de Danilo en Ponta Porã, luego al celular y después al apartamento de Curitiba.

En Buenos Aires abordó un vuelo para Nueva York, donde esperó tres horas antes de tomar otro con destino a Zurich, en Swiss Air.

Lo acostaron atravesado en el asiento trasero de la camioneta Volkswagen y lo amarraron por la cintura con el cinturón de seguridad para que no se cayera. Las carreteras que los esperaban eran malas. Sólo llevaba puesta la pantaloneta. El médico le revisó las gruesas vendas, ocho en total. Le cubrió las quemaduras y laceraciones con ungüentos y le aplicó inyecciones de antibióticos. Luego se sentó a su lado, y acomodó el maletín negro entre sus piernas. Patrick ya había sufrido bastante. Ahora lo protegería.

Uno o dos días de descanso, más analgésicos, y Patrick estaría en vías de recuperación. Las quemaduras y laceraciones le dejarían pequeñas cicatrices, que probablemente desaparecerían con el tiempo.

El médico se dio la vuelta y le dio unas palmadas en el hombro. Estaba muy contento de que no le hubieran dado muerte.

—Listo —le dijo a Guy, que ocupaba el asiento de adelante. Un conductor brasileño encendió el motor y echó marcha atrás alejándose de la cabaña.

Paraban cada hora, exactamente cada sesenta minutos, a fin de sacar la antena para que las llamadas del celular pudieran esquivar las montañas. Guy llamó a Stephano, que se encontraba en su oficina de Washington D.C. con Hamilton Jaynes y un agente de alto nivel del Departamento de Estado. Estaban consultando al Pentágono.

Guy quería preguntar qué diablos sucedía. ¿De dónde habían salido los federales?

En las primeras seis horas recorrieron ciento sesenta kilómetros. Por momentos los caminos se volvían casi intransitables. A veces también la comunicación con Washington se ponía difícil. A las dos de la tarde, cuando salieron de la zona montañosa, las carreteras mejoraron.

◇

El asunto de la extradición era una papa caliente, y Hamilton Jaynes no quería enredarse en eso. Haló algunas cuerdas diplomáticas importantes. El director del FBI llamó al jefe de personal del presidente. El embajador norteamericano de Paraguay se vio involucrado. Hicieron promesas y amenazas.

En Paraguay un detenido resuelto y con dinero en rama puede retrasar por años la extradición, cuando no para siempre. Este detenido no llevaba dinero encima, y ni siquiera sabía en qué país se encontraba.

Los paraguayos aceptaron a regañadientes ignorar la salida del preso.

A las cuatro, Stephano le dio instrucciones a Guy de que buscara el aeropuerto de Concepción, una ciudad pequeña a tres horas de Asunción en automóvil. El conductor brasileño renegó en portugués cuando le ordenaron que diera la vuelta y se dirigiera al norte.

◇

Comenzaba a oscurecer cuando entraron a Concepción, y era ya de noche cuando por fin encontraron el aeropuerto, una pequeña edificación de ladrillo cerca de una angosta pista de asfalto. Guy llamó a Stephano, que le dijo que dejara a Patrick en la camioneta, con las llaves en el arranque, y que luego se alejara de allí. Guy, el médico, el conductor y otro norteamericano que estaba con ellos se fueron caminando despacio, volteándose cada cierto tiempo a mirar la camioneta. A unos cien metros de distancia, debajo de un árbol frondoso, encontraron un punto desde el cual podían mirar sin ser vistos. Pasó una hora.

Por fin aterrizó un King Air de matrícula norteamericana y se estacionó en la pequeña terminal. Dos pilotos descendieron y entraron en el edificio. Un instante después se dirigieron hacia la camioneta, abrieron las puertas y, sin perder tiempo, buscaron debajo de la portezuela del conductor. Encontraron la llave, entraron en el vehículo y lo condujeron hasta donde estaba el avión.

Sacaron a Patrick con cuidado de la parte trasera de la camioneta y lo introdujeron en el avión de turbina. Ya a bordo, un médico de la fuerza aérea se hizo inmediatamente cargo del prisionero. Los dos pilotos volvieron a dejar la camioneta en su lugar. Unos minutos más tarde el avión decoló.

El King Air se reaprovisionó de combustible en Asunción, y mientras estaba en tierra Patrick comenzó a moverse. Se encontraba demasiado débil, herido y mareado, para sentarse. El médico le dio agua helada y galletas de soda.

Reaprovisionaron de nuevo en La Paz y luego en Lima. En Bogotá lo transfirieron a un pequeño Lear, que volaba al doble de la velocidad del King Air. Hicieron una última parada en Aruba, cerca de la costa venezolana, para llenar el tanque de combustible y luego volaron, sin más escalas, hasta la base naval de los Estados Unidos en las afueras de San Juan de Puerto Rico. Una ambulancia lo condujo al hospital de la base.

Pasados casi cuatro años y medio, Patrick estaba de regreso en territorio de los Estados Unidos.

CINCO

Un año después de su funeral, la sociedad de abogados para la que Patrick trabajaba antes de morir, había solicitado protección por bancarrota. Tras su muerte, el membrete de la firma lo incluyó a él: Patrick S. Lanigan, 1954-1992. Su nombre aparecía en la esquina derecha, justo encima de los paralegales. Entonces comenzaron a correr los rumores, y se volvieron insistentes. Poco tiempo después ya todos creían que Patrick había desaparecido llevándose consigo el dinero. Al cabo de tres meses, no había nadie en la Costa del Golfo que lo creyera muerto. Cuando las deudas comenzaron a crecer, su nombre fue retirado del membrete.

Los cuatro socios restantes seguían juntos, entre la espada y la pared, unidos en contra de su voluntad por el vínculo de la bancarrota. Habían ligado sus nombres en los embargos y en las notas bancarias cuando iban cuesta arriba y estaban a punto de volverse ricos de verdad. Habían enfrentado unidos, como demandados, varios juicios perdidos de antemano: de ahí la quiebra. Desde la partida de Patrick intentaron por todos los medios posibles divorciarse el uno del otro, pero nada les funcionó. Dos de ellos eran alcohólicos perdidos que bebían a puerta cerrada en la oficina, pero nunca juntos. Los otros dos, en proceso de recuperación, seguían bordeando los límites de la abstención.

Él se había llevado su dinero. Sus millones. Dinero que ya se habían gastado mucho antes de que llegara, como sólo los abogados lo saben hacer. Dinero para remodelar con lujo el edificio de oficinas ubicado en el centro de Biloxi. Dinero para comprar casas nuevas, yates, apartamentos en el Caribe. El dinero estaba a punto de llegar, ya estaba aprobado, los papeles firmados, los pedidos hechos. Lo podían ver, oler, casi tocar, cuando el socio difunto se lo robó, justo en el último instante.

Murió. Lo enterraron el 11 de febrero de 1992. Consolaron a la viuda y pusieron su maldito nombre en el elegante membrete. Sin embargo, seis semanas más tarde, quién sabe cómo, les robó el dinero.

Tuvieron una fuerte discusión respecto a quién había tenido la culpa. Charles Bogan, el socio mayor, un hombre de mano de hierro, había insistido en que el dinero fuera transferido desde su lugar de origen a una cuenta nueva en una sucursal del exterior, lo que les pareció lógico al cabo de un rato de análisis. Eran noventa millones de dólares. La sociedad se quedaría con una tercera parte de ellos, y sería imposible esconder tanto dinero en Biloxi, ciudad con una población de cincuenta mil habitantes. Algún empleado bancario hablaría. Pronto todo el mundo estaría enterado. Si bien los cuatro hicieron la promesa de mantenerlo en secreto, se las arreglaron muy bien entretanto para exhibir su nueva riqueza. Hablaron incluso de conseguir un avión a propulsión, de seis puestos, para la sociedad.

Así que a Bogan, un hombre de cuarenta y nueve años, que era el mayor de los cuatro y, por el momento, el más estable, le cayó su parte de culpa. Lo responsabilizaron además por haber contratado a Patrick nueve años atrás, por lo que recibió no pocas recriminaciones.

Doug Vitrano, el litigante, había tomado la malhadada decisión de recomendar a Patrick como quinto socio. Los otros tres habían estado de acuerdo, y cuando agregaron el de Lanigan al nombre de la sociedad, Patrick adquirió acceso virtual a todos los archivos de la oficina. Bogan, Rapley, Vitrano, Havarac y Lanigan, abogados y asesores legales. Un aviso destacado en las páginas amarillas decía: "Especialistas en daños y perjuicios en el extranjero." Especialistas o no, como la mayor parte de las sociedades de abogados aceptaban casi cualquier caso si el negocio era lucrativo. Numerosos secretarios y paralegales, grandes gastos de funcionamiento y las mejores conexiones políticas de la Costa.

Sus edades iban desde algo más de treinta hasta casi cincuenta años. Havarac había sido criado por su padre en un bote camaronero. Aún exhibía con orgullo sus manos callosas, y soñaba con estrangular a Patrick hasta romperle el pescuezo. Rapley sufría de una fuerte depresión y rara vez salía de su casa, donde se encerraba en una oficina oscura de la buhardilla a escribir sus informes.

Bogan y Vitrano estaban sentados en sus escritorios justo después de las nueve cuando el agente Cutter entró en su edificio, situado en Vieux Marche, en la parte antigua de Biloxi. Le sonrió a la recepcionista y le preguntó si alguno de los abogados se encontraba presente. Era una buena pregunta. Se los conocía como a un grupo de beodos que rara vez aparecían a trabajar.

Ella lo condujo hasta una pequeña sala de recepción y le ofreció café. Vitrano fue el primero en llegar, muy tieso y sin los ojos rojos del vicioso. Bogan lo siguió unos segundos más tarde. Le echaron azúcar al café y hablaron del clima.

En los meses inmediatamente posteriores a la desaparición de Patrick y del dinero, Cutter les caía de manera periódica, sin avisar, para comunicarles los últimos avances de la investigación del FBI. Poco a poco fueron estableciendo una relación afable, aunque las reuniones siempre resultaran frustrantes. A medida que los meses se volvieron años, los avances se fueron tornando más esporádicos, y siempre con el mismo final: ni señas de Patrick. Había pasado casi un año desde que Cutter hablara con cualquiera de ellos por última vez.

Por eso imaginaron que sólo había venido por cortesía, que había bajado al centro por casualidad, para hacer alguna diligencia, que quizá deseaba tomarse una taza de café y que la visita sería corta y rutinaria.

Cutter dijo:

—Tenemos a Patrick.

Charlie Bogan cerró los ojos y exhibió cada uno de sus dientes.

—¡Santo cielo! —exclamó, y luego enterró la cara entre las palmas de las manos—. ¡Santo cielo!

Vitrano echó la cabeza hacia atrás, y dejó caer la mandíbula. Miró al techo con total incredulidad.

—¿Dónde? —logró articular.

—En una base militar en Puerto Rico. Fue capturado en Brasil.

Bogan se levantó y caminó hacia un rincón, cerca de donde estaban los estantes de libros, y allí escondió la cara, tratando de contener las lágrimas.

—¡Santo cielo! —repetía una y otra vez.

—¿Estás seguro de que es él? —preguntó Vitrano todavía incrédulo.

—Completamente.

—Cuéntame más —dijo Vitrano.

—¿Como qué?

—Como de qué manera lo encontraron. ¿Y dónde? ¿Y qué hacía? ¿Qué aspecto tiene?

—No lo encontramos nosotros. Nos lo entregaron.

Bogan se sentó junto a la mesa, con un pañuelo en la nariz.

—Lo siento —dijo avergonzado.

—¿Conocen a un hombre llamado Jack Stephano? —preguntó Cutter.

Ambos asintieron con desgano.

—¿También ustedes hacen parte de su pequeño consorcio?

Ambos negaron con la cabeza.

—Tienen suerte. Stephano lo encontró, lo torturó, casi lo mata, y luego nos lo entregó.

—Me gusta lo de la tortura —dijo Vitrano—. Cuéntanos más.

—Saltémonos esa parte. Lo recogimos anoche en Paraguay. Lo llevamos en avión a Puerto Rico. Se encuentra hospitalizado allí. Lo van a dar de alta y lo enviarán aquí dentro de unos días.

—¿Y del dinero qué? —preguntó Bogan al rato, con la voz carrasposa y seca.

—Ni señas. Pero hay que tener en cuenta que ignoramos lo que sabe Stephano.

Vitrano se quedó mirando a la mesa; los ojos le bailaban. Patrick había hurtado noventa millones de dólares al desaparecer, hacía cuatro años. Era imposible que se los hubiera gastado todos. Podría haber comprado mansiones y helicópteros y cantidades de mujeres, y conservar aún decenas de millones. No había duda de que lo podrían encontrar. A la sociedad le correspondía una tercera parte de ese dinero.

Quizás, sólo quizás.

Bogan se limpió los ojos húmedos y pensó en su ex esposa, una mujer de buen humor que se volvió irascible cuando le llegó la época de las vacas flacas. Se había sentido degradada luego de la bancarrota, de manera que se llevó a su hijo menor y se mudó a Pensacola, donde entabló una demanda de divorcio, con todo tipo de acusaciones desagradables. Bogan se había dedicado a la bebida y a la cocaína. Ella lo sabía y se agarró de eso para hundirlo. Él no pudo ofrecer mayor resistencia y acabó por dejar los vicios, pero aun así le negaron el acceso al hijo.

Curiosamente, seguía amando a su ex esposa y soñaba con recuperarla. Quizás la atraería con el dinero. Tal vez quedara una esperanza. Seguro que lo podrían encontrar.

Cutter rompió el silencio.

—Stephano está metido en toda suerte de problemas. Patrick tiene el cuerpo lleno de quemaduras y laceraciones.

—¡Qué bueno! —dijo Vitrano con una sonrisa.

—¿Esperas compasión de parte nuestra? —preguntó Bogan.

—De todas maneras, lo de Stephano es un asunto secundario. Lo vigilaremos, y quizás nos lleve a donde está el dinero.

—El dinero será fácil de encontrar —dijo Vitrano—. Hubo un muerto. Ese Patrick asesinó a alguien. Es un caso sencillo de pena de muerte. Asesinato por dinero. Patrick cantará cuando se le aplique la presión debida.

—Mejor aún, dánoslo a nosotros —dijo Bogan sin sonreír—. Diez minutos y lo sabremos todo.

Cutter miró el reloj.

—Tengo que marcharme. Debo ir a Point Clear a darle la noticia a Trudy.

Bogan y Vitrano bufaron a un unísono perfecto y luego se rieron.

—¿Ah, ella no lo sabe? —dijo Bogan.

—Todavía no.

—Por favor grábalo en un video —dijo Vitrano aún riendo en voz baja—. Me gustaría verle la cara.

—La verdad es que no veo la hora de hacerlo —dijo Cutter.

—Esa perra —añadió Bogan.

Cutter se levantó y dijo:

—Cuéntenles a los otros socios, pero aguántense hasta el medio día. Tenemos programada una conferencia de prensa para entonces. Me mantendré en contacto.

Cuando se hubo marchado, guardaron un buen rato de silencio. Había tantas preguntas, tanto que decir… El cuarto giraba, lleno de posibilidades y guiones diferentes.

◆

Víctima de un terrible accidente automovilístico en una carretera rural, sin testigos, Patrick fue llevado al sepulcro por su hermosa esposa Trudy el 11 de febrero de 1992. Trudy era una viuda despampanante vestida con un traje de Armani negro, que mientras echaban paladas de tierra al ataúd ya andaba gastándose el dinero.

En el testamento se lo dejaba todo a ella. Era simple y había sido actualizado hacía poco. Horas antes del servicio fúnebre, Trudy y Doug Vitrano habían abierto con cuidado la caja fuerte de la oficina de Patrick para inventariar el contenido. Encontraron el testamento, los títulos de posesión de dos automóviles, la escritura de su casa, una póliza de seguro de vida por medio millón de dólares de la que Trudy estaba enterada, y otra por dos millones, de la cual jamás había oído hablar.

Vitrano había leído por encima la póliza inesperada. Patrick la había comprado hacía ocho meses. Trudy era la única beneficiaria. La misma compañía, una empresa grande y solvente, había vendido ambas pólizas.

Ella juró que no sabía nada de esta última, y la sonrisa que lucía convenció a Vitrano de que su sorpresa era genuina. Funeral o no, Trudy estaba muy emocionada por su buena fortuna. Con el dolor ya muy disminuido, de alguna manera se las arregló para soportar el servicio fúnebre y el entierro sin sufrir visibles alteraciones.

La compañía de seguros de vida se resistió, como suelen hacerlo al principio, pero Vitrano la amenazó como es debido y la obligó a pagar. Cuatro semanas después del entierro, Trudy recibió sus dos millones y medio.

Una semana más tarde conducía un Rolls Royce por todo Biloxi y la gente comenzó a criticarla. Fue entonces cuando se esfumaron los noventa millones y empezaron los rumores.

Quizás no era viuda.

Patrick fue el primer sospechoso y, finalmente, el único. Los chismes no se aplacaban, de suerte que Trudy cargó con su hijita y su amante Lance —un remanente del bachillerato—, los metió en el Rolls rojo y huyó a Mobile, una ciudad que quedaba a una hora de Biloxi en dirección al oriente. Allí encontró un abogado tramposo que le dio abundantes consejos sobre cómo proteger el dinero. Compró una suntuosa casa en Point Clear, frente a la bahía de Mobile, y la escrituró a nombre de Lance.

Lance era un fuerte y bien parecido don nadie con quien durmió por primera vez a la edad de catorce años. Condenado por contrabando de marihuana a los diecinueve, pasó tres años en prisión mientras ella se divertía en la universidad como porrista, seduciendo a los jugadores de fútbol –era una muchacha popular que iba de fiesta en fiesta, pero que así y todo se las arregló para graduarse con honores–. Se casó con un joven adinerado, miembro de un exclusivo club estudiantil, del que se divorció a los dos años. Luego disfrutó de su soltería unos años más, hasta que conoció a Patrick, un prometedor abogado recién llegado a la Costa, con quien se casó. Su noviazgo se caracterizó por tener mucha pasión y poca planeación.

Mientras estuvo en la universidad, durante ambos matrimonios, y a lo largo de varias carreras cortas, Trudy siempre tuvo a Lance cerca. Ese joven acuerpado y lujurioso del que jamás parecía cansarse se le había convertido en un vicio. Ya a los catorce años sabía que no podría prescindir de él.

◆

Lance abrió la puerta, con el pecho desnudo, el cabello negro cogido atrás en la obligatoria cola de caballo y un arete grande de diamante en el lóbulo izquierdo. Miró a Cutter con el mismo desdén con que miraba al mundo entero, y no pronunció palabra.

–¿Está Trudy en casa? –preguntó Cutter.

–Tal vez.

Sacó la placa reluciente, y por un segundo el desdén de Lance desapareció.

–Agente Cutter, del FBI. Ya he hablado con ella antes.

Lance importaba marihuana de México en un bote grande y rápido que Trudy le había comprado. Le vendía la droga a una banda de Mobile. Los negocios andaban mal porque la DEA estaba haciendo demasiadas preguntas.

–Está en el gimnasio –dijo Lance, haciéndole un gesto a Cutter de que pasara–. ¿Qué desea?

Cutter lo ignoró y cruzó el camino hasta un garaje refaccionado del que salía una música a todo volumen. Lance lo siguió.

Trudy estaba dedicada a hacer unos ejercicios aeróbicos de alto nivel, un reto dictado por una supermodelo desde la enorme pantalla de televisión situada en un extremo del cuarto. Rebotaba y giraba, pronunciando palabras al compás de una canción sin nombre, y la verdad es que no lo hacía nada mal. Vestía una trusa amarilla ceñida. Tenía una cola de caballo apretada y rubia y ni una onza de grasa en parte alguna. Cutter se habría quedado mirándola las horas de las horas. Hasta el sudor era bonito.

Hacía gimnasia dos horas diarias. A los treinta y cinco años, seguía teniendo el aspecto de la novia de todos los bachilleres.

Lance apretó un botón y el video se detuvo. Ella se dio vuelta de prisa, vio a Cutter y le dirigió una mirada que habría derretido el queso.

–¿Te importa? –le dijo a Lance, irritada. Era evidente que este ejercicio no debía interrumpirse.

–Soy el agente especial Cutter, del FBI –dijo él mostrando su placa y caminando hacia donde ella estaba–. Nos conocimos en otra oportunidad, hace unos años.

Trudy se secó la cara con una toalla –una toalla amarilla que le hacía juego con la trusa–. Casi ni respiraba.

Exhibió unos perfectos dientes relucientes; todo estaba bien.

—¿En qué le puedo servir? —Lance se encontraba a su lado. Colas de caballo que casaban a la perfección.

—Le tengo una excelente noticia —dijo Cutter con una sonrisa de oreja a oreja.

—¿Qué?

—Encontramos a su esposo, y está vivo.

Una leve pausa mientras ella registraba la noticia.

—¿A Patrick? —dijo.

—Ese debe ser.

—Miente —dijo Lance, desdeñoso.

—Me temo que no. Se encuentra detenido en Puerto Rico. Deberá estar aquí de regreso aproximadamente en una semana. Me parecía que usted debía oír la buena noticia antes de que se la diéramos a la prensa.

Retrocedió, atónita y vacilante, y se sentó en una banca de gimnasia, cerca de una báscula. Su carne de bronce brillante comenzó a palidecer. Su cuerpo flexible se empezó a derrumbar. Lance corrió a ayudarle.

—Oh, Dios mío —mascullaba una y otra vez, entre dientes.

Cutter arrojó una tarjeta ante ellos.

—Llámenme si puedo ser de alguna ayuda.

No dijeron nada mientras se marchaba.

Le resultó obvio a Cutter que a ella no le había importado ser engañada mediante la falsificación de la muerte del hombre. Ni mostraba el menor indicio de alegría por su regreso. Ningún alivio de ninguna clase porque la traumática experiencia hubiera terminado.

Lo único que reflejaba era miedo; el terror de perder el dinero. La compañía de seguros de vida correría a demandarlos.

◆

Mientras Cutter se encontraba en Mobile, otro agente de la oficina de Biloxi se dirigía a casa de la madre de Patrick en Nueva Orleans, a llevarle la misma noticia. La señora Lanigan, dominada por la emoción, le rogó al agente que se sentara un rato y respondiera sus preguntas. Él se quedó una hora, pero tenía pocas respuestas. La mujer lloraba de dicha, y apenas el hombre se hubo marchado, se pasó el resto del día llamando a las amigas para darles la maravillosa nueva de que su hijo sí estaba vivo, al fin de cuentas.

SEIS

Jack Stephano fue arrestado por el FBI en su oficina de Washington D.C. Pasó treinta minutos en la cárcel y luego fue llevado a toda prisa hasta un pequeño juzgado en el palacio de justicia federal, donde se encontró frente a frente con un magistrado de los Estados Unidos, en audiencia cerrada. Se le informó que lo soltarían de inmediato, tras el pago de una fianza, que no podría abandonar el área, y que sería vigilado por el FBI las veinticuatro horas del día. Mientras Stephano se hallaba en la corte, un pequeño ejército de agentes entraba en su oficina, se apoderaba virtualmente de todos los archivos y enviaba a los empleados a casa.

Cuando el magistrado le permitió marcharse, Stephano fue llevado al edificio Hoover, en la Avenida Pennsylvania, donde lo esperaba Hamilton Jaynes. Tan pronto como se encontraron a solas en la oficina de Jaynes, el asistente del director le ofreció unas tibias disculpas por la detención. Pero no tenía alternativa. No se puede agarrar a un fugitivo federal, drogarlo, torturarlo y dejarlo medio muerto sin ser acusado de algo.

El asunto era el dinero. La detención era el medio. Stephano juró que Patrick no les había contado nada.

Mientras hablaban, estaban sellando con cadenas las puertas de la oficina de Stephano y pegando horrorosos edictos federales en las ventanas. Mientras su esposa jugaba al bridge, le intervenían los teléfonos de su casa.

Luego de la breve e infructuosa reunión con Jaynes, lo soltaron cerca de la Corte Suprema. Como le habían dicho que no se acercara a su oficina, detuvo un taxi y le dijo al conductor que lo llevara al hotel Hay-Adams, en la esquina de la H con la 16. Se dedicó, en medio del tráfico, a leer con calma el periódico, sobando de vez en cuando el aparato de rastreo que le habían cosido en el dobladillo de la chaqueta mientras le formulaban los cargos en contra. Se llamaba cono de rastreo y era un pequeño pero poderoso transmisor, empleado para vigilar los movimientos de personas, paquetes y hasta automóviles. Se había esculcado a sí mismo mientras conversaba con Jaynes y había sentido la tentación de rasgar el dobladillo, sacar el cono y arrojarlo sobre el escritorio.

Era experto en vigilancia. Metió la chaqueta debajo del asiento del taxi y caminó de prisa hasta entrar en el hotel, frente al parque Lafayette. No había habitaciones libres, le dijeron. Pidió ver al administrador, un antiguo cliente, y en segundos lo acompañaron hasta una suite en el cuarto piso, con una vista espléndida sobre la Casa Blanca. Se quitó la ropa hasta quedar en calzoncillos, y con cuidado colocó cada prenda de vestir sobre la cama, donde examinó y hasta acarició cada pulgada de tela. Ordenó el almuerzo. Telefoneó a su esposa, pero no obtuvo respuesta.

Entonces llamó a Benny Aricia, su cliente, el hombre cuyos noventa millones cambiaron de rumbo unos minutos después de haber llegado al banco en Nassau. La tajada de Aricia serían sesenta millones, pues treinta eran para los abogados Bogan, Vitrano y los demás sucios pillos de Biloxi. Pero todo había desaparecido segundos antes de llegar a donde Benny.

Este se encontraba en el hotel Willard, también cerca de la Casa Blanca, oculto y esperando recibir noticias de Stephano.

Una hora más tarde se reunieron en el hotel Cuatro Estaciones, de Georgetown, en una suite que Aricia acababa de reservar por una semana.

Benny tenía casi sesenta años, pero parecía de diez años menos. Era esbelto y estaba bronceado, el color perpetuo del jubilado millonario del sur de la Florida que juega al golf todos los días. Vivía en un condominio sobre un canal, con una mujer sueca que podría ser su hija.

Cuando robaron el dinero, la sociedad de abogados tenía una

póliza de seguros que cubría fraude y robo por parte de sus socios y empleados. En estas sociedades no son raros los desfalcos. La póliza, vendida por la compañía de seguros Monarch-Sierra, tenía un límite de cuatro millones de dólares, pagaderos a la sociedad. Para vengarse, Aricia entabló un pleito contra el grupo de abogados. Su demanda exigía sesenta millones: todo lo que le correspondía.

Pero como era muy poco lo que se podía cobrar y la empresa estaba a punto de declararse en bancarrota, Benny se había transado por cuatro millones, que Monarch-Sierra le pagaría. Había gastado casi la mitad de esta suma buscando a Patrick. El muy elegante apartamento en Boca le había costado medio millón. Añádanse otras erogaciones aquí y allí, y ya Benny estaba gastándose los restos.

Se paró junto a la ventana a beber café descafeinado.

—¿Me van a arrestar? —preguntó.

—Lo más probable es que no. Pero de todos modos mantén un perfil bajo.

Benny puso su café sobre la mesa y se sentó frente a Stephano.

—¿Hablaste con las compañías de seguros? —preguntó.

—Todavía no. Llamaré más tarde. Ustedes están a salvo.

La Northern Case Mutual, la compañía de seguros que volvió rica a Trudy, en forma clandestina había contribuido con medio millón para la búsqueda. La Monarch-Sierra había aportado un millón. En total, el pequeño consorcio de Stephano había comprometido y gastado más de tres millones de dólares en la búsqueda de Patrick.

—¿Tuviste suerte con la muchacha? —preguntó Aricia.

—Aún no. Nuestra gente está en Río. Encontraron a su padre, pero no habla. Lo mismo sucede con la empresa donde ella trabaja. La muchacha está fuera de la ciudad, de negocios, según dicen.

Aricia cruzó las manos y dijo impasible:

—Ahora cuéntame con exactitud qué fue lo que él dijo.

—Aún no he escuchado la grabación. Se suponía que la iban a llevar a mi oficina esta tarde, pero se complicaron las cosas. Además, tenían que enviarla desde las selvas de Paraguay.

—Lo sé.

—Según Guy, Patrick no aguantó más al cabo de cinco horas de choques. Dijo que el dinero estaba intacto aún, oculto en varios bancos cuyos nombres ignoraba. Guy casi lo mata cuando no pudo o no quiso dar el nombre de los bancos. En ese momento, con mucha lógica imaginó Guy, otra persona debía tener el control del dinero. Algunos corrientazos más y salió el nombre de la muchacha. Los hombres de Guy llamaron a Río de inmediato y confirmaron su identidad. Ya había desaparecido.

—Quiero escuchar esa grabación.

—Es brutal, Benny. Le están quemando la piel y grita implorando misericordia.

Benny no pudo reprimir una sonrisa.

—Lo sé. Eso es lo que quiero escuchar.

❖

Pusieron a Patrick en el extremo de un ala del hospital de la base. El suyo era el único cuarto con puerta que se podía cerrar con llave desde afuera. Las persianas estaban cerradas. Había dos guardias militares sentados afuera, en el pasillo, por si acaso.

Patrick estaba mal. El voltaje le había producido lesiones severas en los músculos y en el tejido de las piernas y el pecho. Incluso las articulaciones y huesos estaban demasiado sensibles. Las quemaduras habían dejado cuatro puntos en carne viva: dos en el pecho, uno en la cadera, otro en la pantorrilla. En otros cuatro lo estaban tratando por quemaduras de segundo grado.

El dolor era intenso, de modo que sus médicos, los cuatro, habían tomado la decisión simple de mantenerlo sedado por el momento. No había urgencia de moverlo. Aunque la ley lo requería, harían falta algunos días para decidir quién se quedaría con él primero.

Mantenían el cuarto a oscuras, la música baja, el suero lleno de deliciosos narcóticos, y el pobre Patrick se pasaba las horas roncando y sin soñar, ajeno a la tormenta que se cernía en su país.

En agosto de 1992, cinco meses después de la desaparición del dinero, un gran jurado federal de Biloxi sindicó a Patrick del robo. Había suficiente evidencia de que lo había cometido, y no había el menor indicio que llevara a otro sospechoso. Como se trataba de un delito internacional, era de jurisdicción de los federales.

El departamento del sheriff del condado de Harrison y el fiscal local del distrito habían emprendido una investigación conjunta del asesinato, pero muy rápidamente pasaron a otros asuntos más urgentes. Ahora, de repente, retomaban aquel caso.

La conferencia de prensa del medio día se postergó a causa de una reunión de las autoridades en la oficina de Cutter, en el centro de Biloxi, para aclarar el asunto. Fue una reunión tensa, a la que asistieron personas con intereses comunes. A un lado de la mesa se encontraban Cutter y el FBI, quienes recibían sus órdenes de Maurice Mast, el fiscal de los Estados Unidos para el distrito occidental de Mississippi, que había venido en automóvil desde Jackson. Al otro lado, Raymond Sweeney, el sheriff del condado de Harrison, y su mano derecha, Grimshaw, quienes despreciaban al FBI. Su vocero era T.L. Parrish, fiscal del distrito del condado de Harrison y de los condados aledaños.

Se enfrentaban el nivel federal contra el estatal, grandes presupuestos contra presupuestos bajos, una serie de egos importantes, y el deseo de cada uno de quedarse con lo mejor del espectáculo de Patrick.

—Es crucial que haya pena de muerte en este caso —dijo el fiscal del distrito.

—Podría acudirse a la pena de muerte federal —dijo el contralor Mast con alguna timidez, si esta cabía.

Parrish esbozó una sonrisa y bajó los ojos. La pena de muerte federal acababa de ser aprobada por un congreso que no tenía idea de la manera de implementarla. Sin duda sonó bien cuando el presidente la aprobó como ley, pero sus defectos eran enormes.

El estado, en cambio, podía exhibir una historia rica en ejecuciones legales.

—La nuestra es mejor —dijo Parrish—. Eso lo sabemos todos.

Parrish había enviado a ocho hombres a la pena de muerte. Mast no había condenado a uno solo.

—Y además está el asunto de la cárcel —continuó Parrish—. Nosotros lo mandamos a Parchman, donde lo encierran veintitrés horas del día en un cuarto que hierve, con comida mala dos veces al día, dos duchas a la semana, cucarachas y violadores por montones. Si ustedes se lo llevan, le dan un club campestre por el resto de la vida, mientras las cortes federales lo miman y encuentran mil maneras de mantenerlo con vida.

—No será un paseo campestre —dijo Mast contra las cuerdas y sin lograr cubrirse bien.

—Un día de playa, entonces. Vamos, Maurice. Se trata de la influencia del poder. Tenemos dos grandes misterios, dos asuntos que deben hallar respuesta antes de mandar a Lanigan a descansar. El grande es el dinero. ¿Dónde se encuentra? ¿Qué hizo con él? ¿Es posible recuperarlo y devolverlo a sus dueños? El segundo es: ¿Exactamente a quién enterraron en su tumba? Tengo el pálpito de que sólo Lanigan nos lo puede decir, y que no lo hará a menos que lo obliguemos. Él tiene que estar asustado, Maurice. La prisión de Parchman es aterradora. Te juro que está orando para que le hagan un juicio federal.

Había convencido a Mast, pero no podía manifestar su acuerdo. El caso era, simple y llanamente, demasiado importante para dejarlo en manos de los locales. Las cámaras estaban a punto de llegar.

—Mira, hay otros cargos —dijo—. El robo sucedió en una filial extranjera del banco, muy lejos de aquí.

—Sí, pero en aquella época la víctima era residente de este condado —replicó Parrish.

—No es un caso sencillo.

—¿Qué propones?

—Tal vez podríamos llevarlo en forma conjunta —dijo Mast, con lo que rompió bastante el hielo. Los federales podían apropiarse del asunto en cualquier momento, y el hecho de que la fiscalía de los Estados Unidos ofreciera compartirlo era lo máximo a que Parrish podía aspirar.

Parchman era la clave y los presentes en la habitación lo sabían. Lanigan, el abogado, conocía muy bien lo que le esperaba allá, y quizás la perspectiva de diez años en el infierno antes de morir le aflojara la lengua.

Diseñaron un plan para dividirse el pastel, y los dos hombres, Parrish y Mast, acordaron de manera tácita compartir los honores. El FBI seguiría buscando el dinero. Los locales se podrían concentrar en el asesinato. Enseguida, Parrish citaría al gran jurado. Ante el público se presentaría un frente unido. Asuntos tan complicados como el juicio y las apelaciones subsiguientes se obviaron con la promesa apresurada de que más tarde se ocuparían de ellos. Lo importante ahora era llegar a un acuerdo, de suerte que una rama no tuviera que preocuparse por la otra.

Como había un juicio en curso en el edificio federal, reunieron a la prensa al otro lado de la calle, en el tribunal de Biloxi, donde le pusieron a disposición la sala de juicios del segundo piso. Había docenas de reporteros. La mayor parte eran del lugar, y muy ingenuos, pero otros venían desde Jackson, Nueva Orleans y Mobile. Se apretujaban y empujaban hacia adelante, como niños en un desfile.

Mast y Parrish, con caras largas, se dirigieron a un podio atestado de micrófonos y alambres. Cutter y el resto de los policías formaban una pared detrás de ellos. Las luces se encendieron y las cámaras producían destellos.

Mast carraspeó y dijo:

—Nos complace anunciar la captura del señor Patrick F. Lanigan, antiguo vecino de Biloxi. Se encuentra vivo y en buen estado, y en este momento lo tenemos bajo nuestra custodia —hizo una pausa para lograr un efecto dramático, saboreó su cuarto de hora ante los reflectores, oyendo pasar una ola de excitación por entre la bandada de buitres. Entonces proporcionó algunos detalles sobre la captura: Brasil, hacía dos días, identidad falsa, sin dejar entrever de manera alguna que ni él ni el FBI habían tenido nada que ver con la verdadera localización de Patrick. En seguida, algunos detalles inútiles sobre la llegada del prisionero, los cargos pendientes y la mano rápida y firme de la justicia federal.

Parrish no fue tan dramático. Prometió una condena rápida por asesinato punible con pena capital y por cualquier otro cargo que pudiera resultar.

Las preguntas llegaron a raudales. Mast y Parrish se negaron a hacer comentarios sobre casi todo, y lograron mantenerse así durante una hora y media.

◈

Ella insistió en que le fuera permitido a Lance acompañarla durante la cita. Dijo que lo necesitaba. Se veía divino en su pantaloneta ceñida, de tela denim. Tenía doradas, musculosas y velludas las piernas. El abogado era despectivo, pero claro, él lo había visto todo.

Trudy se puso sus mejores galas: una minifalda apretada, una blusa roja de buen gusto y el complemento completo de maquillaje y joyas. Cruzó sus bien torneadas piernas para atraer la atención del abogado. Le dio una palmadita a Lance en el brazo mientras este le hacía un masaje en la rodilla.

El abogado ignoró las piernas de la mujer, lo mismo que el manoseo.

Ella tenía que entablar una demanda de divorcio, declaró, aunque ya por teléfono le había dado una versión resumida. Estaba furibunda. ¿Cómo podía haberle hecho esto a ella? ¿Y a Ashley Nicole, su preciosa hija? Ella lo había amado con toda el alma. Habían vivido muy bien juntos. Y le hacía una cosa así.

—El divorcio no es problema —dijo una vez más el abogado. Se llamaba J. Murray Riddleton y era un exitoso especialista en la materia, con una gran clientela—. Es un caso de abandono. Según la ley de Alabama conseguirá el divorcio, la custodia plena y todos los bienes, todo.

—Quiero una demanda lo antes posible —dijo, mirando a la Pared de Ego que había detrás del abogado.

—La voy a entablar mañana temprano.

—¿Cuánto tardará?

—Noventa días. Es fácil.

En modo alguno logró esta promesa aliviar su ansiedad.

—¡Cómo puede ser posible que alguien le haga esto a un ser amado! Me siento como una idiota —la mano de Lance subió un poco hacia arriba, sin dejar de darle masajes.

El divorcio era la menor de sus preocupaciones. El abogado lo sabía. Ella podía fingir que se le había roto el corazón, pero no funcionaba.

—¿Cuánto recibió como seguro de vida? —le preguntó, hojeando el archivo.

Ella dio la impresión de estar absolutamente escandalizada por la mención del seguro.

—¿Y eso qué importancia tiene? —dijo en tono tajante.

—Que te van a demandar para que lo devuelvas. Él no está muerto, y si no lo está, no hay seguro, Trudy.

—Tienes que estar bromeando.

—No.

—Ellos no pueden hacer eso, ¿o sí? No lo creo.

—Ah, sí. Más aún, será lo primero que hagan.

Lance retiró la mano y se hundió en su silla. Trudy abrió la boca y se le encharcaron los ojos.

—No pueden.

El abogado tomó una libreta y le quitó la tapa al estilógrafo.

—Hagamos una lista —dijo.

Trudy había pagado ciento treinta mil dólares por el Rolls, y todavía lo conservaba. Lance manejaba un Porsche que había comprado por ochenta y cinco. La casa le había costado novecientos mil en efectivo —nada de prestamos—, y estaba a nombre de Lance. Sesenta mil por el bote para transportar la droga. Cien mil en joyas. Pensaban, calculaban y sacaban cifras del aire. La lista ascendió a millón y medio. El abogado no tuvo la presencia de ánimo para decirles que esos pequeños bienes serían los primeros en irse.

Como con ganzúa, le sacó a Trudy el cálculo de sus gastos mensuales corrientes: debían de haber sido del orden de unos diez mil dólares durante los cuatro últimos años. Habían realizado algunos viajes fabulosos, y ese era un dinero botado, que ninguna compañía de seguros recuperaría jamás.

Ella estaba desempleada, o retirada, como prefería llamarlo. Lance no iba a ser tan tonto como para hablar de su negocio de narcóticos. Ni se atrevieron a mencionar, siquiera ante su propio abogado, que habían escondido trescientos mil en un banco de la Florida.

—¿Cuándo crees que demandarán? —preguntó ella.

—Antes de que se acabe esta semana —dijo el abogado.

La verdad fue que lo hicieron mucho antes. Durante la conferencia de prensa, mientras se anunciaba la noticia de la resurrección de Patrick, los abogados de la Northern Case Mutual entraron con sigilo en la oficina del secretario, en el piso de abajo, y entablaron una demanda contra Trudy Lanigan por la totalidad de los dos millones y medio, más intereses y costas. La demanda incluía también una orden de veda temporal, para evitar que Trudy moviera sus activos ahora que había dejado de ser viuda.

Los abogados llevaron su petición hasta el despacho de un juez complaciente, con el que habían hablado horas antes, y en una audiencia urgente y muy privada, el juez concedió tal orden. Miembro prestante de la comunidad legal, el juez conocía muy bien el historial de Patrick Lanigan. Poco después de hacerse al Rolls, Trudy había tratado a la esposa del juez en forma despectiva.

Mientras Trudy y Lance se manoseaban y tramaban con el abogado, una copia de la orden de veda temporal fue llevada hasta Mobile y registrada ante un secretario judicial del condado. Dos horas más tarde, cuando bebían su primer trago en el patio y observaban acongojados la bahía de Mobile, un mensajero judicial los interrumpió el tiempo necesario para entregarle a Trudy una copia de la demanda entablada por la Northern Case Mutual, un auto de comparecencia para el tribunal de Biloxi y una copia autenticada de la orden de veda. Entre otras prohibiciones se encontraba la de hacer cheques antes de que el juez se lo autorizara.

SIETE

El abogado Ethan Rapley salió de su buhardilla oscura, se duchó, se afeitó y se echó gotas en las retinas enrojecidas. Tomó a sorbos un café fuerte mientras hallaba una chaqueta azul oscura, medio limpia, que ponerse para bajar al centro. Llevaba dieciséis días sin ir a la oficina. No es que lo echaran de menos, y él, por su parte, tampoco extrañaba a nadie. Le enviaban faxes cuando lo necesitaban, y él también respondía por ese medio. Escribía los informes, memorandos y mociones que la sociedad de abogados necesitaba para sobrevivir, e investigaba a favor de gente que despreciaba. A veces se veía obligado a ponerse corbata y reunirse con algún cliente, o a participar de alguna abominable junta con sus socios. Detestaba su oficina. Detestaba a la gente, incluidos aquellos a quienes apenas conocía. Detestaba todos los libros de todas las repisas y todos los archivos de los escritorios. Detestaba las fotografías de la pared, y todos los olores: el del café rancio del corredor, el de los productos químicos cerca de la fotocopiadora, el perfume de las secretarias. Todo.

Sin embargo, se sorprendió casi sonriendo mientras se abría paso por entre el tráfico vespertino que bordeaba la Costa. Saludó con la cabeza a un viejo amigo cuando pasó a la carrera por la Vieux Marche. Como cosa rara, le habló a la recepcionista, una mujer cuyo sueldo ayudaba a pagar, pero de cuyo nombre no se acordaba.

En la sala de reuniones había un gentío, en su mayor parte compuesto por abogados de oficinas cercanas, uno o dos jueces y personal variado de los juzgados. Eran más de las cinco, y la tónica era vocinglera y festiva. El humo de los cigarrillos llenaba el ambiente.

Rapley encontró el licor sobre la mesa, en un extremo de la

habitación, y conversó con Vitrano mientras vaciaba el whisky escocés, tratando de parecer contento. En el otro extremo había un buen surtido de aguas envasadas y de bebidas gaseosas, pero no les prestaban atención.

—Ha sido así toda la tarde —dijo Vitrano refiriéndose a la gente y a las conversaciones alegres—. Tan pronto se conoció la noticia, este lugar comenzó a llenarse.

El hallazgo de Patrick había recorrido la comunidad legal de la Costa en cuestión de minutos. A los abogados les fascina el chisme, tienden incluso a adornarlo y lo repiten con sorprendente rapidez. Escucharon los rumores, los coleccionaron e inventaron algunos. Pesa cincuenta y nueve kilos y habla cinco idiomas. Encontraron el dinero. El dinero se perdió para siempre. Vivía casi en la pobreza absoluta. ¿O era en una mansión? Vivía solo. Tiene una nueva esposa y tres hijos. Ya saben dónde se encuentra el dinero. No tienen ni idea.

En últimas, todos los rumores recaían sobre el dinero. Los amigos y curiosos iban reuniéndose en la sala de reuniones, y charlaban sobre una cosa y otra, mas todo volvía al dinero. Había pocos secretos entre aquel grupo. Desde hacía ya varios años todo el mundo sabía que la sociedad había perdido un tercio de noventa millones. Y la mínima posibilidad de recoger ese dinero convocaba a amigos y curiosos a tomarse uno o dos tragos y oír la historia o el rumor, o actualizarse en noticias y decir el inevitable: "Maldita sea, espero que encuentren el dinero."

Rapley desapareció entre el gentío con su segundo trago. Bogan bebía agua carbonatada mientras conversaba con un juez. Vitrano organizaba el gentío y les confirmaba o negaba lo que podía. Havarac se había recogido en una esquina con un viejo reportero de los estrados judiciales, ya mayor, que súbitamente lo encontró bien parecido.

El licor manaba a medida que la noche transcurría. Las esperanzas iban aumentando a medida que se reciclaban los chismes.

◈

Patrick fue, en realidad, la principal noticia vespertina de la estación radial de la Costa. No se habló de casi nada más. Mostraron a Mast y a Parrish mirando con caras largas la hilera de micrófonos, como si los hubieran llevado hasta allí a punta de latigazos, en contra de su voluntad. Mostraron un primer plano de la puerta de la oficina de abogados, sin comentarios de ninguno de los allí presentes. Hubo una breve crónica sentimentaloide desde la tumba de Patrick, en la que no faltaron las morbosas lucubraciones sobre lo que le podría haber sucedido al pobre cristiano cuyas cenizas fueron enterradas allí. Hubo una retrospectiva hasta el terrible accidente de hacía cuatro años, con fotos del lugar y del cuerpo quemado de Patrick Lanigan en la camioneta Chevrolet Blazer. Ningún comentario de su esposa, del FBI o del sheriff. Ni un comentario de los actores, pero enormes cantidades de especulaciones atrevidas por parte de los reporteros.

A la noticia también le fue bien en Nueva Orleans, Mobile, Jackson y Memphis. La CNN la recogió a media tarde y la emitió en cadena nacional durante una hora, antes de enviarla al exterior. Era una historia completamente irresistible.

Eran casi las siete de la mañana, hora de Suiza, cuando Eva la vio en el cuarto del hotel. En algún momento, pasada la media noche, se había quedado dormida con el televisor encendido; a lo largo de la noche había dormido intermitentemente, esperando siempre noticias sobre Patrick, antes de perderse en el sueño. Estaba rendida y atemorizada. Quería regresar a casa, pero sabía que no lo podía hacer.

Patrick estaba vivo. Le había asegurado cientos de veces que cuando lo encontraran, si es que lo hacían, no lo iban a matar. Por primera vez le creyó.

¿Cuánto les habría contado? He ahí la pregunta. ¿Estaría muy herido? ¿Cuánto habrían logrado sacarle? Murmuró una corta oración de agradecimiento a Dios porque Patrick seguía con vida.

Y entonces hizo una lista de actividades.

Bajo la mirada indiferente de dos guardias uniformados, y con la débil ayuda de Luis, su anciano enfermero portorriqueño, Patrick bajó por el pasillo, con los pies descalzos y vistiendo la holgada pantaloneta militar de color blanco. Las heridas necesitaban aire, no más ropa ni vendas. Sólo unturas y oxígeno. Tenía muy adoloridas las pantorrillas y los muslos, y a cada paso le temblaban las rodillas y los tobillos.

Deseaba que se le despejara la mente, maldita sea. Recibía gustoso el dolor de sus heridas abiertas, porque le aguzaban el cerebro. Sólo Dios sabía qué mezcla terrible de productos químicos le habían metido en la sangre en los últimos tres días. La tortura era una neblina terrible y espesa que ya comenzaba a dispersarse. Cuando los productos químicos se descompusieron, se disolvieron y el cuerpo los expulsó, comenzó a escuchar sus propios gritos de angustia. ¿Cuánto les habría contado sobre el dinero?

Se recostó sobre el antepecho de la ventana de la tienda vacía mientras el enfermero le traía una gaseosa. El océano quedaba a dos kilómetros de distancia, y había hileras de barracas en medio. Se encontraba en alguna especie de base militar.

Sí, había admitido que todavía existía el dinero. Lo recordaba, porque cuando soltó aquel dato, habían cesado durante un momento los choques eléctricos. Luego se había desmayado, le parecía ahora, pues hubo una larga interrupción antes de que despertara con un chorro de agua fría que le arrojaron a la cara. Recordaba ahora lo mucho que esa agua lo había calmado, aunque no le permitieron beberla. Todo el tiempo lo habían estado punzando con agujas.

Bancos. Casi habría dado su vida por los nombres de algunos malditos bancos. Mientras una corriente caliente recorría su cuerpo, les había mostrado el camino seguido por el dinero desde el momento en que lo robó del Banco Unido de Gales, en las Bahamas, hasta que llegó a un banco de Malta, para pasar luego a Panamá, donde nadie lo podría encontrar.

Cuando lo agarraron no sabía dónde se encontraba el dinero. Les había contado que todavía se mantenía intacto, más los intereses y ganancias, según recordaba ahora. Lo recordaba con mucha claridad porque había pensado qué diablos, ellos saben que lo robé, saben cómo lo conseguí, saben que sería imposible que me hubiera gastado noventa millones en cuatro años, pero honestamente no sabía con precisión dónde se encontraba el dinero mientras le derretían la carne.

El enfermero le entregó una gaseosa y él le dijo: "*Obrigado*", gracias, en portugués. ¿Por qué estaba hablando en portugués?

Entonces se había desmayado, tras acabar de dar la ruta del dinero.

"¡Paren ya!", había gritado alguien desde un rincón del cuarto, alguien a quien él nunca vio. Pensaron que le habían dado muerte con el corrientazo.

No tenía ni la menor idea de cuánto tiempo estuvo inconsciente. En un momento se despertó ciego. El sudor y las drogas, además de los aterradores métodos de tortura, lo habían enceguecido. ¿O se trataba de una venda? Recordaba ahora que había pensado que tal vez sí era una venda, pues quizás estaban a punto de llevar a cabo alguna modalidad nueva y más espantosa de tortura. Amputarle algunas partes del cuerpo, tal vez. Y él estaba ahí tirado, desnudo.

Otra inyección en el brazo, y de pronto el corazón se le puso a mil y la piel empezó a brincarle. El otro había regresado con el juguetico. Patrick alcanzó a verlo de nuevo. "Entonces ¿quién tiene el dinero?", había preguntado.

Patrick bebió su gaseosa a sorbos. El ayudante se quedó esperando cerca de él, con una sonrisa amable, como lo hacía con cada paciente. De pronto, Patrick sintió náuseas, aunque había comido poco. Estaba mareado y medio zonzo, pero decidido a permanecer sobre sus dos pies para que la sangre circulara y pudiera pensar pronto. Se concentró en una barca pesquera, a lo lejos, en el horizonte.

Lo reventaron varias veces buscando nombres. Él negó a gritos. Le pegaron un electrodo en los testículos, y el dolor ascendió hasta un nivel diferente. Entonces se desmayó.

Patrick no lograba recordar. Simplemente no lograba recordar la última etapa de su tortura. Tenía el cuerpo en llamas. Estaba a punto de morir. Había gritado el nombre de ella, ¿pero lo habría hecho acaso para sus adentros? ¿Dónde se encontraba Eva ahora?

Se le cayó la gaseosa y se aferró del enfermero.

Stephano esperó hasta la una de la mañana antes de abandonar la casa. Bajó por la calle oscura en el automóvil de su esposa. Les hizo una seña con la mano a los dos agentes sentados en una camioneta junto a la intersección. Conducía despacio, para que ellos pudieran dar la vuelta y seguirlo. Cuando cruzó el puente Arlington Memorial, al menos dos autos lo seguían.

El pequeño convoy se deslizó por las calles vacías, hasta llegar a Georgetown. Stephano tenía la ventaja de saber hacia dónde se dirigía. De pronto, viró a la derecha para abandonar la calle K y llegar a Wisconsin, y luego dobló hacia M. Estacionó de manera ilegal y caminó de prisa media cuadra, hasta el hotel Holiday Inn.

Tomó el ascensor hasta el tercer piso, donde Guy lo esperaba en una suite. De regreso a los Estados Unidos por primera vez en varios meses, llevaba tres días casi sin dormir. Pero eso a Stephano no le importaba.

Había seis casetes, todos con sus etiquetas, bien organizados sobre una mesa junto a una grabadora de pilas.

—Los cuartos vecinos están vacíos —dijo Guy señalando en ambas direcciones—, de manera que puedes escucharlos al volumen que quieras.

—Es desagradable, supongo —dijo Stephano observando los casetes.

—Dan náuseas. Jamás lo volveré a hacer.

—Puedes irte ya.

—Bien. Estoy en el pasillo por si me necesitas.

Guy salió del cuarto. Stephano hizo una llamada, y un minuto más tarde Benny Aricia tocaba a la puerta. Ordenaron café negro y pasaron el resto de la noche oyendo a Patrick gritar en medio de la selva del Paraguay.

Fue la hora más feliz de la vida de Benny.

OCHO

Decir que era el día de Patrick en los periódicos es quedarse corto. El diario matutino de la Costa, en la primera página, no hablaba de *nada* más que de Patrick. LANIGAN REGRESA DE ENTRE LOS MUERTOS, rezaban los titulares en letras destacadas. Cuatro artículos con no menos de seis fotos cubrían la primera página y continuaban en las interiores. También le había ido bien en la primera página de Nueva Orleans, su patria chica, al igual que en Jackson y Mobile. Memphis, Birmingham, Baton Rouge y Atlanta también sacaron fotos del viejo Patrick, acompañadas por breves notas de primera plana.

Toda la mañana dos unidades móviles de la televisión montaron guardia frente a la casa de su madre en Gretna, un suburbio de Nueva Orleans. Ella no tenía nada que decir, y la protegían dos vigorosas damas que vivían en la misma cuadra y que se turnaban para pasearse frente a la puerta y lanzarles miradas iracundas a los buitres.

Los reporteros también se congregaron frente a la entrada de la casa de Trudy en Point Clear, pero Lance los mantenía a raya, sentado bajo un árbol frondoso, con una escopeta. Llevaba puesta una camiseta negra y ceñida, botas y pantalones negros, y estaba muy lucido en su papel de mercenario exitoso. Le lanzaban preguntas banales. Él se limitaba a mostrar desprecio. Trudy se escondió adentro con Ashley Nicole, su hija de seis años, a quien no había enviado al colegio.

Otros salieron en tropel en dirección a la oficina de abogados del centro, para esperar en la acera. Dos fornidos guardias de seguridad, llamados de urgencia para la ocasión, les negaron la entrada.

Esperaron junto a las oficinas del sheriff y de Cutter, y en cualquier lugar donde pudieran encontrar la menor pista. Alguien consiguió una y se reunieron en la oficina del secretario de circuito justo a tiempo para ver a Vitrano, en su mejor traje gris, entregarle al empleado un documento que describió como una demanda de la sociedad de abogados contra Patrick S. Lanigan. La empresa quería que le devolvieran su dinero, era así de sencillo, y Vitrano se moría de ganas de discutir el asunto con los medios por cuanto tiempo alcanzara a concitar su atención.

La mañana estuvo llena de litigios. El abogado de Trudy dejó escapar la demoledora noticia de que a las diez pasaría por la oficina del secretario judicial de Mobile para presentar una demanda de divorcio. Ejecutó su tarea de manera admirable. Aunque había presentado miles de tales demandas, esta era la primera vez que ocurría frente a las cámaras de televisión. Al fin, a regañadientes, aceptó ser entrevistado. La causal de la demanda era el abandono, y la petición aducía toda suerte de pecados abominables. Posó para algunas fotos en el pasillo de la oficina del secretario.

Rápidamente se regó la noticia del proceso entablado la víspera, aquel en el que la Northern Mutual Case exigía a Trudy Lanigan la devolución de los dos millones y medio de dólares. Saquearon los archivos judiciales en busca de detalles. Se pusieron en contacto con los abogados que llevaban el caso. Una infidencia aquí, una palabra casual por allá, y al poco rato una docena de reporteros sabía que Trudy no podía ni siquiera firmar un cheque para comprar alimentos sin la aprobación de la corte.

La compañía de seguros Monarch-Sierra, de Palo Alto, quería que le devolvieran sus cuatro millones de dólares, además de los intereses y las costas de los abogados, por supuesto. Sus abogados de Biloxi se apresuraron a reunir los elementos de una demanda contra la sociedad de abogados, por haberse quedado con el máximo de la póliza, y contra el pobre Patrick por haber engañado a todo el mundo. Como se estaba volviendo costumbre, a la prensa le filtraron toda la información, y pocos minutos después de haber sido entabladas empezaron a circular copias de las demandas.

A nadie sorprendió que Benny Aricia exigiera que Patrick le entregara sus noventa millones. Su nuevo abogado, un bocón extravagante, tenía un método diferente para el trato con los medios de comunicación: citó a una conferencia de prensa para las diez de la mañana, e invitó a todos a un enorme salón de reuniones para discutir hasta el más insignificante aspecto de la petición de su cliente, *antes* de entablar la demanda. Luego invitó a sus nuevos compañeros, los cuerpos de prensa, a que bajaran con él por la acera camino de su presentación. Habló todo el tiempo.

La captura de Patrick Lanigan generó más trabajo legal en la Costa que cualquier otro caso aislado de la historia reciente.

Con el tribunal del condado de Harrison completamente frenético, los diecisiete miembros del gran jurado entraron en silencio a un salón cualquiera del segundo piso. Durante la noche habían recibido llamadas telefónicas urgentes del fiscal del distrito en persona, T.L. Parrish. Conocían la naturaleza de la reunión. Les ofrecieron café y ocuparon los asientos designados alrededor de la gran mesa. Estaban ansiosos, e incluso emocionados, por encontrarse en el ojo del huracán.

Parrish saludó, se disculpó por la sesión de emergencia, y luego les dio la bienvenida al sheriff Sweeney, al investigador principal Ted Grimshaw y al agente especial Joshua Cutter.

—Parece que de repente tenemos un crimen fresco entre las manos —dijo mientras desdoblaba una copia del periódico matutino—. Estoy seguro de que ustedes ya vieron esto —y todo el mundo asintió.

Mientras caminaba lentamente junto a la pared con una libreta en la mano, Parrish enumeró los detalles: los antecedentes de Patrick; que la sociedad de abogados a la que pertenecía representaba a Benny Aricia; la muerte de Patrick, falsa por supuesto, como ahora se sabía; su entierro; la mayor parte de los detalles que habían leído en el periódico matutino que Parrish acababa de poner sobre la mesa.

Les pasó a todos las fotos de la Blazer achicharrada en el lugar del accidente; fotos del lugar a la mañana siguiente, sin la camioneta; fotos de los arbustos chamuscados, del suelo, de la maleza carbonizada y del tronco de un árbol. Y, de manera muy dramática y sin advertencia previa, les pasó, a todos, fotos a color, tamaño postal, de los restos de la única persona que se encontraba en la camioneta.

—Obviamente pensamos que era Patrick Lanigan —dijo con una sonrisa—. Ahora sabemos que estábamos equivocados.

No había nada en la enorme masa carbonizada que sugiriera que se trataba de restos humanos. No había partes discernibles del cuerpo, excepto un pálido hueso protuberante que, según explicó Parrish con tono grave, correspondía a la pelvis.

—Una pelvis humana —añadió, sólo por si los jurados llegaban a pensar que le había dado muerte quizás a un cerdo o a algún otro animal.

Los jurados las asimilaron bien, básicamente porque había muy poco que ver. Nada de sangre, carne, o morbo. Nada que produjera náuseas. Él, o ella, fuera quien fuera, había fallecido en el asiento delantero derecho, quemado, como se quemó todo lo demás, hasta quedar sólo la estructura.

—Claro que fue un fuego producido por gasolina —explicó Parrish—. Sabemos que Patrick había llenado el tanque sólo trece kilómetros atrás, de modo que fueron veinte galones los que hicieron explosión. Sin embargo, nuestro investigador sí anotó que el fuego parecía más caliente e intenso de lo normal.

–¿Encontraron en el vehículo los restos de alguna vasija? –preguntó uno de los jurados.

–No. En incendios como este se suelen usar recipientes plásticos. Las garrafas de leche de un galón y las vasijas anticongelantes parecen ser las favoritas en incendios premeditados. No dejan rastro. Se ve a cada rato, aunque rara vez en el incendio de un auto.

–¿Siempre quedan tan mal los cuerpos? –preguntó otro.

Parrish se apresuró a responder:

–No, en realidad no sucede así. La verdad es que nunca había visto un cadáver tan quemado como este. Habríamos intentado exhumarlo pero, como probablemente lo saben ya, fue cremado.

–¿Alguna idea de quién es? –preguntó Ronny Burkes, un estibador.

–Sólo tenemos a una persona en mente, pero es mera especulación.

Formularon otras preguntas sobre diversos asuntos, pero ninguna de importancia; sólo algunas minucias planteadas con la esperanza de sacar de la reunión algo que los periódicos hubieran omitido. Decidieron por unanimidad acusar a Patrick de asesinato punible con pena capital –un asesinato cometido para perpetrar otro crimen, a saber, un robo de gran cuantía. Punible con muerte por inyección de veneno, en la penitenciaría estatal de Parchman.

En menos de veinticuatro horas, Patrick se las había arreglado para que lo sindicaran de asesinato punible con pena capital, para que entablaran una demanda de divorcio en su contra, para que Aricia lo demandara por los noventa millones además de daños y perjuicios, para que su antigua sociedad de abogados lo demandara por treinta millones más costas, y para que la compañía de seguros Monarch-Sierra lo demandara por cuatro millones, además de otros diez por daños y perjuicios, de modo precautelativo.

Lo vio todo por la televisión, por cortesía de la CNN.

◇

Los fiscales T.L. Parrish y Maurice Mast, con aspecto sombrío, se pararon una vez más ante las cámaras y, aunque los federales no tenían nada que ver con esta sindicación, anunciaron, en forma conjunta, que la gente de bien del condado de Harrison, actuando por medio del oficio de su gran jurado, había decidido establecer cargos contra Patrick Lanigan por asesinato. Soslayaron las preguntas que no podían contestar, evadieron las que sí tenían respuesta e insinuaron de manera clara que habría más cargos en su contra.

Cuando las cámaras se hubieron retirado, los dos fiscales se reunieron en calma con el honorable Karl Huskey, uno de los tres jueces de circuito del condado de Harrison, y un buen amigo de Patrick antes del funeral. Se suponía que los casos se asignaban al azar, pero Huskey, al igual que los otros jueces, sabía manipular al empleado de reparto para que le adjudicara o no algún caso en particular. Y Huskey, por ahora, quería el de Patrick.

Lance estaba solo en la cocina, comiéndose un sándwich de tomate, cuando vio que algo se movía en el patio de atrás, cerca de la piscina. Agarró su escopeta, salió con sigilo de la casa, pasó cerca de unos setos del patio y alcanzó a vislumbrar a un fotógrafo rechoncho, acurrucado cerca de la caseta de la piscina, con tres aparatosas cámaras colgadas del cuello. Lance avanzó en las puntas de los pies descalzos, dio la vuelta por la caseta de la piscina con el arma en la mano y se acuclilló a un metro de distancia de la espalda del tipo. Se inclinó hacia adelante, le puso la escopeta cerca de la cabeza con el cañón apuntado hacia arriba, y apretó el gatillo.

El fotógrafo brincó hacia adelante y se fue de bruces, gritando aterrorizado y cayendo sobre sus cámaras. Lance le dio una patada entre las piernas y luego le dio otra, mientras el hombre se revolcaba en el suelo y alcanzaba por fin a ver a su agresor.

Luego le arrancó las tres cámaras y las arrojó a la piscina. Trudy se encontraba en el patio, aterrorizada. Lance le gritó que llamara a la policía.

NUEVE

—Sólo voy a raspar el tejido muerto para quitártelo —dijo el médico mientras le exploraba con cuidado una herida en el pecho con un instrumento puntiagudo—. Creo que deberías considerar la posibilidad de aceptar una droga para el dolor.

—No, gracias —dijo Patrick. Estaba sentado sobre la cama, desnudo, rodeado por el médico, dos enfermeras y Luis, el auxiliar portorriqueño.

—Te va a doler, Patrick —dijo el médico.

—He pasado momentos peores. Además, ¿dónde me pincharías? —preguntó levantando el brazo izquierdo que tenía lleno de hematomas que iban del púrpura al azul oscuro allí donde el médico brasileño lo había pinchado una y otra vez cuando lo torturaban. El cuerpo entero era un arco iris de hematomas y cicatrices—. No más drogas —dijo.

—Está bien, como quieras.

Patrick se reclinó y agarró las barandas laterales de la cama. Las enfermeras y Luis lo sujetaron por los tobillos mientras el médico le raspaba las quemaduras del pecho, que estaban en carne viva. Con escalpelos quirúrgicos le arrancó a la herida la piel muerta, y la dejó libre.

Patrick se estremecía con los ojos cerrados.

—¿Quieres una inyección? —le preguntó el médico.

—No —gruñó.

Más escalpelo. Más tejido muerto.

—Estas van sanando bien, Patrick. Me parece que, a fin de cuentas, no vas a necesitar injertos de piel.

—Menos mal —dijo, y volvió estremecerse.

Cuatro de las nueve quemaduras eran lo suficientemente serias como para ser consideradas de tercer grado: dos en el pecho, una en el muslo izquierdo y una en la pantorrilla derecha. Las laceraciones de las sogas en la muñecas, codos y tobillos estaban en carne viva y cubiertas de ungüentos.

El médico terminó en media hora, y le explicó que era preferible guardar quietud, sin ropa ni vendajes, al menos por un tiempo. Le aplicó un ungüento antibacteriano y luego le ofreció píldoras para el dolor, que Patrick volvió a rechazar.

El médico y las enfermeras se marcharon y Luis se quedó luego de despedirlos. Cerró la puerta tras ellos y bajó las persianas. De un bolsillo que tenía debajo de la bata de enfermero sacó una cámara Kodak desechable, con flash.

—Empieza por aquí —dijo Patrick señalando hacia el pie de la cama—. Capta todo mi cuerpo, incluyendo la cara.

Luis se cuadró la cámara, retrocedió hacia la pared y apretó el botón. Se activó el flash.

—Otra desde ese mismo punto —lo dirigió Patrick.

Luis hizo lo que le ordenó. Al comienzo había vacilado en aceptar esta empresa, y dijo que su jefe debería aprobarla. Como había residido en la frontera con Paraguay, Patrick no sólo había perfeccionado su portugués sino que también había aprendido a defenderse en español y entendía casi todo lo que Luis decía. Mayores dificultades tenía este último para entender a Patrick.

Pero prevaleció el lenguaje del dinero, y Luis acabó entendiendo la oferta de quinientos dólares como compensación por sus servicios de fotógrafo. Aceptó comprar tres cámaras desechables, tomar casi cien fotos, hacerlas revelar al día siguiente y ocultarlas lejos del hospital hasta nueva orden.

Patrick no tenía quinientos dólares consigo, pero convenció a Luis de que él era un hombre honesto aunque hubiera oído decir lo contrario, y que le enviaría el dinero tan pronto regresara a su país.

Luis no era muy especial que digamos como fotógrafo, pero

tampoco tenía mayor cosa por cámara. Patrick definió todas las tomas. Tomaron primeros planos de las quemaduras graves del pecho y del muslo, primeros planos de sus extremidades lesionadas, fotos de cuerpo entero desde todos los ángulos. Trabajaron tan rápido que no los pillaron. Era casi la hora del almuerzo y no tardaría en pasar otra ronda de ajetreadas enfermeras con sus cuadros y su parloteo incesante.

Luis salió del hospital durante la hora de almuerzo y llevó la película a un almacén de fotografía.

◈

En Río, Osmar convenció a una mal pagada secretaria de la sociedad de abogados en la que Eva trabajaba de que aceptara mil dólares en efectivo a cambio de información sobre lo que se comentaba en el lugar. No era mucho. Los socios no decían mayor cosa, pero los informes telefónicos revelaron dos llamadas a un número en Zurich. Era un hotel, decidió Guy en Washington, pero no consiguieron más información. Los suizos eran muy discretos.

A los socios se les acabó la paciencia con la desaparición de la mujer. Los esporádicos comentarios referentes a ella pronto dieron lugar a reuniones diarias para determinar qué hacer. Se había comunicado una vez el primer día y otra el segundo, y de ahí en adelante no había habido más llamadas. No pudieron verificar la existencia del cliente misterioso a quien había ido a ver. Mientras tanto, sus clientes reales hacían exigencias y amenazas. Estaba quedando mal con citas, reuniones y vencimientos de términos.

Por fin resolvieron retirarla de la compañía en forma temporal, y arreglar cuentas con ella a su regreso.

Osmar y su gente acecharon tanto al papá de Eva, que el pobre hombre ya era incapaz de dormir. Vigilaban el vestíbulo del edi-

ficio y lo seguían por entre el tráfico y a lo largo de las congestio-
nadas aceras de Ipanema. Pensaron en agarrarlo y darle una
golpiza para forzarlo a cantar, pero él tuvo cuidado y jamás se permitió estar solo.

❖

En su tercera ida al cuarto de Trudy, Lance encontró por fin
abierta la puerta. Entró con sigilo, llevando consigo otro Valium y
una botella de agua efervescente importada de Irlanda a cuatro
dólares la unidad, que era la preferida por ella. Se sentó a su lado,
sobre la cama, sin decir palabra, y le entregó la pastilla. Ella la
tomó y tragó. Era la segunda en una hora.

El auto de la policía donde iba el fotógrafo rechoncho se había
marchado hacía una hora. Dos agentes estuvieron veinte minutos
más haciéndoles preguntas, al parecer poco dispuestos a acusar a
Lance de agresión, pues el fotógrafo estaba en propiedad privada.
A la prensa se le había dicho que se mantuviera lejos, y en todo
caso se trataba de una revista barata del norte. Los policías parecían simpatizar con la forma como Lance había manejado la situación, e incluso respetarla. Les fue suministrado el nombre del
abogado local de Trudy, para la eventualidad de que resolviera
formular cargos. Lance, por su parte, amenazó con entablar una
demanda si el asunto era llevado a los tribunales.

Trudy perdió el dominio de sí apenas se marcharon los policías. Comenzó a lanzar a la chimenea los cojines de un sofá e
hizo salir a la niñera corriendo con la niña. Le gritaba obscenida-
des a Lance, porque era el blanco más cercano. Era demasiado:
las noticias de Patrick, la demanda de la compañía de seguros, la
orden de restricción de gastos, la bandada de buitres frente a la
casa y ahora, para colmo de males, Lance había agarrado a un fotógrafo junto a la piscina.

Pero ya estaba sosegada. Él también se había tomado un Valium y había suspirado con alivio al verla controlarse. Quería tocarla, acariciarle la rodilla y decirle una palabra amable, pero tales gestos jamás funcionaban con Trudy en situaciones como esta. Un paso en falso y volvería a estallar. Acabaría apaciguándose, pero sólo en sus propios términos.

Trudy se recostó sobre la cama, cerró los ojos y se puso una mano en la frente. El cuarto estaba a oscuras, al igual que el resto de la casa. Las persianas y cortinas bien corridas, las luces apagadas o atenuadas. Había unas cien personas en la calle que tomaban fotos o hacían tomas de video para acompañar las atroces historias sobre Patrick. Por la tarde, en las noticias locales, había visto su casa allá al fondo, mientras una tonta mujer con cara de naranja hablaba como una loca sobre que Patrick esto y que Patrick aquello, y sobre el divorcio solicitado por su esposa esa misma mañana.

¡Esposa de Patrick! El solo pensarlo la dejaba lela. No había sido esposa de Patrick durante casi cuatro años y medio. Lo había enterrado bien, y luego había tratado de olvidarse de él mientras esperaba el dinero. En cuanto lo recibió, Patrick comenzó a ser un recuerdo cada vez más tenue.

El único momento doloroso que tuvo que enfrentar fue cuando se sentó con Ashley Nicole, que en aquel momento tenía apenas dos años, a contarle que su padre no volvería a estar con ella, que se había ido al cielo donde sin duda estaría más feliz. La niña se había quedado perpleja por un instante, y luego había desechado la idea como sólo saben hacerlo los niños muy pequeños. A nadie le era permitido mencionar el nombre de Patrick en presencia de la niña. Esto era para protegerla, había explicado Trudy. Ella no recuerda a su padre, de modo que no la obliguen a hacerlo.

Salvo por este breve episodio, había enfrentado el peso de la viudez con una adaptabilidad impresionante. Iba de compras a Nueva Orleans, ordenaba alimentos vegetarianos de California, sudaba tres horas al día en una trusa de marca y compraba cremas y tratamientos faciales costosos. Una criada tenía a su cargo el cuidado de la niña, para que Trudy pudiera viajar con Lance. Les fascinaba el Caribe, y en especial St. Barts, con sus playas nudistas. Se pavoneaban desnudos entre los franceses.

Pasaban las Navidades en Nueva York, en el hotel Plaza. Enero transcurría en Vail, con la gente rica y bonita. Mayo significaba París y Viena. Ansiaban conseguir un avión privado, como algunas de las maravillosas personas que habían conocido en su agitada vida. Por un millón se podía conseguir un Lear pequeño, de segunda, pero no era posible hacerlo por ahora.

Lance sostenía que le estaba trabajando a la idea, y ella se preocupaba cuando él se ponía serio en asuntos de negocios. Sabía que estaba metido en el contrabando de narcóticos, pero que sólo se trataba de marihuana y hashish que traían desde México con poco riesgo. Necesitaban el ingreso, y a ella le gustaba que él saliera a veces de la casa.

No odiaba a Patrick, al menos no al difunto. Lo único que la tenía furiosa era el hecho de que no estuviera muerto, de que hubiera resucitado y regresado para complicarle la vida. Lo había conocido en una fiesta en Nueva Orleans, en la época en que andaba con Lance y a la caza de otro esposo, preferiblemente acaudalado y con un futuro prometedor. Tenía entonces veintisiete años, llevaba cuatro de haber abandonado un mal matrimonio y buscaba estabilidad. Él tenía treinta y tres, estaba todavía soltero y listo para organizarse. Acababa de aceptar un empleo en una buena sociedad de abogados de Biloxi, el lugar donde ella vivía para entonces. Tras cuatro meses de una pasión sin escalas, se casaron en Jamaica. Tres semanas después de la luna de miel, Lance entró subrepticiamente a su apartamento nuevo y pasó allí la noche, aprovechando que Patrick andaba en un viaje de negocios.

Ella no podía perder el dinero, de eso no cabía duda. El abogado simplemente tendría que hacer algo, encontrar algún esguince que le permitiera conservarlo. Para eso le pagaban. ¡Cómo podía la compañía de seguros quitarle la casa, los muebles, los autos, la ropa, las cuentas bancarias, el bote, los objetos fabulosos que había comprado! No sería justo. Patrick había muerto. Ella lo había enterrado. Llevaba cuatro años de viudez. Esto debía valer para algo.

No era culpa suya que él estuviera vivo.

—Mira, lo vamos a tener que matar —dijo Lance en la semipenumbra. Estaba en un sillón acolchado que había entre la cama y la ventana; sus pies descalzos descansaban sobre una otomana.

Ella no se movió, ni hizo gesto alguno, pero lo pensó un segundo antes de decir con poca convicción:

—No seas estúpido.

—No hay alternativa. Lo sabes bien.

—Ya tenemos bastantes líos.

Se limitó a respirar, con la mano todavía en la frente, los ojos cerrados en total quietud, pero muy contenta en realidad de que Lance hubiera puesto el asunto sobre el tapete. Claro que había pensado en eso poco después de enterarse del regreso de Patrick al país. Había analizado diversas posibilidades, y con todas llegaba a la misma conclusión: para poder conservar el dinero él debía morir. Al fin y al cabo se trataba de una póliza de seguros sobre la vida de Patrick.

Trudy no era capaz de matarlo; la idea era ridícula. Pero, por otra parte, Lance tenía abundantes amigos tenebrosos en lugares siniestros.

—¿Quieres conservar el dinero, sí o no? —preguntó él.

—Ahora no soy capaz de pensar en eso, Lance. Tal vez más tarde –quizás muy pronto. No podía mostrarse ávida, pues Lance se excitaría demasiado. Como siempre, lo manipularía, lo llevaría a involucrarse en alguna trama diabólica hasta que ya no le quedara posibilidad alguna de retractarse.

–No podemos esperar demasiado, muñeca. Maldita sea, la compañía de seguros ya nos tiene del cogote.

–Por favor, Lance.

–No hay otra opción. Si quieres quedarte con esta casa, con el dinero, con todo lo que posees, entonces él tiene que morir.

Trudy no habló ni se movió durante un rato largo, pero las palabras le llegaron al alma. A pesar de sus escasas neuronas y de sus muchos defectos, Lance era el único hombre a quien había amado. Era lo bastante canalla para encargarse de Patrick, pero ¿tenía la suficiente inteligencia para no dejarse atrapar?

El nombre del agente era Brent Myers, de la oficina de Biloxi, y había sido enviado por Cutter. Se presentó y le mostró una placa a Patrick, que hizo caso omiso de ella mientras buscaba el control remoto del televisor.

–Es un placer –dijo mientras se echaba las sábanas sobre la pantaloneta.

–Vengo de la oficina de Biloxi –dijo Myers. Trataba de ser genuinamente amable.

–¿Dónde queda eso? –preguntó Patrick con el rostro impasible.

–Pues sí, pensé que debíamos conocernos. Vamos a pasar mucho tiempo juntos en los meses venideros.

–No esté tan seguro de eso.

–¿Tiene abogado?

–Todavía no.

–¿Piensa contratar a alguno?

–Eso no le incumbe.

Era obvio que Myers no era contrincante para un abogado veterano como Lanigan. Puso las manos sobre la baranda del pie de la cama y miró a Patrick con la más evidente intención de intimidarlo.

–El médico dice que en dos días estará listo para ser trasladado –dijo.

–¿Y qué? Ya estoy listo.

–Hay una muchedumbre esperándolo en Biloxi.

–Eso he visto –dijo Patrick señalando la televisión.

–Supongo que no quiere contestar algunas preguntas.

Patrick no pudo ocultar su desdén ante tan ridícula sugerencia.

–Eso pensé –dijo Myers, y dio un paso hacia la puerta–. De todas formas, yo lo escoltaré a su tierra –arrojó una tarjeta sobre las sábanas–. Aquí está el número de mi hotel, en caso de que decida hablar.

–No se siente junto al teléfono.

DIEZ

Sandy McDermott leyó con gran interés los informes noticiosos sobre la manera sorprendente como habían descubierto a su antiguo compañero de la facultad de derecho. Patrick y él habían estudiado y parrandeado juntos durante los tres años que pasaron en la Universidad de Tulane. Los había empleado el mismo juez después de pasar el examen preparatorio y habían pasado muchas horas en su bar favorito de St. Charles planeando de qué manera se iban a tomar el mundo de la ley. Entre los dos pensaban fundar una sociedad de abogados... una sociedad pequeña pero poderosa de abogados litigantes tenaces, con una ética impecable. En el proceso se harían ricos y donarían diez horas al mes a clientes que no tuvieran con qué pagar. Lo tenían todo fríamente calculado.

Pero la vida se metió en el medio. Sandy aceptó un empleo como fiscal federal asistente, más que todo porque el salario era bueno y él estaba recién casado. Patrick se perdió en una sociedad de doscientos abogados en el centro de Nueva Orleans. El matrimonio le fue esquivo porque trabajaba ochenta horas a la semana.

Mantuvieron la idea de fundar la maravillosa sociedad hasta que cumplieron treinta años, época en la que apenas si tenían tiempo para almorzar a la carrera o para tomar un trago juntos. Con el correr de los años, los encuentros y llamadas telefónicas se sucedían cada vez con menor frecuencia. Luego Patrick huyó a una vida más serena en Biloxi y, si acaso, se hablaban una vez al año.

Para Sandy, el gran hito en el juego de las demandas tuvo lugar cuando el amigo de un primo quedó inválido en unas instalaciones petroleras, mar adentro en el Golfo. Consiguió diez mil dólares prestados, abrió su propio negocio, demandó a la Exxon y cobró cerca de tres millones de dólares, de los cuales él se quedó con una tercera parte. Se había organizado. Sin Patrick, fundó una pequeña sociedad de tres abogados cuya especialidad eran las muertes y los perjuicios sufridos en el exterior.

Cuando Patrick murió, Sandy se sentó a mirar su calendario y reparó en que hacía nueve meses que no hablaba con su compañero. Claro que esto lo hizo sentirse mal, pero también era realista. Como ocurre con la mayor parte de los compañeros de universidad, simplemente habían tomado rumbos diferentes.

Acompañó a Trudy en su tragedia y ayudó a cargar el ataúd hasta la tumba.

Cuando, seis semanas después, desapareció el dinero y comenzaron a surgir los chismes, Sandy se rió para sus adentros y le deseó a su compañero que le fuera muy bien. Corre, Patrick, corre, había pensado a menudo durante los últimos cuatro años, siempre con una sonrisa.

La oficina de Sandy estaba situada cerca de la calle Poydras, a nueve cuadras del Superdomo, junto a la intersección con Magazine, en un hermoso edificio del siglo XIX que había comprado como fruto de un arreglo en el exterior. Entregó en alquiler los pisos segundo y tercero y dejó el primero para él y sus dos socios, con tres paralegales y media docena de secretarias.

◇

Estaba muy ocupado cuando su secretaria entró en la oficina con cara larga y le dijo:

—Una señora quiere verlo.

—¿Tiene cita? —preguntó mirando en una de las tres agendas: la diaria, la semanal y la mensual, sobre su escritorio.

—No. Dice que es urgente. Que no se va a ir. Tiene que ver con Patrick Lanigan.

La miró con curiosidad.

–Dice que es abogada –añadió la secretaria.

–¿De dónde viene?

–De Brasil.

–¿Brasil?

–Sí.

–¿Sí tiene aspecto... como de brasileña?

–Creo que sí.

–Hazla seguir.

Sandy salió a recibirla en la puerta y la saludó con amabilidad. Eva le dijo que se llamaba Lía, sin ningún apellido.

–No alcancé a oír su apellido –dijo Sandy, todo sonrisas.

–No uso apellido –contestó–. Al menos, no por ahora.

Debe ser la usanza brasileña, pensó Sandy. Así como Pelé, el jugador de fútbol. Sólo un nombre sin apellido.

La condujo a la silla del rincón y le ofreció café. Ella no quiso y se sentó sin prisa. Él le miró las piernas. Estaba vestida de manera informal, nada deslumbrante. Se sentó al otro lado de la mesita para el café y vio sus ojos: hermosos y claros ojos castaños que mostraban fatiga. El cabello le llegaba hasta más abajo de los hombros.

Patrick siempre había tenido buen ojo. Aunque Trudy era un mal partido, paraba el tráfico.

–Estoy aquí en nombre de Patrick –dijo vacilante.

–¿La envió él? –preguntó Sandy.

–Sí.

Habló despacio, con palabras suaves y quedas. Tenía muy poco acento.

–¿Usted estudió en los Estados Unidos? –preguntó Sandy.

–Sí. Obtuve un grado en derecho de la Universidad de Georgetown.

Eso explicaba el inglés norteamericano casi perfecto.

–¿Y dónde ejerce?

–En una sociedad de abogados en Río. Trabajo en derecho mercantil internacional.

Aún no había sonreído, lo que molestó a Sandy. Una visitante del exterior. Y bonita, para acabar de ajustar, con buena cabeza y lindas piernas. Quería que se relajara en la calidez de su oficina. Al fin y al cabo estaban en Nueva Orleans.

–¿Fue allá donde conoció a Patrick? –preguntó.

–Sí. En Río.

–Ha hablado con él desde que...

–No. No desde que se lo llevaron –por poco añade que estaba muerta de la preocupación por él, pero aquello no parecería profesional. No podía divulgar mucha información; nada sobre sus relaciones con Patrick. Sandy McDermott era de confianza, pero se le debía suministrar la información en pequeñas dosis.

Hubo una pausa en la que ambos miraron hacia otro lado y Sandy instintivamente supo que había muchos capítulos de esa historia que jamás conocería. Pero, ¡ah, las preguntas! ¿Cómo sustrajo el dinero? ¿Cómo llegó al Brasil? ¿Cómo la seleccionó a ella durante ese tiempo?

Y la gorda: ¿Dónde está el dinero?

–¿Qué se espera que haga yo? –preguntó.

–Quiero contratarlo para Patrick.

–Estoy disponible.

–Es muy importante que esto sea confidencial.

–Siempre lo es.

–Esto es diferente.

Estaba bien. Diferente, al tenor de noventa millones de dólares.

–Le garantizo que cuanto Patrick y usted me cuenten será mantenido en el mayor secreto –dijo con una sonrisa tranquilizadora, y ella se las arregló para esbozar, a su vez, una sonrisa muy tenue.

—Lo pueden presionar para que divulgue los secretos del clien-te —dijo ella.

—No me preocupa. Me sé cuidar.

—Lo pueden amenazar.

—Ya he sido amenazado antes.

—Lo pueden seguir.

—¿Quiénes?

—Gente de mala calaña.

—¿Quiénes?

—Los que están persiguiendo a Patrick.

—Creo que ya lo agarraron.

—Sí, pero no el dinero.

—Ya veo —de modo que el dinero todavía andaba por ahí. No era de extrañarse. Sandy, lo mismo que todo el mundo, sabía que Patrick no sería capaz de gastarse tal fortuna en cuatro años. ¿Pero cuánto quedaba?

—¿Dónde está el dinero? —preguntó tanteando el terreno, sin esperar respuesta por ahora.

—No puede hacer esa pregunta.

—Pero la hice.

Lía sonrió y pasó rápidamente a otro tema.

—Arreglemos algunos detalles. ¿Cuánto le doy de anticipo?

—¿Para qué me está anticipando?

—Para representar a Patrick.

—¿Para cuál conjunto de pecados? De acuerdo con los periódi-cos, se necesitará todo un ejército de abogados para cubrir los di-versos flancos.

—¿Cien mil dólares?

—Eso para empezar. ¿Voy a asumir tanto la parte civil como la criminal?

—Todo.

—¿Yo solo?

—Sí. Él no quiere más abogados.

—Me siento conmovido —dijo Sandy, y era sincero. Había unos doce abogados a quienes Patrick habría podido acudir, abogados más prestigiosos, con mayor experiencia en lo referente a la pena de muerte, abogados con conexiones en la Costa con gente importante, miembros de sociedades más grandes, con mayores recursos y, sin duda, abogados que habían sido amigos más cercanos que Sandy durante los últimos ocho años—. Entonces, estoy contratado —dijo—. Patrick es un viejo amigo como usted sabe.

—Sí.

¿Cuánto sabía ella en realidad? se preguntó. ¿Era más que una simple abogada?

—Quisiera enviarle el dinero hoy —dijo—. Si me da las instrucciones para hacerle el giro.

—Por supuesto. Le voy a preparar un contrato de servicios legales.

—Hay otras cosas que le preocupan a Patrick. La primera es la publicidad. Quiere que no se le diga nada a la prensa. Nunca. Ni una palabra. Ninguna conferencia de prensa. Ni siquiera el neutral "sin comentarios".

—No hay problema.

—Y no puede escribir un libro cuando esto termine.

Sandy se echó a reír, pero ella no entendió la gracia del asunto.

—No se me pasaría por la cabeza -dijo Sandy.

—Él quiere que esto quede en el contrato.

Sandy dejó de reír y anotó en su libreta algo al respecto.

—¿Algo más?

—Sí, es de esperarse que le intervengan a usted la oficina y la casa para espiarlo. Debe contratar a un experto en vigilancia que lo proteja. Patrick está dispuesto a correr con los gastos.

—Listo.

—Y es mejor que no nos volvamos a reunir aquí. Hay gente tra-

tando de encontrarme, porque piensan que yo los puedo conducir al dinero. De modo que nos encontraremos en otras partes.

Sandy nada podía decir ante esto. Desearía ayudarle, ofrecerle
protección, preguntarle adónde iba y cómo pensaba esconderse,
pero Lía daba la impresión de tenerlo todo bajo control.

La mujer miró el reloj.

—Hay un vuelo a Miami dentro de tres horas. Tengo dos pasajes en primera clase. Podemos hablar en el avión.

—Ah, ¿y a dónde voy a ir?

—Usted va a volar a San Juan, a verse con Patrick. Ya lo arreglé
todo.

—¿Y usted?

—Iré en otra dirección.

Sandy pidió más café y panecillos, mientras esperaban las instrucciones para finiquitar el giro. La secretaria canceló los compromisos y las comparecencias ante el tribunal de los tres días
siguientes. La esposa le llevó a la oficina un maletín de viaje. Un
paralegal los condujo al aeropuerto y en algún punto del camino
Sandy reparó en que Lía no llevaba equipaje, sólo un pequeño
maletín de cuero café, muy gastado y bastante bonito.

—¿Dónde se aloja? —le preguntó mientras tomaban gaseosa en
una cafetería del aeropuerto.

—En diversos lugares —dijo ella, asomándose por la ventana.

—¿Cómo me pongo en contacto con usted? —preguntó él.

—Eso lo definiremos después.

Se sentaron juntos en la tercera fila de la sección de primera
clase, y ella no dijo nada durante los veinte minutos posteriores al
decolaje, pues hojeaba una revista de modas mientras él luchaba
por leer una abultada declaración. No quería leer esa declara-

ción; eso podía esperar. Quería hablar, dispararle mil preguntas, las mismas que todo el mundo deseaba formular.

Pero había un muro entre los dos, un muro grueso que iba más allá del género y de la familiaridad. Ella tenía las respuestas, pero quería guardárselas para sí. Él trataba, en la medida de sus capacidades, de mostrar la misma frialdad.

Distribuyeron pretzels y maní. Ambos rechazaron el champaña. Les dieron agua embotellada.

—Entonces, ¿cuánto tiempo hace que conoce a Patrick? —preguntó él cauteloso.

—¿Por qué pregunta?

—Lo siento. Pero dígame, ¿hay algo que pueda contarme de cuanto le ha sucedido a Patrick en los últimos cuatro años? Soy, al fin y al cabo, amigo suyo. Y ahora soy su abogado. No puede reprocharme la curiosidad.

—Usted mismo tendrá que preguntárselo —dijo ella con un leve dejo de dulzura, para luego volver a su revista. Sandy se comió el maní de ella.

Lía esperó hasta que comenzaron el descenso hacia Miami para volver a hablar. Y lo hizo con rapidez, de manera clara y bien ensayada:

—No lo volveré a ver durante algunos días. Tengo que mantenerme en movimiento, porque me andan buscando. Patrick le dará instrucciones y, por ahora, él y yo nos comunicaremos a través de usted. Debe prestar atención a cualquier cosa insólita: un extraño en el teléfono, un auto detrás de usted, alguien rondando a toda hora por los alrededores de su oficina. Una vez que lo identifiquen a usted como su abogado, atraerá a los que me están buscando.

—¿Quiénes son?

—Patrick se lo contará.

—Usted tiene el dinero, ¿no?

–No puedo responder a esa pregunta.

Vio que las nubes se cerraban debajo del ala. Claro que el dinero había aumentado. Patrick no era ningún tonto. Lo había guardado en un banco extranjero, donde lo manejaban profesionales. Lo más probable era que estuviera rindiendo al menos un doce por ciento anual.

No volvieron a conversar hasta que aterrizaron. Salieron de prisa por el terminal, para que él alcanzara su vuelo a San Juan. Ella le apretó la mano con firmeza y le dijo:

–Dígale a Patrick que me encuentro bien.

–Preguntará dónde está usted.

–En Europa.

La vio desaparecer en medio de la muchedumbre de viajeros presurosos, y envidió a su viejo amigo. Un dineral. Una mujer fabulosa con encanto exótico y clase.

La llamada para abordar lo devolvió a la realidad. Sacudió la cabeza y se preguntó cómo diablos podía envidiar a un hombre que ahora enfrentaba la posibilidad de pasar los próximos diez años en el pabellón de los condenados a muerte, esperando su ejecución. Y a unos cien abogados ansiosos de pelarle el cuero en busca de la plata.

¡Envidia! Ocupó su asiento, otra vez en primera clase, y empezó a sentir la verdadera magnitud de lo que significaba representar a Patrick.

Eva tomó un taxi de regreso al lujoso hotel de South Beach donde había pasado la noche. Allí habría de permanecer durante varios días, dependiendo de lo que sucediera en Biloxi. Patrick le había dicho que anduviera por todas partes, sin quedarse en un solo lugar más de cuatro días. Estaba registrada bajo el nombre de Lía

Pires, y ahora tenía una tarjeta de crédito dorada que le habían entregado con aquel nombre. Su dirección era de São Paulo.

Se cambió sin tardar y bajó al mar. Era mediodía y la playa estaba llena, cosa que le convenía. Las playas de Río vivían atestadas, pero allí siempre encontraba amigos. Ahora era una forastera, otra beldad anónima asoleándose en un pequeño bikini. Quería regresar a casa.

ONCE

Una hora gastó Sandy en abrirse camino y franquear los muros exteriores de la base naval. Su nuevo cliente no le había facilitado las cosas. Nadie parecía saber que lo esperaba. Tuvo que defenderse con el repertorio usual de los abogados: amenazas de demandas instantáneas, de llamadas telefónicas ominosas a senadores u otras personas de alto nivel, airadas quejas sobre toda clase de violación de derechos. Ya había oscurecido cuando llegó a la oficina del hospital, donde se disponía a emprender otra línea de defensa. Pero esta vez una enfermera se limitó a llamar a Patrick.

El cuarto estaba oscuro, iluminado sólo con la luz azulosa de una televisión muda colocada en la parte superior de una esquina: un juego de fútbol de Brasil. Los compañeros de universidad se apretaron la mano con cariño. No se habían visto en seis años. Patrick se cubría con la sábana hasta el mentón para esconder las heridas. Por el momento, el partido de fútbol parecía más importante que cualquier conversación seria.

Sandy había albergado las esperanzas de una reunión cálida, pero muy pronto se conformó con una de tono controlado. Aunque trataba de no mirarlo mucho, analizaba el rostro de Patrick. Estaba delgado, casi macilento, con una mandíbula cuadrada de reciente adquisición y la nariz un poco más afilada. De no ser por los ojos, podría pasar por otra persona. Y la voz era inconfundible.

—Gracias por venir —dijo Patrick. Sus palabras eran muy tenues, como si el acto de hablar le exigiera un gran esfuerzo y deliberación.

—De nada. Oye, no tuve alternativa. Tu amiga es muy convincente.

Patrick cerró los ojos y se mordió la lengua. Pronunció una

corta oración de acción de gracias. Ella andaba por ahí, y estaba bien.

—¿Cuánto te pagó? —preguntó.

—Cien mil.

—Bien —dijo Patrick, y dejó de hablar. Una larga pausa y Sandy se fue dando cuenta de que sus conversaciones girarían en torno a prolongados intervalos de silencio.

—Ella está bien —dijo—. Es una mujer hermosa. Inteligente como pocas y con un control total de lo que se supone está controlando. Por si te lo preguntas.

—Qué bien.

—¿Cuándo fue la última vez que la viste?

—Hace un par de semanas. No soy capaz de llevar la cuenta del tiempo.

—¿Es esposa, amiga, amante, puta...?

—Abogada.

—¿Abogada?

—Sí, abogada.

A Sandy le pareció divertido. Patrick volvió a encerrarse en sí mismo; no dijo nada ni se movió bajo la sábana. Pasaron los minutos. Sandy se sentó en la única silla que había, dispuesto a esperar a su amigo. Patrick estaba volviendo a entrar en el feo mundo donde lo esperaban los lobos, y si lo que deseaba era estar acostado allí, mirando al techo, Sandy no tenía objeción. Ya habría tiempo suficiente para conversar, y con seguridad no les faltaría tema.

Estaba vivo, y por ahora eso era lo que importaba. Sandy se entretenía trayendo a la mente imágenes del funeral y del entierro, del ataúd que bajaron en un día frío y nublado, de las últimas palabras del sacerdote y de los sollozos controlados de Trudy. Era graciosísimo pensar que el viejo Patrick había estado oculto en un árbol, no muy lejos, mirándolos en el duelo según habían estado informando desde hacía tres días.

Se había ocultado, y luego se había llevado el dinero. Algunos hombres se derrumban al aproximarse a los cuarenta años. La crisis de la edad adulta los impulsa a conseguir otra mujer o a regresar a la universidad. No al viejo Patrick. Él celebró su angustia matándose, sustrayendo noventa millones de dólares y desapareciendo.

Pero de pronto el cadáver del automóvil, que era real, acabó con el chiste, y Sandy sintió deseos de hablar.

—Te espera un buen comité de bienvenida para cuando regreses, Patrick —dijo.

—¿Quién es el jefe?

—Difícil decirlo. Trudy presentó una demanda de divorcio hace dos días, pero este es el menor de tus problemas.

—Tienes toda la razón. Déjame adivinar, quiere la mitad del dinero.

—Quiere muchas cosas. El gran jurado te acusó de asesinato punible con pena capital. Estatal, no federal.

—Lo vi en televisión.

—Bien. Entonces ya sabes todo lo de las demandas.

—Sí. La CNN se ha mostrado muy diligente en mantenerme al día.

—No los puedes culpar, Patrick. Es una historia maravillosa.

—Gracias.

—¿Cuándo quieres hablar?

Patrick se volvió de lado y miró por encima de Sandy. No había a dónde mirar más que al muro, pintado de un blanco séptico, pero en realidad no lo veía.

—Me torturaron, Sandy —dijo con la voz aún más queda y quebrada.

—¿Quiénes?

–Me pegaron alambres en el cuerpo y me dieron corrientazos hasta que hablé.

Sandy se incorporó y caminó hasta el extremo de la cama. Le puso la mano a Patrick sobre el hombro.

–¿Qué les contaste?

–No lo sé. No logro recordar nada. Me inyectaban drogas. Mira –levantó el brazo derecho para que Sandy pudiera apreciar los hematomas.

Sandy encontró un interruptor y encendió la lámpara de la mesa para ver.

–Santo Dios –dijo.

–Insistían en el dinero –dijo Patrick–. Me desmayé, luego volví en mí y me dieron más choques eléctricos. Temo haberles hablado de la muchacha, Sandy.

–¿De la abogada?

–Sí, de ella. ¿Qué nombre te dio?

–Lía.

–O.K.. Bien. Entonces su nombre es Lía. Pude haberles hablado de Lía. De hecho, estoy casi seguro de que lo hice.

–¿Le hablaste a quién, Patrick?

Cerró los ojos e hizo una mueca cuando le volvieron a doler las piernas.

Los músculos seguían afectados, y le comenzaron los calambres. Cambió de posición, con cuidado, y descansó sobre la espalda. Luego se bajó la sábana hasta la cintura.

–Mira, Sandy –dijo, pasándose las manos por las dos feas quemaduras del pecho–. Aquí está la prueba.

Sandy se arrimó un poco más para inspeccionar la evidencia: heridas rojas rodeadas por piel afeitada.

–¿Quién lo hizo? –preguntó otra vez.

–No lo sé. Un montón de gente. El cuarto estaba lleno.

–¿Dónde?

Patrick sintió pena por su amigo, con tantos deseos de saber qué había sucedido, y no sólo con la tortura. Sandy, al igual que el resto de la humanidad, se moría de ganas de conocer los detalles. Era en realidad una historia magnífica, pero Patrick no estaba seguro de cuánto podía contar. Nadie conocía los detalles del choque automovilístico en el que se quemó un NN. Lo que sí le podía contar a su abogado y amigo era lo de la captura y la forma como lo habían torturado. Volvió a cambiar de posición y se subió la sábana hasta el cuello. Libre de drogas ya durante dos días, soportaba bien el dolor y trataba con todas sus fuerzas de evitar que le pusieran más inyecciones.

–Arrima esa silla y siéntate, Sandy. Apaga la luz. Me molesta.

Sandy se apresuró a seguir sus órdenes. Se sentó lo más cerca posible de la cama.

–Esto es lo que me hicieron, Sandy –dijo Patrick en la semioscuridad. Empezando en Ponta Porã con el trote y el pequeño automóvil con una llanta pinchada, le contó la historia completa de cómo lo habían agarrado.

Ashley Nicole tenía veinticinco meses cuando enterraron a su padre. Era demasiado joven para recordar a Patrick. Lance era el único hombre que vivía en la casa. El único hombre que había visto jamás con su mamá. A veces él la llevaba al colegio. Otras, cenaban como en familia.

Pasado el funeral, Trudy escondió todas las fotos y demás evidencias de su vida con Patrick. Ashley Nicole nunca había oído mencionar su nombre.

Pero después de tres días seguidos de tener reporteros acampados en su calle, la niña obviamente comenzó a hacer preguntas. El comportamiento de su madre era extraño. Había tanta tensión en la casa que hasta una niña de seis años alcanzaba a sentirla. Trudy esperó hasta que Lance se hubo marchado a una cita con el abogado y se sentó en la cama con su hija para charlar en confianza.

Comenzó por admitir que antes había estado casada una vez. En realidad, había estado casada dos veces, pero pensaba que a Ashley Nicole no le hacía falta saber nada sobre el primer marido hasta que fuera mucho mayor. El segundo esposo era el asunto importante del momento.

—Patrick y yo estuvimos casados cuatros años, y él hizo algo muy malo después.

—¿Qué? —preguntó Ashley Nicole con los ojos bien abiertos y absorbiendo más de lo que Trudy hubiera querido.

—Asesinó a un hombre e hizo que pareciera… pues… como si hubiera habido un gran accidente, mi amor, un incendio, y era el auto de Patrick, y la policía encontró un cuerpo adentro una vez apagado el incendio, y se imaginaron que se trataba de Patrick; todos lo imaginamos. Patrick había muerto quemado en su auto y yo me puse muy triste. Él era mi esposo. Lo quería con toda el alma, y de pronto se fue. Lo enterramos en el cementerio. Ahora, pasados cuatro años, encontraron a Patrick escondido al otro lado del mundo. Había escapado y estaba escondiéndose.

—¿Por qué?

—Porque se robó una cantidad de plata de sus amigos y como es un hombre muy malo, quería tenerla toda para él solo.

—¿Mató a un hombre y robó plata?

—Eso es, amor. Patrick no es un hombre bueno.

—Qué pena que hubieras estado casada con él, mami.

—Sí. Pero mira, mi amor, hay algo que debes entender. Tú naciste cuando Patrick y yo estábamos casados —dejó que las palabras surcaran el aire y la miró a los ojitos para ver si había captado el mensaje. Al parecer no había sido así. Le apretó la mano y dijo—: Patrick es tu padre.

La niña dirigió una mirada vacía a la madre, mientras las ruedas giraban con rapidez en su cabeza.

—Pero yo no quiero que lo sea...

—Lo siento, querida. Yo te lo iba a contar cuando fueras mucho mayor, pero Patrick está a punto de regresar, y es importante que lo sepas.

—¿Y Lance qué? ¿No es mi papá?

—No. Lance y yo sólo vivimos juntos. Eso es todo.

Trudy jamás le había permitido referirse a Lance como a su padre. Y Lance, por su parte, nunca había mostrado el menor interés en arrimarse a la arena de la paternidad. Trudy era una madre soltera. Ashley Nicole no tenía padre. Eso era perfectamente común y aceptable.

—Lance y yo hemos sido amigos desde hace mucho tiempo —dijo Trudy manteniendo la iniciativa y tratando de evitar mil preguntas—. Amigos íntimos. Te quiere mucho, pero no es tu padre. No tu verdadero padre, en todo caso. Patrick, lo siento, es el verdadero padre tuyo, pero no quiero que te preocupes por él.

—¿Quiere verme a mí?

—No lo sé, pero lucharé toda la vida para que se mantenga lejos de ti. Es una persona muy mala, amor. Te abandonó cuando tenías dos años de edad. Me abandonó a mí. Se robó una gran cantidad de dinero y desapareció. En aquella época no le importamos nosotras, y todavía no le importamos. Él no habría regresado si no lo hubieran atrapado. Nunca lo habríamos visto de nuevo. De manera que no te preocupes por Patrick y lo que pueda hacer.

Ashley Nicole se fue gateando sobre la cama hasta donde estaba su madre y se enrolló en su regazo. Trudy la apretó contra sí y la acarició.

—Todo va a estar bien, amor. Lo prometo. No quería contarte

esto, pero con tantos reporteros por ahí, y todo lo que dicen en la televisión, pensé que era lo mejor.

–¿Por qué está toda esa gente allá afuera? –preguntó ella aferrada a los brazos de su madre.

–No lo sé. Ojalá se marcharan.

–¿Qué quieren?

–Fotos tuyas. Fotos mías. Fotos que puedan meter en los periódicos cuando hablen de Patrick y de todas las cosas malas que hizo.

–Entonces, ¿están ahí por Patrick?

–Sí, amor.

Se dio la vuelta, miró a Trudy fijamente a los ojos, y dijo:

–Odio a Patrick.

Trudy meneó la cabeza como si la niña fuera necia, luego la apretó con fuerza y sonrió.

◇

Lance nació y creció en Point Cadet, un viejo pueblo pesquero sobre una pequeña península que se adentra en la bahía de Biloxi. Point Cadet era un barrio de obreros que fue punto de llegada de inmigrantes y que ahora estaba habitado por camaroneros. Lance creció en sus calles y aún tenía muchos amigos allí, uno de los cuales se llamaba Cap. Cap era quien conducía la camioneta cargada de marihuana cuando fueron detenidos por la policía antinarcóticos. Habían despertado a Lance, que dormía con su ametralladora entre los bloques gruesos de *cannabis*. Cap y Lance habían empleado al mismo abogado, habían recibido la misma sentencia, y a los diecinueve años habían sido encarcelados juntos.

Ahora Cap administraba un bar y prestaba dinero con usura a los trabajadores de la fábrica de enlatados. Lance se reunió con él para tomarse un trago en la trastienda, algo que procuraban hacer al menos una vez al mes, aunque Cap veía cada vez menos a Lance ahora que Trudy se había vuelto rica y se habían mudado para Mobile. Su amigo estaba en dificultades. Cap había leído los periódicos, y de hecho había estado esperando a que apareciera con una cara larga, buscando un hombro amigo.

Mientras bebían cerveza se pusieron al día en los chismes: quién había ganado en los casinos, dónde estaba la nueva fuente de basuco, a quién estaba siguiendo la DEA –la cháchara trivial típica de los pillos de baja calaña de la Costa, que aún sueñan con volverse ricos.

Cap despreciaba a Trudy, y en el pasado se había burlado de Lance muchas veces por andar detrás de ella para todas partes.

–Entonces, ¿como está esa puta? –preguntó.

–Está bien. Preocupada, lógico, porque lo atraparon.

–Debe estarlo. ¿Cuánto cobró por el seguro de vida?

–Un par de millones.

–El periódico dice que dos y medio. Qué manera de gastar tiene esa perra. Creo que ya no le debe quedar mucho.

–No se lo van a quitar.

–No hables mierda. El periódico dice que la compañía de seguros ya la demandó.

–Nosotros también tenemos abogados.

–Sí, pero si estás aquí es porque no te bastan los abogados, Lance, ¿o sí? Estás aquí porque necesitas ayuda. Los abogados no pueden hacer lo que ella necesita.

Lance sonrió y sorbió su cerveza. Encendió un cigarrillo, algo que jamás podía hacer cuando estaba con Trudy.

–¿Dónde está Zeke?

–Exactamente en eso estaba pensando –dijo Cap furioso–. Ella se mete en líos, amenazan con quitarle el dinero y te envía aquí a engatusar a Zeke o a otro de esos para que haga algo estúpido. Lo pillan. A tí te pillan. Tú caes y ella se olvida de tí. Eres un cretino, Lance, lo sabes bien.

—Sí, lo sé. ¿Dónde está Zeke?

—En la cárcel.

—¿Dónde?

—En Texas. Los federales lo agarraron vendiendo armas. Eres un estúpido. No lo hagas. Cuando traigan a Lanigan al país va a haber un montón de policías rodeándolo a toda hora. Lo van a encerrar en algún lugar lejos, de manera que ni su madre pueda arrimársele. Hay mucho dinero en juego aquí, Lance. Tienen que proteger a ese tipo hasta que se derrumbe y cuente dónde lo enterró, eso lo sabes perfectamente. Tratando de acabar con él, matas a media docena de policías y mueres en el intento.

—No, si se hace bien.

—Y supongo que tú sabes hacerlo. Debe ser porque nunca lo hiciste antes. ¿Cuándo te volviste tan inteligente?

—Puedo encontrar a alguien que lo haga.

—¿Por cuánto?

—Por lo que valga.

—¿Tienes cincuenta mil?

—Sí.

Cap respiró hondo y dio una mirada en derredor. Se recostó sobre los codos y clavó los ojos en su amigo.

—Déjame decirte por qué es mala la idea, Lance. Tú nunca fuiste muy inteligente, lo sabes. Le gustabas a las chicas porque estabas bueno, pero las ideas brillantes nunca fueron tu punto fuerte.

—Gracias, amigo.

—Todo el mundo quiere a ese tipo vivo. Piensa en eso. Todo el mundo. Los federales. Los abogados. Los policías. El tipo a quien le robó. Todo el mundo. Excepto, claro está, esa ramera que te permite vivir en su casa. Ella lo necesita muerto. Si tú te sales con la tuya, y de alguna manera lo matas, los policías irán derecho a buscarla. Ella, por supuesto, será del todo inocente porque serás tú el que caiga. Para eso sirven los cachorritos machos. Él está muerto. Ella conserva el dinero, que es lo único que le importa como bien sabemos ambos, y tú regresas a Parchman porque ya tienes antecedentes allí, ¿recuerdas? Por el resto de tu vida. Ella ni siquiera te va a escribir.

—¿Lo podemos conseguir por cincuenta mil?

—¿Quiénes? ¿Nosotros?

—Sí. Tú y yo.

—Yo te puedo dar un nombre, eso es todo. No me meto en eso. No va a funcionar, y yo no voy a ganar nada.

—¿Quién es?

—Un tipo de Nueva Orleans. Viene aquí a veces.

—¿Puedes llamarlo?

—Sí, pero hasta ahí llego yo. Recuérdalo, te advertí que no te metieras en esto.

DOCE

Eva partió de Miami en un vuelo con destino a Nueva York, donde abordó el Concorde y voló a París. El Concorde era una extravagancia, pero ella se consideraba ahora una mujer acaudalada. De París pasó a Niza, y de allí, por el campo, en automóvil, hasta Aix-en-Provence, un viaje que ella y Patrick habían realizado casi un año antes. Había sido la única vez que él había salido de Brasil desde su llegada. Le daba terror cruzar fronteras, aunque su nuevo pasaporte fuera perfecto.

A los brasileños les gusta lo francés, y virtualmente toda persona educada conoce su idioma y cultura. Tomaron una suite en la Villa Gallici, una pensión hermosa en las afueras de la ciudad, y pasaron una semana recorriendo las calles, comprando, saliendo a comer y, de manera ocasional, aventurándose a entrar en los pueblos situados entre Aix y Avignon. También pasaron buena cantidad de tiempo en su habitación, como recién casados. Una vez, después de beber vino en exceso, Patrick se refirió al viaje como a su luna de miel.

Eva encontró un cuarto más pequeño en el mismo hotel y después de la siesta tomó té en el patio, en levantadora. Más tarde se puso los bluyines y se fue a pie hasta el centro, hasta el Cours Mirabeau, la principal avenida de Aix. Tomó un vaso de vino tinto en un atestado café al aire libre, y observó a los universitarios ir y venir. Envidiaba a las parejas de novios jóvenes que paseaban sin rumbo fijo, cogidos de la mano, sin nada que los preocupara. Ella y Patrick habían paseado así, hablándose en voz baja y riendo, como si hubieran desaparecido las sombras que lo perseguían a él.

Fue en Aix, durante una semana, la única que habían pasado juntos sin interrupción, donde se dio cuenta de lo poco que él dormía. Siempre que Eva se despertaba lo encontraba despierto, acostado en silencio, quieto, mirándola como si ella corriera algún peligro y con la lámpara encendida. Cuando ella se quedaba dormida, el cuarto por lo general estaba a oscuras, pero al levantarse siempre encontraba encendida la lámpara. Entonces él la apagaba, le hacía masajes suaves hasta que ella volvía a dormirse, y luego él dormía una media hora antes de volver a encender la luz. Se despertaba mucho antes del amanecer, y por lo general ya había leído los periódicos y varios capítulos de alguna novela de suspenso cuando ella salía y lo encontraba en el patio.

—Nunca más de dos horas —contestó cuando ella le preguntó cuánto tiempo dormía. Rara vez hacía la siesta y jamás se acostaba temprano.

Él no estaba nervioso ni asustado. No llevaba arma ni andaba atisbando tras las esquinas. No sospechaba de los extraños. Y rara vez hablaba de su vida de fugitivo. Excepto por sus hábitos de dormir, parecía una persona tan normal que ella solía olvidar que era uno de los hombres más buscados del mundo.

Aunque prefería no hablar de su pasado, en ocasiones resultaba inevitable. Estaban juntos, al fin y al cabo, sólo porque él había huido y se había vuelto a crear a sí mismo. Su tema favorito era la niñez en Nueva Orleans, no la vida adulta de la que huía. Casi nunca mencionaba a su esposa, pero Eva sabía que era una persona por la que Patrick sentía un profundo desprecio. El matrimonio se había vuelto insoportable, y al ver su deterioro él había resuelto dejarlo atrás.

Patrick trató de hablarle de Ashley Nicole, pero acordarse de la niña le hizo llenar los ojos de lágrimas. Se le fue la voz, y dijo que lo sentía. Era demasiado doloroso.

Debido a que el pasado no había concluido aún, el futuro era difícil de contemplar. Era imposible hacer planes mientras las sombras se siguieran moviendo en algún lugar lejano. Él no se permitiría a sí mismo especular sobre el porvenir hasta que no hubiera dejado el pasado en orden.

Las sombras le quitaban el sueño, eso lo sabía ella. Sombras que no alcanzaba a ver. Sombras que sólo él podía sentir.

Hacía dos años que se habían conocido en la oficina que Eva tenía en Río. Se había presentado como un comerciante canadiense residenciado en Brasil. Había dicho que necesitaba un buen abogado para que lo aconsejara sobre asuntos de impuestos y de importaciones. Vestía como para representar el papel, con un elegante traje de lino y una camisa blanca almidonada. Era un hombre esbelto, bronceado y amable. Su portugués era muy bueno, aunque no tanto como el inglés de ella. Él quería hablar en el idioma de Eva, y ella insistía en hacerlo en la lengua de él. Se reunieron en un almuerzo de negocios que duró tres horas, en las que iban pasando de un idioma al otro, y ambos se dieron cuenta de que aquel no sería el último encuentro. Luego siguió una cena larga y un paseo descalzos por la playa de Ipanema.

La abogada había estado casada con un hombre mayor que había muerto en un accidente aéreo en Chile. No tuvieron hijos. Patrick, o mejor Danilo, el nombre que tuvo al principio, sostenía que él estaba felizmente divorciado de su primera esposa, que aún vivía en Toronto, su patria chica.

Eva y Danilo se vieron varias veces a la semana durante los dos primeros meses, y el romance floreció. Danilo acabó por contarle toda la verdad. Toda.

Después de una cena nocturna en su apartamento, con una botella de buen vino francés, Danilo confrontó su pasado y desnudó su alma. Le habló sin parar hasta las primeras horas de la mañana, y pasó de ser un prepotente hombre de negocios a un fugitivo atemorizado. Atemorizado y ansioso, pero extremadamente rico.

El alivio que sintió fue tan fuerte que casi lloró, pero se contuvo. Al fin y al cabo se encontraba en Brasil y allí los hombres simplemente no lloran. Y menos frente a mujeres bonitas.

Ella lo amó por eso. Lo abrazó y lo besó, y lloró lo que él no podía, y le prometió hacer lo que estuviera a su alcance para esconderlo. Él le había confiado su secreto más terrible y oscuro, y ella prometió protegerlo para siempre.

Durante las semanas siguientes, Danilo le contó dónde se hallaba el dinero y le enseñó cómo moverlo con rapidez por todo el mundo. Juntos estudiaron los paraísos fiscales lejanos y encontraron inversiones seguras.

En la época en que se conocieron él llevaba casi dos años en Brasil. Había vivido en São Paulo, su primer lugar de residencia, en Recife, en Minas Gerais y en otra media docena de lugares. Había pasado dos meses trabajando en el Amazonas, durmiendo en una barcaza flotante bajo un grueso mosquitero pues los insectos eran tan abundantes que no dejaban ver la luna. Había limpiado presas cazadas por argentinos ricos en el Pantanal, una reserva gigantesca del tamaño de España entre los estados de Mato Grosso y Mato Grosso Do Sul. Había conocido más sitios del país que la misma Eva, y había ido a lugares de los que ella jamás había oído hablar. Cuidadosamente había seleccionado a Ponta Porã para vivir. Era un lugar pequeño y distante, en un país donde había un millón de lugares perfectos para esconderse, y Danilo decidió que ese era el más seguro de todos. Además, tenía la ventaja táctica de quedar en la frontera con Paraguay, un lugar adonde sería fácil huir en caso de amenaza.

Ella no lo discutió. Habría preferido que permaneciera en Río, a su lado, pero ¿qué sabía ella de la vida de un fugitivo? Y a regañadientes aceptó su decisión. Él le prometió muchas veces que algún día se reunirían. De manera ocasional se encontraban en el apartamento de Curitiba para pasar breves lunas de miel que jamás duraban más de dos días. Ella ansiaba más, pero él no se animaba a hacer planes.

Con el paso de los meses, Danilo –jamás lo llamaba Patrick– se fue convenciendo de que lo iban a encontrar. Eva se negaba a creerlo, en especial por conocer las meticulosas precauciones que él había tomado para sacarle el cuerpo a su pasado. Él se preocupaba cada vez más, dormía cada vez menos y hablaba acerca de lo que Eva debería hacer en caso de que ocurriera tal o cual cosa. Dejó de hablar del dinero. Las premoniciones lo acosaban.

Eva permaneció en Aix unos días, viendo las noticias de la CNN y leyendo lo que pudiera encontrar en los periódicos norteamericanos. Pronto trasladarían a Patrick, lo llevarían de regreso a casa, lo encerrarían en la cárcel con toda suerte de cargos atroces en su contra. Él sabía que lo iban a encerrar, pero le había garantizado que estaría bien. Sería capaz de defenderse. Sería capaz de manejar lo que fuera, con tal de que ella le prometiera esperarlo.

Lo mejor que podía hacer ella era regresar a Zurich a organizar sus asuntos. Más allá de eso no había nada seguro. Volver a su país estaba descartado, y eso le dolía en el alma. Había llamado a su padre tres veces, siempre desde teléfonos públicos de aeropuertos, siempre asegurándole que se encontraba bien. Pero no podía volver a casa aún, le explicaba.

Patrick y ella se comunicaban a través de Sandy, pero habrían de pasar varias semanas antes de poder verlo en persona.

❖

Pidió la primera píldora justo antes de las dos de la mañana, después de despertar con un dolor agudo. Le parecía que el voltaje volvía a su piernas. Y lo perseguían las voces crueles de sus captores.

"¿Dónde está el dinero, Patrick?", cantaban, como un coro demoníaco. "Dónde está el dinero?"

Una auxiliar de enfermería adormilada le trajo la pastilla en una bandeja, pero olvidó el agua fría. Patrick pidió un vaso, y se tragó la pastilla con un resto de soda al clima.

Pasaron diez minutos y nada sucedió. Su cuerpo estaba bañado en sudor. Había empapado las sábanas. Las heridas le ardían con la sal del sudor. Otros diez minutos. Encendió el televisor.

Los hombres que lo habían atado y quemado seguían todavía allá afuera buscando el dinero, sabiendo muy bien, sin duda, dónde se encontraba Patrick en aquel momento. Se sentía más a salvo a la luz del día. La oscuridad y los sueños los traían de vuelta. Treinta minutos. Llamó a la estación de enfermería pero nadie contestó.

Se dejó ir.

A las seis, cuando entró el médico, ya estaba despierto. Esta vez no sonreía. Con actitud profesional le hurgó las heridas con rapidez y declaró:

—Ya te puedo dar de alta. Buenos médicos te esperan en el lugar adonde vas.

Escribió algo en el cuadro y salió sin más palabra.

Treinta minutos después, el agente Brent Myers entró a zanca-
das en el cuarto con una sonrisa desagradable y la placa cente-
lleante.

—Buenos días —dijo.

Patrick contestó sin mirarlo:

—¿No podría tocar primero a la puerta?

—Claro, lo siento. Mire, Patrick, acabo de hablar con su médico. Buenas noticias. Se va a su ciudad. Mañana le darán de alta.
Tengo órdenes de llevarlo de regreso. Nos vamos por la mañana.
Su gobierno le regala un vuelo especial a Biloxi en un avión militar. ¿No es emocionante? Y yo voy a ir con usted.

—¿Podría irse ya?

—Claro. Nos vemos mañana por la mañana.

—Váyase, no más.

Salió del cuarto con paso rápido y cerró la puerta. En seguida
llegó Luis, sin hacer ruido, con una bandeja de café, un jugo y un
mango tajado. Metió un paquete debajo del colchón de Patrick y
le preguntó si necesitaba algo más. No, le dijo este, agradeciéndo-
le en voz baja.

Una hora más tarde, Sandy llegó para lo que creía que sería un
largo día de hurgar en los últimos cuatro años en busca de respuestas a sus innumerables preguntas. Apagaron la televisión,
abrieron las persianas y el cuarto se iluminó con la luz de la mañana.

—Quiero que te vayas a casa de inmediato —dijo Patrick—. Y llé-
vate esto contigo —le entregó el paquete. Sandy se sentó en la única silla, revisó las fotografías de su amigo, y se tomó su tiempo.

—¿Cuándo te las tomaron?

—Hace dos días —esto lo apuntó Sandy en una hoja de su libreta amarilla.

—¿Quién lo hizo?

—Luis, el auxiliar.

—¿Quién te hizo esto?

—¿Quién tiene custodia sobre mí, Sandy?

—El FBI.

—Entonces será el FBI el que me lo hizo. Mi propio gobierno me rastreó, me apresó, me torturó, y ahora me trae de regreso. El gobierno, Sandy. El FBI, el Departamento de Justicia y los agentes locales... el fiscal del distrito y el resto del grupo que me dio la bienvenida. Mira lo que me hicieron, ¿cómo te parece?

—Hay que demandarlos por esto —dijo Sandy.

—Una demanda de millones. Y rápido. Ese es el plan. Salgo para Biloxi mañana por la mañana, en alguna suerte de vuelo militar. Imagínate la recepción que me darán. Debemos aprovechar eso.

—¿Aprovecharlo?

—Exactamente. Debemos entregar nuestra demanda antes de la tarde de hoy, a fin de que salga mañana en el periódico. Fíltraselo a la prensa. Muéstrales dos de las fotos; las dos que marqué por detrás.

Sandy pasó una a una las fotos hasta encontrarlas. En una de ellas se veía un primer plano de las quemaduras del pecho, y la cara. La otra mostraba una quemadura de tercer grado en el muslo izquierdo.

—¿Quieres que se las dé a la prensa?

—Sólo al periódico de la Costa. Es el único que me importa. Lo lee el ochenta por ciento de la gente del condado de Harrison, de donde estoy seguro que provendrá el jurado.

Sandy sonrió, luego se rió entre dientes.

—No dormiste mucho anoche, ¿verdad?

—No he dormido en cuatro años.

—Esto es brillante.

—No, pero es una de las pocas ventajas tácticas con que podemos caerles a esas hienas que dan vueltas alrededor de mi cadáver. Les mandamos una andanada con esto y suavizamos un poco los sentimientos de la gente. Piénsalo, Sandy. El FBI torturando a un sospechoso. A un ciudadano de los Estados Unidos.

—Brillante, muy brillante. ¿Demandamos sólo al FBI?

—Sí, que sea simple. Yo contra el FBI, el gobierno... por daños físicos y psicológicos permanentes ocasionados durante la brutal tortura e interrogatorio realizados en algún lugar de las selvas del Brasil.

—Suena maravilloso.

—Sonará mejor cuando la prensa dé cuenta de ello.

—¿Por cuánto?

—No me importa. Diez millones por daños reales, cien millones por daños y perjuicios.

Sandy garrapateó y pasó a la página siguiente. Luego se detuvo y estudió el rostro de Patrick.

—En realidad no fue el FBI, ¿cierto?

—No —dijo Patrick—. Fueron unos matones sin rostro que me habían estado siguiendo durante mucho tiempo y me entregaron al FBI. Y todavía acechan por ahí, en algún lugar.

—¿Los conoce el FBI?

—Sí.

El cuarto quedó en silencio. Sandy quería oír más pero Patrick apretó los labios. Alcanzaban a oír a las enfermeras parloteando en el corredor.

Patrick cambió de posición con dificultad. Llevaba tres días de espaldas y ya estaba listo para un cambio de escena.

—Debes regresar rápido, Sandy. Tendremos mucho tiempo para hablar después. Yo sé que son muchas tus preguntas, simplemente dame tiempo.

—O.K. amigo.

—Pon una demanda tan ruidosa como sea posible. Siempre

podemos enmendarla después para acusar a los verdaderos culpables.

—No hay problema. No será la primera vez que demande a acusados falsos.

—Es una estrategia. Un poco de compasión no hará ningún daño.

Sandy guardó la libreta y las fotos en el maletín.

—Ten cuidado —dijo Patrick—. Apenas te identifiquen como mi abogado, atraerás a toda suerte de gente extraña y desagradable.

—¿A la prensa?

—Sí, pero no es exactamente a ellos a quienes tenía en mente. He enterrado una gran cantidad de dinero, Sandy. Hay mucha gente que hará cualquier cosa para encontrarlo.

—¿Cuánto dinero queda?

—Todo. Y algo más.

—Puede ser que se necesite todo el dinero para salvarte, amigo.

—Tengo un plan.

—Estoy seguro de que así es. Nos vemos en Biloxi.

TRECE

Por medio de una vasta red de infidencias y fuentes, se supo que iban a entablar otra demanda más aquella tarde, justo antes de que la secretaria cerrara la oficina. La red ya había quedado electrizada con los rumores confirmados, según los cuales Patrick regresaría en las primeras horas de la tarde del día siguiente.

Sandy les pidió a los reporteros que esperaran en el vestíbulo del tribunal mientras presentaba la demanda. Luego distribuyó copias a una docena o más de sabuesos que se abrían campo a empellones para buscar una posición mejor. En su mayoría eran reporteros de periódicos. Había una o dos minicámaras y una estación de radio. Al principio parecía ser un litigio más, que otro abogado, ansioso por ver su cara en la prensa, presentaba. Pero el asunto cambió en forma espectacular cuando Sandy anunció ser el representante de Patrick Lanigan. La muchedumbre creció y se apretujó: dependientes curiosos, abogados locales y hasta una empleada del aseo se detuvieron a escuchar. Con toda la calma les informó que su cliente estaba presentando una demanda contra el FBI por maltrato físico y tortura.

Sandy se tomó su tiempo con el alegato, y luego respondió a la avalancha de preguntas con respuestas completas y muy bien pensadas, mirando de frente a las cámaras. Y dejó lo mejor para el final. Buscó en la maleta y sacó las dos fotos a color, ahora ampliadas a veinte por treinta centímetros y montadas sobre corcho sintético.

—Esto fue lo que le hicieron a Patrick —dijo con dramatismo.

Las cámaras se lanzaron a buscar primeros planos. El grupo se movía de lado a lado, en bloque.

—Lo drogaron, luego le pusieron cables por todo el cuerpo. Lo torturaron hasta quemarle la carne porque no respondía, ni podía responder, a sus preguntas. Ahí tienen a su gobierno en acción, señoras y señores, torturando a un ciudadano de los Estados Unidos. No son más que hampones gubernamentales que se autodenominan agentes del FBI.

Aun los reporteros más curtidos se impresionaron. Fue una presentación espléndida.

La estación radial de Biloxi lo transmitió a las seis, después de haberlo anunciado con titulares sensacionales. Casi la mitad del noticiero estuvo dedicado a Sandy y las fotografías. La otra mitad, al regreso de Patrick al día siguiente.

En las primeras horas de la noche, la CNN comenzó a presentar la noticia cada media hora, y Sandy se convirtió en el abogado del momento. Las acusaciones eran demasiado jugosas para no darles la importancia debida.

Hamilton Jaynes disfrutaba tranquilamente de unas copas con sus amigotes en el bar de un lujoso club campestre cerca de Alexandria, cuando vio el segmento noticioso en el televisor. Acababa de jugar dieciocho hoyos, durante los cuales se había propuesto no pensar en la oficina y en los incontables dolores de cabeza pendientes.

Pero un nuevo dolor de cabeza le salía al encuentro. ¿El FBI demandado por Patrick Lanigan? Se excusó y se dirigió al bar vacío, donde comenzó a marcar un teléfono en su celular.

Bien adentro del edificio Hoover, en la Avenida Pennsylvania, hay un corredor a cuyos lados se encuentran una serie de cuartos sin ventanas, donde un grupo de técnicos vigila los programas noticiosos de televisión del mundo entero. En otro conjunto de cuartos escuchan y registran los noticieros radiales. En otro, leen revistas y periódicos. En la agencia esta operación se conoce simplemente como "acumulación".

Jaynes llamó al supervisor de turno y a los pocos minutos le dieron la historia completa. Abandonó el club y regresó a su oficina en el tercer piso del mismo edificio. Llamó al fiscal general que, como era de esperarse, había estado tratando de localizarlo. Lo que siguió fue una andanada de regaños a la que Jaynes, en su receptor, casi no podía replicar. Lo que sí pudo hacer fue tranquilizar al fiscal general diciéndole que el FBI no tenía absolutamente nada que ver con el presunto maltrato a Patrick Lanigan.

—¿Presunto? —dijo el fiscal general—. ¿Acaso no vi las quemaduras? ¡Maldita sea, si el mundo entero las vio!

—No fuimos nosotros, señor —dijo Jaynes con calma, aferrado a la certeza de que esta vez lo que decía era verdad.

—¿Entonces quién lo hizo? —replicó tajante el fiscal general—. ¿Se sabe quién fue?

—Sí señor.

—Bien. Quiero un informe de tres páginas sobre mi escritorio a las nueve de la mañana.

—Allá lo tendrá.

Cuando le colgaron el teléfono al otro lado, Jaynes maldijo y le pegó una patada al escritorio. Luego hizo otra llamada, que tuvo como efecto que dos agentes emergieran de la oscuridad y se plantaran ante la puerta delantera de los Stephanos.

A Jack, que había estado viendo los informes a lo largo de la noche, no lo sorprendió la reacción de la policía federal. Mientras se desenvolvía la historia, él esperaba sentado en el patio conversando con su abogado por el celular. Definitivamente resultaba gracioso: el FBI acusado de actos cometidos por sus hombres. Sin lugar a dudas, era una brillante movida de Patrick Lanigan y su abogado.

–Buenas noches –dijo cortésmente al abrir la puerta–. Déjenme adivinar. Ustedes son vendedores de rosquillas.

–FBI, señor –dijo uno de ellos, buscando la credencial en el bolsillo.

–Ahórratela, hijo. Ya los conozco. La última vez que los vi estaban estacionados en la esquina, leyendo un periódico sensacionalista y tratando de esconderse detrás del timón. ¿De veras pensaban, cuando eran estudiantes universitarios, que iban a llegar a tener un trabajo tan emocionante?

–El señor Jaynes quisiera verlo –dijo el segundo.

–¿Por qué?

–No lo sé. Nos pidió que viniéramos por usted. Quiere que lo llevemos a su oficina.

–De modo que Hamilton está trabajando hasta tarde, ¿no?

–Sí señor. ¿Puede venir con nosotros?

–¿Me están arrestando otra vez?

–No.

–Entonces, ¿qué es lo que están haciendo exactamente? Sabrán que tengo muchos abogados. Un arresto o una detención ilegal, y los podemos demandar.

Se miraron nerviosos.

Stephano no temía reunirse con Jaynes. Con nadie, para ser más exactos. No le cabía ninguna duda de que podría manejar cualquier cosa que aquel le botara.

Pero recordó que tenía pendientes algunos cargos criminales. Ningún daño le haría un poco de cooperación.

–Denme cinco minutos –dijo, y desapareció dentro de la casa.

Jaynes estaba de pie detrás de su escritorio hojeando las páginas de un grueso informe cuando Stephano entró.

–Siéntate –le dijo sin más preámbulos, señalando una de las sillas frente a su escritorio. Era casi la medianoche.

–Buenas noches, Hamilton –dijo Stephano sonriendo.

Jaynes dejó caer el informe.

–¿Qué diablos le hicieron a este tipo?

–No lo sé. Supongo que a alguno de los chicos brasileños se le fue la mano. Va a sobrevivir.

–¿Quién lo hizo?

–¿Debo traer a mi abogado, Hamilton? ¿Es esto un interrogatorio?

–En realidad no sé muy bien qué es ¿sabes? En este momento el director está en su casa, hablando por teléfono con el fiscal general, a quien a propósito no le está gustando nada esto, y cada veinte minutos me llaman para arrancarme un poco más de pellejo. Oye, Jack, este es un asunto serio. Las denuncias son graves y ahora mismo el país entero está viendo esas malditas fotos y preguntándose por qué torturamos a un ciudadano estadounidense.

–Lo siento muchísimo.

–Eso veo. Ahora bien, ¿quién lo hizo?

–Unos nativos. Una banda de brasileños que contratamos el año pasado, cuando recibimos el informe de que Patrick se encontraba allá. Ni siquiera conozco sus nombres.

–¿De dónde vino el informe?

–No te gustaría saberlo.

–Claro que sí.

Jaynes se aflojó la corbata y se sentó en el borde del escritorio mirando a Stephano que alzó los ojos sin el menor asomo de preocupación. Era capaz de negociar la manera de escabullirse de cualquier problema en que el FBI pudiera meterlo. Tenía abogados muy hábiles.

–Te propongo un trato –dijo Jaynes–. Es algo que acaba de llegar de donde el director.

—Me muero de las ganas de conocerlo.

—Estamos listos para arrestar a Benny Aricia mañana. Vamos a hacer un gran despliegue, a dejar que se filtre a la prensa y todo, y vamos a decirles que ese tipo que perdió noventa millones los contrató a ustedes para seguirle el rastro a Lanigan. Y que ustedes lo atraparon y lo torturaron, pero que ni aun así apareció el dinero.

Stephano escuchó con atención, sin revelar nada.

—Luego vamos a arrestar a los dos presidentes, a Atterson, de la Monarch-Sierra, y a Jill, de la Northern Case Mutual. Estos son los otros dos miembros de tu pequeño consorcio, si no estoy mal. Vamos a entrar con tropas de asalto a sus lujosas oficinas, con cámaras por ahí cerca, y vamos a sacarlos esposados y a meterlos en una camioneta negra. Buena parte se filtrará a los medios de comunicación, como comprenderás, y nos aseguraremos de que se informe bien que esos muchachos le ayudaron a Aricia a conseguir fondos para la misioncita de meterse en el Brasil y sacar a Patrick a la fuerza. Piensa, Stephano, que tus clientes van a ser arrestados y puestos en prisión.

Stephano sólo quería preguntar cómo diablos había identificado el FBI a los miembros del pequeño "consorcio Patrick", pero luego pensó que no era demasiado difícil. Buscaron entre los que habían perdido más dinero.

—Eso acabará con tu negocio, lo sabes —dijo Jaynes fingiendo compasión.

—¿Y qué es lo que quieres?

—Pues bien, este es el trato. Es muy simple. Tú nos lo dices todo: cómo lo encontraron, cuánto les contó, etc. Todo... tenemos muchas preguntas... y nosotros retiramos los cargos contra ti y dejamos en paz a tus clientes.

—Entonces, se trata de un hostigamiento.

—Exactamente. Nosotros escribimos el libreto. Tu problema

consiste en que podemos humillar a tus clientes y sacarte del negocio.

—¿Es todo?

—No. Con un poco de suerte de nuestra parte, también podrías ir a la cárcel.

Había muchas razones para aferrarse a este trato, una de las cuales, y no la menor, era su esposa. A ella le molestaba que dijeran que el FBI vigilaba su casa a toda hora. Los teléfonos estaban intervenidos y lo sabía. Se enteró porque su esposo hacía sus llamadas desde la parte de atrás, cerca de los rosales. Se encontraba al borde de un ataque de nervios. Ellos eran personas respetables.

Al insinuar que él sabía más de lo que en realidad sabía, Stephano había puesto al FBI exactamente donde quería ponerlo. Podía lograr que retiraran los cargos contra él. Podía proteger a sus clientes y, lo más importante, podía hacerse a los considerables recursos de los federales para rastrear el dinero.

—Tengo que hablar con mi abogado.

—Te doy plazo hasta mañana a las cinco de la tarde.

Patrick vio sus espantosas heridas a todo color en una edición nocturna de la CNN, cuando su hombre, Sandy, exhibía las fotos de la misma manera que un boxeador le muestra al mundo su cinturón recién ganado. Lo presentaron hacia la mitad del resumen de una hora de las noticias del día. No había respuesta oficial del FBI, dijo un corresponsal que tenían apostado en las afueras del edificio Hoover, en Washington.

Por casualidad, Luis se encontraba en la habitación cuando pasaron el informe. Se paralizó al oírlo, y pasó la mirada de la televisión a la cama, donde Patrick estaba sentado, sonriendo con orgullo. Ató rápidamente los cabos.

–¿Mis fotos? –preguntó en un inglés con fuerte acento.

–Sí –replicó Patrick a punto de soltar la carcajada.

–Mis fotos –repitió orgulloso.

◈

La historia del abogado norteamericano que fingió su muerte, observó su entierro, robó noventa millones de su sociedad de abogados y fue aprehendido cuatro años más tarde mientras vivía una vida tranquila en Brasil, era un buen tema de lectura en la mayor parte del mundo occidental. Eva leyó el último episodio en un periódico norteamericano, mientras bebía café bajo un dosel en Les Deux Garçons, un café al aire libre que era su favorito en Aix. Caía una llovizna pertinaz que empapaba las mesas y sillas cerca de ella.

La historia estaba oculta en las profundidades de la primera sección. Describía las quemaduras de tercer grado, pero no mostraba las fotos. Se le rompió el corazón y se puso las gafas de sol para esconder los ojos.

Patrick volvía a su ciudad. Herido y encadenado como un animal, haría el único viaje que siempre supo que sería inevitable. Y ella también iría. Permanecería en el trasfondo, ocultándose y haciendo lo que él quisiera, mientras oraba por la seguridad de ambos. Como Patrick, recorrería su cuarto por las noches de un lado a otro preguntándose en qué había quedado el futuro de ambos.

CATORCE

Para su regreso a casa Patrick escogió un par de pantalones de cirujano, aguamarina, muy sueltos y grandes, porque no quería nada que le agravara las lesiones. El vuelo sería sin escalas, pero duraría más de dos horas, y necesitaba estar lo más cómodo posible. El médico le dio un frasquito de pastillas analgésicas, por si acaso, además de un legajador con su historia clínica. Patrick se lo agradeció. Le estrechó la mano a Luis y se despidió de una enfermera.

El agente Myers esperó junto a su puerta, en compañía de cuatro corpulentos policías militares uniformados.

—Voy a hacer un trato con usted, Patrick —dijo—. Si se porta bien no le voy a poner por ahora esposas ni cadenas en los pies. Sin embargo, una vez que aterricemos no me queda otro remedio.

—Gracias —dijo Patrick, y salió caminando con cuidado por el pasillo. Le dolían las piernas desde los dedos hasta la cadera, y tenía las rodillas débiles por falta de uso. Mantenía la cabeza erguida y los hombros hacia atrás, y al pasar se iba despidiendo cortésmente de las enfermeras. Bajó en el ascensor hasta el sótano, donde lo esperaba una camioneta azul con otros dos policías militares armados, que renegaban por los autos estacionados allí cerca. Una mano fuerte debajo del brazo le ayudó Patrick a montarse y acomodarse en la banca del medio. Uno de los policías le dio un par de gafas de sol baratas de aviador.

—Las va a necesitar —dijo—. Afuera está brillando como un demonio.

La camioneta no salió de la base en ningún momento. Anduvo con lentitud por el asfalto hirviente, pasando por retenes con poca vigilancia, sin alcanzar jamás los cincuenta kilómetros por hora. No hablaron nada durante el recorrido. Patrick observó, a través de las persianas gruesas y de las ventanas oscurecidas, las filas de barracas seguidas por las oficinas y luego por un hangar. Había pasado allí cuatro días, pensó. Quizás tres. No podía estar seguro porque las drogas borraron las primeras horas. El aire acondicionado que rugía desde el tablero los mantenía frescos. Agarró su historia clínica, que era el único objeto físico que le pertenecía por el momento.

Pensó en Ponta Porã, su hogar actual, y se preguntó si lo habrían extrañado. ¿Qué le habrían hecho a su casa? ¿Habría vuelto la criada a limpiarla? Lo más probable era que no. ¿Y su auto, el escarabajo rojo que tanto quería? Sólo conocía a unas cuantas personas en el pueblo. ¿Qué estarían diciendo de él? Probablemente nada.

¿Qué importaba ahora? Independientemente de los chismes de Ponta Porã, la gente de Biloxi sí lo había extrañado. El hijo pródigo regresa. El biloxiano más famoso del planeta retorna a casa y ¿cómo saldrán a recibirlo? Con grillos en las piernas y órdenes de comparendo. ¿Por qué no un desfile por la autopista noventa, a lo largo de la costa, para vitorear a este muchacho provinciano convertido en celebridad? Él los había hecho figurar en el mapa, los había hecho famosos. ¿Cuántos de ellos habrían tenido la suficiente malicia para hacerse a noventa millones de dólares?

Casi se reía de su propia estupidez.

¿En cuál cárcel lo pondrían? Como abogado había conocido, en diversos momentos, todas las cárceles locales: la de la ciudad de Biloxi, la del condado de Harrison e incluso una celda de detención en la base aérea de Keesler, en Biloxi. No podía tener tan buena suerte.

¿Le darían una celda para él solo o tendría que compartirla con ladrones comunes y con drogadictos? Se le ocurrió una idea.

Abrió el legajador y leyó con rapidez las notas con que el médico le daba de alta. Decía en letras destacadas: EL PACIENTE DEBE PERMANECER HOSPITALIZADO POR LO MENOS OTRA SEMANA.

¡Dios lo bendiga! ¿Por qué no se le había ocurrido antes? Las drogas. Su pobre sistema había recibido más narcóticos en una semana que en toda su vida. Sus fallas de memoria y juicio sólo podían achacarse a los productos químicos.

Necesitaba con desesperación enviarle a Sandy copia del informe médico, a fin de que le pudieran tener preparada una buena cama, preferiblemente en una habitación privada con enfermeras que entraran y salieran. Esa era la cárcel que tenía en mente. Que pusieran si querían diez policías en la puerta, con tal de que le dieran una cama ajustable y un control remoto, y lo mantuvieran alejado a toda costa de los criminales comunes.

—Debo hacer una llamada telefónica —dijo, por encima de los policías, dirigiéndose al conductor. No hubo respuesta. Se detuvieron en un hangar grande, frente al cual había un jet de carga estacionado. Los policías esperaron afuera, al sol, mientras Patrick y el agente Myers entraron a la pequeña oficina y discutieron si existía el derecho constitucional de que el acusado no sólo hiciera una llamada telefónica a su abogado sino que le enviara un documento por fax.

Patrick se impuso, después de amenazar calmadamente con toda suerte de litigios atroces en contra de Brent, y la orden del médico fue enviada a la oficina de abogados de Sandy McDermott, en Nueva Orleans.

Luego de una prolongada visita al baño de hombres, Patrick se volvió a reunir con sus escoltas y lentamente subió las escaleras del avión de carga C-120.

❖

El avión aterrizó en la base aérea de Keesler veinte minutos antes del medio día. Para sorpresa de Patrick, a su llegada no había festividades esperándolo, lo que resultaba un tanto desalentador. No había una multitud de cámaras ni de reporteros. No estaban allí en masa los viejos amigos corriendo a ofrecerle su ayuda en esta hora de necesidad.

La pista de aterrizaje había sido cerrada por órdenes superiores. La prensa había quedado excluida. Un grupo grande se congregaba cerca de la puerta de entrada, a más de dos kilómetros de distancia. Estos, por si acaso, filmaron y fotografiaron el avión cuando pasó volando. También ellos se sentían decepcionados.

Francamente, Patrick quería que la prensa lo viera salir del avión vistiendo los pantalones de cirujano que tan cuidadosamente había seleccionado, cojeando con torpeza a todo lo largo de las escaleras hasta la pista asfaltada, y caminando penosamente, como un perro renco, con grillos en las piernas y esposas en las manos. Podría haber sido una imagen poderosa, la primera que vieran los potenciales jurados del lugar.

Tal como se esperaba, el periódico matutino de la Costa había sacado la historia de su demanda contra el FBI en primera plana, acompañada de fotos grandes y a color. Sólo las personas más despiadadas no albergarían un poco de compasión por Patrick, al menos en este momento. También el otro lado –el gobierno, los fiscales, los investigadores– se había ablandado con el golpe. Este tendría que haber sido un día glorioso para la aplicación de la ley: el regreso de un ladrón profesional, ¡y para colmo, abogado!, pero en su lugar, la oficina local del FBI había desconectado los teléfonos y cerrado las puertas, dejando afuera a los reporteros. Sólo Cutter se aventuró a salir a su encuentro, y lo hizo en secreto. Era su deber recibir a Patrick tan pronto como tocara tierra.

Cutter lo estaba esperando con el sheriff Sweeney, dos agentes de la Fuerza Aérea de la base y Sandy.

—Hola, Patrick. Bienvenido a casa —le dijo el sheriff.

Patrick extendió las manos esposadas y trató de estrecharle las suyas.

—Hola, Raymond —contestó con una sonrisa. Se conocían muy bien, lo que no era raro entre los policías y abogados locales. Raymond Sweeney era el agente principal del condado de Harrison nueve años atrás, cuando Patrick llegó al pueblo.

Cutter dio un paso adelante para presentarse, pero tan pronto Patrick escuchó "FBI" volvió la cara y le hizo a Sandy una señal con la cabeza.

Cerca de allí habían estacionado una camioneta de la marina, notablemente parecida a la que lo acababa de depositar en el avión en Puerto Rico. Se metieron apretujados, Patrick en la silla trasera junto a su abogado.

—¿A dónde vamos? —dijo Patrick en voz baja.

—Al hospital de la base —dijo Sandy con voz igual de baja—. Por razones médicas.

—Bien hecho.

La camioneta hacía tiempo, a paso de tortuga. Pasó por un retén donde el guardia levantó los ojos de la página de deportes sólo un segundo, y siguió por una calle silenciosa, bordeada de viviendas de oficiales a ambos lados.

La vida del fugitivo está llena de sueños; algunos tienen lugar por la noche, mientras duerme —son los sueños de verdad— y otros, cuando la mente está despierta pero divagando. Para Patrick los más aterradores de todos eran las pesadillas aquellas en las que las sombras se agigantaban y se hacían más intensas. Otros consistían en sueños placenteros de un futuro feliz, libre del pasado. Patrick había aprendido que estos últimos eran escasos. La vida del fugitivo es la vida del pasado. Este nunca se clausura.

Otros sueños eran divagaciones llenas de curiosidad sobre el regreso a casa. ¿Habría alguien esperándolo? ¿Se percibirían iguales el aire del golfo y su olor? ¿Cuándo regresaría, en qué estación? ¿Cuántos amigos lo buscarían y cuántos le sacarían el cuerpo? Se le ocurría pensar en un puñado de personas que querría ver, pero ignoraba si ellas tendrían interés en verlo a él. ¿Se había convertido en un leproso? ¿O era un hombre famoso a quien se quiere abrazar? Lo más probable es que no fuera nada de eso.

Al final de la cacería había un consuelo cierto, aunque mínimo. Si bien se cernían sobre su horizonte problemas horrendos, por el momento era posible despreocuparse por lo que había quedado atrás. La verdad es que Patrick nunca había podido relajarse por completo y disfrutar de su nueva vida. Ni siquiera el dinero lograba calmar sus temores. Lo que ahora estaba viviendo era inevitable: siempre lo había sabido. Había robado demasiado dinero. De haber sido menos, tal vez las víctimas no habrían mostrado tanto empeño en localizarlo.

Reparó en pequeños detalles mientras iba en el automóvil. Las calles estaban pavimentadas, cosa bastante rara en Brasil, al menos en Ponta Porã. Y los niños que jugaban llevaban zapatos para hacer deporte. En Brasil siempre andaban descalzos y tenían las plantas de los pies tan gruesas como si fueran de caucho. De pronto echó de menos su calle serena, la calle Tiradentes, con los grupos de niños pateando balones de fútbol, buscando juego.

–¿Estás bien? –preguntó Sandy.

Asintió con la cabeza, todavía con las gafas de aviador puestas.

Sandy buscó en el maletín y sacó una copia del periódico de la Costa. El titular gritaba:

LANIGAN DEMANDA AL FBI POR TORTURA Y MALTRATO.

Las dos fotos ocupaban la mitad de la primera página.

Patrick lo admiró un momento.

–Lo leeré después.

Cutter estaba sentado justo frente a Patrick, y por supuesto alcanzaba a oír hasta la respiración de su prisionero. No debían conversar, cosa que le caía bien a Patrick. La camioneta entró al estacionamiento del hospital de la base y se detuvo en la entrada de emergencias. Pasaron a Patrick por una de las puertas de servicios, y lo condujeron a lo largo de un corredor, donde las enfermeras esperaban al nuevo paciente para darle una rápida inspección. Dos técnicos de laboratorio se detuvieron delante de ellos, y uno incluso dijo:

–Bienvenido a casa, Patrick.

Un sabelotodo.

No hubo trámites burocráticos. Ningún formulario de preadmisión. Nada de preguntas sobre seguros o sobre quién paga qué. Lo llevaron derecho al tercer piso y lo acomodaron en una pieza al final del corredor. Cutter tenía algunos comentarios e instrucciones triviales, al igual que el sheriff. Uso telefónico limitado, guardias junto a la puerta, comidas dentro del cuarto. ¿Qué más se le puede decir a un prisionero? Los agentes se marcharon y sólo Sandy se quedó.

Patrick se sentó en el borde de la cama, con los pies colgando.

–Me gustaría ver a mi madre –dijo.

–Viene en camino. Llegará a la una.

–Gracias.

–¿Y a tu esposa y a tu hija?

–Quisiera ver a Ashley Nicole, pero todavía no. Estoy seguro de que no me recuerda. En este momento debe estar pensando que soy un monstruo. Por obvias razones prefiero no ver a Trudy.

Dieron un golpe fuerte en la puerta. Era el sheriff Sweeney que regresaba, ahora con una gruesa pila de papeles.

–Siento molestarte, Patrick, pero es importante. Me pareció mejor salir de esto de una vez.

–Claro, sheriff –dijo Patrick alistándose para la arremetida.

–Debo entregarte esto. En primer lugar, aquí tienes la acusación del gran jurado del condado de Harrison, por asesinato punible con pena capital.

Patrick lo tomó sin mirarlo y se lo entregó a Sandy.

–Aquí tienes una citación y una demanda de divorcio presentada por Trudy Lanigan en Mobile.

–Vaya sorpresa –dijo Patrick al recibirla–. ¿Con base en qué causales?

–No la he leído. Aquí tienes una citación y una queja presentada por un tal señor Benjamin Aricia.

–¿Quién? –preguntó Patrick en un esfuerzo fallido por mostrarse de buen humor. El sheriff ni siquiera esbozó una sonrisa.

–Aquí hay una citación y una queja presentada por tu antigua sociedad de abogados.

–¿Cuánto quieren? –preguntó Patrick, tomando la citación y la queja.

–No la he leído. Te entrego una citación y una queja presentada por la compañía de seguros Monarch-Sierra.

–Ah, sí. Recuerdo a esos tipos –se la pasó a Sandy, que ahora tenía las manos llenas.

–Lo siento, Patrick –dijo Sweeney.

–¿Eso es todo?

–Por ahora. Pasaré por la oficina del secretario judicial para ver si han entablado más.

–Mándamelas. Sandy trabaja rápido.

Se estrecharon la mano, ya sin el estorbo de las esposas, y el sheriff se marchó.

–Siempre me gustó Raymond –dijo Patrick; con las manos en las caderas, trataba de doblar lentamente las rodillas. Bajó hasta la mitad y luego descansó–. Tenemos un largo camino por recorrer, Sandy. Y me duelen hasta los huesos.

–Bien. Eso le ayuda a nuestro proceso –Sandy hojeó los papeles–. Da la impresión de que Trudy está muy enojada contigo. Te quiere apartar de su vida.

–He tratado de hacerlo lo mejor que he podido. ¿Qué causales aduce?

–Abandono y deserción. Crueldad mental.

–Pobre mujer.

–¿Vas a responderle?

–Depende de las pretensiones de ella.

Sandy pasó otra página.

–Pues, a vuelo de pájaro me da la impresión de que busca el divorcio, la plena custodia de la niña con supresión de todos tus derechos paternos, incluyendo el de visita, todas las propiedades inmuebles y personales que poseían en conjunto en el momento de tu desaparición –así es como la llama, tu desaparición–, además, ah, sí, aquí está, un porcentaje justo y razonable de los bienes que puedas haber adquirido desde tu desaparición.

–Vaya sorpresa.

–Eso es todo lo que desea, al menos por ahora.

–Le daré el divorcio, Sandy, y con todo gusto. Pero no va a ser tan fácil como cree.

–¿Qué tienes en mente?

– De eso hablaremos más tarde. Estoy cansado.

–En algún momento tenemos que hablar, Patrick. Aunque no te des cuenta, hay muchas cosas por discutir.

–Más tarde, ahora necesito descansar. Mamá está que llega.

–Bien. Mientras salgo, lucho contra el tráfico de Nueva Orleans, estaciono y sigo a pie, tardo dos horas de aquí a mi oficina. ¿Cuándo, exactamente, quieres que nos volvamos a reunir?

–Lo siento, Sandy. Estoy cansado, ¿entiendes? ¿Qué te parece mañana por la mañana? Ya estaré más descansado y podremos trabajar el día entero.

Sandy se relajó y guardó los papeles en el maletín.

–Claro, amigo. Estaré aquí a las diez.

–Gracias, Sandy.

El abogado se marchó, y Patrick se quedó descansando cómodamente, unos ocho minutos, antes de que su cuarto se llenara de repente con toda suerte de profesionales de la salud: un equipo totalmente femenino.

–Hola, soy Rose, la enfermera jefe. Vamos a examinarlo. ¿Podemos quitarle la camisa?

No se trataba de una petición. Ya se la estaba quitando. Dos enfermeras más, tan fornidas como Rose, aparecieron a cada lado y comenzaron a desvestir a Patrick. Parecían disfrutar haciéndolo. Otra enfermera tenía listo un termómetro y una caja llena de instrumentos espantosos. Una especie de auxiliar de enfermería le dirigió una mirada tonta desde el extremo de la cama. Otra auxiliar, de chaqueta anaranjada, revoloteaba junto a la puerta.

Habían invadido su habitación en equipo, y durante quince minutos ejecutaron diversas tareas en su cuerpo. Él se limitó a cerrar los ojos y a aceptarlo. Luego se marcharon con la misma velocidad con que habían llegado.

Patrick y su madre tuvieron un encuentro lleno de lágrimas. Él se disculpó sólo una vez, por todo. Ella lo aceptó amorosa, y lo perdonó como sólo una madre puede hacerlo. Su dicha al verlo desplazó todo el rencor y la amargura que obviamente habían surgido durante los últimos cuatro días.

Joyce Lanigan tenía sesenta y ocho años de edad y gozaba de cabal salud. Su único problema era una presión un poco alta. Hacía veinte años que su esposo, el padre de Patrick, la había abandonado por una mujer más joven, y poco después había muerto de un ataque al corazón. Ni ella ni Patrick habían asistido a su entierro en Texas. La segunda esposa se encontraba embarazada en aquel momento. Su hijo, el medio hermano de Patrick, había matado a dos agentes antinarcóticos encubiertos cuando tenía diecisiete años, y ahora esperaba la pena de muerte en Huntsville, Texas. Este paquete de ropa sucia de la familia no se conocía en Nueva Orleans ni en Biloxi. Patrick nunca se lo había contado a Trudy, que fue su esposa por cuatro años. Ni a Eva. ¿Para qué?

Qué ironía. A ambos hijos del padre de Patrick los habían acusado de asesinatos punibles con la pena capital. Al uno lo habían condenado. El otro iba por buen camino.

Patrick estaba en la universidad cuando su padre se marchó. A su madre no le quedó fácil ajustarse a la vida de mujer divorciada de mediana edad, sin ninguna profesión ni historia laboral. En el arreglo del divorcio le correspondió la casa y una renta que escasamente le alcanzaba para vivir sin verse obligada a buscar trabajo. A veces se desempeñaba como maestra sustituta en una escuela primaria, pero prefería quedarse en casa, matando el tiempo en el jardín, viendo telenovelas o tomando el té con otras ancianas del vecindario.

Patrick siempre había visto a su madre como una persona depresiva, en especial después de ser abandonada por su padre. A él, en cambio, este acontecimiento no le importó gran cosa, pues en manera alguna había sido un buen padre. Ni tampoco un buen esposo. Patrick siempre había animado a su madre a marcharse de la casa, a encontrar un empleo, a buscar una causa, a vivir un poco. El abandono le abría una nueva oportunidad en la vida.

Pero disfrutaba demasiado con la desgracia. Con el paso de los años, a medida que aumentaba el ajetreo del trabajo legal, su hijo cada vez pasaba menos tiempo con ella. Se mudó para Biloxi, se casó con una mujer a la que su madre no soportaba, y así sucesivamente.

◈

Le preguntó por las tías, tíos y sobrinos, gente con la que había perdido todo contacto desde mucho antes de su muerte, gente en la que había pensado muy poco durante los últimos cuatro años. Preguntaba sólo porque era lo que se esperaba de él. En general estaban bien.

No, no quería ver a ninguno de ellos.

Ellos estaban ansiosos por verlo.

Qué raro. Nunca antes habían estado tan ansiosos.

Estaban muy preocupados por él.

Extraño, también.

Conversaron cálidamente durante dos horas, y el paso del tiempo se borró con facilidad. Ella lo regañó por el peso. "Pareces enfermo", fueron sus palabras. Le preguntó por el nuevo mentón, la nariz y el cabello oscuro. Le expresó toda suerte de sentimientos maternales y luego se marchó para Nueva Orleans. Él le prometió mantenerse en contacto.

Siempre prometía eso, se quedó pensando ella para sus adentros mientras se alejaba. Pero rara vez lo cumplía.

QUINCE

Desde una suite en el hotel Hay-Adams, Stephano se pasó la mañana jugando al gato y al ratón por teléfono con ciertos acosadísimos ejecutivos de sociedades anónimas. Al FBI no le había dado trabajo convencer a Benny Aricia de que estaban a punto de detenerlo, tomarle fotos, registrarle las huellas y someterlo a otras vejaciones. Pero cosa muy diferente fue convencer a egos como los de Paul Atterson de la compañía de seguros Monarch-Sierra, y a Frank Jill de la Northern Case Mutual. Ambos eran típicos presidentes de sociedades anónimas, de raza blanca, serios, con enormes salarios y abundante personal para ahorrarles cualquier molestia. Los arrestos y enjuiciamientos estaban hechos para las clases inferiores.

El FBI demostró ser bastante efectivo. Hamilton Jaynes despachó agentes a ambos lugares: a la Monarch, en Palo Alto, y a la Northern Case Mutual, en St. Paul, con instrucciones para contactar a los dos hombres y hacerles ciertas preguntas sobre la búsqueda y captura de un tal Patrick Lanigan.

Para la hora del almuerzo ambos habían tirado la toalla. Quítenos de encima a esos perros, le dijeron a Stephano. La búsqueda se acabó. Coopere en todo con el FBI y, maldita sea, haga algo para que estos agentes se larguen de nuestras oficinas. Nos hacen quedar muy mal.

Y así se deshizo el consorcio. Stephano lo había conservado unido durante cuatro años, con lo que había ganado casi un millón de dólares. Gastó otros dos y medio millones de sus clientes, y ahora podía proclamar victoria: habían encontrado a Lanigan. No habían hallado los noventa millones, pero por ahí estaban, con seguridad. No los había gastado. Todavía podía recuperarlos.

❖

Benny Aricia pasó toda la mañana en la suite con Stephano, leyendo la prensa, haciendo sus propias llamadas, oyéndolo trabajar por teléfono. A la una de la tarde llamó a su abogado de Biloxi y se enteró de que Patrick había llegado. Casi sin ruido. La televisión local mostró la historia al medio día, con una toma del C-120 rugiendo en lo alto cuando se disponía a aterrizar en Keesler. No les permitieron acercarse más. El sheriff local confirmó que el tipo había regresado.

Tres veces había oído la grabación de la tortura, deteniéndose con frecuencia para volver a escuchar sus partes favoritas. Hacía dos días, mientras volaba a la Florida, la había escuchado con audífonos, mientras se bebía un trago en primera clase y sonreía con las voces espeluznantes del hombre que clamaba misericordia. Pero sonreír era algo que poco hacía Benny por estos días. Estaba convencido de que Patrick había contado cuanto sabía, y eso no bastaba. Patrick no ignoraba que algún día lo iban a pescar y por eso, en un alarde de astucia, había dejado el dinero en manos de la muchacha, que había procedido a ocultárselo a todos, incluido Patrick. Brillante. Era lo mínimo que se podía decir.

–¿Qué hará falta para encontrarla? –preguntó a Stephano mientras tomaban la sopa que les llevaron a la habitación. Era algo que ya se había preguntado muchas veces.

–¿Qué o cúanto?

–Cuánto, supongo.

–No puedo responder. No tengo ni la menor idea de dónde se encuentra ella, pero sabemos de dónde es oriunda. Y creemos que es probable que ahora aflore por los alrededores de Biloxi, pues allí está su hombre. Es posible.

–¿Cuánto?

—Sólo de manera tentativa, diría que cien mil, sin garantías. Ponga el dinero, y cuando este se acabe, paramos.

—¿Hay alguna posibilidad de que los federales se enteren de que todavía la andamos buscando?

—Ninguna.

Benny revolvió la sopa —tomate y pastas—. Con uno punto nueve millones menos, parecía una tontería no darle la última oportunidad. Las probabilidades no eran muchas, pero la recompensa podría ser enorme. Era el mismo juego en el que venía participando hacía ya cuatro años.

—¿Y si la encuentras? —preguntó.

—La haremos hablar —dijo Stephano, e intercambiaron una mueca ante el pensamiento desagradable de hacerle a una mujer lo que le habían hecho a Patrick.

—¿Y el abogado de Patrick qué? —preguntó Aricia por fin—. ¿No podemos intervenir su oficina, ponerles micrófonos a los teléfonos, escuchar de alguna manera cuanto conversa con su cliente? No hay duda de que hablarán sobre mi dinero.

—Es una posibilidad. ¿Hablas en serio?

—¿En serio? Tengo noventa millones perdidos, Jack. Menos una tercera parte para esos abogados chupasangres. Claro que hablo en serio.

—Podría ser peligroso. Ese abogado no es tonto, bien lo sabes. Y su cliente es un tipo cauteloso.

—Vamos, Jack. Se supone que tú eres el mejor. Porque sin duda eres el más costoso.

—Vamos a hacer un preliminar... lo vamos a rastrear un par de días y veremos cómo funciona. No hay prisa. Su cliente no se va a mover por un buen rato. En este instante me preocupa más quitarme de encima a los agentes federales. Tengo pendientes algunos asunticos sin importancia, como reabrir mi oficina y quitarles los micrófonos a mis teléfonos.

Aricia le indicó con una seña que se podía marchar.

–¿Cuánto va a costarme?

–No lo sé. De eso hablaremos más tarde. Acaba de almorzar. Los abogados nos están esperando.

Stephano salió primero, a pie, y se despidió con la mano de dos agentes estacionados de manera ilegal en la calle I, más abajo del hotel. Se fue caminando con paso rápido hasta la oficina de su abogado, a siete cuadras de distancia. Benny esperó diez minutos y tomó un taxi.

Pasaron la tarde en un salón de reuniones atestado de abogados y paralegales. Vía fax enviaban los acuerdos entre los abogados de Stephano y los del FBI. Finalmente ambos lados consiguieron lo que deseaban. Que se retiraran los cargos criminales contra Stephano y no se enjuiciara a sus clientes. El FBI, por su parte, recibía la promesa escrita de este de divulgar cuanto sabía sobre la búsqueda y captura de Patrick Lanigan.

Stephano de veras pensaba contar la mayor parte de lo que sabía. La búsqueda había finalizado y por ende no había nada más que ocultar. El interrogatorio había producido escasos resultados, tan solo el nombre de la abogada brasileña que tenía el dinero. Esta ya había desaparecido y era muy dudoso que el FBI dispusiera del tiempo necesario para ir tras ella o que tuviera deseos de perseguirla. ¿Para qué habrían de hacerlo? El dinero no les pertenecía.

Y aunque se esforzaba por no demostrarlo, estaba impaciente por ver salir al FBI de su vida. Su esposa, que se encontraba muy alterada, ejercía sobre él una enorme presión. Si no reabría la oficina pronto, se quedaría sin trabajo.

Entonces pensó decirles lo que querían escuchar, la mayor parte, en todo caso. Luego tomaría el dinero de Benny, lo que quedaba de él, y buscaría a la muchacha de nuevo, tal vez con suerte. Y mandaría efectivos a Nueva Orleans a vigilar al abogado de Lanigan. El FBI no tenía por qué conocer estos detallitos.

◆

Como en el edificio federal de Biloxi no quedaba disponible ni un metro cuadrado, Cutter le pidió al sheriff Sweeney que encontrara un sitio en la prisión del condado. Sweeney aceptó a regañadientes, aunque la idea de que el FBI pasara algún tiempo en sus oficinas lo preocupaba. Desocupó un depósito e instaló una mesa y algunas sillas. *El cuarto de Lanigan* acababa de ser bautizado.

Había poco que almacenar allí. Cuando Patrick murió, a nadie se le ocurrió pensar en un asesinato, así que no hubo ningún intento por conseguir pruebas físicas, al menos durante las primeras seis semanas. Cuando el dinero desapareció comenzaron las sospechas, pero para ese entonces ya el rastro estaba frío.

Cutter y Ted Grimshaw, el investigador jefe del condado de Harrison, examinaron con cuidado las escasas evidencias y las inventariaron. Tenían diez fotos grandes, en color, del Chevrolet Blazer quemado, y las pegaron en una pared. Las había tomado Grimshaw.

El fuego había alcanzado una temperatura extremadamente alta. Ya sabían por qué. No quedaba duda de que Patrick había puesto en su interior envases plásticos llenos de gasolina. Esto explicaba por qué se habían derretido los marcos de aluminio de la sillas, por qué las ventanas habían hecho explosión, el tablero se había desintegrado y el cuerpo había quedado en tan mal estado. Seis de las fotografías eran del cadáver tal como se encontraba: una pequeña pila de materia achicharrada, de la que sobresalía medio hueso pélvico que había quedado en el piso, del lado del pasajero. La Blazer había dado varias vueltas de campana luego de salirse de la autopista y caer cañada abajo. Se había quemado sobre el lado derecho.

El sheriff Sweeney la conservó durante un mes, y luego la vendió como chatarra junto con otros tres autos chocados y abandonados. Más tarde deseó no haberlo hecho.

Había media docena de fotografías del sitio donde se hallaba el vehículo, de árboles y arbustos carbonizados. Los trabajadores voluntarios habían luchado una hora contra el fuego antes de extinguirlo.

Qué conveniente que Patrick hubiera manifestado deseos de ser cremado. Según Trudy (y tenían una declaración mecanografiada suya de un mes después del funeral), Patrick había decidido de manera súbita que quería ser cremado y que sus cenizas fueran sepultadas en Locust Grove, el cementerio más hermoso del condado. Esta decisión fue tomada casi once meses antes de su desaparición. Incluso modificó el testamento, dejando instrucciones a su albacea Trudy, o en caso de que ella muriera con él, a su albacea alterno Karl Huskey, para que procedieran a cremarlo. Dejó incluso detalles específicos sobre la forma como debían llevarse a cabo el funeral y el entierro.

La excusa que esgrimió fue la muerte de un cliente suyo que no había hecho los planes adecuados, lo cual llevó a la familia a engarzarse en una terrible discusión sobre cómo enterrarlo, discusión en la que Patrick acabó viéndose involucrado. Así, llegó incluso a pedirle a Trudy que escogiera un lote para ella en el cementerio. Ella seleccionó uno vecino al suyo, pero ambos sabían que se apresuraría a cambiarlo de lugar si algo le sucedía a él primero.

Más tarde el empleado de la funeraria le dijo a Grimshaw que el noventa por ciento de la cremación había ocurrido en la Blazer. Cuando este pesó las cenizas, tras cocinar los restos por una hora a dos mil grados, las básculas registraron sólo cuatro onzas, la cantidad más pequeña jamás pesada. No podía decir nada sobre el cuerpo, si era masculino, femenino, blanco, negro, joven o viejo, o si vivía o estaba muerto antes del incendio. No había manera de saberlo. Para ser honestos con todo este asunto, ni siquiera había intentado hacerlo.

No tenían cadáver, no tenían informe de autopsia y ni la menor idea de quién podría ser el NN muerto. El fuego es la mejor manera de destruir la evidencia, y Patrick había hecho un trabajo espléndido para cubrir sus pasos.

Patrick pasó el fin de semana en una vieja cabaña de caza cerca del pueblito de Leaf, en el condado de Greene, en los límites del Bosque Nacional De Soto. Él y un amigo de sus épocas de universidad, natural de Jackson, habían comprado la cabaña dos años atrás, con el modesto plan de irle haciendo pequeñas mejoras. Era bastante rústica. Cazaban venados en otoño y en invierno y pavos en primavera. Con los altibajos de su matrimonio, pasaba más y más fines de semana en ella. Sólo quedaba a hora y media de distancia. Sostenía que allí podía trabajar. Quedaba aislada de todo y era muy tranquila. Su amigo, el copropietario, prácticamente la había olvidado.

Trudy fingía resentir sus fines de semana lejos, pero Lance acechaba por los alrededores a la espera de que Patrick se marchara de la ciudad.

El domingo 9 de febrero de 1992, por la noche, Patrick llamó desde la cabaña y le dijo a su esposa que llegaría a eso de las diez. Había terminado un alegato complicado para una apelación y estaba exhausto. Lance calculó otra hora antes de lanzarse a la oscuridad.

Patrick se detuvo en el almacén rural de Verhall, en la carretera número 15, en el límite entre los condados de Stone y Harrison. Compró doce galones de gasolina por catorce dólares y veintiún centavos, y los pagó con tarjeta de crédito. Conversó con la dueña del almacén, una señora mayor con quien había trabado amistad y que conocía a muchos de los cazadores que pasaban por ahí, en especial a aquellos a los que les gustaba parar a jactarse de sus hazañas en el bosque, como a Patrick. Más tarde ella declaró que Patrick se encontraba de buen ánimo, aunque comentó que estaba cansado porque había trabajado todo el fin de semana. Recordó que eso le pareció raro. Una hora más tarde oyó pasar los autos de policía y de bomberos a toda velocidad.

Nueve kilómetros más abajo encontraron la Blazer de Patrick envuelta en un atroz incendio, en el fondo de una cañada profunda, a seis metros de la carretera. Un conductor de camión fue el primero en ver el fuego, y logró acercarse a cinco metros, antes de que se le empezaran a chamuscar las pestañas. Pidió ayuda por radio y se sentó en un tronco a observar impotente cómo ardía. La Blazer yacía sobre el costado derecho, con el techo hacia el lado opuesto, de modo que era imposible ver si había alguien dentro del vehículo. No es que importara mucho. De todas formas era imposible intentar un rescate.

Para cuando llegó el primer agente del condado, el fuego ardía con tanta intensidad que era imposible distinguir el perfil de la Blazer. La hierba y los matorrales comenzaron a arder. Llegó un auto de bomberos voluntarios, pero tenía poca agua. El tráfico se detuvo, y pronto se reunió una cantidad de gente a mirar y a escuchar en silencio cómo crepitaba el fuego allá abajo. Puesto que el conductor de la Blazer no se encontraba entre ellos, la gente creyó que se estaba incinerando junto con todo lo demás.

Al cabo de un rato llegaron dos autos de bomberos más grandes y lograron extinguir el incendio. Varias horas pasaron mientras el sheriff Sweeney esperaba a que todo se enfriara. Casi a la medianoche divisó por primera vez el tronco carbonizado de algo que podía ser un cadáver. El investigador forense se encontraba cerca. El hueso pélvico puso punto final a la especulación. Grimshaw tomó sus fotografías. Esperaron a que el cadáver se enfriara un poco más, lo recogieron y lo guardaron en una caja de cartón.

A las tres y media de la mañana, con la ayuda de una linterna lograron descifrar las letras y números en relieve de la placa, y Trudy recibió la llamada telefónica que la convirtió en viuda. Al menos por cuatro años y medio.

El sheriff decidió no mover el auto durante la noche. A la madrugada regresó con cinco de sus agentes para escudriñar el área. Encontraron las huellas de unas ruedas que se habían deslizado por espacio de treinta metros sobre la calzada, y dedujeron que tal vez un venado había pasado corriendo frente al pobre Patrick haciéndole perder el control. Como el fuego se había esparcido en todas las direcciones, cualquier posible indicio de lo que podía haber sucedido había quedado destruido. La única sorpresa fue el hallazgo de un zapato a cuarenta y tres metros de la Blazer. Era un zapato de tenis marca Nike Air Max, talla diez, casi nuevo, que Trudy no tuvo dificultad en identificar como perteneciente a Patrick. Cuando se lo mostraron se deshizo en llanto.

El sheriff especuló que tal vez el vehículo, al precipitarse por la cañada dando tumbos, había hecho que el cuerpo se zarandeara adentro de un lado para otro y se desprendiera el zapato, que salió disparado en una de las vueltas, etc. Tenía tanta lógica como cualquier otra posibilidad.

Montaron la Blazer en un remolque y se la llevaron. Ya bien entrada la tarde, cremaron lo que había quedado de Patrick. El funeral tuvo lugar al día siguiente, seguido por un breve servicio en el cementerio, precisamente aquel que fue observado a través de binóculos.

◇

Cutter y Grimshaw miraron el zapato solitario colocado en el centro de la mesa. A su lado había varias declaraciones tomadas a diferentes testigos: Trudy, la señora Verhall, el investigador forense, el empleado de pompas fúnebres, el mismo Grimshaw y el sheriff. Todas decían exactamente lo que se esperaba que dijeran. Sólo se presentó una testigo sorpresa en los meses posteriores a la desaparición del dinero: una joven que residía cerca del almacén de Verhall, dio una declaración juramentada en la que sostenía haber visto una camioneta Chrevrolet Blazer 1991 estacionada al borde del camino, cerca del lugar donde había ocurrido el incendio. La había visto dos veces. La primera, el sábado por la noche, y luego veinticuatro horas más tarde, casi a la hora del accidente. Esta declaración fue tomada por Grimshaw en la casa de la mujer, en el condado rural de Harrison, siete semanas después del funeral de Patrick. Para entonces ya su muerte estaba envuelta en sospechas porque el dinero había desaparecido.

DIECISÉIS

El médico era un joven residente paquistaní llamado Hayani, de temperamento caritativo y misericordioso. Hablaba inglés con mucho acento, y parecía hallar satisfacción en el simple hecho de sentarse a conversar con Patrick durante todo el tiempo que este quisiera. Las heridas estaban sanando bien. Pero el paciente tenía serias preocupaciones.

—La tortura fue algo que jamás podría describir con precisión —dijo Patrick cuando llevaban casi una hora hablando. Hayani había puesto el tema. Todos los periódicos lo habían registrado desde que entablaron la demanda contra el FBI, y desde un punto de vista médico se trataba de una oportunidad poco frecuente de examinar y tratar a una persona lesionada de manera tan espantosa. Cualquier médico joven disfrutaría del hecho de encontrarse tan cerca del ojo del huracán.

Hayani asintió con gesto adusto. Siga hablando, rogaba con los ojos.

Y ahora, ciertamente, Patrick estaba deseoso de hacerlo.

—No puedo dormir —dijo—. Duermo máximo una hora y empiezo a oír voces. Luego siento que me queman la carne, y me despierto bañado en sudor. Y no mejoro. Ya estoy aquí, en mi país, y supongo que a salvo, pero ellos siguen allá, todavía andando tras de mí. No puedo dormir. No quiero dormir, doctor.

—Puedo darle pastillas.

—No. En todo caso, no por ahora. Ya me han dado demasiadas sustancias químicas.

—Su sangre está bien. Algún residuo, pero nada significativo.

—No más drogas, doctor. Por ahora.

—Necesita dormir un poco, Patrick.

—Lo sé, pero no quiero. Me van a torturar otra vez.

Hayani escribió algo en la historia clínica. Siguió un largo silencio en el que ambos hombres se dedicaron a pensar en lo que dirían enseguida. A Hayani le parecía difícil creer que un hombre como este fuera capaz de matar a otro, y menos de una manera tan espantosa.

El cuarto sólo estaba iluminado por un delgado rayo de luz que entraba por el borde de la ventana.

—¿Puedo ser honesto con usted, doctor? —preguntó Patrick con voz aún más baja.

—Claro.

—Debo quedarme aquí el mayor tiempo posible. Aquí, en este cuarto. Dentro de unos días empezarán a hablar de pasarme a la cárcel del condado de Harrison, donde me van a poner en un camastro, en una pequeña celda, con dos o tres rufianes callejeros, y no voy a ser capaz de sobrevivir.

—¿Y por qué habrían de trasladarlo?

—Para presionarme, doctor. Tienen que aumentar la presión poco a poco, hasta que yo les diga lo que quieren. Me ponen en una celda horrible, entre violadores y narcotraficantes, y me envían el mensaje de que es mejor que hable de una buena vez, porque eso es lo que me espera para el resto de la vida: la prisión de Parchman, el peor lugar del mundo. ¿Ha estado alguna vez allá, doctor?

—No.

—Yo sí. Tuve un cliente allí. Es, literalmente hablando, el infierno. Y la penitenciaría del condado no es mucho mejor. Pero de usted depende que yo me quede aquí, doctor. Lo único que tiene que hacer es decirle al juez que debo estar bajo su cuidado y no me sacarán de aquí. Por favor, doctor.

—Claro, Patrick —dijo, y apuntó algo más en la historia. Otra larga pausa mientras Patrick cerraba los ojos y respiraba con rapidez. El solo pensamiento de la cárcel lo había acabado de descomponer.

—Voy a recomendar una evaluación psiquiátrica —dijo Hayani, y Patrick se mordió el labio inferior para reprimir una sonrisa.

—¿Por qué? —preguntó, fingiendo alarma.

—Porque siento curiosidad. ¿Tiene alguna objeción?

—Supongo que no. ¿Cuándo?

—En un par de días, tal vez.

—No estoy seguro de que pueda aguantarla tan pronto.

—No hay prisa.

—Así es mejor. Doctor, no apresuremos las cosas.

—Ya veo. Claro. Tal vez la semana entrante.

—Tal vez; o la que sigue.

La madre del joven se llamaba Neldene Crouch. Ahora residía en un parque para casas rodantes en las afueras de Hattiesburg, pero en la época en que su hijo desapareció vivía con él en uno situado en las afueras de Lucedale, una pequeña población a unos cincuenta kilómetros de Leaf. Según recordaba, su hijo desapareció el domingo 9 de febrero de 1992, precisamente el día en que Patrick Lanigan murió en la carretera número 15.

Pero los registros del sheriff Sweeney señalaban que Neldene Prewitt (su nombre de casada por aquel entonces) había ido a su oficina por primera vez el 13 de febrero de 1992 con la noticia de que su hijo estaba perdido. Había ido a ver a todos los sheriffs de los alrededores, lo mismo que al FBI y a la CIA. Estaba muy afectada y, a ratos, casi histérica.

El nombre de su hijo era Pepper Scarboro, apellido que pertenecía a su primer esposo, el supuesto padre de Pepper, aunque ella nunca había sabido a ciencia cierta quién era el padre. En cuanto al nombre, nadie recordaba con exactitud de dónde había salido aquel Pepper. Ella lo había llamado LaVelle en el hospital, un nombre que el muchacho detestó siempre. Siendo aún muy joven descubrió el nombre Pepper, y a partir de entonces insistió enfáticamente en que ese era su nombre legal. Cualquiera menos LaVelle.

Pepper Scarboro tenía diecisiete años en el momento de su desaparición. Una vez finalizado el quinto grado, después de tres intentos, abandonó definitivamente el colegio y se colocó de bombero en una estación de gasolina de Lucedale. Era un muchacho extraño, con un fuerte tartamudeo. Siendo adolescente descubrió la belleza de la vida al aire libre, y nada le gustaba más que acampar y pasar los días cazando, por lo general solo.

Pepper era persona de pocos amigos, y su madre siempre estaba enrostrándole toda suerte de defectos. Ella tenía dos hijos menores y varios amigos varones, y vivía con el resto de la familia en un sucia casa rodante, sin aire acondicionado. El muchacho prefería dormir en una tienda de campaña bosque adentro. Ahorró algún dinero con el que se compró un rifle y un equipo de acampar, de modo que pasaba el mayor tiempo posible en el Bosque Nacional De Soto, a sólo veinte minutos de allí, pero a miles de kilómetros de su madre.

No había evidencia clara de que Pepper y Patrick se hubieran conocido alguna vez. Por coincidencia, la cabaña de Patrick estaba localizada en la zona del bosque por donde a Pepper le gustaba cazar. Tanto Patrick como Pepper eran hombres blancos, más o menos del mismo tamaño, aunque Patrick era mucho más pesado. Mucho más interesante resultaba el hecho de que el rifle de Pepper, la tienda y el saco de dormir hubieran sido hallados en la cabaña de Patrick a finales de febrero de 1992.

Los dos desaparecieron aproximadamente por la misma época, más o menos por la misma región. En los meses siguientes a su desaparición conjunta, Sweeney y Cutter determinaron que no hubo ninguna otra persona del estado de Mississippi que, habiendo desaparecido cerca del 9 de febrero, hubiera seguido perdida por más de diez semanas. Tenían informes sobre varios adolescentes desaparecidos en febrero de 1992, la mayor parte con las dificultades propias de la adolescencia, pero a finales de la primavera cada uno de esos casos había sido aclarado. En marzo seguía sin aparecer una ama de casa de Corinth, que al parecer huía de un matrimonio violento.

Buscando en los computadores del FBI en Washington, Cutter llegó a establecer que la persona a quien habían declarado perdida más cerca del incendio de Patrick era un camionero ocioso que venía de Dothan, Alabama, un pueblo a siete horas de distancia. Había desaparecido el sábado 8 de febrero, dejando atrás un matrimonio espantoso y abundantes cuentas pendientes. Pero después de investigar su caso durante tres meses, Cutter llegó a la conclusión de que no existía ninguna relación entre el camionero y Patrick.

Estadísticamente hablando, había una fuerte evidencia de que las desapariciones de Pepper y Patrick estaban relacionadas entre sí. Si Patrick no había perecido en su Blazer, Cutter y Sweeney estaban ya casi convencidos de que Pepper sí. Esta evidencia, claro, era demasiado especulativa para ser admitida en un tribunal. Patrick podía haber recogido a algún australiano que le hubiera hecho señas, a un vago cualquiera, o a un andariego procedente de una terminal de transporte indeterminada.

Tenían una lista de otros ocho nombres, que iban desde un hombre mayor en Mobile, visto por última vez cuando salía de la ciudad conduciendo sin rumbo fijo camino de Mississippi, hasta una joven prostituta de Houston, que le había dicho a los amigos que se mudaba para Atlanta con el fin de empezar una nueva vida. A los ocho se los había declarado desaparecidos varios meses

–e incluso años– antes de febrero de 1992. Hacía mucho tiempo que Cutter y el sheriff habían determinado que la lista carecía de todo valor.

Pepper seguía siendo la más importante de las víctimas potenciales, sólo que no lograban demostrarlo. Neldene, sin embargo, pensaba que sí era capaz de hacerlo y tenía ganas de compartir sus puntos de vista con la prensa, pero se dirigió primero adonde su abogado –una nulidad que había tramitado su último divorcio por trescientos dólares–, y le pidió ayuda para que la guiara a través del laberinto de los medios de comunicación. Él no vaciló en complacerla. Le dijo que no pensaba cobrar, e hizo lo que suelen hacer los malos abogados cuando se les brinda la ocasión de tener un cliente con una buena historia: convocó a una rueda de prensa en su oficina de Hattiesburg, una población situada ciento cuarenta kilómetros al norte de Biloxi.

El tipo exhibió a su cliente ante los medios. La mujer lloraba. Y expresó toda suerte de vilezas sobre el sheriff de Biloxi y el FBI, y sus vanos intentos por localizar a Pepper. Vergüenza deberían sentir por sus pasos de tortuga durante cuatro años, mientras su pobre cliente vivía en medio de la congoja y la incertidumbre. Despotricó y refunfuñó y le sacó el mayor partido posible a su cuarto de hora de fama. Insinuó que iba a tomar acción legal contra Patrick Lanigan, el hombre que obviamente había asesinado a Pepper y quemado su cadáver para ocultar la evidencia y poder así huir con noventa millones de dólares, pero fue vago en los detalles.

Los reporteros, haciendo caso omiso de cualquier cautela, si es que sabían lo que era eso, se lo tragaron todo. Les fueron entregadas fotos del joven Pepper, un muchacho desgreñado de aspecto simple y con una desagradable pelusa como de durazno alrededor de la boca. Así se le dio rostro a la víctima y se la convirtió en un ser humano. Este era el muchacho al que Patrick había asesinado.

◈

La historia de Pepper desempeñó un buen papel en la prensa. Por razones legales se referían a él como a la "supuesta víctima", pero la palabra "supuesta" se pronunciaba siempre en voz casi inaudible. Patrick la vio a solas, en su cuarto oscuro.

Poco después de su desaparición, Patrick se enteró de que suponían que Pepper Scarboro había muerto en el incendio. En enero del 92, Pepper y él habían cazado pavos juntos y una fría tarde en el bosque se habían comido un estofado de res hecho en una fogata. Le había sorprendido enterarse de que el muchacho prácticamente vivía en el bosque y que lo prefería a su casa, de la que hablaba muy poco. Eran extraordinarias sus habilidades, tanto para la supervivencia como para acampar. Patrick le había ofrecido el corredor de la cabaña en caso de lluvia o de mal tiempo pero, hasta donde sabía, el muchacho jamás había hecho uso de él.

Se habían encontrado varias veces en el bosque. Pepper alcanzaba a divisar la cabaña desde la cima de una colina boscosa a un kilómetro de distancia, y cuando veía allí el automóvil de Patrick se ocultaba por los alrededores. Le gustaba seguirle los pasos a este cuando salía a caminar o se adentraba en el bosque tras una presa. Solía tirarle guijarros y bellotas hasta que Patrick gritaba y maldecía. Entonces se sentaban a charlar un rato. Conversar no era lo que más le gustaba a Pepper, pero parecía disfrutar con la interrupción de la soledad. Patrick le llevaba bocadillos y dulces.

Por eso no lo sorprendió que supusieran, ahora o antes, que él había asesinado al muchacho.

❖

El doctor Hayani estaba viendo las noticias de la noche con marcado interés. Leyó los periódicos y habló largo rato con su nueva esposa acerca de su famoso paciente. Sentados en la cama volvieron a verlo todo de nuevo en el noticiero de la medianoche.

Cuando iban a apagar las luces y se preparaban para acostarse repicó el teléfono. Era Patrick, que se disculpó, pero que, adolorido y nervioso como estaba, según dijo, necesitaba alguien con quien hablar. Puesto que técnicamente era un prisionero, las llamadas estaban restringidas a su abogado y a su médico, y sólo podía hacerlas dos veces al día. ¿Tendría el médico un minuto?

Sí. Claro. Volvió a pedir disculpas por llamar tan tarde, pero era incapaz de dormirse, y se sentía muy afectado por todas las noticias, en especial por la insinuación de que él hubiera asesinado a ese joven. ¿Lo había visto el médico en la televisión?

Sí, claro. Patrick se encontraba en su cuarto, con las luces apagadas, acurrucado en su cama. Gracias a Dios estaban esos agentes en el corredor, porque debía admitir que sentía miedo. Oía cosas, voces y ruidos que no tenían sentido. Las voces no provenían del corredor sino de dentro del cuarto. ¿Serían las drogas?

Podían ser muchas cosas, Patrick. La droga, la fatiga, el traumatismo de la experiencia por la que había pasado, el impacto físico y psicológico.

Hablaron durante una hora.

DIECISIETE

Decidió no lavarse el pelo por tres días consecutivos. Quería que se viera grasoso. Tampoco se afeitó. En cuanto a la vestimenta, pasó de la levantadora delgada del hospital con la que había dormido, al pantalón aguamarina de cirujano lleno de arrugas. Hayani había prometido conseguirle uno nuevo. Pero ahora le convenían las arrugas. Se puso un calcetín blanco en el pie derecho, pero como en el izquierdo tenía una laceración horrible producida por el nailon y quería que la gente la viera, no se puso calcetín en ese pie. Sólo la chancleta compañera, de caucho negro.

Hoy lo iban a exhibir. El mundo lo estaba esperando.

Siguiendo las instrucciones de su cliente, Sandy llegó a las nueve con dos pares de gafas baratas, de esas que venden en las farmacias, y una gorra negra de los Santos, el equipo de fútbol de Nueva Orleans.

—Gracias —dijo Patrick, de pie frente al espejo del baño, al tiempo que comparaba las gafas y preparaba la gorra.

El doctor Hayani llegó minutos más tarde, y Patrick los presentó. De pronto se sintió nervioso y aturdido. Se sentó en el borde de la cama, se pasó los dedos por el pelo y trató de respirar con calma.

—Nunca pensé que iba a llegar este día, ¿sabes? —murmuró mirando al piso—. Nunca —su médico y su abogado se miraron sin decir palabra.

Hayani ordenó un sedante fuerte, y Patrick se tomó dos pastillas.

—Tal vez esté dormido mientras dure todo esto —dijo.

—El que va a hablar soy yo —dijo Sandy—. Sólo trata de relajarte.

—Ya va a hacerlo —dijo Hayani.

Tocaron a la puerta, y el sheriff Sweeney entró con suficientes agentes como para dominar una revuelta. Intercambiaron saludos corteses pero forzados. Patrick se puso la gorra de los Santos y las nuevas gafas, grandes y oscuras, y extendió las muñecas para que se las esposaran.

–¿Qué es esto? –dijo Sandy, señalando un equipo de grilletes para el tobillo que el agente portaba.

–Grilletes –dijo Sweeney.

–Imposible –dijo Sandy con voz de disgusto–. El hombre tiene un tobillo herido.

–Y mucho –dijo Hayani de manera tajante, ansioso de entrar en la disputa–. Mire –insistió señalando el tobillo izquierdo de Patrick.

Sweeney lo meditó un segundo, y su duda le salió caro, pues Sandy atacó:

–Vamos, sheriff, ¿qué posibilidades hay de que se fugue, herido como está, con esposas en las muñecas y rodeado por toda esa gente? ¿Qué va a hacer? ¿Zafarse y salir corriendo? Ustedes no son tan lentos, ¿o sí?

–De ser necesario llamaré al juez –dijo, airado, el doctor Hayani.

–Pues aquí llegó con grilletes en los tobillos –dijo el sheriff.

–Eso era el FBI, Raymond –dijo Patrick–. Y eran cadenas para las piernas, no grilletes para los tobillos. Y de todas maneras era un dolor bárbaro.

Dejaron a un lado los grilletes y Patrick fue conducido hasta el pasillo donde unos hombres de uniformes iguales, todos de color café, guardaron silencio al verlo. Lo rodearon y el grupo se encaminó lentamente hacia el ascensor. Sandy se quedó a su izquierda, sosteniéndolo con suavidad por el codo.

El ascensor era demasiado pequeño para toda la comitiva. Los que no cupieron bajaron presurosos por las escaleras y lo esperaron en el vestíbulo, donde volvieron a organizarse. Pasaron frente a la recepción, a través de las puertas de vidrio, y salieron al cálido aire otoñal donde los esperaba un desfile rutinario de vehículos recién brillados. Lo metieron en un nuevo y reluciente Suburban negro que tenía una insignia del condado de Harrison en el parachoques, y salieron seguidos por un Suburban blanco en el que iban sus guardaespaldas armados. A este, a su vez, lo seguían tres patrullas recién lavadas. Adelante marchaban dos patrullas más, que eran las encargadas de dirigir la comitiva. Pasaron frente a los retenes militares e ingresaron en el mundo civil.

A través de sus gruesas gafas ordinarias, Patrick miraba hacia afuera. Calles por las que había conducido un millón de veces. Las casas resultaban de aspecto familiar. Dieron la vuelta para tomar la autopista 90 y allí estaba el golfo, con sus cálidas aguas grises y la misma apariencia de siempre. La playa era una franja angosta de tierra entre la autopista y el agua, retirada de los hoteles y condominios situados al otro lado de la vía.

La Costa había prosperado durante su exilio, gracias a la sorpresiva llegada de los casinos. Cuando él abandonó la ciudad ya se rumoraba que vendrían, y ahora estaban pasando frente a una serie de grandes casinos estilo Las Vegas, llenos de oropel y de neón. Eran las nueve y media de la mañana y los estacionamientos estaban llenándose.

—¿Cuántos casinos hay? —le preguntó al sheriff, que estaba sentado a su derecha.

—La última vez que los conté eran trece. Y vienen más en camino.

—No lo puedo creer.

El sedante le estaba haciendo efecto. Su respiración se volvió pesada y su cuerpo se relajó. Sintió ganas de dormir un rato, pero entonces doblaron hacia la calle principal y volvió a sentir ansiedad. Sólo un par de cuadras más. Unos cuantos minutos, y su pasado regresaría atronador a saludarlo. Pasaron, ahora rápidamente, frente la alcaldía, a la izquierda, y alcanzó a ver la Vieux Marche, y en medio de la antigua calle bordeada de almacenes y talleres, un enorme y hermoso edificio, parte del cual había poseído alguna vez como socio de Bogan, Rapley, Vitrano, Havarac y Lanigan, abogados y asesores legales.

Todavía seguía ahí, pero la sociedad que lo habitaba se estaba derrumbando.

Más adelante se encontraban los juzgados del condado de Harrison, a sólo tres cuadras a pie desde su antigua oficina. Ocupaban un sencillo edificio de ladrillo de dos pisos, con un antejardín verde que daba a la calle Howard. El antejardín estaba atestado de gente arremolinada, a la espera. Numerosos automóviles se habían estacionado a los lados de las calles. Los transeúntes andaban a la carrera por las aceras, al parecer con destino al tribunal. Los automóviles se orillaban a medida que Patrick y su caravana se abrían paso.

Frente al tribunal, la muchedumbre formaba una ola enloquecida que se movía de un lado a otro, pero unas barricadas colocadas por la policía en la parte de atrás la detenían. Allí había sido acordonado un sector. Patrick había visto a varios criminales famosos entrar y salir de prisa por la puerta trasera, de modo que sabía con exactitud lo que estaba sucediendo. El desfile se detuvo. Las puertas se abrieron y escupieron a unos doce agentes que rodearon el Suburban negro, cuya puerta se fue abriendo poco a poco. Al fin apareció Patrick. Su pantalón aguamarina de cirujano hacía contraste con los oscuros uniformes de color café que lo apretujaban.

Una masa impresionante de reporteros, fotógrafos y camarógrafos se reunió acezando junto a la barricada más cercana. Otros, que venían detrás, corrían para alcanzarlos. Patrick bajó la cabeza y se agachó entre los agentes, que lo llevaron caminando presurosos hasta la puerta trasera, mientras un alud de preguntas estúpidas volaban sobre su cabeza.

Patrick, ¿como te sientes al regresar a casa?

Patrick, ¿dónde está el dinero?

¿Quién se quemó en el auto , Patrick?

Pasaron por la puerta y subieron por las escaleras, en un breve recorrido que Patrick había hecho algunas veces afanado por agarrar a algún juez para que le echara una firma a la carrera. De pronto, el olor se le hizo conocido. Los peldaños de concreto no habían sido pintados en los cuatro años que había estado fuera. Atravesaron una puerta y siguieron por un corredor corto lleno de dependientes del tribunal que se habían reunido en un extremo para atisbarlo.

Lo pusieron en el cuarto del jurado, junto a la sala de juicios. Patrick se sentó en un asiento acolchonado, cerca de la cafetera. Sandy no se apartaba de él, cerciorándose de que estuviera bien. El sheriff Sweeney despachó a los agentes, que se dirigieron al corredor a esperar una nueva remisión.

–¿Café? –preguntó Sandy.

–Sí, gracias; negro.

–¿Estás bien, Patrick? –preguntó Sweeney.

–Sí, Raymond, gracias –se veía manso y atemorizado. Le temblaban las manos y las rodillas, y no lograba estabilizarlas. Ignoró el café, y a pesar de tener las dos manos esposadas, se ajustó las gafas oscuras y bajó la visera de la gorra aún más. Los hombros le colgaban.

Tocaron a la puerta y una joven bonita, de nombre Belinda, asomó la cabeza lo suficiente para decir:

–El Juez Huskey quisiera reunirse con Patrick.

¡Qué voz tan conocida! Patrick levantó la cabeza, miró a la puerta y dijo en voz baja:

–Hola Belinda.

—Hola Patrick. Bienvenido.

Patrick apartó la mirada. Era una secretaria de la oficina del secretario, con la que todos los abogados coqueteaban. Una joven dulce. Una voz dulce. ¿Habían pasado de veras cuatro años?

—¿Dónde? —preguntó el sheriff.

—Aquí —dijo ella—. Dentro de unos minutos.

—¿Quieres reunirte con el juez, Patrick? —preguntó Sandy.

No era obligatorio. En circunstancias normales, sería completamente insólito.

—Claro —Patrick estaba desesperado por ver a Karl Huskey.

La joven se fue y cerró la puerta.

—Voy a salir —dijo Sweeney—. Necesito un cigarrillo.

Por fin quedó Patrick a solas con su abogado. De pronto se animó.

—Un par de cosas: ¿Has sabido algo de Lía Pires?

—No —dijo Sandy.

—Muy pronto se pondrá en contacto contigo, de modo que debes estar pendiente. Le escribí una carta larga, y quiero que se la hagas llegar.

—Bien.

—Segundo. Hay un aparato contra la intervención de teléfonos llamado DX-130, manufacturado por la LoKim, una fábrica coreana de artículos electrónicos. Cuesta unos seiscientos dólares y es más o menos del tamaño de un dictáfono portátil. Consigue uno y tráelo cuando nos reunamos. Desinfectaremos el cuarto y los teléfonos antes de cualquier conversación. Contrata además una firma de vigilancia respetable de Nueva Orleans para que revise tu oficina dos veces por semana. Es muy costoso, pero yo lo pago. ¿Alguna pregunta?

—No.

Tocaron otra vez y Patrick se volvió a descuadernar. El juez Karl Huskey entró al cuarto solo, sin toga, con camisa y corbata, y unas gafas de lectura montadas sobre la mitad de la nariz. El cabello gris y las arrugas de los ojos le daban un aspecto mucho más viejo y sabio del que correspondía a sus cuarenta y ocho años, que era exactamente lo que él quería.

Ya Patrick había levantado los ojos y sonreía cuando Huskey le dio la mano.

—Qué bueno verte, Patrick —le dijo con amabilidad mientras se estrechaban la mano en medio del cascabeleo de las esposas. Huskey hubiera querido agacharse para darle un abrazo, pero con la moderación propia de los jueces limitó el contacto a un suave apretón de manos.

—¿Cómo estás, Karl? —preguntó Patrick sin levantarse.

—Yo bien, ¿y tú?

—He tenido días mejores, pero me alegra verte. Aunque sea en estas circunstancias.

—Gracias. No alcanzo a imaginarme…

—Supongo que mi aspecto es diferente, ¿o no?

—Por supuesto que sí. No sé si te reconocería en la calle.

Patrick se limitó a sonreír.

Como algunos otros que seguían conservando un cierto nivel de amistad por Patrick, Huskey se sentía traicionado, pero era mayor el alivio que experimentaba al saber que no había muerto. Le preocupaba el cargo de asesinato punible con pena capital. El divorcio y los procesos civiles podían manejarse, pero no un asesinato.

Dada su amistad, Huskey no presidiría el juicio. Se ocuparía de los asuntos preliminares y luego se haría a un lado, mucho antes de que llegara el momento de tomar determinaciones importantes. Ya circulaban rumores sobre la historia de ambos.

—Me imagino que te declararás inocente —dijo

—Sí, así es.

—Entonces la primera presentación será rutinaria. Negaré la

fianza por tratarse de un caso de asesinato punible con pena capital.

—Lo entiendo, Karl.

—Todo el trámite no durará diez minutos.

—Ya he estado aquí. Sólo que esta vez la silla será diferente.

A menudo, en los doce años que llevaba de ejercicio, el juez Huskey se había sorprendido por la buena dosis de simpatía que la gente normal que cometía crímenes atroces lograba despertar en él. Observaba el lado humano de sus padecimientos. Observaba de qué manera la culpabilidad los carcomía en vida. Había enviado a prisión a centenares de personas que, de haber tenido una oportunidad, habrían abandonado el tribunal para no volver a pecar jamás. Sentía deseos de ayudar, de extender la mano, de perdonar.

Pero esta vez se trataba de Patrick y en este instante su señoría estaba al borde de las lágrimas. Su viejo amigo atado y vestido como un payaso, con los ojos cubiertos, el rostro alterado, nervioso y tembloroso y afectado por un susto indescriptible. Le gustaría llevarlo a su casa, alimentarlo bien, dejarlo descansar y ayudarle a reorganizar su vida.

Se arrodilló al lado de Patrick y le dijo:

—Yo no puedo asumir este caso por razones obvias. Ahora mismo voy a encargarme de los asuntos preliminares, para asegurarme de que encuentres protección. Sigo siendo tu amigo. No vaciles en llamar —y le dio una palmadita en la rodilla esperando no haber tocado un punto sensible.

—Gracias, Karl —dijo Patrick mordiéndose el labio.

Karl quería hacer contacto visual con él, pero con las gafas oscuras resultaba imposible. Se levantó y se dirigió a la puerta.

—Todo lo de hoy es rutina, abogado —le dijo a Sandy.

—¿Hay mucha gente allá afuera? —preguntó Patrick.

—Sí, amigos y enemigos por igual. Todos están allá.

Y diciendo esto, abandonó la sala.

◇

La Costa tenía un largo y rico historial de asesinatos sensacionales y de criminales famosos, de modo que una sala atestada no era algo fuera de lo común. No obstante, nadie recordaba un edificio tan repleto para lo que era sólo una *presentación preliminar.*

La prensa había llegado temprano y se había apoderado de los asientos buenos. Puesto que Mississippi era uno de los pocos estados que todavía tenían el buen sentido de prohibir las cámaras dentro del juzgado, los reporteros se veían obligados a mirar y a escuchar, para luego escribir con sus propias palabras lo que veían. Se los forzaba a ser reporteros de verdad, tarea para la cual casi todos ellos estaban mal preparados.

Todo juicio importante atraía a los consuetudinarios: empleados y secretarios de oficinas judiciales, paralegales aburridos, policías retirados, abogados locales que se mantenían rondando el lugar la mayor parte del día, tomando café gratuito en las oficinas de los secretarios, intercambiando información, examinando escrituras de propiedad raíz, esperando a que un juez firmara una orden, haciendo cualquier cosa con tal de mantenerse fuera de la oficina. Y Patrick atrajo a estas personas, y a muchas más.

Muchos de los abogados presentes sólo habían venido para darle un vistazo a Patrick. Los periódicos llevaban ya cuatro días repletos de historias sobre él, pero nadie había visto una foto reciente. Corrían mil rumores sobre su aspecto. La historia de las torturas había exacerbado la curiosidad aún más.

Charles Bogan y Doug Vitrano estaban sentados juntos en medio de la manada, tan adelante como lograron hacerse. Esos malditos reporteros se les habían adelantado. Querían estar en primera fila, cerca de la mesa donde siempre se sienta el acusado. Querían a Patrick, hacer contacto visual con él, amenazarlo e insultarlo en voz baja, de ser posible, y derramar cuanta hiel cupiera en medio de este ambiente civilizado. Pero estaban a cinco filas de él, esperando con paciencia el momento que jamás creyeron iba a llegar.

El tercer socio, Jimmy Havarac, se acomodó junto a la pared del fondo y se puso a conversar en voz baja con un agente. Ignoraba las miradas directas o de soslayo de sus conocidos, muchos de los cuales eran también abogados que se habían deleitado muy en el fondo cuando el dinero desapareció y la sociedad de Bogan perdió su fortuna. Esta habría sido, al fin y al cabo, la mayor ganancia individual que hubiera logrado sociedad alguna en la historia del estado. Los celos eran la tendencia natural. Havarac los detestaba a todos, como detestaba virtualmente a las demás personas presentes en el juzgado. Una bandada de buitres a la espera de la carroña.

Havarac, el hijo del camaronero, seguía siendo un hombre corpulento y rudo que se le mediría a una riña en un bar. Cinco minutos a solas con Patrick en un cuarto cerrado y recuperaría el dinero.

El cuarto socio, Ethan Rapley, se encontraba en la buhardilla de su casa, como siempre, trabajando en un alegato para sustentar alguna moción insípida. Ya se enteraría del proceso al otro día, en el periódico.

Unos pocos de los abogados eran antiguos compañeros de Patrick, que venían a animarlo. Escapar era el sueño común, reprimido, de numerosos abogados pueblerinos atrapados en una profesión aburrida y competida, con expectativas demasiado altas. Al menos Patrick había tenido los cojones de intentar realizarlo. El muerto tendría alguna explicación, de eso estaban seguros.

A Lance, que había llegado tarde, lo tenían acorralado en una esquina. Se había quedado atrás, rondando con los reporteros, echándoles ojo a las condiciones de seguridad. Eran impresionantes. Al menos por ahora. ¿Pero esos policías sí serían capaces de mantenerlas durante un largo proceso? He ahí la pregunta.

Muchos conocidos se habían hecho presentes. Personas a las que Patrick había tratado sólo de paso, pero que ahora de pronto sostenían haber sido sus mejores amigos. De hecho, algunos ni siquiera lo conocían, pero eso no impedía su cháchara frívola sobre que Patrick esto y que Patrick aquello. También Trudy había conseguido de repente amigos nuevos que se le acercaban para vilipendiar al hombre que le había roto el corazón y había abandonado a la preciosa y pequeña Ashley Nicole.

Algunos leían libros de bolsillo y miraban las noticias de los periódicos tratando de parecer aburridos, como si en realidad no quisieran estar allí. De pronto se sintió un movimiento entre los agentes y los alguaciles ubicados cerca del estrado, y se aquietó el salón por completo. Todo el mundo bajó los periódicos al tiempo.

La puerta próxima al estrado del jurado se abrió y la sala se inundó de uniformes cafés. Primero entró el sheriff Sweeney llevando a Patrick por el hombro, luego dos agentes más, y después, a la zaga, Sandy.

¡Ahí estaba! La gente estiraba el cuello con dificultad, movía la cabeza de un lado a otro. Los dibujantes del juzgado comenzaron a trabajar.

Patrick cruzó la sala con lentitud en su camino hacia la mesa de la defensa. Llevaba la cabeza gacha aunque tras las gafas iba examinando a los espectadores. Alcanzó a ver a Havarac, que se encontraba de pie junto al muro de atrás, con una cara de desdén que gritaba a voces sus sentimientos. Y justo antes de sentarse vio al padre Phillip, su sacerdote, con aspecto muy envejecido, pero siempre amable.

Se sentó agachado, con los hombros encorvados, el mentón

hacia abajo, sin ningún orgullo. No miró en derredor porque alcanzaba a sentir las miradas que le lanzaban desde todas las direcciones. Sandy le puso el brazo sobre el hombro y le susurró algo sin mucho sentido.

De nuevo se abrió la puerta, y T.L. Parrish, el fiscal del distrito, entró solo y se dirigió a la mesa vecina a la de Patrick. Parrish era un tipo libresco, con un ego pequeño y contenido. No aspiraba a ningún cargo más elevado. Su trabajo judicial era metódico, contundente y exento de cualquier traza de espectacularidad. En la actualidad ostentaba el segundo índice de condenas del estado. Estaba junto al sheriff, que se había pasado de la mesa de Patrick a esta, que era donde debía estar. Detrás de él se encontraban los agentes Joshua Cutter, Brent Myers y dos tipos más del FBI cuyos nombres Parrish ni siquiera recordaba.

El escenario estaba dispuesto para un juicio espectacular que, sin embargo, no se llevaría a cabo sino hasta dentro de unos seis meses. Un alguacil pidió silencio a la concurrencia y le ordenó ponerse de pie mientras el juez Huskey entraba y ocupaba su sitio en el estrado.

—Siéntense, por favor —fueron sus primeras palabras, y todo el mundo obedeció.

—El estado contra Patrick S. Lanigan, caso número 96–1140. ¿Está el acusado presente?

—Sí, Su Señoría —dijo Sandy incorporándose a medias.

—¿Quiere ponerse de pie, señor Lanigan? —preguntó Huskey.

Este, todavía esposado, echó la silla hacia atrás con lentitud y se puso de pie. Estaba medio doblado por la cintura, con el mentón y los hombros caídos. Y no fingía. El sedante le tenía embotada la mayor parte del cuerpo, incluyendo el cerebro.

Se enderezó un poco.

—Señor Lanigan, tengo una copia de la sindicación rendida en su contra por el gran jurado del condado de Harrison, según la cual usted asesinó a un NN, a un ser humano. Por esta razón se le acusa de asesinato punible con pena capital. ¿Conoce esta sindicación?

—Sí señor —respondió levantando el mentón, con la voz más fuerte que logró producir.

—¿La ha discutido con su abogado?

—Sí señor.

—¿Cómo se va a declarar?

—No culpable.

—Aceptada su declaración de no culpabilidad. Puede sentarse. Huskey hojeó algunos papeles y luego continuó:

—El tribunal, por moción propia, impone en este momento una orden de reserva al acusado, a los abogados, a la policía, a las autoridades investigadoras y a todos los testigos y personal del juzgado, efectiva desde este momento, y duradera hasta la terminación del juicio. Tengo copias de esta orden para que todo el mundo la lea. Cualquier violación se considerará desacato a la corte, y seré duro para con el infractor. No se le puede decir una sola palabra a reportero o periodista alguno sin mi consentimiento. ¿Alguna pregunta por parte de los abogados?

Su tono no dejó dudas acerca de que el juez no sólo tenía intenciones de cumplir lo dicho, sino que disfrutaba con la idea de perseguir a los violadores. Los abogados no dijeron nada.

—Bien. Preparé un calendario para la indagatoria, las mociones, el pre-juicio y el juicio. Está disponible en la oficina del secretario. ¿Algo más?

Parrish se levantó y dijo:

—Sólo un pequeño detalle, su señoría. Nos gustaría tener al acusado en nuestras instalaciones carcelarias lo más pronto posible. Como usted sabe, ahora se encuentra en un hospital militar y, bueno, nosotros...

—Acabo de hablar con su médico, señor Parrish. Está en trata-

miento. Le aseguro que tan pronto como lo den de alta lo transferiremos a la cárcel del condado de Harrison.

–Gracias, señor juez.

–Si no hay nada más, se levanta la sesión.

Lo sacaron precipitadamente de la sala por las escaleras de
atrás, y lo llevaron hasta el Suburban negro en medio de las cámaras y los micrófonos. Patrick saludó con la cabeza y luego se echó
una siesta en el camino de regreso al hospital.

DIECIOCHO

Los únicos crímenes que se le podían imputar a Stephano eran los de secuestro y agresión contra Patrick, y era poco probable que condujeran a una condena. Aquello había sucedido en Suramérica, fuera de la jurisdicción de los Estados Unidos. Los autores materiales habían sido otros, entre los que se contaban algunos brasileños. El abogado de Stephano confiaba en que esto prevalecería, en caso de ser obligados a ir a juicio.

Pero había algunos clientes involucrados, y una reputación que proteger. El abogado conocía demasiado bien la habilidad del FBI para intimidar sin que realmente se llegara a un proceso. Su consejo para Stephano fue que transara con ellos: que lo contara todo, a cambio de la promesa del gobierno de garantizarles inmunidad a él y a sus clientes. Puesto que esos eran los únicos crímenes, ¿qué perjuicio habría en ello?

El abogado insistió en acompañar a Stephano mientras rendía indagatoria. Las sesiones durarían varias horas y tomarían muchos días, pero el abogado quería estar presente. Jaynes deseaba que se realizaran en el edificio Hoover, y que las hicieran sus hombres. Les sirvieron galletas y café. Dos cámaras de video apuntaban hacia el extremo de la mesa donde se encontraba Stephano, sereno, en mangas de camisa, con su abogado al pie.

—Su nombre, por favor —pidió Underhill, el primero de los interrogadores, cada uno de los cuales había memorizado el archivo de Lanigan.

—Jonathan Edmund Stephano. Jack.

—¿Y su compañía es?

—Edmund Asociados.

—¿Y qué hace?

–Muchas cosas. Asesoría de seguridad. Vigilancia. Investigación. Localización de personas desaparecidas.

–¿Quién es el dueño de la compañía?

–Yo. Yo sólo.

–¿Cuántos empleados tiene?

–Eso varía. Ahora mismo, once de tiempo completo. Y unos treinta de tiempo parcial o independientes.

–¿A usted lo contrataron para buscar a Patrick Lanigan?

–Sí.

–¿Cuándo?

–El 28 de marzo de 1992 –Stephano tenía archivos llenos de datos, pero no los necesitaba.

–¿Quién lo contrató?

–Benny Aricia, el hombre al que le robaron el dinero.

–¿Cuánto le cobró usted?

–El anticipo fue de doscientos mil dólares.

–¿Cuánto le ha pagado hasta la fecha?

–Uno punto nueve.

–¿Qué hizo después de ser contratado por Benny Aricia?

–Varias cosas. Lo primero fue ir a Nassau, en las Bahamas, al banco donde tuvo lugar el robo. Es una filial del Banco Unido de Gales. Mi cliente, el señor Aricia, y su antigua sociedad de abogados, habían abierto allí una cuenta nueva para recibir el dinero y, según lo sabemos ahora, había otra persona que también esperaba ese dinero.

–¿Es el señor Aricia ciudadano de los Estados Unidos?

–Sí.

–¿Por qué abrió una cuenta en una filial en el exterior?

–Eran noventa millones de dólares, sesenta para él y treinta para los abogados, y nadie quería que ese dinero apareciera en un banco de Biloxi. El señor Aricia vivía allí en aquella época, y todos estuvieron de acuerdo en que no sería bueno que alguien de la localidad se enterara del dinero.

—¿Estaba tratando el señor Aricia de evitar a la administración de hacienda de los Estados Unidos?

—No lo sé. Eso se lo tiene que preguntar a él. No es asunto mío.

—¿Con quién habló usted en el Banco Unido de Gales?

El abogado bufó, expresando su desacuerdo, pero no dijo nada.

—Con Graham Dunlap, un británico. Uno de los vicepresidentes del banco.

—¿Qué le contó él a usted?

—Lo mismo que les contó a los del FBI. Que el dinero había desaparecido.

—¿De dónde venía el dinero?

—De aquí, de Washington. La transferencia se originó a las nueve y media de la mañana del 26 de marzo de 1992, en el Banco Nacional del Distrito de Columbia. Era una transferencia prioritaria, lo que significaba que iba a tardar menos de una hora en llegar a Nassau. A las diez y cuarto el giro llegó al Banco Unido, donde permaneció nueve minutos antes de ser enviado a un banco en Malta. De allí lo mandaron a Panamá.

—¿Cómo salió el dinero de la cuenta?

Esto irritó al abogado:

—Esto es una pérdida de tiempo —interrumpió—. Ustedes tienen esa información desde hace ya cuatro años. Han pasado más tiempo con esos banqueros que mi cliente.

Underhill no se inmutó.

—Tenemos derecho a formular estas preguntas. Nos limitamos a verificar lo que ya sabemos. ¿Cómo salió el dinero de la cuenta, señor Stephano?

—Sin que lo supieran mi cliente y sus abogados. Alguien, el señor Lanigan, suponemos, tenía acceso a la nueva cuenta de la filial, y había preparado las órdenes de tansferencia a Malta, anticipándose a la entrada del dinero. Falsificó las órdenes de los abogados de mi cliente, la sociedad de la cual era socio, y sacó el dinero nueve minutos después de que llegara. Ellos, por supuesto, pensaban que había muerto y no tenían razón para sospechar que hubiera alguien tras los noventa millones. En primer lugar, el acuerdo que había producido el dinero había sido muy secreto, y nadie, con excepción de mi cliente, sus abogados y un puñado de personas del Departamento de Justicia, sabía exactamente cuándo y a dónde lo habían enviado.

–Según entiendo, había alguien en el banco, una persona, cuando el dinero llegó.

–Sí. Estamos casi seguros de que se trataba de Patrick Lanigan. La mañana en que se hizo el giro, este individuo se le presentó a Graham Dunlap como Doug Vitrano, uno de los socios del grupo. Tenía documentos de identificación perfectos: pasaporte, pase de conducir, etc.; además iba bien vestido y dominaba todo lo concerniente al dinero que estaba a punto de ser enviado desde Washington. Tenía una resolución autenticada que lo autorizaba para recibir el dinero en nombre de la compañía, y luego transferirlo a un banco en Malta.

–Maldita sea, sé demasiado bien que usted tiene copias de todas las resoluciones y de las autorizaciones de transferencia –dijo el abogado.

–Es cierto –dijo Underhill, hojeando las notas y prestando poca atención al abogado. El FBI había rastreado el dinero hasta Malta, y de allí hasta Panamá, donde desapareció toda huella. Había una foto borrosa, tomada por la cámara de seguridad del banco, del hombre que se presentó como Doug Vitrano. El FBI y los socios estaban convencidos de que se trataba de Patrick, aunque se había disfrazado a la perfección. Estaba mucho más delga-

186 ◇ JOHN GRISHAM

do, tenía el pelo corto y oscuro, se había dejado crecer un bigote oscuro y llevaba un par de gafas modernas, con montura de carey. Había venido en avión, explicó a Graham Dunlap, para vigilar personalmente la recepción y transferencia del dinero, debido a que la sociedad y el cliente estaban muy nerviosos con la transacción. La verdad es que aquello no era algo insólito, en opinión de Dunlap, que lo complació con gusto. Una semana más tarde este último fue destituido y regresó a Londres.

—Luego nos dirigimos a Biloxi, donde pasamos un mes buscando pistas —continuó Stephano.

—¿Y descubrió que las oficinas de los abogados estaban intervenidas?

—Sí. Y, por razones obvias, de inmediato sospechamos del señor Lanigan, y nuestra tarea fue doble: primero, encontrarlo a él y el dinero y, segundo, definir cómo había cometido el robo. Los restantes socios nos concedieron acceso a sus oficinas durante un fin de semana, y los técnicos prácticamente desbarataron el lugar. Este se encontraba, como usted lo dice, infestado. Encontramos micrófonos en todos los teléfonos de todas las oficinas, debajo de cada escritorio, en los pasillos, y hasta en los sanitarios de varones del primer piso. Había una sola excepción: la oficina de Charles Bogan, que estaba ciento por ciento limpia, pues él tenía buen cuidado de cerrarla siempre. Los micrófonos eran de excelente calidad; veintidós en total. Un receptor que encontramos oculto en un archivador en el desván, en un lugar que nadie había tocado desde hacía muchos años, recogía las señales.

Underhill oía, pero sin escuchar. Al fin y al cabo todo estaba siendo registrado en video, y más tarde lo podían estudiar sus superiores. Conocía a fondo estos preliminares. Sacó un resumen técnico, que en cuatro párrafos densos analizaba el sistema de intercepción instalado por Patrick. Los micrófonos eran lo último en tecnología: pequeños, potentes, costosos y fabricados por una reputada compañía de Malasia. Aunque era ilegal poseerlos o comprarlos en los Estados Unidos, se podían adquirir con relativa facilidad en cualquier ciudad europea. Patrick y Trudy habían pasado el año nuevo en Roma, cinco meses antes de su muerte.

El receptor hallado en la caja de almacenamiento del desván había impresionado hasta a los expertos del FBI. Tenía menos de tres meses de haber sido fabricado cuando Stephano lo encontró, y al FBI le tocó admitir que le llevaba al menos un año de ventaja a los más sorprendentes aparatos suyos. Construido por una empresa alemana de dudosa procedencia, podía recibir las señales de los veintidós interceptores ocultos en las oficinas del piso de abajo; las separaba y luego las transmitía por microondas, una por una o todas a la vez, hasta una antena parabólica cercana.

—¿Supo usted hacia dónde remitían las señales? —preguntó Underhill.

Esta era una buena pregunta, porque la verdad es que el FBI no lo sabía.

—No. Tiene un rango de cinco kilómetros a la redonda, de modo que sería imposible decirlo.

—¿Alguna idea?

—Sí, una muy buena. Dudo mucho que Lanigan fuera lo bastante tonto para establecer una antena receptora en cualquier lugar situado dentro de un perímetro de cinco kilómetros desde el centro de Biloxi. Seguramente iba a tener que alquilar algún espacio, esconder la antena, y gastar una enorme cantidad de tiempo haciendo el monitoreo de cada hora de conversación. Ha demostrado ser un hombre bastante metódico. Siempre he sospechado que empleó una embarcación. Sería una manera más simple y segura. La oficina queda a sólo medio kilómetro de la playa. Hay en el Golfo gran cantidad de botes. Alguien podría anclar uno a tres kilómetros de distancia y jamás hablar con nadie.

—¿Poseía algún bote?

–No pudimos encontrar ninguno.

–¿Alguna evidencia de que hubiera usado alguno?

–Tal vez –Stephano hizo una pausa en este punto, porque entraba en terreno desconocido para el FBI.

La pausa no tardó en irritar a Underhill.

–Esta no es una indagatoria, señor Stephano.

–Lo sé. Hablamos con todos los que alquilaban botes en la Costa, desde Destin hasta Nueva Orleans, y hallamos sólo a un posible sospechoso. Una pequeña compañía, en la playa de Orange, en Alabama, le había alquilado un velero de treinta y dos pies de eslora a un hombre el 11 de febrero de 1992, precisamente la noche en que enterraron a Lanigan. Su tarifa era de mil dólares el mes. El tipo les ofreció el doble si la transacción se hacía en efectivo y no quedaba nada por escrito. Imaginaron que era un narcotraficante y lo rechazaron. Entonces les ofreció un depósito de cinco mil dólares, además de dos mil mensuales durante dos meses. El negocio andaba mal. El bote estaba asegurado contra robo. Se arriesgaron.

Underhill escuchaba sin parpadear. No tomaba notas.

–¿Les mostró alguna foto?

–Sí. Dijeron que podría haber sido Patrick. Pero no tenía barba. El cabello era oscuro, llevaba una gorra de béisbol, anteojos y estaba pasado de peso. Esto fue antes de que descubriera el Ultra Slim Fast, una droga para adelgazar. En todo caso, el tipo no pudo identificarlo con certeza.

–¿Qué nombre usó?

–Randy Austin. Tenía además una licencia para conducir, de Georgia, sin foto. Y se negó a proporcionar otra identificación. Recuerden que estaba ofreciendo dinero en efectivo. Cinco mil. El tipo se lo habría vendido por veinte.

–¿Qué le pasó al bote?

–Al fin lo recuperaron. El tipo dijo que lo que más lo había hecho sospechar era que Randy parecía no saber gran cosa de veleros. Hacía preguntas para pescar lo que fuera. Dijo que se estaba preparando para dirigirse al sur, después del fracaso de su matrimonio en Atlanta, cansado de la competencia constante, de tener que estar siempre consiguiendo dinero, de toda esa rutina. Que antiguamente había navegado mucho y ahora quería bajar flotando hasta los cayos e ir recuperando sus destrezas por el camino. Dijo que no se alejaría de la playa. Era una historia convincente y el tipo quedó un poco más tranquilo, aunque no dejó de sospechar. Al día siguiente, Randy apareció de quién sabe dónde, sin auto , sin taxi, como si hubiese venido a pie o alguien lo hubiera traído hasta el muelle y, tras llenar un montón de formalidades, se marchó con el bote. Este tenía un motor diesel grande, y alcanzaba una velocidad de crucero de ocho nudos, con el viento que fuera. Desapareció hacia el oriente, y como el dueño no tenía nada más que hacer, resolvió bajar por la Costa, hacer escala en algunos de sus bares favoritos, y no perder de vista a Randy, que estaba a unos cuatrocientos metros de distancia, y manejaba bien el bote. Randy atracó en una marina en la bahía de Perdido, y se marchó en un Taurus alquilado, con matrícula de Alabama. Esto se repitió por un par de días. Nuestro hombre siguió observando el bote. Randy jugaba con él. Al principio se alejaba sólo un kilómetro y medio, pero luego se aventuró más lejos. Al tercer o cuarto día lo llevó en dirección al occidente, hacia Mobile y Biloxi. Luego de tres días de ausencia regresó y más tarde se volvió a marchar, de nuevo hacia el occidente. Nunca hacia el oriente o hacia el sur, en dirección a los cayos. El tipo dejó de preocuparse por su bote, porque Randy se mantenía cerca. Salía máximo por una semana y siempre regresaba.

—¿Y piensa que se trataba de Patrick?

—Sí. Estoy convencido de que sí. Me parece que cuadra a la perfección. Estaba aislado en el bote. Podía pasar días y días sin hablar con nadie. Podía recibir su información desde cien puntos diferentes a lo largo de la playa entre Biloxi y Gulfport. Además, el bote era el lugar perfecto para aguantar hambre.

—¿Qué pasó con el bote?

—Randy lo dejó en el muelle, y desapareció sin decir palabra. El dueño lo recuperó, además de quedarse con los cinco mil.

—¿Ustedes lo examinaron?

—Con microscopio. Nada. El tipo dijo que el bote nunca había estado más limpio.

—¿Cuándo desapareció?

—El tipo no estaba seguro, porque dejó de vigilarlo. Lo encontró en el muelle el 30 de marzo, cuatro días después del robo del dinero. Hablamos con un muchacho que estaba de turno en el muelle y, por lo que alcanzaba a recordar, Randy atracó el 24 o 25 de marzo, y nunca más se le volvió a ver por ahí. De modo que las fechas encajan a la perfección.

—¿Qué pasó con el auto alquilado?

—Lo rastreamos después. Había sido aquilado en el mostrador de Avis, en el aeropuerto regional de Mobile, el lunes 10 de febrero por la mañana, unas diez horas después de que fuera apagado el incendio. Lo alquiló un hombre sin barba, bien afeitado, de cabello oscuro y corto, gafas con montura de carey, de saco y corbata, que dijo que acababa de llegar de Atlanta en uno de esos vuelos cortos. Le mostramos fotos a la empleada de turno, que hizo una identificación muy tentativa de Patrick Lanigan. Fue claro que empleó la misma licencia de conducir de Georgia. Usó una tarjeta Visa falsa, a nombre de Randy Austin y con un número que hurtó de una cuenta legítima de Decatur, Georgia. Dijo que era un vendedor independiente de propiedad raíz y que había llegado a la ciudad para buscar tierras en dónde construir un casino. Por eso no podía poner en el formato el nombre de ninguna compañía. Necesitaba el auto por una semana. En Avis jamás lo volvieron a ver. Y no encontraron el auto en catorce meses.

—¿Por qué no lo devolvería? —preguntó Underhill, intrigado.

—Es simple. Cuando lo alquiló, acababa de morir, y no se había informado aún sobre su muerte. Pero al día siguiente su rostro aparecía en la primera página de los periódicos de Biloxi y Mobile. Lo más probable es que considerara demasiado arriesgado devolverlo. Más tarde lo encontraron en Montgomery, chocado y desvalijado.

—¿A dónde fue?

—Mi hipótesis es que abandonó el área de la playa de Orange el 24 o 25 de marzo, y adoptó la identidad de Doug Vitrano, su antiguo socio. Supimos que el 25 voló de Montgomery a Atlanta; luego, en primera clase, a Miami, y más tarde, también en primera clase, a Nassau. Todos los tiquetes estaban a nombre de Doug Vitrano, y usó el pasaporte falso al salir de Miami y otra vez al entrar en las Bahamas. El vuelo llegó a Nassau a las ocho y media de la mañana del 26, y Patrick se presentó en el banco cuando este abrió, a las nueve. Le enseñó el pasaporte y otros papeles a Graham Dunlap. Desvió el dinero, se despidió, tomó un vuelo a Nueva York y aterrizó en la Guardia a las 2:30 P.M. En ese punto, se deshizo de los papeles de Vitrano y consiguió otros. Ahí lo perdimos.

Cuando la oferta llegó a cincuenta mil dólares, Trudy asintió. Se trataba de *Revista Interior*, un programa sensacionalista con un sólido *rating* de sintonía, y al parecer bastante dinero en efectivo. Trajeron los reflectores, cubrieron las ventanas y atravesaron cables por toda la biblioteca. La "periodista" era Nancy Angelo, que había venido expresamente desde Los Ángeles con su banda de peluqueros y artistas del maquillaje.

Para que nadie la superara, Trudy se pasó dos horas frente al espejo, y de veras que se veía espléndida cuando apareció. Nancy dijo que se veía demasiado bien. Se suponía que debía estar triste, herida, en la inopia, sitiada, maniatada por la corte, iracunda por lo que su esposo les había hecho a ella y a su hija. Se retiró en medio de lágrimas y Lance tuvo que consolarla durante media hora. Se veía casi igual de bien cuando regresó, enfundada en unos bluyines y un buzo de algodón.

Como un objeto más de la decoración, Ashley Nicole estaba sentada cerca de su madre, en el sofá.

–Ahora debes dar la impresión de que estás muy triste –le dijo Nancy mientras los técnicos revisaban las luces–. Necesitamos lágrimas –le dijo a Trudy–. Lágrimas genuinas.

Conversaron una hora sobre los horrores que Patrick les estaba haciendo. Trudy lloró al recordar el funeral. Tenían una foto del zapato encontrado en el lugar del accidente. Sufrió mucho durante los meses y años que siguieron. No, no se había vuelto a casar. No, no había sabido de su esposo desde que regresó. No estaba segura de querer hacerlo. No, él no había hecho intento alguno de ver a su hija, y volvió a estallar en lágrimas.

Detestaba la idea del divorcio, pero, ¿qué podía hacer? ¡Y la demanda, qué horror! Esa detestable compañía de seguros siguiéndola como si ella fuera un parásito.

Patrick era un tipo espantoso. Si encontraban el dinero, ¿esperaba que le dieran algo a ella? ¡Claro que no! La mera sugerencia la indignaba.

Editaron la entrevista para que durara veinte minutos, y Patrick la vio en su oscuro cuarto de hospital. Lo hizo sonreír.

DIECINUEVE

Cuando entró la llamada, la secretaria de Sandy estaba recortando, del periódico de Nueva Orleans, la foto de su jefe con la historia de la breve presentación de la víspera en la corte. Fue a buscarlo, lo sacó de una congestionada indagatoria y lo pasó al teléfono.

Lía Pires había regresado. Lo saludó, y acto seguido le preguntó si había hecho revisar la oficina en busca de micrófonos. Sandy dijo que sí, que justo ayer lo había hecho. Ella se alojaba en la suite de un hotel de la calle Canal, a pocas cuadras de distancia, y le sugería que se reunieran allí. Una sugerencia suya pesaba más que la orden de un juez federal. Lo que quisiera. Se emocionaba con sólo oír su voz.

Ella disponía de tiempo suficiente, de manera que Sandy bajó caminando sin prisa por Poydras, cogió luego Magazine y finalmente llegó a Canal. Se negaba a vigilar lo que ocurría a sus espaldas. La paranoia de Patrick era comprensible: el pobre tipo había vivido como un fugitivo hasta que los fantasmas lo habían atrapado, pero nadie podría convencer a Sandy de que la misma gente iba a acecharlo a él. Era un abogado con un caso de muy alto perfil. Los canallas tendrían que estar locos para intervenir sus teléfonos y espiarlo. Un paso en falso y arriesgaban ocasionarle un grave daño al caso contra Patrick.

Pero se había puesto en contacto con una empresa de seguridad local y los había citado para que hicieran un barrido en su oficina en busca de dispositivos electrónicos. Era el deseo de su cliente, no el suyo.

Lía lo saludó con un firme apretón de manos y una sonrisa breve, y Sandy se dio cuenta en seguida de que ella tenía muchas cosas en la mente. Estaba descalza, en bluyines y con una camise-

ta blanca de algodón, muy informal, probablemente la manera de
ser de la mayoría de los brasileños, pensó. Nunca había estado en
aquel país. La puerta del armario se encontraba abierta, y vio que
era poca la ropa allí colgada. Ella vivía ahora en constante movimiento, con la maleta a cuestas, probablemente huyendo, tal
como Patrick lo había hecho hasta la semana anterior. Lía sirvió
café para los dos y le pidió que se sentara a la mesa.

—¿Cómo está él? —preguntó.

—Se está recuperando. El médico dice que se repondrá.

—¿Fue muy feo? —preguntó en voz baja. A Sandy le fascinaba el
levísimo acento.

—Mucho —alcanzó su maletín, sacó un legajador y se lo entregó—. Mire.

Ella frunció el ceño al ver la primera foto, y luego murmuró
algo en portugués. Se le aguaron los ojos al ver la segunda.

—Pobre Patrick —dijo para sus adentros—. Pobre niñito.

Se demoró viendo las fotos, limpiándose las lágrimas con la
parte superior de la mano, hasta que Sandy consiguió la presencia
de ánimo para pasarle un pañuelo de papel. No sentía vergüenza
de llorar con las fotos, y cuando acabó de verlas las colocó en una
pila ordenada y las volvió a poner en el legajador.

—Lo siento —dijo Sandy. No se le ocurría otro consuelo—. Esta
es una carta de Patrick —dijo por fin.

Ella dejó de llorar y sirvió más café.

—¿Algunas de esas heridas serán permanentes? —preguntó.

—El médico piensa que quizás no. Le van a quedar cicatrices,
pero con el tiempo se curarán.

—¿Y síquicamente cómo está?

—Está bien. Durmiendo aún menos. Sigue con las pesadillas
día y noche, pero la medicación lo está mejorando. La verdad es
que no alcanzo a imaginar por las que debe estar pasando —tomó
un sorbo de café, y dijo—: tiene suerte de estar vivo.

–Siempre decía que no lo iban a matar.

¡Cuántas preguntas se le ocurrían! El abogado que había en Sandy se contenía para no formular a gritos un alud sin fin: ¿Sabía Patrick que andaban tan cerca? ¿Sabía que la cacería estaba a punto de terminar? ¿Dónde estaba Lía mientras aquellos hombres lo tenían cercado? ¿Vivía con él? ¿Cómo escondían el dinero? ¿Dónde está el dinero ahora? ¿A salvo? Por favor, cuéntame algo. Soy el abogado. Puedes confiar en mí.

–Hablemos del divorcio –dijo ella cambiando abruptamente de tema, pues alcanzó a detectar su curiosidad. Se levantó y se dirigió a un cajón, de donde sacó un legajador grueso, que puso frente a él.

–¿Viste a Trudy en la televisión anoche? –preguntó ella.

–Sí. Patética, ¿no?

–Es muy bonita –dijo Lía.

–Sí. Sospecho que Patrick cometió el error de casarse con ella por su belleza.

–No sería el primero.

–No, es cierto.

–Patrick la desprecia. Es de mala clase, y le fue infiel durante todo el matrimonio.

–¿Infiel?

–Sí. Todo está aquí en el archivo. El último año que estuvieron juntos, Patrick contrató a un investigador para que la vigilara. Su amante era un hombre llamado Lance Maxa y se veían todo el tiempo. Hay incluso unas fotografías de Lance yendo y viniendo de la casa de Patrick cuando este se encontraba lejos. Hay fotos de Lance y Trudy tomando baños de sol junto a la piscina de Patrick. Desnudos, por supuesto.

Sandy tomó el archivo y lo hojeó rápidamente hasta encontrar las fotografías. Desnudos como habían venido al mundo. Esbozó una sonrisa maliciosa.

—Esto le va a añadir algo al divorcio.

—Patrick quiere divorciarse, como te podrás imaginar. No se va a oponer. Pero a ella hay que callarle la boca. La está pasando de maravilla hablando mal de Patrick.

—Con esto se callará. ¿Y la niña qué?

Lía se sentó y lo miró de frente, a los ojos.

—Patrick ama a Ashley Nicole, pero hay un problema: él no es el padre.

Sandy se encogió de hombros, como si se tratara de algo que oía todos los días.

—¿Y quién es, entonces?

—Él no lo sabe. Lo más probable es que sea Lance. Parece que Lance y Trudy llevan mucho tiempo juntos. Desde el bachillerato.

—¿Cómo sabe Patrick que él no es el padre?

—Cuando la niña tenía catorce meses, le sacó una pequeña muestra de sangre, pinchándole el dedo, y la mandó, junto con una muestra de la suya, a un laboratorio donde practican exámenes del DNA. Sus sospechas no eran infundadas. Quedó claro que no es el padre de la niña. El informe está en el archivo.

Sandy tuvo que caminar un rato por el cuarto para digerir la información. Se paró junto a la ventana, y observó, abajo, el tráfico de la calle. Otra pieza del rompecabezas de Patrick acababa de encajar en su sitio. El asunto del momento era este: ¿Desde hacía cuánto tiempo había planeado Patrick abandonar su vida anterior? Una mala esposa, una hija bastarda, un accidente horrible, sin cadáver, un hurto complejo, agarre pues el dinero y lárguese. Era impresionante lo bien planeado. Todo había funcionado a las mil maravillas. Bueno... hasta ahora.

—Entonces, ¿por qué oponerse al divorcio? —preguntó Sandy, todavía mirando hacia abajo—. Si no quiere a la niña, ¿para qué sacar los trapos sucios?

Sandy conocía la respuesta, pero quería que ella se lo explicara. Al hacerlo, le permitiría darle un primer vistazo al resto del plan maestro.

—Sólo vas a sacar los trapos sucios ante el abogado de Trudy —dijo Lía—. Le vas a mostrar el archivo, todo. En ese momento van a querer transar.

—¿Transar? ¿Con dinero, quieres decir?

—Correcto.

—¿Qué clase de arreglo?

—Que a ella no le toque nada.

—¿Qué podría tocarle?

—Depende. Puede ser una fortuna pequeña o una enorme.

Sandy se volvió y la miró.

—No puedo negociar un acuerdo con relación a las propiedades si no sé cuánto tiene mi cliente. En algún momento ustedes dos van a tener que soltarme la información.

—Ten paciencia —le dijo ella impasible—. Con el tiempo sabrás más.

—¿Acaso piensa Patrick que de veras va a poder comprarse una salida con dinero?

—Tenlo por seguro que lo va a intentar.

—No funcionará.

—¿Se te ocurre una mejor idea?

—No.

—Eso pienso yo. Es nuestra única posibilidad.

Sandy descansó un poco y se reclinó contra la pared.

—Pero sería muy útil que ustedes me contaran más.

—Lo haremos. Lo prometo. Pero primero que todo, encárgate del divorcio. Trudy tiene que renunciar a todas las demandas sobre sus bienes.

—Eso será fácil. Y divertido.

—Hazlo entonces, y conversamos la semana entrante.

De pronto, le había llegado a Sandy la hora de marcharse. Lía estaba de pie, reuniendo papeles. Él tomó sus archivos y los guardó en el maletín.

–¿Cuánto tiempo estarás aquí? –preguntó.

–No mucho –dijo, entregándole un sobre–. Es una carta para Patrick. Dile que estoy bien, que voy cambiando de residencia todo el tiempo, y que hasta ahora no he visto a nadie persiguiéndome.

Sandy tomó el sobre y trató de mirarla a los ojos. Ella estaba nerviosa, y quería que él se marchara. Sandy quería ayudarle, o al menos consolarla, pero sabía que rechazaría cuanto le dijera en ese momento.

Ella se obligó a sonreír y dijo:

–Tienes un trabajo por hacer. Entonces, manos a la obra. Patrick y yo nos ocuparemos de lo demás.

◇

Mientras Stephano contaba su historia en Washington, Benny Aricia y Guy establecieron sus cuarteles en Biloxi. Alquilaron un apartamento de tres alcobas en un condominio de Bay Back, donde instalaron teléfonos y un fax.

La hipótesis era que la joven tendría que salir a la superficie en Biloxi. Patrick estaba confinado, y en el futuro próximo su vida era del todo predecible. No iba a marcharse a ninguna parte. Ella se iba a ver obligada a venir adonde él. Y ellos podrían agarrarla cuando lo hiciera. Aricia había presupuestado cien mil dólares para su última campañita, y de ahí no pasaría, se juró a sí mismo. Después de perder ya dos millones, simplemente tenía que dejar de quemar dinero mientras todavía le quedara algo. La Northern Case Mutual y la Monarch–Sierra, los otros dos miembros de su inestable sociedad, habían tirado la toalla. Stephano mantendría al FBI feliz con sus historias increíbles, mientras, como era de esperarse, Guy y el resto de la organización encontraban a la joven. Era una empresa aventurada.

Osmar y sus muchachos seguían recorriendo las calles de Río, atentos siempre a los mismos lugares. Si ella regresaba, la verían. Osmar empleaba muchos hombres, pero allá la mano de obra era barata.

◈

A Benny Aricia le trajo malos recuerdos su regreso a la Costa. Se había trasladado allá en 1985, cuando trabajaba como ejecutivo de las industrias Platt & Rockland, un conglomerado gigantesco que lo había tenido viajando alrededor del mundo a lo largo de veinte años, en calidad de mediador. Una de las divisiones más rentables de la compañía era Astilleros Coastal, en Pascagoula, entre Biloxi y Mobile. En 1985, la Coastal recibió de la marina un contrato por doce mil millones de dólares para construir cuatro submarinos nucleares de tipo Expedición, y en las altas esferas se decidió que Benny necesitaba una base permanente.

Criado en Nueva Jersey, educado en Boston y esposo, a la sazón, de una reprimida mujer de la alta sociedad, se sentía infeliz viviendo en la Costa del golfo de Mississippi, pues consideraba que eso lo alejaba demasiado de la jerarquía corporativa a la que anhelaba acceder. Después de dos años en Biloxi, su mujer lo había abandonado.

Platt & Rockland era una empresa pública con veintiún mil millones de capital en acciones, ochenta mil empleados en treinta y seis divisiones y en ciento tres países. Comercializaba suministros de oficina, aserraba madera, fabricaba miles de productos de consumo, vendía seguros, horadaba pozos de gas natural, enviaba por barco cargamentos en contenedores, incursionaba en minas de cobre y, entre muchas otras actividades, construía submarinos nucleares. Se trataba de un extenso conglomerado de compañías descentralizadas y, por regla general, la mano izquierda rara vez conocía lo que hacía la derecha. A pesar de sí mismo, amasaba enormes ganancias.

Benny soñaba con modernizar la compañía, con vender lo que no servía y con invertir en las divisiones prósperas. Mostraba sin tapujos su ambición, y en los altos niveles administrativos se sabía muy bien que andaba detrás de un puesto alto.

Para él, la vida en Biloxi era un chiste cruel, una salida súbita del carril rápido, orquestada por los enemigos que tenía dentro de la compañía. Detestaba hacer contratos con el gobierno, le aburría la tramitación, odiaba a los burócratas y la arrogancia del Pentágono. No soportaba el paso de tortuga con que se estaban construyendo los submarinos.

En 1988 pidió una transferencia, que le fue negada. Un año más tarde afloraron a la superficie rumores de sobrecostos en el proyecto Expedición. La construcción se paró cuando los auditores del gobierno y los altos empleados del Pentágono cayeron sobre los Astilleros Coastal. Benny estaba en ascuas, y se acercaba el final.

Como contratista del Ministerio de Defensa, Platt & Rockland tenía una rica historia de sobrecostos, de sobrefacturación y de reclamaciones falsas. Era su manera de hacer negocios, y cuando la descubrían, lo típico de la compañía era expulsar a cuantos estaban cerca de la controversia y transar con el Pentágono por un reembolso pequeño.

Benny acudió a un abogado lugareño, Charles Bogan, el socio mayor de un pequeño grupo en el que trabajaba un joven llamado Patrick Lanigan. Bogan tenía un primo que era senador por Mississippi, un terrible gavilán que manejaba el subcomité de las apropiaciones militares y a quien profesaban un gran amor las fuerzas armadas.

El mentor del abogado Bogan era ahora juez federal, y así, el pequeño grupo estaba políticamente tan bien conectado como el que más en Mississippi. Benny lo sabía, y por eso había seleccionado a Bogan.

La Ley de Reclamaciones Falsas, también conocida como Ley del Soplón, fue creada por el congreso con el fin de animar a quienes hubieran conocido información referente a sobrefacturaciones en contratos oficiales, a denunciarlas. Benny estudió la ley a profundidad e incluso consiguió un abogado personal para que la desmenuzara, antes de presentarse donde Bogan.

Aducía poder demostrar un plan de Platt & Rockland para sobrefacturarle al gobierno unos seiscientos millones de dólares en el proyecto Expedición. Ya sentía caer el hacha, y se negaba a ser cabeza de turco. Si soplaba, iba a perder cualquier posibilidad de encontrar un trabajo similar. Platt & Rockland inundaría la industria con rumores de que era él quien había obrado mal. Lo pondrían en la lista negra. Sería el final de la vida de Benny en una corporación. Entendía muy bien las reglas del juego.

Según la ley, el soplón *puede* recibir hasta un quince por ciento de la suma devuelta al gobierno por la corporación ofensora. Benny tenía en su poder la documentación que demostraba el atropello de Platt & Rockland. Necesitaba la experiencia de Bogan, sumada a su influencia, para cobrar ese porcentaje.

Los abogados conformaron un caso claro y convincente, y en septiembre de 1990 entablaron una demanda ante la corte federal. La demanda alegaba que Platt & Rockland había hecho reclamaciones fraudulentas por valor de seiscientos millones de dólares. Benny renunció el día en que esta se presentó.

Bogan contrató ingenieros y asesores privados para revisar los miles de documentos internos de Astilleros Coastal que Aricia le iba suministrando, y darles un sentido. La estratagema había sido perfectamente concebida, pero no resultó tan compleja, a fin de cuentas. La compañía hizo lo que siempre había hecho: cobrar múltiples precios por los mismos materiales, e inventar los documentos. La práctica estaba tan arraigada en Platt & Rockland que sólo dos de los máximos ejecutivos de los astilleros sabían que se daba. Benny sostenía que se había topado con ella de manera accidental.

El pleito se preparó e investigó con meticulosidad, y Bogan presionó con decisión. Lo mismo hizo su primo. Al senador lo habían metido en la rosca mucho antes de entablar el pleito, y él le siguió la pista con gran interés, una vez hubo llegado a Washington. Bogan no se vendía barato, y el senador tampoco. La tarifa de la compañía sería la normal, o sea una tercera parte de un quince por ciento de seiscientos millones de dólares. La tajada del senador nunca se definió.

Bogan dejaba filtrar a la prensa local la información suficiente para mantener la presión en Mississippi, mientras el senador hacía lo mismo en Washington. Platt & Rockland se vio sitiada por una publicidad espantosa. Los habían puesto contra la pared, les habían cortado las fuentes de dinero, los accionistas estaban furiosos. Una docena de administradores de Astilleros Coastal fueron expulsados. Y prometieron más despidos.

Como siempre, Platt & Rockland trató por todos los medios de negociar con la justicia, pero esta vez no tuvo éxito. Al cabo de un año aceptó reembolsar los seiscientos millones, y no volver a pecar. Como dos de los submarinos ya estaban a medio construir, el Pentágono aceptó no rescindir el contrato. Así, Platt & Rockland pudo terminar un proyecto calculado inicialmente en doce mil millones de dólares, que ahora iba por el camino de los veinte mil millones.

Benny se preparó para recibir su fortuna. Bogan y los demás socios de la empresa se dispusieron a gastar la suya. Y entonces Patrick desapareció, seguido por el dinero de todos.

VEINTE

La escopeta de Pepper Scarboro era una Remington calibre .12 que había adquirido en una prendería de Lucedale a los dieciséis años, cuando era aún demasiado joven para comprársela a un vendedor con licencia. Le había costado doscientos dólares, y según Neldene, su madre, era su más amada posesión. Los sheriffs Sweeney y Tatum, del condado de Greene, encontraron la escopeta junto con un saco de dormir muy gastado y una pequeña tienda de campaña, una semana después de la muerte de Patrick, mientras hacían un inventario de rutina en la cabaña. Trudy había otorgado permiso para el registro, lo que de por sí era problemático, pues ella no era la dueña de la cabaña. Cualquier intento de emplear la escopeta, el saco de dormir o la tienda de campaña como evidencia en el juicio de asesinato contra Patrick podía encontrar oposición, puesto que fueron hallados sin orden de allanamiento. Un argumento válido y esgrimible era que los sheriffs no buscaban evidencia puesto que en aquel momento aún no había crimen alguno, y por lo tanto se habían limitado a recoger los enseres de Patrick para entregárselos a su familia.

Trudy no quiso ni el saco de dormir ni la tienda de campaña. Seguía empeñada en que no le pertenecían a Patrick. Nunca antes los había visto. Eran artículos baratos, diferentes a los que Patrick habría comprado. Y, además, él no tenía necesidad de acampar, pues para eso estaba la cabaña. Sweeney les puso etiquetas y los guardó en su cuarto de evidencias, a falta de un mejor lugar. Pensaba esperar uno o dos años, y luego sacarlos a una de sus ventas anuales de sheriff. Seis semanas más tarde, Neldene Crouch estalló en llanto cuando le pusieron al frente el equipo con el que Pepper acampaba.

La escopeta recibió un tratamiento diferente. Fue hallada debajo de una cama en el cuarto donde Patrick dormía. En opinión de Sweeney alguien se había apresurado a ocultar los artículos allí. La escopeta le despertó una curiosidad inmediata. Como también a él le fascinaba la caza, sabía que ningún cazador con algo de cerebro dejaría una escopeta o un rifle de caza en una cabaña remota para que los ladrones se lo llevaran cuando tuvieran a bien hacerlo. En aquellos parajes nunca se dejaba nada de valor en una cabaña. Al examinarla con cuidado, advirtió que le habían limado el número de serie. En algún momento esa escopeta había sido robada.

Sweeney lo discutió con el sheriff Tatum y juntos tomaron la decisión de por lo menos hacerla revisar, en busca de huellas digitales. Aunque estaban casi seguros de que de ahí no saldría nada, ambos eran policías metódicos y experimentados.

Más tarde, luego de repetidas promesas de inmunidad, el dueño de la prendería de Lucedale admitió que le había vendido el arma a Pepper.

Sweeney, que venía con Ted Grimshaw, el investigador principal del condado de Harrison, tocó cortésmente a la puerta del cuarto de hospital de Patrick y esperó a que lo invitaran para entrar. Sweeney había llamado con anticipación para avisarle a Patrick de su visita e informarle su propósito. Sólo procedimientos rutinarios. A Patrick todavía lo tenían que reseñar en forma.

Le tomaron una fotografía de la cara, sentado en una silla, en camiseta y pantaloneta de gimnasia, con el cabello enmarañado y el ceño fruncido. Sostenía el número de reseña que los hombres habían traído consigo. Grimshaw se encargó de las huellas digitales y Sweeney de conversar con él. Mientras Grimshaw le tomaba las huellas, Patrick insistió en quedarse de pie junto a la mesa.

Sweeney le hizo un par de preguntas sobre Pepper Scarboro, pero Patrick le recordó de inmediato que él tenía un abogado que debía estar presente en cualquier interrogatorio. Además, no tenía nada que decir, con o sin abogado.

Le dieron las gracias y se marcharon. En el *Cuarto Lanigan*, en el presidio, los esperaban Cutter y un experto en huellas digitales del FBI, venido desde Jackson. Cuando encontraron la calibre .12 de Pepper había en ella más de una docena de huellas completas, utilizables. Grimshaw las había recogido tras echarles polvo, las había archivado en una caja fuerte y ahora se hallaban extendidas sobre la mesa. El arma se encontraba sobre un aparador, junto a la tienda de campaña, el saco de dormir, el zapato de trotar, las fotografías y las escasas piezas que se emplearían contra Patrick como evidencia.

Tomaron café en vasos plásticos, conversando sobre la pesca, mientras el experto comparaba las huellas viejas con las nuevas, con la ayuda de una lupa. No tardó mucho tiempo.

—Varias de estas cuadran a la perfección —dijo sin dejar de trabajar—. En la caja de la escopeta hay abundantes huellas de Lanigan.

Eran, sin duda, buenas noticias, pensaron. ¿Y ahora qué?

Patrick insistió en que le concedieran un cuarto diferente para las futuras reuniones con su abogado, y el doctor Hayani no tardó en ordenar los arreglos pertinentes. También pidió una silla de ruedas para transportarlo. Empujado por una enfermera, Patrick pasó junto a los dos agentes de aspecto bonachón que estaban sentados en el corredor frente a su puerta, y junto al agente especial Brent Myers, y siguió rumbo al ascensor para emprender un corto viaje al primer piso. Uno de los agentes lo iba siguiendo.

El cuarto elegido era uno que los médicos empleaban para reuniones de personal. El hospital era pequeño y al parecer no se usaba mucho. Sandy había ordenado el rastreador de micrófonos que Patrick había mencionado, pero llegaría apenas dentro de una semana.

–Trata de que se apresuren, por favor –dijo Patrick.

–Vamos, Patrick, no creerás que puede haber micrófonos en este cuarto. Hasta hace media hora nadie sabía que lo íbamos a usar.

–Toda precaución es poca –dijo Patrick levantándose de la silla de ruedas y dándole una vuelta a la larga mesa de reuniones, sin ningún tipo de cojera, según advirtió Sandy.

–Mira, Patrick, creo que debes tratar de relajarte un poco. Sé que has estado huyendo durante mucho tiempo, que has vivido en medio de temores, siempre mirando hacia atrás; lo sé bien. Pero ya pasaron esos días. Ya te capturaron. Tranquilízate.

–Ellos siguen allá afuera, ¿entiendes? Me tienen a mí, pero no el dinero. Y este es mucho más importante. No olvides eso, Sandy. No descansarán hasta conseguirlo.

–Según eso, ¿quién podría estar aquí poniéndonos micrófonos? ¿Los buenos o los malos? ¿Los policías o los ladrones?

–La gente que perdió el dinero se ha gastado toda una maldita fortuna tratando de hallarlo.

–¿Cómo lo sabes?

Patrick se limitó a encogerse de hombros, como si otra vez fuera hora de seguir con sus juegos.

–¿Quiénes son? –preguntó Sandy, y hubo una pausa larga, similar a las de Lía cuando quería cambiar de tema.

–Siéntate –dijo Patrick.

Se sentaron en lados opuestos de la mesa. Sandy sacó el grueso legajador que Lía le había entregado cuatro horas antes. El legajador para enlodar a Trudy.

Patrick lo reconoció de inmediato.

–¿Cuándo la viste? –preguntó ansioso.

–Esta mañana. Ella está bien, te manda saludes, dice que nadie la está siguiendo todavía, y me pidió que te trajera esto.

Le pasó el sobre por encima de la mesa, y Patrick lo agarró, lo rompió tratando de abrirlo, y sacó una carta de tres páginas. Se puso a leerla despacio, ajeno a la presencia de su abogado.

Entretanto Sandy se dedicó a hojear el archivo y se quedó mirando las fotografías de Trudy desnuda, recostada junto a la piscina, con su gigoló despatarrado por ahí cerca. Se moría de ganas de mostrárselas al abogado de la mujer en Mobile. Habían programado una reunión para dentro de tres horas.

Patrick acabó de leer la carta, la volvió a doblar con cuidado y la guardó en el sobre.

–Tengo otra carta para ella –dijo. Miró hacia el otro lado de la mesa y vio las fotos–. Buen trabajo, ¿no?

–Increíble. No había visto semejante acopio de pruebas en ningún caso de divorcio.

–Es que había mucho con qué trabajar. Ya llevábamos casados casi dos años cuando un día me tropecé con su primer esposo de modo accidental. Fue en una fiesta, antes del juego de los Santos, en Nueva Orleans. Bebimos algunos tragos y me habló de Lance. Ese es el macho de estas fotos.

–Lía me lo explicó.

–Como el embarazo de Trudy estaba muy avanzado para aquella época, no dije nada. El matrimonio se iba deshaciendo poco a poco, y esperábamos que el niño lo arreglara todo. Ella tiene una impresionante capacidad de engaño. Y decidí seguirle el juego, mostrándome como un padre orgulloso y todo eso, pero un año más tarde comencé a recoger evidencias. No estaba seguro de cuándo las habría de necesitar, pero sabía que el matrimonio se había acabado. Me iba de la ciudad cada vez que podía: de negocios, de cacería, de pesca, a pasar fines de semana con los amigotes, lo que fuera. A ella parecía no importarle.

—Me voy a reunir con su abogado a las cinco de la tarde.

—Bueno. Vas a pasarlo bien. Es el sueño de todo abogado. Hazles cuantas amenazas puedas, pero sal de ahí con un arreglo. Ella tiene que firmar una renuncia a todos los derechos, Sandy. No le voy a dar nada de lo que tengo.

—¿Cuándo vamos a hablar de tus bienes?

—Pronto. Lo prometo. Pero hay algo más urgente.

Obediente, Sandy sacó su infaltable libreta y se dispuso a tomar nota.

—Te escucho —dijo.

—Lance es un tipo de mala calaña. Creció en los bares aledaños a Point Cadet, no terminó bachillerato y estuvo tres años preso por narcotráfico. Mala hierba. Tiene amigos en el bajo mundo. Conoce a personas que harán lo que sea por dinero. Hay otro archivo grueso, esta vez sobre él. Supongo que Lía no te lo dio.

—No. Sólo me entregó este.

—Pregúntale por él la próxima vez. Recogí basura sobre Lance durante un año, con el mismo detective privado. Lance es un rufián de poca monta, pero peligroso por los amigos que tiene. Y Trudy tiene dinero. No sabemos cuánto le queda, pero lo más probable es que no lo haya gastado todo.

—¿Y crees que te va a perseguir?

—Es probable. Piénsalo, Sandy. Ahora mismo, Trudy es la única persona que todavía me necesita muerto. Si sale de mí, conserva el dinero que le queda y no tiene que preocuparse porque la compañía de seguros se lo quite. Yo la conozco. El dinero y el estilo de vida lo son todo para ella.

—¿Pero cómo podría él...?

—Es posible, Sandy. Créemelo. Se puede.

Lo dijo con la serenidad de quien ha cometido un homicidio y se ha salido con la suya, y por un segundo a Sandy se le heló la sangre.

—Puede hacerse fácilmente —dijo por tercera vez, mirándolo fijamente y arrugando los ojos.

—Está bien. ¿Qué debo hacer? ¿Sentarme con los agentes en el corredor?

—Tú te inventas la ficción, Sandy.

—Escucho.

—Primero, le dices al abogado de ella que tu oficina recibió un dato anónimo, según el cual Lance anda buscando un asesino a sueldo. Haz esto al concluir la cita de hoy. Ya para entonces, el tipo será presa de una neurosis de guerra y creerá cualquier cosa que le digas. Dile que estás pensando reunirte con la policía para discutirlo. Sin duda llamará a su cliente, que lo negará todo con vehemencia. Pero ya él le habrá perdido la confianza. Trudy va a acobardarse con sólo saber que hay alguien que sospecha que ella y Lance han albergado tales pensamientos. Más tarde, concreta una cita con el sheriff y con el FBI y cuéntales la misma historia. Diles que estás preocupado por mi seguridad. Insiste en que hablen con Trudy y Lance sobre estos rumores. Yo la conozco muy bien, Sandy. Estaría dispuesta a sacrificar a Lance para quedarse con el dinero, pero no lo hará si existe la posibilidad de que también a ella la agarren. Si los policías empiezan a hacer preguntas, ella se echa para atrás inmediatamente.

—Se ve que le has dedicado tiempo a pensarlo. ¿Algo más?

—Sí. Por último, lo filtras a la prensa. Tienes que encontrar a un reportero...

—Eso no debe ser difícil.

—Uno en quien puedas confiar.

—Eso sí es más complicado.

—No tanto. He estado leyendo los periódicos y te puedo dar un par de nombres. Haz averiguaciones. Encuentra uno que te guste.

Dile que publique los rumores, extraoficialmente, y que en compensación le darás acceso, antes que a nadie, a las verdaderas historias. Así operan estos tipos. Dile que el sheriff está investigando unos informes según los cuales mi esposa intenta contratar los servicios de un asesino a sueldo para poder quedarse con el dinero. Se lo tragará. No necesita verificar la historia. Diablos, siempre están publicando rumores.

Sandy acabó de tomar nota y se maravilló de la preparación de su cliente. Cerró su archivo, le dio un golpecito con el estilógrafo, y preguntó:

–¿Cuánto de esto tienes?

–¿Cuánto lodo?

–Sí.

–Yo diría que unos cincuenta kilos. Han estado encerrados en un minidepósito de Mobile desde que desaparecí.

–¿Qué más hay?

–Más lodo.

–¿Sobre quién?

–Mis antiguos socios. Y otra gente. A eso llegaremos después.

–¿Cuándo?

–Pronto, Sandy.

J. Murray Riddleton, el abogado de Trudy, era un hombre jovial, de cuello grueso, unos sesenta años de edad, y especializado en dos tipos de leyes: divorcios sonoros y desagradables y asesoría financiera apuntada a robarle al gobierno. El hombre era el epítome de los contrastes: exitoso pero mal vestido, inteligente pero feo, sonriente pero pérfido, de lenguaje suave pero de lengua viperina. Su enorme oficina, en el centro de Mobile, estaba repleta de archivos abandonados y de libros de derecho desactualizados. Le dio una cortés bienvenida a Sandy, lo invitó a sentarse y le ofreció un trago. Al fin y al cabo eran pasadas las cinco. Sandy no lo aceptó y J. Murray no bebió nada.

—Entonces, ¿como está nuestro muchacho? —preguntó J. Murray exhibiendo su dentadura reluciente.

—¿A quién se refiere?

—Vamos. A nuestro muchacho, a Patrick. ¿Ha encontrado usted ya el dinero?

—Yo no sabía que lo estuviera buscando.

A J. Murray le pareció gracioso y rió unos segundos. En su mente no quedaba la menor duda de que en esta reunión él era quien tenía la sartén por el mango. Las cartas estaban bien apiladas a su lado en el escritorio. Su adversario no podría poner nada sobre la mesa.

—Vi a su cliente anoche en la televisión —dijo Sandy—. Aquel programa sensacionalista... ¿cómo se llama?

—*Revista Interior*. ¿No estuvo maravillosa? Y la niñita, ¡qué muñeca! ¡Pobre gente!

—A mi cliente le gustaría solicitar que su cliente se abstenga de seguir haciendo comentarios públicos sobre su matrimonio y divorcio.

—Su cliente puede besarle el culo al mío. Y usted puede besármelo a mí.

—Yo paso, y lo mismo mi cliente.

—Mire, hijo, soy un tigre en lo de la primera enmienda de la constitución. Diga lo que sea. Haga lo que sea. Publique lo que sea. Todo está protegido aquí mismo por la constitución —señaló hacia una pared de libros de derecho, llenos de telarañas, cerca de la ventana—. Petición denegada. A mi cliente le asiste el derecho de hacer público lo que quiera, en el momento que lo desee. Su cliente la humilló, y ahora enfrenta un futuro muy incierto.

—Está bien. Sólo quería hacer más clara la atmósfera.

–¿Y le parece que ya quedó bien diáfana?

–Sí. Ahora bien, no tenemos en realidad ninguna objeción respecto al deseo de su cliente de obtener el divorcio, y puede quedarse con la custodia de la niña.

–Un millón de gracias. Qué generosidad la de ustedes.

–De hecho, mi cliente no busca obtener el derecho de visitar a la niña.

–Hombre inteligente. Después de abandonarla durante cuatro años, debía estar desesperado por verla.

–Hay otra razón –dijo Sandy, mientras abría el archivo y escogía el examen del DNA. Le pasó una copia a J. Murray, que dejó de sonreír y se puso a observar los papeles con los ojos entreabiertos.

–¿De qué se trata? –preguntó receloso.

–¿Por qué no lo lee? –dijo Sandy.

J. Murray sacó sus gafas de lectura del bolsillo del saco, y se las caló en su cabezota redonda. Apartó el informe, lo enderezó y lo leyó sin prisa. Después de la primera página alzó los ojos y miró al espacio, y sus vigorosos hombros se encogieron un poco al final de la segunda.

–Desastroso, ¿no? –dijo Sandy cuando el hombre hubo terminado.

–No sea tan condescendiente. Estoy seguro de que esto se puede explicar.

–Y yo estoy seguro de que no. Según la ley de Alabama, el DNA es prueba concluyente. Ahora bien, yo no soy un tigre como usted en lo que a la primera enmienda se refiere, pero si hago publicar esto, sería muy embarazoso para su cliente. Imagínese, dando a luz el hijo de una persona mientras finge estar muy bien casada con otra. No va a dar muy buena impresión que digamos en la Costa.

–Publíquelo –dijo J. Murray sin convicción–. No me importa.

—Mejor consúltelo primero con su cliente.

—No tiene importancia, según la ley. Aunque cometió adulterio, él siguió viviendo con ella después de enterarse. Por lo tanto, lo aceptó. Le está prohibido usarlo como causal de divorcio.

—Olvide el divorcio, él se lo concederá. Olvide también a la niña.

—Ah, ya veo. Entonces es extorsión. Ella renuncia a los derechos sobre los bienes y él no hace esto público.

—Algo por el estilo.

—Su cliente está loco de remate y usted también —las mejillas de J. Murray enrojecieron y apretó los puños un segundo.

Sandy, sin inmutarse, se puso a hojear el archivo y seleccionó la siguiente información perjudicial. Por encima de la mesa le pasó un informe al abogado.

—¿Eso qué es? —preguntó J. Murray.

—Léalo.

—Estoy cansado de leer.

—Está bien. Es un informe del detective privado que siguió a su cliente y a su amigo durante todo un año, antes de la desaparición del mío. Estuvieron juntos, solos, en diversos lugares, pero más que todo dentro de la casa de mi cliente y, presumimos, en la cama, al menos en dieciséis ocasiones.

—Vaya tontería.

—Échele una mirada a esto —dijo Sandy dejando caer encima del informe dos fotos en color, de ocho por diez, en las que aparecían desnudos. J. Murray les echó una mirada rápida y luego las agarró para analizarlas mejor.

Sandy resolvió ayudarle.

—Aquellas fueron tomadas junto a la piscina de la casa de mi cliente, mientras este asistía a un seminario en Dallas. ¿Reconoce a alguien?

J. Murray emitió un pequeño gruñido.

–Hay muchas más –prometió Sandy; cuando J. Murray dejó de mirarlas como un tonto, prosiguió–: También tengo dos o tres informes más, de detectives privados. Da la impresión de que mi cliente desconfiaba mucho.

Ante los ojos de Sandy, J. Murray pasó de ser un abogado pendenciero a un mediador emocional, conversión camaleónica común entre abogados cuando se encuentran de pronto desprovistos de munición. Suspiró con fuerza, derrotado, y se hundió en su silla de cuero.

–Nunca nos lo cuentan todo, ¿no es verdad? –dijo. De pronto era "nosotros" contra "ellos". Los abogados contra sus clientes. Él y Sandy se encontraban ahora, en realidad, del mismo lado; ¿qué debían hacer?

Pero Sandy no estaba dispuesto a pasarse al otro equipo.

–Como dije antes, no soy un tigre para lo de la primera enmienda como usted, pero si estas fotos encontraran cabida en los periódicos sensacionalistas, no hay duda de que sería muy vergonzoso para Trudy.

J. Murray le indicó mediante una señal de la mano que no siguiera y miró el reloj.

–¿Está seguro de que no quiere beber un trago?

–Sí, seguro.

–¿Cuánto tiene su cliente?

–En realidad no lo sé todavía. Y esa no es la pregunta importante. Lo que importa es lo que le va a quedar cuando se asiente el polvo, y por el momento no se sabe.

–Lo más seguro es que todavía conserve la mayor parte de los noventa millones.

–Lo están demandando por mucho más que eso. Sin mencionar la posibilidad de una larga condena a prisión y quizás a la pena de muerte. Este divorcio, señor Riddleton, es el menor de sus dolores de cabeza.

—Entonces, ¿por qué nos amenaza?

—Él quiere que ella se calle, que consiga el divorcio y se largue, y que renuncie a cualquier reclamo futuro contra él. Y que lo haga ya.

—¿Y si no?

J. Murray se aflojó la corbata y se hundió unos centímetros más. De pronto se estaba haciendo tarde. Debía irse a casa. Lo pensó un buen rato y dijo:

—Ella lo va a perder todo, ¿lo sabe él? La compañía de seguros la va a dejar limpia.

—Aquí no hay ganadores, señor Riddleton.

—Déjeme hablar con ella.

Sandy recogió sus cosas y se retiró con paso lento hasta la puerta. J. Murray logró esbozar otra sonrisa triste, y justo en el momento en que se estrechaban la mano para despedirse, Sandy, como si hubiera estado a punto de olvidarlo, mencionó el dato anónimo que su oficina había recibido en Nueva Orleans, según el cual Lance andaba buscando un asesino. Sandy no sabía si creerle o no, pero de todas maneras se sentía obligado a discutirlo con el sheriff y el FBI.

Hablaron del asunto un momento y Riddleton prometió mencionárselo a su cliente.

VEINTIUNO

La última parada del doctor Hayani fue en el cuarto de Patrick. Ya casi de noche, muy pasada la hora de dar por concluidas las actividades del día, encontró a su famoso paciente sentado en pantaloneta en una silla, junto a un improvisado escritorio, en la única esquina de la habitación que se hallaba vacía. El escritorio era una mesita, con una lámpara que Patrick había logrado sonsacarle a un auxiliar. Un vaso desechable contenía los estilógrafos y los lápices; otro, el comienzo de una colección de sujetapapeles, bandas de caucho y tachuelas, todo donado por el personal de enfermería. Tenía incluso tres pilas de papel.

Patrick había vuelto al trabajo. Un impresionante arrume de documentos legales ocupaba una esquina, y cuando el médico apareció por tercera vez en el día, estaba dedicado a repasar una de las numerosas demandas presentadas contra él.

—Bienvenido a mi oficina —dijo Patrick. Tenía un aparatoso televisor instalado por encima de su cabeza, a escasa distancia de él. El espaldar de la silla estaba a unos centímetros del extremo de la cama.

—Qué bien —dijo Hayani. En los hospitales los rumores corren más veloces que en las oficinas de abogados, y en los últimos dos días se habían escuchado comentarios divertidos sobre la nueva empresa que se estaba fundando en la habitación 312—. Espero que no demande a los médicos.

—Nunca. En trece años de practicar el derecho, jamás he demandado a un médico. Ni a un hospital —y diciendo esto se levantó y se volvió hacia Hayani.

—Yo sabía que me caía bien —dijo el médico mientras examinaba con suavidad las quemaduras del pecho de Patrick—. ¿Cómo va? —preguntó por tercera vez en aquel día.

—Bien —repitió Patrick por enésima vez en aquel día. Las enfermeras, deslumbradas y curiosas, entraban de sopetón al menos dos veces por hora con cualquiera de los mil recados, y siempre con un alegre "¿Cómo se siente?".

—Estoy bien —respondía cada vez.

—¿Hizo la siesta hoy? —preguntó Hayani, agachándose a urgarle el muslo izquierdo.

—No. Casi no puedo dormir sin pastillas, y lo que pasa es que no me gusta tomar nada durante el día —contestó. Pero la verdad es que era imposible hacer siesta con tal desfile de enfermeras y auxiliares.

Patrick se sentó al borde de la cama y miró con sinceridad a su médico.

—¿Puedo decirle algo? —preguntó.

Hayani dejó de escribir en la historia clínica.

—Claro.

Miró hacia ambos lados como si pudiera haber oídos en cualquier parte.

—Cuando yo era abogado —comenzó a decir con voz suave—, tuve un cliente, un banquero, al que pillaron en un desfalco. Tenía cuarenta y cuatro años de edad y era casado, con tres hijas adolescentes; un gran tipo que hizo algo tonto. Una noche lo arrestaron en su casa y lo llevaron a la cárcel del condado. Esta se hallaba atestada de presos, y lo tiraron en una celda con una pareja de negros callejeros aficionados al *punk*, más malvados que el diablo. Lo primero que le hicieron fue amordazarlo para que no pudiera gritar. Le pegaron, luego le hicieron cosas que usted no quisiera ni oír. Dos horas después de haber estado sentado en su biblioteca viendo una película, se encontraba medio muerto en la celda de una cárcel a tres kilómetros de su casa —el mentón de Patrick cayó hasta su pecho y frunció el puente de la nariz.

El doctor Hayani le puso la mano sobre el hombro.

—No puede permitir que eso me pase, doctor —dijo Patrick con los ojos llenos de lágrimas y angustia en la voz.

—No se preocupe, Patrick.

—La idea de verme así me horroriza, doctor, y hasta tengo pesadillas.

—Le doy mi palabra, Patrick.

—Sólo Dios sabe por las que he pasado.

—Se lo prometo, Patrick.

El siguiente inquisidor era un hombrecito excéntrico llamado Warren, que fumaba un cigarrillo tras otro y veía el mundo a través de un par de gafas oscuras y gruesas. Sus ojos eran invisibles. Con la mano derecha manipulaba el cigarrillo y con la izquierda el estilógrafo, y lo único que movía era los labios. Agachado detrás de unas ordenadas pilas de papel, lanzaba preguntas al otro extremo, donde Stephano jugueteaba con un sujetapapeles y su abogado luchaba con un computador portátil.

—¿Cuándo conformó usted el consorcio? —preguntó Warren.

—Cuando perdimos la pista de Patrick en Nueva York nos replegamos a esperar. Escuchamos en todos los lugares posibles. Recorrimos las viejas pistas. Nada. El rastro se enfrió pronto y nos dispusimos a enfrentar una tarea de largo plazo. Entonces me reuní con Benny Aricia, que se mostró dispuesto a financiar la búsqueda. Luego me reuní con representantes de la Monarch-Sierra y la Northern Case Mutual, y ambos dieron su aprobación tentativa. La Northern Case Mutual acababa de aflojarle más de dos millones y medio a la viuda. No podían entablar una demanda para que devolviera el dinero porque no había una evidencia convincente de que Patrick estuviera vivo. Aceptaron poner medio millón. Con Monarch-Sierra fue más complicado, porque no había pagado nada hasta aquel momento, aunque estaba expuesta a perder cuatro millones.

—¿A la Monarch le tocaba pagar el seguro de responsabilidad civil de la sociedad de abogados?

—No exactamente. Se trataba de una cláusula adicional, añadida a la acostumbrada Póliza de Error y Omisión. Protegía a la compañía contra fraude y robo por parte de sus empleados o socios. Puesto que Lanigan le robó a la compañía, la Monarch–Sierra se veía en la obligación de pagar cuatro millones de dólares.

—Pero su cliente, el señor Aricia, recibió ese dinero, ¿correcto?

—Sí. Primero demandó a la sociedad de abogados por los sesenta millones que perdió, pero esta tenía pocos activos y acordó entregarle cuanto entrara de la póliza. Nos sentamos a la mesa y llegamos a un acuerdo. La Monarch-Sierra aceptó pagar el dinero sin pelear, siempre y cuando Aricia empleara hasta un millón para encontrar a Lanigan. Aricia aceptó, pero sólo si la Monarch-Sierra ponía otro millón para financiar la búsqueda.

—De modo que Aricia debía poner un millón, la Monarch-Sierra otro y la Northern Case Mutual medio, para un total de dos millones y medio de dólares.

—Sí. Ese fue el acuerdo inicial.

—¿Y la sociedad de abogados qué?

—Decidieron no participar. Francamente no tenían dinero, y estaban demasiado golpeados para responder. Al principio ayudaron de otras maneras.

—¿Y los participantes sí pagaron?

—Sí. El dinero fue enviado a la cuenta de mi compañía.

—Ahora que la búsqueda acabó, ¿cuánto queda del dinero?

—Prácticamente nada.

—¿Cuánto gastaron?

—Más o menos tres millones y medio. Hace cerca de un año se agotaron los fondos. Las compañías de seguros no quisieron seguir. El señor Aricia puso otro medio millón, y luego otros trescientos dólares. Su total hasta la fecha es de uno punto nueve.

En realidad eran dos millones redondos ahora que Benny, a regañadientes, había decidido buscar a la joven. Claro que el FBI no lo sabría.

—¿Y cómo se gastó ese dinero?

Stephano se remitió a sus notas, pero sólo para darles un vistazo.

—Casi un millón en nómina, viáticos y otros gastos relacionados con la búsqueda. Un millón y medio en recompensas y un millón redondo para mi compañía, como honorarios.

—¿Le pagaron un millón en honorarios? —preguntó Warren sin mover ni un músculo pero elevando un poco la voz.

—Sí. A lo largo de los cuatro años.

—Hábleme de las recompensas.

—Pues ese era el meollo de la búsqueda.

—Lo escucho.

—Uno de los primeros pasos que dimos fue fijar una recompensa para quien proporcionara cualquier información sobre la desaparición de Patrick Lanigan. Ustedes se enteraron de ella, pero pensaron que era la sociedad de abogados la que estaba detrás. Visitamos la sociedad con mucha discreción, y convencimos a Charles Bogan de que anunciara que se había fijado una recompensa a cambio de información. Bogan la hizo pública y empezó ofreciendo cincuenta mil dólares. Nuestro pacto con Bogan consistía en que cualquier respuesta nos sería notificada en secreto.

—¿Al FBI no se le informó?

—No. El FBI sabía de la recompensa y la aprobaba. Pero nuestro acuerdo con Bogan se mantuvo oculto. Queríamos ser los primeros en recibir cualquier información. No es que desconfiáramos del FBI, sino que queríamos encontrar a Lanigan y el dinero nosotros mismos.

–¿Cuántos hombres tenía trabajando en el caso?

–Probablemente unas doce personas.

–¿Y dónde estaba usted?

–Aquí. Pero iba a Biloxi al menos una vez al mes.

–¿Sabía el FBI lo que estaban haciendo?

–En absoluto. Hasta donde yo sé, sólo la semana pasada se enteró el FBI de que nosotros estábamos involucrados.

Eso era precisamente lo que reflejaba el archivo que Warren tenía ante sí.

–Continúe.

–No oímos nada durante dos meses, tres, cuatro. Aumentamos el monto de la recompensa a setenta y cinco y luego a cien mil. A Bogan le cayeron todos los chiflados y lo que hizo fue pasárselos al FBI. Luego, en agosto del 92, recibió una llamada de un abogado de Nueva Orleans que afirmó que un cliente suyo sabía algo sobre la desaparición. Lo del tipo sonaba verosímil y entonces fuimos a Nueva Orleans a reunirnos con él.

–¿Cómo se llamaba?

–Raul Lauziere, de la calle Loyola.

–¿Se reunieron con él?

–Yo lo hice.

–¿Y quién más de su compañía?

Stephano miró a su abogado, que se había quedado inmóvil, embebido en sus pensamientos.

–Es confidencial. Prefiero no mencionar los nombres de mis colaboradores.

–Él no tiene obligación de hacerlo –pronunció el abogado en voz alta, y hasta ahí llegó el asunto.

–Bien. Continúe.

–Lauziere parecía ser un tipo serio, ético y digno de crédito. Además estaba bien preparado. Parecía saberlo todo sobre la desaparición de Patrick y el dinero. Llevaba un archivo con todas las noticias de la prensa. Había hecho índices de todo y se los conocía al dedillo. Nos entregó un relato de cuatro páginas, a doble espacio, de lo que su cliente sabía.

–Limítese a resumirlo en detalle. Lo leeré después.

–Con gusto –dijo Stephano, y contó el relato de memoria–: Su cliente era una mujer joven llamada Erin, que se esforzaba por sacar adelante su carrera de medicina en Tulane. Hacía poco se había divorciado y estaba en la ruina, y para sostenerse trabajaba en la jornada nocturna de una librería importante en un centro comercial, una de esas cadenas grandes. Un buen día, en enero del 92, advirtió que había un cliente matando el tiempo en la sección de idiomas y viajes. Era un tipo robusto, vestido de saco y corbata, con barba entrecana bien cuidada. Parecía un poco nervioso. Eran casi las nueve de la noche y el almacén estaba prácticamente solo. Al final escogió un curso de idiomas con doce casetes, cuadernillos de ejercicios, etc., en una caja vistosa, y se dirigía a la caja donde Erin trabajaba cuando otro hombre entró en el almacén. El primero corrió a meterse entre los estantes y dejó el curso de idiomas de nuevo en su sitio. Luego salió por el otro lado e intentó escabullirse para que no lo viera el otro hombre, una persona a la que obviamente conocía y con quien no quería hablar. Pero no lo logró. El segundo tipo alzó los ojos y dijo: "Patrick, tiempos sin verte" y entablaron una breve conversación en la cual hablaron de sus carreras de abogados. Erin se quedó un rato cerca del mostrador, escuchándolos, porque no tenía nada más que hacer. Obviamente era ella una persona muy curiosa y no se perdía detalle.

»De todos modos, el tipo llamado Patrick estaba con ganas de irse, de manera que pronto encontró el momento adecuado y logró retirarse de manera elegante. Tres noches después, más o menos a la misma hora, regresó. Esta vez Erin no estaba en la caja sino organizando mercancía. Lo vio entrar, lo reconoció, recordó que se llamaba Patrick y lo observó. Él se tomó la molestia de mirar a la empleada de la caja, y al darse cuenta de que se trataba de una diferente, se puso a dar vueltas por la librería hasta detenerse en la sección de viajes e idiomas. Sacó el mismo curso, llegó al mostrador, lo pagó en efectivo y se marchó de prisa. Casi trescientos dólares. Erin lo vio alejarse. Él jamás la vio. O, si lo hizo, no la reconoció.»

–¿Y qué idioma era?

–Esa, por supuesto, era la gran pregunta. Tres semanas más tarde, Erin vio en el periódico que Patrick Lanigan había muerto en un terrible accidente automovilístico, y reconoció su foto. Luego, seis semanas más tarde, estalló el escándalo del dinero robado a su antigua sociedad, la misma foto apareció en los periódicos y Erin volvió a verla.

–¿Había en la librería cámaras de seguridad?

–No. Nos cercioramos de ello.

–Y entonces, ¿de qué idioma se trataba?

–No nos lo dijo. Al menos al principio. Le estábamos ofreciendo cien mil dólares por dar información fidedigna sobre el paradero de Lanigan. Él y su cliente, como es natural, querían todo el dinero por el nombre del idioma. Nos demoramos tres días negociando. No cedía. Nos permitió interrogar a Erin. Pasamos seis horas con ella, y todos los aspectos de su historia encajaban bien, de manera que aceptamos pagar los cien mil.

–¿Portugués brasileño?

–Sí. El mundo de pronto se encogió.

Como a todo abogado, a J. Murray Riddleton le había pasado ya muchas veces, por desgracia. El caso parece hermético, y de pronto empieza a mostrar fugas. Las cartas se voltean en menos de lo que canta un gallo.

Sólo por divertirse, y con no poco deleite, le permitió a Trudy bufar y adoptar poses antes de dejar caer el hacha.

–¡Adulterio! –exclamó atónita con toda la indignación de una virgen puritana. Hasta Lance logró dar una mirada de asombro. Alargó la mano por encima de la mesa y tomó la de Trudy.

–Lo sé, lo sé –dijo J. Murray siguiéndoles el juego–. Sucede en casi todos los divorcios. Se vuelve desagradable.

–Lo voy a matar –gruñó Lance.

–A eso pasamos luego –dijo J. Murray.

–¿Con quién? –preguntó ella.

–Con este tipo, con Lance. Sostienen que ustedes andaban en esas antes, durante y después del matrimonio. En realidad afirman que viene desde la época del colegio. Desde el noveno grado, a decir verdad.

–Es un idiota –dijo Lance sin convicción.

Trudy asintió, manifestándose de acuerdo con Lance. Era ridículo. Entonces preguntó nerviosa:

–¿Qué pruebas dice tener?

–¿Usted lo niega? –preguntó J. Murray completando la trampa.

–De plano –replicó ofendida.

–Por supuesto –agregó Lance–. El hombre es una mentira viviente.

J. Murray buscó en un cajón hondo y sacó uno de los informes que Sandy le había entregado.

–Parece que Patrick tuvo sospechas durante la mayor parte del matrimonio y contrató a unos investigadores para que espiaran. Este es el informe de uno de ellos.

Trudy y Lance se miraron un instante, y enseguida comprendieron que los habían pillado. De pronto se vieron en calzas prietas para negar una relación que llevaba ya más de veinte años.

Cambiaron al mismo tiempo de actitud. ¿Y eso qué? ¿Es muy grave o qué?

—Me limitaré a resumirlo —dijo J. Murray, y procedió a soltar
fechas, horas y lugares. Ellos no se avergonzaban de sus actividades, pero era incómodo saber que todo se hallaba tan bien docu-
mentado.

—¿Lo siguen negando? —preguntó J. Murray al terminar.

—Cualquiera puede escribir este tipo de cosas —dijo Lance.
Trudy guardaba silencio.

J. Murray sacó otro informe, este sobre los siete meses anteriores a la desaparición de Patrick. Fechas, horas, lugares. Patrick se
iba de la ciudad y ¡suaz! Lance se mudaba a la casa. Siempre.

—¿Pueden estos investigadores testificar en la corte? —preguntó
Lance cuando J. Murray hubo concluido.

—No vamos a ir a ninguna corte —dijo J. Murray.

—¿Por qué no? —preguntó Trudy.

—Por esto —y por encima del escritorio les pasó las fotos brillantes, de ocho por diez. Trudy tomó una y se sorprendió al verse
acostada junto a la piscina, desnuda, con su macho al lado. Lance
también quedó anonadado, pero se las arregló para esbozar una
sonrisa. Como si le gustaran.

Se pasaron las fotos sin decir palabra. J. Murray disfrutó el momento con fruición, y luego dijo:

—Se pasaron de frescos.

—Guárdese el sermón —dijo Lance.

Como era previsible, Trudy comenzó a sollozar. Se le aguaron
los ojos, le temblaron los labios, se le infló la nariz y se puso a llorar. J. Murray lo había visto mil veces. Siempre lloraban, no por lo
que habían hecho sino por el precio de sus pecados.

—Él no se va a quedar con mi hija —dijo furiosa por entre las
lágrimas. Había perdido, y la oyeron gemir un rato. Lance, siempre atento, la acariciaba tratando de consolarla.

–Lo siento –dijo Trudy por fin limpiándose las lágrimas.

–Pierda cuidado –dijo J. Murray sin el menor asomo de compasión–. Él no quiere la niña.

–¿Por qué no? –preguntó ella. Los canales lacrimales se iban cerrando.

–Él no es el padre.

Se miraron de soslayo y se concentraron, tratando de captar los hechos.

J. Murray alcanzó otro informe.

–Le tomó una muestra de sangre a la niña cuando ella tenía catorce meses de edad, y la sometió a un examen de DNA. No hay posibilidades de que Patrick sea el padre.

–Entonces ¿quién…? –arrancó a preguntar, pero no pudo completar el pensamiento.

–Depende de quién más rondara por ahí –dijo J. Murray tratando de ayudarle.

–Nadie rondaba por ahí –dijo ella, imitándolo furiosa.

–Excepto yo –ofreció Lance voluntariamente, y luego cerró los ojos poco a poco. La paternidad le caía como un baldado de agua. A Lance le chocaban los niños. Se aguantaba a Ashley Nicole sólo porque era hija de Trudy.

–Felicitaciones –dijo J. Murray. Buscó en el cajón, sacó un cigarro barato y se lo arrojó a Lance–. Es una niña –añadió soltando una carcajada.

Trudy estaba que echaba humo, y Lance jugueteaba con el cigarro. Cuando J. Murray dejó de bromear, la mujer preguntó:

–Entonces, ¿en qué estamos?

–Es simple. Usted renuncia al derecho sobre los bienes de Patrick, sean estos los que fueren, y él le concede el divorcio, la niña y cuanto quiera.

–¿Y cuáles son sus bienes? –preguntó Trudy.

–Su abogado todavía no está seguro. Puede que nunca lo sepamos. El hombre va derecho hacia la pena de muerte, y el dinero en efectivo corre el riesgo de permanecer enterrado para toda la vida.

–Pero estoy a punto de perderlo todo –dijo ella–. Mire lo que me hizo. Me dieron dos y medio millones cuando murió y ahora la compañía de seguros está a punto de dejarme en bancarrota.

–Ella se merece una buena suma –interpeló Lance a su vez.

–¿Puedo demandarlo por perturbación mental, fraude, o algo por el estilo? –dijo Trudy suplicando.

–No. Mire. Es muy sencillo. Usted obtiene el divorcio y se queda con la niña, y Patrick se queda con el dinero que pueda aparecer. Y sin escándalos. De otra manera, él lo filtrará todo a la prensa –dijo J. Murray dándole palmadas a los informes y a las fotos mientras hablaba–; y usted va a sentirse humillada. Ya usted sacó a relucir los trapos sucios. Ahora él quiere devolverle el favor.

–¿Dónde firmo? –dijo Trudy.

J. Murray les preparó a todos un vodka, y poco después estaba mezclando una segunda ronda. Por último puso sobre el tapete el tema de los rumores absurdos, según los cuales Lance andaba buscando un asesino. Rápidas e iracundas vinieron las negativas, y J. Murray confesó que él en manera alguna creía en esa basura.

¡Con tantos rumores como subían y bajaban por la Costa!

VEINTIDÓS

Comenzaron a rastrear a Sandy McDermott cuando salió de Nueva Orleans, a las ocho de la mañana, y empezó a abrirse paso por el tráfico de la autopista interestatal 10. Lo siguieron hasta que la congestión fue mermando, cerca del Lago Pontchartrain. Llamaron antes e informaron que iba camino de Biloxi. Era fácil seguirlo. Escuchar era otra cosa. Guy tenía micrófonos destinados a la oficina y la casa de Sandy, e incluso tenía uno para su automóvil, pero aún no se había tomado la decisión de instalarlos. Los riesgos eran significativos. Aricia estaba especialmente preocupado. Les argumentaba a Stephano y a Guy que era muy posible que Sandy esperara que sus teléfonos fueran intervenidos, y que podría suministrarles toda clase de chismes inútiles y hasta dañinos. Hasta ahora su cliente había demostrado ser muy hábil en ver lo que había a la vuelta de una esquina. Y siguieron alegando.

Sandy no miraba hacia atrás. Ni tampoco iba muy preocupado por lo que pasaba adelante. Se limitaba a conducir tratando de no chocarse, con la mente, como siempre, a kilómetros de distancia.

Desde un punto de vista estratégico, las diversas batallas de Lanigan marchaban bien. Las demandas civiles entabladas por la Monarch-Sierra, por la empresa de abogados y por Aricia habían quedado registradas en las muy largas listas de casos por juzgar. Aún faltaba un mes para que a Sandy le correspondiera entregar las respuestas formales. La etapa de presentación de documentos y testimonios sólo empezaría dentro de tres meses y duraría un año. Los juicios estaban a dos años de distancia, como mínimo. Lo mismo sucedía con la demanda que Patrick había entablado contra el FBI. Algún día sería enmendada, de modo que incluyera a Stephano y su consorcio. Sería una delicia presenciar ese caso, pero Sandy dudaba de que alguna vez tuviera esa oportunidad.

Lo del divorcio estaba bajo control.

El cargo de asesinato punible con pena capital, a las claras el centro de atención, era otro asunto. Obviamente era el más grave de los problemas, y también el de trámite más rápido. Según la ley, el estado estaba obligado a juzgar a Patrick dentro de los doscientos setenta días siguientes a la sindicación, de manera que ya el reloj estaba corriendo.

En opinión de Sandy, era improbable que lo condenaran con base en la evidencia existente. Hasta el momento, faltaban elementos probatorios esenciales —hechos significativos como la identidad del NN, la manera como había fallecido y la certeza de que Patrick lo hubiera asesinado—. Era un caso basado en débiles pruebas circunstanciales, en una cadena de presunciones.

Sin embargo, se podía prever una condena basada en el sentimiento popular. En aquel momento, cuantos vivían a ciento cincuenta kilómetros a la redonda de Biloxi conocían casi todos los detalles, y era imposible encontrar a una sola persona que supiera leer y escribir que no creyera que Patrick había asesinado a alguien para fingir su propia muerte, y poder huir con noventa millones de dólares. Patrick tenía algunos admiradores entre aquellos que también soñaban con una vida nueva bajo un nombre nuevo, con abundancia de dinero. Pero estos no formarían parte del jurado. La mayoría de la gente, a juzgar por las encuestas informales en conversaciones de cafeterías y tribunales, consideraba que Patrick era culpable y debía pagar una condena en prisión. Muy pocos estaban a favor de la pena de muerte. Esta se debía dejar para los violadores y los asesinos de policías.

Por el momento, sin embargo, lo prioritario era mantener a Patrick con vida. El archivo sobre Lance, entregado en persona por la hermosa Lía en otro cuarto de hotel, retrataba a un hombre callado, con un temperamento explosivo y fuerte inclinación a la violencia. Le gustaban las armas y alguna vez había sido acusado por un gran jurado federal por vender armas robadas por medio de una casa de empeños. Los cargos habían sido retirados después. Además de la condena de tres años por contrabando de marihuana, lo habían sentenciado a sesenta días por tomar parte en una reyerta en un bar de Gulfport, aunque la condena fue suspendida luego a causa del excesivo número de presos en la cárcel. Había sido arrestado otras dos veces: una por una riña y otra por conducir bajo los efectos del alcohol.

No resultaba difícil lavar a Lance y ponerlo presentable. Era esbelto, bien parecido y muy popular con las mujeres. Sabía vestirse bien y sostener una conversación trivial al calor de unos cocteles. Pero sus incursiones en la sociedad eran temporales. Su corazón siempre estaba en la calle, justo encima de la alcantarilla, entre usureros, corredores de apuestas, reducidores y los respetables narcotraficantes, los listos muchachos de cuello blanco del crimen local. Esos eran sus amigos, los compañeros de barriada. Patrick también los había investigado, y el archivo contenía no menos de una docena de síntesis biográficas de los compañeros de Lance, todos con su historial delictivo.

Al principio, Sandy era escéptico respecto de la paranoia de Patrick. Ahora ya le creía. Aunque no conocía bien los bajos fondos, la naturaleza de su profesión lo ponía en contacto ocasional con criminales. Muchas veces había oído decir que por cinco mil dólares se podía mandar matar a una persona. En la Costa tal vez aun por menos.

Con toda seguridad, Lance tenía mucho más de cinco mil billetes. Además de un excelente motivo para eliminar a Patrick. La póliza de seguro de vida que había enriquecido a Trudy no excluía ninguna causa particular de muerte diferente al suicidio. Una bala en la cabeza recibía el mismo tratamiento que un accidente automovilístico, un infarto o cualquier otra cosa. Un muerto era un muerto.

◈

La Costa no era el territorio de Sandy, quien rara vez se alejaba de Nueva Orleans. No conocía ni a los sheriffs con sus agentes, ni a los jueces con sus caprichos, ni tampoco a los demás miembros del cuerpo de abogados. Sospechaba que era precisamente por eso que Patrick lo había escogido.

Sweeney había sido menos que receptivo por teléfono. Dijo que estaba muy ocupado y que, además, las reuniones con abogados solían ser una pérdida de tiempo. Podía dedicarle algunos minutos, empezando a las nueve y media, siempre que no hubiera alguna emergencia. Sandy llegó temprano y se sirvió su propio café de una cafetera que encontró cerca del dispensador de agua fría. Había varios agentes matando el tiempo. La enorme cárcel quedaba en la parte de atrás. Sweeney lo recibió y lo llevó hasta su oficina, un cuarto espartano con muebles gubernamentales de esos que van pasando de mano en mano, y con fotos borrosas de políticos sonrientes en la pared.

—Siéntese —dijo Sweeney señalando hacia una silla desvencijada, al tiempo que se sentaba tras su escritorio. Sandy obedeció.

—¿Le molesta que grabe? —preguntó Sweeney, disponiéndose a apretar el botón de una grabadora grande que había en medio del escritorio—. Yo lo grabo todo —dijo.

—No hay problema —dijo Sandy, como si tuviera alguna alternativa—. Gracias por abrirme campo.

—Tranquilo —dijo Sweeney. Todavía no había sonreído ni mostrado nada diferente a la impresión de que la cosa le molestaba. Encendió un cigarrillo y sorbió el café humeante de un vaso desechable.

–Iré al grano –dijo Sandy como si tuvieran otras cosas de qué hablar–. A mi oficina le llegó el dato de que la vida de Patrick puede estar en peligro –Sandy detestaba mentir, pero bajo las presentes circunstancias no le quedaba otra posibilidad. Eso era lo que su cliente deseaba.

–¿Por qué querría alguien pasarle el dato de que su cliente está en peligro? –preguntó Sweeney.

–Tengo investigadores trabajando en el caso. Conocen a mucha gente. Les llegaron algunos rumores, y uno de mis investigadores los rastreó. Así suceden estas cosas.

Sweeney no demostró ni que creía ni que no. Siguió fumando y pensándolo. La semana anterior había oído toda suerte de historias sobre las aventuras de Patrick Lanigan. La gente no hablaba de otra cosa. Los rumores sobre asesinos a sueldo venían en múltiples variedades. Sweeney se imaginó que su red era mejor que la del abogado, especialmente si era de Nueva Orleans, de manera que lo iba a dejar hablar. ¿Tiene algún sospechoso?

–Sí. Su nombre es Lance Maxa. Estoy seguro de que usted sabe quién es.

–Sí.

–Reemplazó a Patrick en el corazón de Trudy, muy poco tiempo después del funeral.

–Algunos dirían que Patrick lo reemplazó a él –dijo Sweeney sonriendo por primera vez. Evidentemente, Sandy se encontraba en terreno ajeno. El sheriff sabía más que él.

–Entonces supongo que usted sabe lo de Lance y Trudy –dijo Sandy un tanto desconcertado.

–Sí señor. Tomamos buenas notas por aquí.

–No lo dudo. De todas maneras, Lance –como ustedes bien lo saben– es un pillo, y mis hombres oyeron el rumor de que estaba buscando un asesino a sueldo.

–¿Cuánto está ofreciendo? –preguntó Sweeney escéptico.

—No lo sé. Pero tiene el dinero y tiene el motivo.

—Yo ya he oído decir lo mismo.

—Bien. ¿Qué piensa hacer?

—¿Acerca de qué?

—Acerca de mantener a mi cliente con vida.

Sweeney respiró hondo y decidió no aflojar nada. Luchaba con su genio.

—Patrick se encuentra en una base militar, en un cuarto de hospital, con mis agentes vigilando la puerta y el FBI en el corredor. No comprendo qué más quiere.

—Mire, sheriff, no pretendo decirle cómo desempeñar su trabajo.

—¿De veras?

—No. Créame. Por favor entienda que mi cliente anda muy nervioso. Yo actúo en nombre suyo. Durante cuatro años lo han estado persiguiendo. Lo capturaron. Escucha voces que nosotros no oímos. Ve sombras que nosotros no vemos. Está convencido de que hay gente tratando de matarlo, y espera que yo lo proteja.

—Él se encuentra en lugar seguro.

—Por ahora. ¿Qué tal si usted habla con Lance y lo interroga a fondo y le cuenta lo de los rumores? Si él sabe que usted lo está vigilando, sería muy estúpido que intentara hacer algo.

—Lance es estúpido.

—Tal vez, pero Trudy no. Si ella cree que la pueden pillar, pondrá a Lance en el lugar que le corresponde.

—Siempre lo ha hecho.

—Eso es. No va a correr el riesgo.

Sweeney encendió otro cigarrillo y miró el reloj.

—¿Algo más? —preguntó con ganas súbitas de levantarse y salir. Él era un sheriff, no un administrador de oficinas con escritorio y Rolodex.

—Sólo una cosa. Y le repito, no busco manejar sus asuntos. Patrick siente un enorme respeto por usted. Pero, pues... piensa que está más seguro donde se encuentra.

—Qué sorpresa.

—La cárcel puede resultar peligrosa para él.

—Eso lo debió haber pensado antes de matar a ese NN.

Sandy ignoró el comentario y dijo:

—Será más fácil protegerlo en el hospital.

—¿Usted conoce mi cárcel?

—No.

—Entonces no me sermonee sobre lo insegura que es. Llevo mucho tiempo dedicado a esto, ¿entiende?

—No lo estoy sermoneando.

—Al diablo si no. Le quedan cinco minutos. ¿Algo más?

—No.

—Bien —Sweeney se puso de pie de un salto y se marchó de la habitación.

El honorable Karl Huskey llegó a la base aérea de Keesler por la tarde y se fue abriendo paso a través de los retenes, hasta llegar al hospital. Se hallaba en la mitad de un juicio de drogas que llevaba una semana, y estaba exhausto. Patrick lo había llamado y le había pedido que pasara por ahí, de ser posible.

Como había sido uno de los portaféretros, Karl se había sentado al lado de Sandy McDermott en el funeral de Patrick. A diferencia de Sandy, sin embargo, Huskey había sido un amigo reciente de Patrick. Se habían conocido durante un juicio civil que Patrick había llevado poco después de llegar a Biloxi. Se habían hecho amigos a la manera de los abogados y los jueces que se ven cada semana. Conversaban para acompañar la mala comida durante los almuerzos mensuales del cuerpo de abogados, y una vez se pasaron de tragos en una fiesta de Navidad. Jugaban al golf dos veces al año.

Era una amistad agradable, aunque no íntima; al menos durante los tres primeros años de Patrick en Biloxi. Pero se hicieron más cercanos en los meses anteriores a su desaparición. No obstante, con la ventaja que da una mirada retrospectiva era fácil ver el cambio que había sufrido Patrick.

En los meses siguientes a su desaparición, a la gente del mundo judicial que mejor lo conocía, incluyendo a Karl, le gustaba reunirse a beber unos tragos en el bar inferior del restaurante de Mary Mahoney los viernes por la tarde, para armar las piezas del rompecabezas de Patrick.

Trudy tenía su parte de culpa, aunque resultaba un blanco demasiado fácil, en opinión de Karl. A primera vista, el matrimonio no parecía tan malo. La verdad era que Patrick no lo había comentado con nadie, al menos con ninguno de los que bebían con ellos donde Mary Mahoney. El comportamiento de Trudy después del funeral, en especial con lo del Rolls rojo y el juguete de carne y hueso con el que cohabitaba, y la actitud de váyanse al diablo que adoptó tan pronto le entregaron el seguro de vida, le habían granjeado la antipatía de la gente y hacían imposible la objetividad. Nadie estaba seguro de que ella se hubiera acostado con otros antes de que Patrick se marchara. De hecho, Buster Guillespie, el secretario de la cancillería y asistente regular a estas sesiones, profesaba gran admiración por Trudy. En una época, ella había trabajado con su esposa en algún baile de caridad, y él se sintió en la obligación de decir algo a su favor. Pero fue el único. Era fácil hablar de Trudy y fácil criticarla.

La presión del trabajo era sin duda un factor que podía empujar a Patrick hasta el borde del precipicio. La sociedad estaba boyante en aquellos días y él vivía desesperado por convertirse en socio. Trabajaba hasta tarde, y aceptaba los casos difíciles que sus socios rechazaban. Ni siquiera el nacimiento de Ashley Nicole lo hizo quedarse en casa. Llegó a hacerse socio tres años después de haber entrado en calidad de asistente, pero pocas personas fuera de la sociedad lo sabían. Algún día se lo había dicho a Karl al oído, después de un juicio, pero Patrick no era de las personas a las que les gusta jactarse.

Se hallaba cansado y tenso, pero así lo estaban la mayor parte de los abogados que entraban al juzgado de Karl. Los cambios más extraños en Patrick, y a posteriori cobraban sentido, habían sido físicos. Medía exactamente un metro con ochenta y tres de estatura, y decía que jamás había sido delgado. Contaba que había sido bueno para trotar en las épocas de la facultad de derecho, hasta el punto de correr sesenta y cuatro kilómetros a la semana. Pero como abogado activo, ¿a quién le quedaba tiempo? Aumentó de peso, y en el último año en Biloxi se volvió obeso. Parecía indiferente a los chistes y comentarios de la gente de los juzgados. Karl se había burlado de él más de una vez, pero él seguía comiendo. Un mes antes de desaparecer, le contó a Karl mientras comían que estaba pesando ciento cuatro kilos, y que Trudy le estaba armando un lío por ello. Ella, sobra decirlo, hacía aeróbicos dos horas diarias con Jane Fonda, y era tan delgada como una modelo.

Patrick dijo que tenía la presión alta y le prometió ponerse a dieta. Karl lo animó. Después descubrió que su presión había estado normal.

El peso que había ganado y la rápida pérdida que vino después tenían mucha lógica, ahora que lo pensaba.

La barba también. Se la había dejado crecer por allá hacia noviembre de 1990, y había dicho que era la barba de cazar venados.

Dejarse crecer la barba no era raro entre los progresistas y los abogados de Mississippi. El aire era fresco, la testosterona estaba alta. Era una cosa propia de muchachos. No se la afeitó y Trudy también lo molestó por eso. Mientras más tiempo la tenía, más canosa se tornaba. Los amigos se acostumbraron a ella. Trudy no.

Así mismo se dejó crecer el pelo y comenzó a usarlo más espeso en la parte superior y a mitad de las orejas. Karl lo llamaba el aspecto Jimmy Carter de 1976. Patrick explicaba que se le había ido el peluquero y no encontraba uno de confianza.

Vestía ropa bonita y sabía manejar su peso, pero era demasiado joven para descuidarse.

Tres meses antes de salir de Biloxi, Patrick logró convencer a sus socios de que la firma necesitaba un folleto de propaganda. Era un proyecto pequeño, pero se embarcó en él con entusiasmo. Aunque Patrick no debía saberlo, la sociedad estaba finiquitando el arreglo con Aricia, y ya se oteaba el dinero en el horizonte. Los egos se expandían día a día. Una sociedad muy seria estaba a punto de convertirse en una muy acaudalada, así que, ¿por qué no impresionarse ellos mismos con un folleto ultra profesional? Era una forma de complacer a Patrick. Uno a uno fueron posando frente a un fotógrafo profesional, y luego le dedicaron una hora a tomarse la foto en grupo. Patrick imprimió cinco mil folletos y recibió una alta calificación de parte de los otros socios. Ahí estaba, en la página dos, gordo, barbado, peludo, muy distinto al Patrick que encontraron en Brasil.

La foto fue usada por la prensa cuando informaron sobre su muerte. Era, por mucho, la más reciente y, por coincidencia, Patrick había enviado un ejemplar del folleto al periódico local, sólo por si la sociedad decidía hacer propaganda. Se habían reído de eso mientras bebían en el restaurante de Mary Mahoney. Se imaginaban a Patrick cuadrando la sesión fotográfica en el salón de reuniones de la sociedad. Veían a Bogan y a Vitrano, a Rapley y a Havarac, con los más oscuros de sus trajes azules, la más seria de sus sonrisas sin saber que lo que Patrick estaba haciendo era echar los cimientos de su salida.

Durante los meses que siguieron a la partida de Patrick, el grupo del Mary Mahoney había brindado muchas veces por él, mientras jugaban al "¿dónde estará?". Le habían deseado suerte y pensaban en su dinero. Pasó el tiempo, y con él la sorpresa por su desaparición. Una vez que hubieron analizado a fondo su vida, las sesiones se fueron haciendo más escasas y al final se acabaron. Los meses se volvieron años. A Patrick nunca lo encontrarían.

A Karl todavía le parecía algo difícil de creer. Entró en el ascensor del vestíbulo y subió solo al tercer piso.

Se preguntó si alguna vez había dado por perdido a Patrick. Los misterios eran demasiado ricos para evadirlos. Un día malo en el estrado y se imaginaba a Patrick leyendo una novela en una playa soleada, tomando una bebida a sorbos, mirando a las muchachas. Otro año sin alza de sueldo y se preguntaba qué estarían haciendo los noventa millones. El último rumor sobre el cierre de la sociedad de Bogan lo hacía culpar a Patrick por la desgracia que había causado. No, la verdad era que, por una razón u otra, Karl había pensado en Patrick al menos una vez al día, todos los días desde que se había marchado.

No había enfermeras ni más pacientes en el pasillo. Los dos agentes estaban de pie. Uno dijo:

—Buenas tardes, juez.

Él lo saludó y entró en el cuarto en penumbras.

VEINTITRÉS

Patrick estaba sentado en la cama, mirando *Jeopardy*, un programa de concurso, sin camisa y con las persianas abajo. Había una lámpara de mesa encendida.

—Siéntate aquí —le dijo a Karl, señalando el extremo de la cama. Esperó lo suficiente para que Karl le viera las quemaduras del pecho, y luego se puso una camiseta. Tenía las sábanas hasta la cintura.

—Gracias por venir —le dijo. Apagó el televisor y el cuarto se puso más oscuro aún.

—Qué horror de quemadura, Patrick —dijo Karl mientras se sentaba en el borde de la cama, tan lejos como le fuera posible, con el pie derecho colgando. Patrick recogió las piernas. Aun debajo de las sábanas, tenía un aspecto tristemente delgado.

—Fue atroz —dijo con las manos apretadas alrededor de las rodillas—. El médico dice que están mejorando, pero debo quedarme aquí otra temporada.

—No hay problema, Patrick. Nadie está empeñado en que te pasen a la cárcel.

—Todavía no. Pero ya verás que la prensa va a empezar pronto.

—Tranquilízate, Patrick. Soy yo quien debe tomar esa decisión. Pareció aliviarse.

—Gracias, Karl. Tú sabes que no podría sobrevivir en la cárcel. La conoces.

—¿Y qué te parece Parchman? Es cien veces peor.

Hubo una larga pausa en la que Karl hubiera querido retractarse de sus palabras. Fue instantáneo y cruel.

—Lo siento —dijo—. No debí haber dicho eso.

—Me mataría antes de ir a Parchman.

—No te culpo. Hablemos de algo agradable.

–Tú no puedes quedarte con este caso, ¿no es cierto, Karl?

–No. Claro que no. Tengo que declararme impedido.

–¿Cuándo?

–Ya casi.

–¿Y quién se quedará con él?

–Trussel o Lanks; lo más probable es que sea Trussel.

Karl lo miraba de frente mientras hablaba. A Patrick le costaba mirarlo a los ojos. Karl esperaba algún parpadeo diciente seguido por una sonrisa y luego por una carcajada, que significara que Patrick había bajado las defensas y empezaba a jactarse de sus aventuras. Vamos, Patrick, quería decirle Karl. Déjame escucharte. Cuéntame toda la historia.

Pero sus ojos estaban distantes. No era el mismo Patrick.

Sintió ganas de llorar.

–¿De dónde sacaste ese mentón?

–Lo compré en Río.

–¿Y la nariz?

–En el mismo lugar, en la misma época. ¿Te gusta?

–Está bonita.

–En Río tienen centros de cirugía plástica de servicio al auto.

–Sus playas tienen fama.

–Son increíbles.

–¿Conociste alguna muchacha?

–Algunas.

El sexo no era un tema sobre el que Patrick hiciera mucho hincapié. Disfrutaba dirigiendo una larga mirada de admiración a alguna mujer atractiva pero, hasta donde Karl sabía, le había sido fiel a Trudy en el matrimonio. Una vez, en un campamento de venados, habían estado comparando a sus esposas. Patrick había admitido que consideraba un reto tener a Trudy satisfecha.

Una pausa larga y Karl se dio cuenta de que Patrick no tenía ninguna prisa por hablar. Pasaron el primer minuto en silencio y el segundo iba arrastrándose lento. Karl estaba feliz de visitarlo, encantado de ver a su amigo, pero había un límite en cuanto al tiempo que era capaz de permanecer en un cuarto oscuro mirando hacia las paredes.

—Mira, Patrick, no voy llevar tu caso, de manera que no estoy aquí como juez. No soy tu abogado. Soy tu amigo. Puedes hablarme.

Patrick alcanzó una lata pequeña de jugo de naranja con un pitillo.

—¿Quieres tomar algo?

—No.

Bebió un poco y volvió a poner la lata sobre la mesa.

—Parece romántico, ¿o no? El sueño de irte un buen día, desaparecer en la noche, y cuando el sol sale ser alguien nuevo. Dejas todos los problemas atrás... el trabajo pesado, la desdicha de un matrimonio desavenido, la presión por conseguir más y más dinero. Tú tienes ese sueño ¿no? Karl.

—Creo que todo el mundo lo tiene en algún momento. ¿Cuánto duraste planeándolo?

—Mucho. Tenía serias dudas de que la niña fuera mía. Decidí...

—Perdóname, pero...

—Es verdad, Karl. Yo no soy el padre. Trudy me engañó durante todo el matrimonio. Quise a la niña lo más posible, pero me sentía desgraciado. Reuní evidencias y me prometí que iba a confrontar a Trudy, pero siempre lo aplazaba. Qué raro, pero me acostumbré a la idea de que ella tenía un amante. Estaba pensando irme, pero no sabía cómo. Entonces leí un par de libros clandestinos sobre cómo cambiar de identidad y obtener nuevos papeles. No es complicado. Sólo se necesita pensarlo un poco.

—De modo que te dejaste crecer la barba y ganaste veintitrés kilos.

—Sí, y me sorprendió lo diferente que me veía de barba. Fue por la misma época en que me hice socio, y ya estaba quemado. Vivía con una mujer infiel, jugaba con una niña que no era mía, trabajaba con un grupo de personas que no soportaba. Se me iluminó una bombilla, Karl. Un día iba por la carretera 90, camino de algo importante pero atascado en el tráfico, y miré hacia el otro lado del Golfo. Un velero hermoso y solitario se movía en el horizonte. Y sentí deseos desesperados de estar en él, de salir navegando hacia algún lugar donde nadie me conociera. Me quedé ahí, viéndolo moverse, presa de un enorme deseo de salir nadando a alcanzarlo. Lloré, Karl. ¿Puedes creerlo?

—Todos tenemos días así.

—Entonces me despabilé, y jamás volví a ser el mismo. Sabía que iba a esfumarme.

—¿Cuánto tardaste?

—Tenía que ser paciente. La mayoría de la gente que ha decidido desaparecer se apresura y comete errores. Yo tenía tiempo. No estaba arruinado ni huyendo de acreedores. Compré un seguro de vida por dos millones y medio, en lo que gasté tres meses. Sabía que no podía dejar a Trudy y a la niña sin nada. Comencé a aumentar de peso, a comer como un maniático. Cambié mi testamento. Convencí a Trudy, sin despertar suspicacias, de que organizáramos lo de nuestros funerales y entierros.

—Lo de la cremación fue un buen toque.

—Gracias. La tengo en alta estima.

—Hace imposible determinar la causa de la muerte y la identidad, cosas tan importantes como esas.

—No hablemos de eso.

—Lo siento.

—Entonces me enteré de lo de Benny Aricia y su pequeña guerra con el Pentágono y con las Industrias Platt & Rockland. Bogan lo mantenía en secreto. Hurgué más hondo y descubrí que Vitrano, Rapley y Havarac, es decir, todos, estaban en el negocio. Todos los socios, menos yo. Ellos cambiaron, Karl, todos. Andaban secreteándose y se les veía la falta de sinceridad. Claro que yo era el nuevo, pero era un socio al fin y al cabo. Habían votado por unanimidad hacerme socio igual que ellos, y dos meses más tarde me estaban sacando el cuerpo mientras conspiraban con Aricia. De pronto, yo era el que hacía todos los viajes, lo que les caía de perlas a todos: Trudy podía organizar sus citas clandestinas y los socios se podían reunir con Aricia sin esconderse. Me mandaban a todas partes, cosa que no me caía nada mal porque yo también estaba haciendo mis planes. Una vez fui a Fort Lauderdale por tres días, para una indagatoria, y mientras estaba allí conocí a un tipo de Miami que sabía hacer papeles perfectos. Dos mil dólares y ya tenía yo una nueva licencia de conducir, pasaporte, tarjeta de seguridad social y papeles de registro para votar, de aquí mismo, del condado de Harrison. Mi nuevo nombre era Carl Hildebrand, en honor a ti.

—Me conmueves.

—En Boston, descubrí a un tipo que le enseña a uno a perderse. Por mil dólares tuve mi propio seminario personalizado de cómo esfumarse. En Dayton, contraté a un experto en vigilancia que me enseñó sobre micrófonos y artefactos escondidos y pequeños, y sucios aparatos de esa naturaleza. Yo tenía paciencia, Karl, mucha paciencia. Me quedaba en la oficina a diferentes horas, y recogí tantos datos sobre la historia de Aricia como me fue posible. Escuchaba con atención, les hacía preguntas a las secretarias, escarbaba en la basura. Entonces empecé a intervenir las oficinas, sólo un par de ellas al principio, para ver cómo se hacía. Intervine a Vitrano, y no pude creer lo que escuché. Me iban a expulsar de la compañía, Karl, ¿puedes creerlo? Sabían que su tajada en el arreglo de Aricia sería de unos treinta millones, y estaban planeando dividirla en cuatro. Pero las porciones no serían iguales.

Bogan, claro, recibiría más; cerca de diez millones. Tenía que untarle la mano a alguna gente de Washington. A los otros tres les darían cinco millones, y lo demás se lo gastarían en la sociedad. Yo, según sus planes, me quedaría en el asfalto.

—¿Cuándo ocurrió eso?

—En el verano y el otoño del 91. La reclamación de Aricia consiguió aprobación tentativa del Departamento de Justicia para llegar a un acuerdo el 14 de diciembre de 1991, y por aquella época se tardaba noventa días en conseguir el dinero. Ni siquiera el senador podía acelerar más las cosas.

—Cuéntame lo del accidente automovilístico.

Patrick cambió de posición, luego sacó las piernas de debajo de la sábana y se salió de la cama.

—Un calambre —murmuró estirando la espalda y las piernas. Se quedó parado junto a la puerta del baño, meciéndose con cuidado de un pie al otro, sin dejar de mirar a Karl que estaba sentado—. Fue un domingo.

—El 9 de febrero.

—Sí, correcto. Febrero 9. Pasé el fin de semana en la cabaña y camino a casa me choqué, me maté y me fui al cielo.

Karl lo miró fijamente y no sonrió en ningún momento.

—Empieza otra vez —le dijo.

—¿Por qué, Karl?

—Fascinación morbosa.

—¿Es todo?

—Te lo aseguro. Fue un maravilloso trabajo de engaño, Patrick. ¿Cómo lo hiciste?

—Es posible que deba saltarme algunos detalles.

—No lo dudo.

—Vamos a caminar. Estoy cansado de este lugar.

Salieron al pasillo, y Patrick le explicó a los vigilantes que él y el juez necesitaban dar un paseo. Los agentes los seguían de lejos.

246 ◇ JOHN GRISHAM

Una enfermera sonrió y les preguntó si querían algo. Dos Coca-Colas dietéticas, pidió Patrick cortésmente. Patrick caminaba muy despacio, y no dijo nada hasta que llegaron al extremo del pasillo, justo a una ventana que daba al estacionamiento. Se sentaron en una banca de vinilo, mirando hacia el pasillo, y los agentes se quedaron esperándolos a unos quince metros de distancia, dándoles la espalda.

Patrick llevaba pantalones de cirugía y sandalias de cuero, sin medias.

−¿Has visto fotografías del lugar del accidente? −preguntó en voz muy baja.

−Sí.

−Lo encontré la víspera. La cañada era bien empinada, y me pareció el lugar perfecto para el accidente. Esperé hasta las diez, el domingo por la noche, y salí de la cabaña. Paré en un pequeño almacén en el límite del condado.

−El de Verhall.

−Sí. Ese. Llené el tanque.

−Doce galones, catorce dólares y veintiún centavos, pagados con una tarjeta de crédito de Amoco.

−Suena correcto. Conversé con la señora Verhall y luego me marché. No había mucho tráfico. Tres kilómetros más adelante entré a un camino destapado y anduve kilómetro y medio hasta llegar al lugar que había seleccionado. Me detuve, abrí el baúl y procedí a vestirme. Tenía un conjunto completo de aditamentos de motocrós: casco, almohadillas para los hombros, las rodillas y manos. Todo. Me vestí de prisa y me puse el equipo encima de la ropa, todo menos el casco. Regresé a la autopista y me dirigí hacia el sur. La primera vez venía un auto detrás de mí. La segunda, uno venía hacia mí, a lo lejos. De todas maneras di un frenazo en seco, dejando huellas en el pavimento. No había tráfico la tercera vez. Me puse el casco, respiré hondo y me salí de la carretera. El susto fue espantoso, Karl.

Karl pensó al llegar a este punto que seguro habría otra persona en algún lugar del automóvil, viva o muerta, pero no iba a preguntar. Al menos no por ahora.

—Iba a menos de cincuenta cuando me salí de la carretera, pero cincuenta se siente como si fuera ciento cuarenta cuando uno va por el aire y le pasan los árboles volando. Yo iba dando botes, quebrando arbustos. Se rompió el parabrisas. Yo maniobraba a derecha e izquierda, esquivando los obstáculos lo mejor que podía, pero un pino grande alcanzó el frente izquierdo. La bolsa de aire hizo explosión y por un segundo perdí el sentido. Tenía la sensación de estar dando tumbos y luego todo quedó quieto. Abrí los ojos y sentí un dolor agudo en el hombro izquierdo. No había sangre. Por alguna razón sentía un balanceo, y me di cuenta de que la Blazer había quedado sobre el lado derecho. Empecé a salirme a gatas. Cuando ya estaba afuera del maldito auto comprendí que había corrido con mucha suerte. No tenía el hombro quebrado, sólo magullado. Le di la vuelta a la Blazer y me sorprendí de lo bien que la había chocado. El techo se había hundido justo encima de mi cabeza. Otros diez centímetros, y no estoy seguro de que pudiera haber salido.

—Me parece un riesgo increíble. Te podrías haber matado o haber quedado muy herido. ¿Por qué no te limitaste a hacer rodar el auto por la cañada?

—No funcionaba. Tenía que parecer real. La cañada no era lo suficientemente empinada. Recuerda que esta zona es plana.

—¿Por qué no ponerle un ladrillo al acelerador y quitarte de la vía?

—Los ladrillos no queman. Si hubieran encontrado un ladrillo en el auto, tal vez habrían sospechado. Lo había pensado todo y

decidí que era factible tirar el auto contra los árboles y salir caminando. Tenía cinturón de seguridad, una bolsa de aire y casco.

–Evel Knievel en acción.

La enfermera trajo las Coca-Colas dietéticas y quería conversar un momento. Al fin se marchó.

–¿En qué iba? –preguntó Patrick.

–Me parece que cuando estabas a punto de prenderle fuego.

–Sí. Escuché un instante. La rueda izquierda trasera estaba
dando vueltas y aquel era el único sonido. No alcanzaba a ver la
carretera, pero miré en dirección a ella y no oí nada. Absolutamente nada. Fue una salida perfecta. La casa más cercana se encontraba a casi dos kilómetros de distancia. Estaba seguro de que
nadie había oído el choque, pero aun así tenía prisa. Me quité el
casco y las almohadillas y los arrojé a la camioneta, luego bajé
corriendo por la cañada un poco más, hasta el lugar donde había
ocultado la gasolina.

–¿Cuándo la escondiste?

–Más temprano aquel día. Muy temprano. En la madrugada.
Tenía dos garrafas plásticas de gasolina, cada una de dos galones, y
las cargué de prisa hasta la camioneta. Estaba más oscuro que el
infierno y no podía usar linterna, pero había señalado un sen-
derito. Coloqué tres de las vasijas en la Blazer y me detuve a escuchar. Desde la autopista no se veía nada. No se oía sonido alguno
por ninguna parte. Bombeaba adrenalina y el corazón se me quería salir. La última vasija la esparcí por fuera y por dentro, y luego
la arrojé adentro con todo lo demás. Retrocedí unos diez metros o
más y encendí un cigarrillo que tenía en el bolsillo. Lo arrojé.
Retrocedí un poco más y me escondí detrás de un árbol. El cigarrillo cayó sobre la Blazer y la gasolina explotó. Sonó como una
bomba. En un instante el fuego rugía a través de las cuatro ventanas. Trepé por la parte más empinada de la cañada y encontré un
mirador a unos treinta metros de distancia. Quería observar sin

que me agarraran. El fuego crepitaba. Yo no había pensado que fuera a ser tan ruidoso. Algunos arbustos comenzaron a arder y temí haber provocado quizás un incendio forestal. Por fortuna el viernes había llovido, había caído un aguacero que emparamó los árboles y la tierra —le dio un sorbo a su bebida—. Acabo de darme cuenta de que se me olvidó preguntarte por la familia. Lo siento Karl. ¿Cómo está Iris?

—Está bien. Más tarde podremos hablar de la familia. Ahora mismo prefiero escuchar la historia.

—Bien. ¿Dónde iba? Estoy muy disperso. Se debe a todas esas drogas.

—Viendo el auto arder.

—Sí. Entonces el fuego se pone muy caliente y el tanque de gasolina explota y es otra bomba. En un momento pensé que me iba a achicharrar. Vuelan pedazos de basura por el aire, y bajan haciendo ruido, golpeando los árboles al caer. Al fin oigo algo en la carretera. Voces. Gente gritando. No alcanzo a ver a nadie, pero hay gran conmoción. Pasa un buen rato y el fuego se riega alrededor del auto. Llega hasta donde estoy, de modo que me voy. Encuentro un riachuelo a unos treinta metros del bosque y lo sigo. Alcanzo a oír que se acerca una sirena. Busco mi motocicleta.

Karl escuchaba cada palabra con atención, absorbía cada escena, seguía cada paso junto con Patrick. Esta ruta de escape había sido objeto de muchos y agitados debates en los meses siguientes a su desaparición, y nadie tenía pista alguna.

—¿Una motocicleta de motocrós?

—Sí. Vieja. Se la había comprado por quinientos dólares en efectivo a un vendedor de autos usados en Hattiesburg, hacía algunos meses. Jugué con ella un poco en el bosque. Nadie sabía que yo tenía una moto.

—¿Ni título ni matrícula?

—Claro que no. Pero déjame decirte, Karl, que mientras corría por el bosque buscando el riachuelo, todavía asustado pero en una sola pieza, y escuchaba el fuego y las voces desvanecerse detrás de mí, y la sirena cada vez más ruidosa, sabía que corría hacia la libertad. Patrick había muerto llevándose consigo una vida mala. Recibiría los honores y el entierro adecuados, y lo despedirían. Y pronto la gente comenzaría a olvidarlo. Pero yo, yo corría como loco hacia una nueva vida. Era estimulante.

¿Y qué hay del pobre tipo que se quemó en el auto, Patrick? Mientras tú corrías feliz por entre los árboles otra persona moría en tu lugar. Karl estuvo a punto de preguntar. Patrick parecía indiferente al hecho de que había cometido un asesinato.

—Entonces, de pronto, me encuentro perdido. El bosque es denso y por alguna razón me equivoco de camino. Saco una pequeña linterna y espero no tener problemas al usarla. Ando perdido y retrocedo hasta que ya no alcanzo a oír las sirenas. En un momento dado me siento sobre un tronco y me obligo a tranquilizarme. He entrado en pánico. ¿No sería magnífico? Sobrevivir al choque sólo para morir de inanición expuesto a los elementos. Comienzo a caminar otra vez, tengo la suerte de encontrar el riachuelo. Antes de que pase mucho rato, hallo la motocicleta. La empujo unos treinta metros cuesta arriba, hasta un viejo camino de madereros, y claro que ya para ese momento mi lerdo culo gordo de ciento cuatro kilos está prácticamente muerto. No hay una casa a menos de tres kilómetros de distancia, de manera que pongo el aparato en marcha y sigo el camino. Ya lo había recorrido en la moto, o sea que conocía bastante bien el área. Encuentro una carretera destapada y veo la primera casa. Le había puesto a la moto un tubo de escape de aluminio algo primitivo para silenciar el motor, de modo que no hago mucho ruido. Poco tiempo después me encuentro andando por una carretera pavimentada, en el condado de Stone. Me alejo de la principal y me meto por caminos secundarios. Un par de horas más tarde regreso a la cabaña.

–¿Para qué?

–Tenía que reorganizarme.

–¿No te daba miedo que te viera Pepper?

Patrick no se inmutó por la pregunta. Karl la había planteado en el momento perfecto, y esperaba una reacción. Ninguna. Patrick se estudió los pies unos segundos, y luego dijo:

–Pepper se había marchado.

VEINTICUATRO

Underhill había regresado. Acababa de pasar ocho horas viendo videos y repasando notas en su cuarto. Entró, dio un saludo genérico dirigido especialmente a Stephano y su abogado, y se puso a trabajar.

—Podemos seguir donde quedamos ayer, señor Stephano.

—¿Dónde fue?

—Su invasión al Brasil.

—Bien, pues. Veamos. Brasil es un país grande. Ciento sesenta millones de personas, más kilómetros cuadrados que en los cuarenta y ocho estados continentales de la unión (sin Alaska) y antecedentes de ser un lugar maravilloso para esconderse, en especial si uno es fugitivo. Fue el preferido por los nazis durante muchos años. Reunimos un expediente sobre Lanigan, y lo tradujimos al portugués. Contratamos a un dibujante de la policía para que, con la ayuda de peritos en computadores, desarrollara una serie de dibujos a color, sobre el posible aspecto de Lanigan. Pasamos horas con el capitán del arrendamiento de botes de la playa de Orange así como con los banqueros de Nassau, quienes nos ayudaron a desarrollar una serie de bosquejos detallados de Lanigan. Incluso nos reunimos con sus socios y revisamos los dibujos. Ellos, a su vez, se los mostraron a las secretarias. Uno de los socios, el señor Bogan, le llevó el mejor dibujo a la viuda de Lanigan para que diera su opinión.

—Y ahora que lo capturaron, ¿las fotos sí se parecían a él?

—Bastante. La mandíbula y la nariz nos despistaron un poco.

—Por favor, continúe.

—Fuimos de prisa al Brasil y averiguamos por las tres mejores firmas de investigación del país. Una en Río, otra en São Paulo y una tercera en Recife, al nordeste. Pagábamos buenos dólares, de manera que contratamos lo mejor. Conformamos con ellos un equipo, y los reunimos en São Paulo durante una semana. Los escuchamos. Inventaron una historia que hacía de Patrick un fugitivo norteamericano a quien buscaban por el secuestro y asesinato de la hija de una familia acaudalada, familia que ahora ofrecía una recompensa por cualquier información sobre su paradero. El asesinato de la niña, como es obvio, apuntaba a despertar mayores simpatías que el hecho de haber robado dinero a un grupo de abogados.

»Primero fuimos a las escuelas de idiomas a mostrarles fotos de Lanigan y a ofrecerles dinero en efectivo. En las escuelas de calidad nos cerraban las puertas en las narices. En otras miraban las fotos y no podían ayudar. Ya para ese momento le teníamos mucho respeto a Lanigan, y pensábamos que no habría corrido el riesgo de acudir a un lugar donde le hicieran preguntas y guardaran registros, por lo que empezamos a buscar entre los profesores privados, que eran más o menos un millón. Qué trabajo más tedioso.»

–¿Ofrecían efectivo abiertamente?

–Hacíamos lo que los agentes brasileños querían que hiciéramos, o sea, mostrar las fotos, contar la historia de la niña asesinada y esperar una reacción. Si alguien picaba el anzuelo, echábamos la indirecta de que habría recompensa en dinero.

–¿Alguien picó?

–Unos pocos, aquí y allí. Pero nunca pagamos nada, al menos a los profesores de idiomas.

–A otras personas.

Stephano asintió con la cabeza mientras le daba un vistazo a una hoja de papel.

–En abril del 94 encontramos a un cirujano plástico en Río que mostró algún interés en las fotos de Lanigan. Jugó con nosotros durante un mes y por fin nos convenció de que lo había atendido. Tenía algunas fotos de antes y después. Nos manipuló como quiso y al fin aceptamos consignarle un cuarto de millón de dólares en efectivo, en el exterior, si nos entregaba todo su archivo.

—¿Qué había en el archivo?

—Sólo lo básico. Fotografías frontales claras de nuestro hombre, antes y después de la cirugía. Eso era raro, porque Lanigan había insistido en que no quería fotos. Como no quería dejar rastros, pagó en dinero contante y sonante. No había dado su nombre real; había dicho que era un comerciante canadiense al que de un momento a otro se le había metido en la cabeza verse más joven. El cirujano oía historias semejantes a diario, y sabía que el tipo era un fugitivo. Con una cámara oculta que mantenía en la oficina, le tomó las fotografías.

—¿Podemos verlas?

—Pues claro —el abogado se levantó y le entregó un sobre de manila a Underhill, que lo abrió y miró sólo las fotos.

—¿Cómo encontraron al médico?

—Al mismo tiempo que investigábamos las escuelas de idiomas y a los profesores privados, también perseguíamos a otros profesionales. Los falsificadores, los cirujanos plásticos, los importadores.

—¿Los importadores?

—Sí, hay una palabra portuguesa para esos tipos, pero "importadores" es una traducción muy aproximada. Son un tenebroso grupo de especialistas que lo pueden meter a uno al Brasil cuando resuelve perderse: nuevos nombres, papeles nuevos, los mejores lugares donde vivir y ocultarse. Descubrimos que eran impenetrables. Tuvimos más o menos la misma suerte con los falsificadores. Esa gente no se puede dar el lujo de hablar de sus clientes. Es fatal para sus negocios.

—¿Pero los médicos eran diferentes?

—La verdad es que no. Ellos no hablan. Pero contratamos a un cirujano plástico como asesor, y nos dio los nombres de algunos de los colegas más sucios, de esos que trabajan con las personas sin nombre. Así fue como encontramos al médico de Río.

—Esto ocurrió más de dos años después de la desaparición de Lanigan.

—Es correcto.

—¿Esa era la primera evidencia de que en realidad se encontraba en el país?

—Sí. La primera.

—¿Qué hicieron durante los dos primeros años?

—Gastar montañas de dinero. Tocar en cantidades de puertas. Perseguir innumerables pistas falsas. Como le dije, es un país grande.

—¿Cuántos hombres trabajaban para usted en Brasil?

—Llegó un momento en que les pagaba a sesenta agentes. Gracias a Dios allí no son tan costosos como en los Estados Unidos.

Si el juez deseaba una pizza, entonces había que conseguírsela. Se la traían de Hugo's, un viejo *bistro* familiar de la calle Division, cerca de la Punta y lejos de los expendios de comida rápida que bordeaban la playa. Se la llevó un agente hasta la habitación 312. Patrick la alcanzó a oler desde cuando la sacaban del ascensor. La miró sin parpadear cuando Karl abrió la caja. Cerró los ojos y aspiró el delicioso aroma de las aceitunas negras, de los hongos de Portobello, de las salchichas italianas, de los pimentones verdes y de seis quesos diferentes. Había comido mil pizzas de Hugo's, en especial durante los dos últimos años de su vida anterior, y había estado soñando con esta desde hacía una semana. Estar en su país tenía ciertas ventajas.

—Das la impresión de ser la muerte reencauchada. Come —dijo Karl.

Patrick devoró su primer pedazo de pizza sin decir palabra, y atacó el segundo.

—¿Cómo te pusiste tan delgado? —preguntó Karl masticando el suyo.

—¿Podemos conseguir cerveza? —preguntó Patrick.

—No. Lo siento. Recuerda que estás en la cárcel.

—Perder peso es algo que se te mete entre ceja y ceja. Una vez estás decidido, es fácil. De pronto, tuve suficiente motivación para dejarme morir de hambre.

—¿Cuánto llegaste a pesar?

—El viernes antes de desaparecer pesaba ciento cuatro kilos. Bajé veintiuno en las seis primeras semanas. Esta mañana pesaba setenta y dos.

—Te ves como un refugiado. Come.

—Gracias.

—Estabas en la cabaña.

Patrick se limpió el mentón con una servilleta de papel y dejó su pedazo de nuevo en la caja. Tomó un sorbo de su Coca-Cola dietética.

—Sí, estaba en la cabaña. Eran alrededor de las once y media. Entré por la puerta delantera, y no encendí ninguna luz. Había otra cabaña a medio kilómetro de distancia, en un risco que se alcanzaba a ver desde la mía. Pertenecía a una gente de Hattiesburg, y aunque creía que no se encontraban allí aquel fin de semana, debía ser cauteloso. Cubrí la ventanita del baño con una toalla oscura, encendí la luz y me afeité de prisa. Me corté el pelo. Luego me lo teñí de café oscuro, casi negro.

—Lástima habérmelo perdido.

—Me quedaba bastante bien. Qué raro. Hasta me sentí como una persona diferente al mirarme en el espejo. Luego limpié el desorden, recogí todo el pelo porque sabía que iban a registrar el lugar de manera minuciosa, y boté la caja de tintura y los tubos.

Me puse ropa de trabajo. Preparé una ollada de café fuerte y bebí la mitad. La otra la eché en un termo para el viaje. A la una de la mañana salí de prisa de la cabaña. No esperaba que los policías aparecieran aquella noche, pero siempre cabía la posibilidad. Yo sabía que iban a tardar en identificar la Blazer y en llamar a Trudy, pero a alguien se le podía ocurrir dirigirse a la cabaña por alguna razón. No esperaba que esto ocurriera, pero hacia la una de la mañana estaba loco de ganas de irme.

—¿Te preocupaba Trudy un poco?

—No mucho. Sabía que ella manejaría bien el impacto, y que desempeñaría a las mil maravillas la tarea de enterrarme. Sería una viuda modelo por un mes, y luego cobraría el dinero del seguro de vida. Sería su mejor momento. Cantidades de atención, montones de dinero. No, Karl, ya no amaba a esa mujer. Ni me preocupaba nada de ella.

—¿Regresaste alguna vez a la cabaña?

—No.

Karl no quiso, no pudo, reprimir la siguiente pregunta.

—La escopeta y el equipo de acampar de Pepper fueron encontrados debajo de una de las camas. ¿Cómo llegaron hasta allá?

Patrick alzó los ojos un segundo, como si estuviera sorprendido, y luego apartó la vista. Karl captó su reacción, y durante los días siguientes pensaría en ella muchas veces. Un sobresalto, luego una mirada, y después, incapaz de contestar con la verdad, una desviación hacia la pared.

Un parlamento de una vieja película decía: "Cuando uno asesina a alguien, comete veinticinco errores. Si usted logra que se le ocurran quince, es que es un genio". Tal vez a Patrick, no obstante toda su meticulosa planeación, simplemente se le habían olvidado los artículos de Pepper. En la premura del momento se había apresurado un poco más de la cuenta.

—No lo sé —dijo casi gruñendo, todavía con los ojos en la pared.

Karl logró lo que buscaba, y siguió presionando.

—¿A dónde te dirigiste?

—A escapar del infierno en una moto —dijo Patrick enderezándose, y ansioso por pasar a otro tema.

—La temperatura era de cinco grados, pero sobre una motocicleta, bajando por una carretera, de noche, da la impresión de que fueran más de veinte bajo cero. Anduve por carreteras secundarias, lejos del tráfico, moviéndome con lentitud porque el viento era penetrante como un puñal. Crucé hasta Alabama, otra vez lejos de las carreteras principales: una motocicleta todo terreno en una autopista a las tres de la mañana le podría dar algo que hacer a un policía aburrido, de modo que evitaba los pueblos. Por último llegué a las afueras de Mobile alrededor de las cuatro de la mañana. Un mes antes había encontrado un pequeño motel donde recibían dinero en efectivo y no hacían preguntas. Me colé al estacionamiento, oculté la moto en la parte de atrás del motel y llegué a pie por la puerta delantera, como si hubiera acabado de apearme de un taxi. Treinta dólares por un cuarto, en efectivo, sin papeleos. Tardé una hora en descongelarme. Dormí dos horas y desperté con el sol. ¿Cuándo te enteraste del accidente, Karl?

—Creo que fue cuando andabas a campo traviesa en la moto. Doug Vitrano me llamó pasadas las tres de la mañana. Me despertó, y me enfurecí. Yo perdía sueño y penaba mientras tú jugabas a *Easy rider* rumbo a la buena vida.

—Yo todavía no estaba en casa, libre.

—No, pero la verdad es que no te preocupabas por tus amigos.

—Eso me hace sentir mal, Karl.

—No, tú no te sientes mal.

—Tienes razón, no me siento mal —Patrick se sentía relajado, feliz, y ahora sonreía.

—Te despertaste al salir el sol. Un hombre nuevo en un mundo nuevo. Todos tus problemas y preocupaciones habían quedado atrás.

–La mayor parte de ellos. Era muy emocionante, pero también daba miedo. Me costaba trabajo dormir. Vi televisión hasta las ocho y media. No salió nada sobre mi muerte. Luego me duché, me cambié de ropa...

–Espera, ¿dónde estaban la caja de tintura y los tubos?

–Los tiré en un basurero público, en alguna parte del condado de Washington, Alabama. Conseguí un taxi, lo que no es nada fácil en Mobile. El conductor esperó frente a mi cuarto, y me largué. Sin avisar en la recepción. Dejé la motocicleta detrás del motel y me dirigí a un centro comercial que abría a las nueve. Fui a un almacén grande y compré una chaqueta azul oscura, algunos pantalones y un par de mocasines.

–¿Cómo pagaste?

–En efectivo.

–¿No tenías tarjeta de crédito?

–Sí, una Visa falsa que había conseguido con una fuente en Miami. Sólo servía para unos cuantos cargos, y luego había que botarla. La reservé para alquilar un auto.

–¿Cuánto efectivo tenías?

–Unos veinte mil dólares.

–¿De dónde los sacaste?

–Los había estado ahorrando durante un año. Estaba ganando buena plata, pero Trudy se las arreglaba para gastarla más rápido de lo que yo la ganaba. Le dije a la contadora de la sociedad que necesitaba desviar algún dinero para que mi esposa no lo viera. Ella dijo que eso era algo que solía hacer para los abogados. Lo puse en otra cuenta. Hacía retiros periódicos y los metía en un cajón. ¿Satisfecho?

–Sí. Acababas de comprarte un par de mocasines.

–Fui a otro almacén y me compré una camisa blanca y una

corbata. Me cambié en el sanitario del centro comercial, y listo, me veía como uno cualquiera del millón de vendedores ambulantes. Compré algo más de ropa y accesorios, los puse en un bolso de lona nuevo y llamé otro taxi. Este me llevó al aeropuerto de Mobile, donde desayuné y esperé un vuelo de la empresa Northwest Airlink, de Atlanta. Aterrizó. Me confundí entre los demás viajeros, todos muy ocupados y con ganas de llegar a Mobile, y acabé, con otros dos tipos, en el mostrador de la Avis. Ellos habían reservado sus autos. La consecución del mío resultó más complicada. Llevaba una licencia de conducción perfecta, de Georgia, y la entregué con el pasaporte, por si acaso. Usé la tarjeta Visa y estaba muy asustado. El número era válido —de algún pobre tipo de Decatur, Georgia—, pero me aterrorizaba la posibilidad de que un computador la agarrara e hiciera sonar las alarmas. Sin embargo no pasó nada. Llené los papeles y me marché de prisa.

—¿Cuál era tu nombre?

—Randy Austin.

—Una buena pregunta, Randy —dijo Karl dándole un mordisco a la pizza y masticándola con lentitud—. Te encontrabas en el aeropuerto. ¿Por qué no tomaste simplemente un avión y te marchaste?

—Oh, lo pensé. Mientras desayunaba vi dos que decolaban, y estaba loco de ganas de montarme en alguno e irme. Pero había un asunto sin finiquitar. Y era una decisión muy difícil.

—¿Cuál era?

—Creo que ya lo sabes. Me dirigí en el auto a Gulf Shores, luego por la Costa hasta la playa de Orange, donde alquilé un pequeño apartamento en un condominio.

—Uno que ya habías examinado.

—Claro. Sabía que aceptaban dinero en efectivo. Estábamos en febrero y hacía frío, y el negocio estaba malo. Tomé un sedante suave y dormí seis horas. Vi las noticias de la noche y observé la muerte espantosa que había tenido. Mis amigos estaban simplemente destruidos.

—Eres un monstruo.

—Fui a la tienda y compré una bolsa de manzanas y unas píldoras para adelgazar. Después de que oscureció, salí a caminar tres horas por la playa, algo que hice todas las noches mientras estuve oculto en Mobile. A la mañana siguiente entré de manera subrepticia a Pascagoula y conseguí un periódico. Vi mi cara rechoncha sonriendo en la primera página, leí sobre la tragedia, me enteré del conmovedor panegírico que ofreciste y también vi que el funeral se realizaría esa tarde, a las tres. Fui a la playa de Orange y alquilé un velero. Luego me dirigí en el auto a Biloxi, para llegar a tiempo al servicio fúnebre.

—Los periódicos dicen que fuiste testigo de tu propio entierro.

—Cierto. Me oculté en un árbol del bosque, detrás del cementerio, y miré con binóculos.

—Eso me parece de una increíble torpeza.

—Lo era. Absolutamente idiota. Pero me sentía impelido a ir a ese lugar. Tenía que asegurarme. Ver por mí mismo que el ardid había funcionado. Y ya entonces estaba convencido de que podía salirme con las mías en cualquier cosa.

—Supongo que habías escogido el árbol, el punto perfecto.

—No. De hecho, no estaba seguro de que lo fuera a hacer. Salí de Mobile y anduve en el auto por la autopista interestatal, y todo el tiempo me decía que no lo hiciera. Que no me arrimara a Biloxi.

—¿Y te trepaste a un árbol con semejante culo?

—Tenía la motivación. Era un roble de ramas gruesas.

—Gracias a Dios. Ojalá se hubiera desgajado una y te hubieras ido de cabeza.

—No lo dices en serio.

—Claro que sí. Estábamos apretujados allá, alrededor de tu

tumba, luchando para que no se nos salieran las lágrimas, conso-
lando a la viuda, y tú encaramado en una rama como un sapo gordo, burlándote de nosotros.

—Sólo estás tratando de enojarte, Karl.

Y tenía razón. Cuatro años y medio habían eliminado cualquier ira que Karl hubiese podido sentir. La verdad era que estaba
encantado de estar allí, en el extremo de la cama de hospital, comiendo pizza con Patrick y enterándose por fin de los anhelados
detalles.

Sin embargo, sólo pudieron llegar hasta el funeral. Patrick ya
había hablado suficiente y ese cuarto no le producía mayor confianza.

—Cuéntame ¿cómo están Bogan, Vitrano y los muchachos?
—dijo, y se relajó sobre sus almohadas, disfrutando de antemano
de lo que estaba a punto de escuchar.

VEINTICINCO

La última llamada que Paulo Miranda recibió de su hija había tenido lugar hacía dos días. Ella se encontraba en un hotel de Nueva Orleans, viajando todavía y haciendo trabajo legal para el misterioso cliente nuevo, y le advirtió a su padre que seguía siendo posible que fueran a buscarla a ella y a vigilarlo a él, porque su cliente tenía enemigos en Brasil. Al igual que en las llamadas anteriores, fue breve y se mostró vaga y temerosa, aunque luchaba por evitar que se le notara. Él se había enfadado y había insistido en que le diera detalles. Eva le había dicho que estaba preocupada por su seguridad. Él quería que regresara a casa. No se aguantó más y le reveló que se había reunido con sus antiguos patrones y que se había enterado de que la habían expulsado de la sociedad. Ella le explicó con calma que ahora era independiente, una profesional que ejercía por cuenta propia con un cliente rico comprometido en el comercio internacional, y que los viajes prolongados, como el de ahora, habrían de formar parte de su rutina.

A él no le gustaba discutir con su hija por teléfono, y menos ahora. Los sombríos hombrecitos que lo acechaban por la calle y lo seguían cuando se dirigía al mercado o iba en su automóvil a la oficina en la Pontificia Universidad Católica lo tenían enervado. Él vivía a la expectativa y ellos estaban siempre cerca. Hasta les había puesto sobrenombres. Había hablado varias veces con el administrador del edificio de apartamentos de Eva, y sabía que las mismas criaturas escurridizas espiaban allí también.

Su última clase, un curso de introducción a la filosofía alemana, terminaba a la una. Se reunió en su oficina durante treinta minutos con un estudiante que iba mal, y luego salió. Llovía y había olvidado el paraguas. El automóvil se encontraba en el pequeño estacionamiento del personal docente, detrás de un edificio de salones de clase.

Osmar lo esperaba. Paulo estaba sumido en sus pensamientos al salir del edificio, con los ojos bajos, un periódico encima de la cabeza y la mente a un millón de kilómetros de distancia, cuando pasó debajo de un árbol grande que escurría agua y metió los pies en un charco que había junto a su auto. Cerca de este se hallaba una camioneta repartidora roja, pequeña, de marca Fiat. El conductor se apeó, pero Paulo no se dio cuenta. Abrió la puerta trasera de la camioneta, pero Paulo ni escuchó ni vio nada. Estaba buscando las llaves cuando el hombre, acercándose por el costado, le dio un empujón y lo metió a la fuerza a la camioneta. Su maletín cayó al piso.

La puerta se cerró de un golpe. En medio de la oscuridad, le pusieron el cañón de una pistola entre los ojos, y una voz le ordenó guardar silencio.

La puerta de la izquierda de su automóvil se encontraba abierta y los papeles del maletín estaban esparcidos desde la silla delantera hasta las ruedas traseras.

La camioneta emprendió una marcha rápida.

Una llamada a la policía les informó del secuestro.

Tardaron hora y media en sacar de la ciudad y llevar al campo a un Paulo que ignoraba dónde podía encontrarse. En la camioneta hacía calor. No tenía ventanas ni luces. Distinguía las siluetas de dos hombres sentados junto a él, ambos armados. Se detuvieron detrás de la enorme casa de una hacienda, y llevaron a Paulo a su interior. Su habitación quedaba al fondo: un baño, un cuarto, una sala con televisión. Había suficiente comida. No le iban a hacer daño –le dijeron–, a menos, claro, que cometiera el error de intentar escapar. Lo iban a retener alrededor de una semana, y luego lo soltarían, si se portaba bien.

Le echó seguro a su puerta y se asomó por la ventana. Ahí cerca había dos hombres sentados bajo un árbol, riendo y tomando té, con unas ametralladoras al alcance de la mano.

Hubo unas llamadas anónimas al hijo de Paulo en Río, al administrador del apartamento de Eva, a la antigua sociedad de abogados y a una de las amigas de Eva, que trabajaba en una agencia de viajes. El mensaje era el mismo: Paulo Miranda había sido secuestrado. La policía comenzó a investigar.

❖

Eva se encontraba en Nueva York, alojada por unos días en la suite del hotel Pierre, haciendo compras en la Quinta Avenida, pasando las horas en museos. Sus instrucciones eran mantenerse en movimiento, llegar a Nueva Orleans y abandonarla de improviso. Había recibido tres cartas de Patrick, y ella le había escrito dos veces; toda la correspondencia pasaba a través de Sandy. Por mucho maltrato físico que hubiera sufrido, su capacidad de atender a los detalles no se había visto afectada. Sus cartas eran específicas: planes, listas de actividades y procedimientos de emergencia.

Llamó a su padre y nadie contestó. Entonces llamó a su hermano, y se le vino el mundo encima. Él le insistió en que regresara de inmediato. Su hermano era un tipo sensible, no acostumbrado a la presión ni a la adversidad. Se derrumbaba con facilidad. Las decisiones difíciles de la familia siempre se las dejaban a Eva.

Estuvieron media hora al teléfono, Eva tratando de tranquilizarlo y tranquilizarse. No, no habían pedido ningún rescate. Ni una palabra de los secuestradores.

❖

En contra de sus instrucciones específicas, ella lo llamó. Mientras jugueteaba con un teléfono público en el aeropuerto de La Guardia, miraba por encima del hombro a través de gruesas gafas de sol y se jalaba nerviosa el pelo, marcó el número de su cuarto y habló en portugués. Si estaban escuchando, al menos tendrían que buscar un traductor.

—Patrick, soy Lía —dijo con la menor emotividad posible.

—¿Qué pasa? —preguntó él, también en portugués. No había oído su voz maravillosa en más de tres semanas, y no le gustaba oírla ahora.

—¿Podemos hablar?

—Sí. ¿Qué sucede?

Patrick revisaba el teléfono de su cuarto cada tres o cuatro horas en busca de artefactos. Estaba harto. Además, escudriñaba cada lugar donde pudieran haber ocultado alguno, con el sensor que Sandy le había conseguido. Con los guardias apostados las veinticuatro horas del día, había aprendido a relajarse algo. Pero las líneas externas seguían preocupándolo.

—Es mi padre —dijo, y procedió a relatar la historia de la desaparición de Paulo—. Tengo que regresar a casa.

—No, Lía —dijo con calma—. Es una trampa. Tu padre no es un hombre rico. No piden dinero. Te quieren a ti.

—No puedo abandonar a mi padre.

—Y tampoco lo puedes encontrar.

—Es culpa mía.

—No. La culpa la tengo yo. Pero no agravemos las cosas cayendo enseguida en su trampa.

Ella se enroscó el cabello y observó el desfile de gente que pasaba a la carrera.

—¿Entonces qué debo hacer?

—Ve a Nueva Orleans. Cuando llegues allí, llama a Sandy. Déjame pensar.

Compró un pasaje, se dirigió a la puerta de salida y encontró un asiento en un rincón, donde podía ocultar la cara junto a la pared y detrás de una revista. Pensó en su papá, en las cosas horribles que le podían estar haciendo. En once días, los dos únicos hombres que amaba habían sido secuestrados por la misma gente, y Patrick seguía en el hospital a causa de sus heridas. Su padre era más viejo y no tan fuerte como Patrick. Lo estaban lastimando a causa suya. Y no había nada que pudiera hacer.

❖

Tras un día de búsqueda, un policía de Biloxi vio el automóvil de Lance abandonar el Gran Casino a las diez y veinte de la noche. Lance fue detenido y arrestado sin razón válida hasta que llegó Sweeney. En el estacionamiento de un Burger King, ambos hombres conversaron en el asiento de atrás de una patrulla que despedía luces intermitentes.

El sheriff le preguntó cómo iba el negocio de la droga, y Lance le dijo que estaba bien.

—¿Cómo está Trudy? —preguntó el sheriff con el palillo de dientes entre los labios. Habían establecido una competencia para ver cuál de los dos era más fresco. Lance, incluso, se puso sus mejores gafas Ray-ban.

—Ella está bien. ¿Y tu mujer cómo está?

—Yo no tengo mujer. Mira, Lance, tenemos informes serios de que andas por el mercado buscando un gatillo.

—Mentiras, mentiras, puras mentiras.

—Sí, pues no lo creemos. Mira, Lance, lo que pasa es que todos tus compinches son de tu estilo. O acaban de salir de la libertad condicional, o están tras ella. Son pura basura, lo sabes bien. Pura basura. Siempre buscando el dólar sucio, siempre a un paso de meterse en algún un lío. Oyen un buen rumor y corren a pasárselo en secreto a los federales. Tal vez eso les ayude a lograr su libertad condicional.

—Eso está bien. Muy bien. Me gusta.

—Y por eso sabemos que tienes billete, que andas con esa mujer que está a punto de perder un montón de dinero y que la vida se les compondría mucho si Lanigan siguiera muertecito.

—¿Quién?

—Sí. De modo que esto es lo que vamos a hacer. Nosotros y los federales. Te vamos a mantener bajo vigilancia, a ti y a la mujer, y vamos a mirar y a escuchar con bastante atención. Si dan un paso en falso los agarraremos. Tú y Trudy van a meterse en más líos que Lanigan.

—¿Y crees que con esto me vas a asustar?

—Si tuvieras sesos te asustarías.

—¿Me puedo ir ya?

—Ten la amabilidad.

Ambas puertas se abrieron desde afuera y a Lance lo volvieron a llevar hasta su automóvil.

A la misma hora, el agente Cutter timbró donde Trudy, esperando encontrarla dormida. Había estado haciendo tiempo en una cafetería en Fairhope mientras le avisaban de la detención de Lance.

Trudy estaba despierta. Le quitó el cerrojo a la puerta principal y habló a través de la cadena.

—¿Qué desea? —preguntó mientras Cutter exhibía su placa y señalaba con énfasis el FBI. Lo reconoció.

—¿Puedo entrar?

—No.

—Lance se encuentra bajo custodia policial. Creo que debemos hablar.

—¡Qué!

—La policía de Biloxi lo tiene.

Zafó la cadena y abrió la puerta. Se quedaron en el vestíbulo, el uno frente al otro. Cutter estaba pasándola muy bien.

—¿Qué hizo Lance? —preguntó.

—Creo que ya casi lo sueltan.

—Voy a llamar a mi abogado.

—No hay problema. Pero sí hay algo que le debo decir primero. Sabemos de buena fuente que Lance está tratando de conseguir un asesino para eliminar a su esposo, Patrick Lanigan.

—¡No! —se cubrió la boca con una mano. La sorpresa parecía auténtica.

—Sí. Y usted podría resultar implicada. Es su dinero el que Lance trata de proteger y estoy seguro de que usted será tenida por conspiradora. Si algo le sucede a Lanigan, vendremos aquí primero.

—Yo no he hecho nada.

—Todavía no. Pero la estamos vigilando muy de cerca, señora Lanigan.

—No me llame así.

—Lo siento.

Cutter la dejó de pie en el vestíbulo.

❖

Sandy estacionó hacia la medianoche en un aparcadero cerca de Canal, salió corriendo por Decatur y llegó al corazón del barrio francés. Su cliente lo había alertado sobre el tema de la seguridad, en especial cuando se reuniera con Lía. Sandy era el único que podía conducirlos hasta ella, de modo que debía proceder con extremo cuidado.

–Ella se encuentra en grave peligro, Sandy –le había dicho Patrick una hora antes–. Todo cuidado es poco.

Dio la vuelta a la manzana tres veces, y cuando estaba seguro de que no era posible que alguien anduviera tras él, se escondió en un bar abierto donde bebió una soda mientras observaba la acera. Luego pasó la calle y llegó al hotel Sonesta Real. Hizo un poco de tiempo en el vestíbulo, entre los turistas, y luego tomó el ascensor hasta el tercer piso. Lía abrió la puerta y la cerró con llave cuando él hubo entrado.

Se veía cansada y nerviosa, lo que no era de extrañar.

–Siento mucho lo de tu padre –dijo Sandy–. ¿Has oído decir algo?

–No. He estado viajando –encima del televisor había una bandeja con café. Sandy se sirvió una taza y le echó azúcar–. Patrick me contó lo sucedido –dijo–. ¿Quién es esa gente?

–Hay un archivo aquí –dijo ella señalando hacia una mesa pequeña–. Por favor, siéntate –le señaló el extremo de la cama. Sandy se sentó con el café y esperó. Era hora de hablar.

–Nos conocimos hace dos años, en 1994, después de su cirugía en Río. Patrick dijo que era un comerciante canadiense que necesitaba un abogado con experiencia en comercio. Lo que en realidad requería era una amiga. Eso fui, por dos días, y luego nos enamoramos. Me contó todo lo de su pasado, sin omitir nada. Había dado un golpe perfecto al fugarse y tenía montones de dinero, pero no podía olvidar su pasado. Estaba decidido a saber quién lo perseguía, y qué tan cerca estaba. En agosto de 1994 vine a los Estados Unidos e hice contacto con una empresa de seguridad privada de Atlanta. Tenían un nombre raro, grupo Plutón: eran una serie de tipos, ex empleados del FBI, que Patrick había conocido antes de desaparecer. Les di un nombre falso y les dije que era española y que necesitaba información sobre la búsqueda de Patrick Lanigan. Les pagué cincuenta mil dólares. Ellos, a su vez, enviaron gente a Biloxi, y comenzaron por hacer contacto con la antigua sociedad de abogados de Patrick. Fingieron tener alguna vaga información sobre su paradero, y los abogados los mandaron calladamente adonde un hombre en Washington llamado Jack Stephano. Stephano es un detective bien pagado, especializado en espionaje de corporaciones y en localizar desaparecidos. Se reunieron con él en Washington. Fue muy reservado y les dijo poco, pero era obvio que iba tras Patrick. Tuvieron varias reuniones y afloró la perspectiva de una recompensa. Ofrecieron venderle su información y Stephano acordó pagarles cincuenta mil dólares si esta conducía a Patrick. En el curso de estos encuentros supieron que Stephano tenía buenas razones para creer que Patrick se encontraba en Brasil. Esto, por supuesto, nos aterrorizó a Patrick y a mí.

—¿Esa era la primera pista de que ellos sabían de la presencia de Patrick en Brasil?

—Sí. Él llevaba más de dos años en el país. Cuando me contó la verdad acerca de su pasado, no tenía ninguna sospecha de que los perseguidores estuvieran en el continente adecuado. Saber que se encontraban en Brasil resultó devastador.

—¿Por qué no siguió huyendo?

—Por muchas razones. Lo pensó. Lo hablamos mil veces. Yo estaba dispuesta a irme con él. Pero al final se convenció de que podía desaparecer adentrándose aún más en el país. Ya lo conocía bien... el idioma, la gente, los innumerables escondites. Además, no quería que yo abandonara mi patria. Supongo que deberíamos habernos marchado a la China, o a algún otro lugar.

—Tal vez tú no podías huir.

—Quizás. Me mantuve en contacto con el grupo Plutón. Los contratamos para que vigilaran la investigación de Stephano de la manera más estrecha. Hicieron contacto con su cliente, el señor

Benny Aricia, con la misma historia de la posible información, y también con las aseguradoras. Todas las llamadas los remitieron a Jack Stephano. Yo venía en avión cada tres o cuatro meses, siempre procedente de algún lugar de Europa, y me contaban lo que habían descubierto.

—¿Cómo lo encontró Stephano?

—Esa historia no te la puedo contar ahora. Será Patrick quien lo haga.

Otro hueco negro, y muy significativo. Sandy dejó la taza de café en el piso y trató de aclarar sus ideas. Era evidente que se le facilitarían las cosas si la pareja lo contaba todo. Empezando por el comienzo, avanzando hasta el presente, de modo que él, el abogado, pudiera ayudar, con miras a su futuro inmediato. Quizás no necesitaban ayuda.

De modo que Patrick sabía cómo lo habían encontrado.

Ella le entregó el grueso legajador que tomó de la mesa.

—Estos son los individuos que tienen a mi padre —dijo.

—¿Stephano?

—Sí. Soy la única persona que sabe dónde se encuentra el dinero, Sandy. El secuestro es una trampa.

—¿Cómo supo Stephano acerca de ti?

—Patrick les contó.

—¿Patrick?

—Sí. ¿Viste sus quemaduras?

Sandy se levantó para pensar.

—Entonces, ¿por qué no les dijo dónde se encontraba el dinero?

—Porque no lo sabía.

—Te lo dio todo a ti.

—Algo así. Yo lo controlo. Ahora me están persiguiendo a mí, y mi pobre padre está atrapado en medio.

—¿Qué debo hacer?

Lía abrió un cajón y sacó un legajador similar, pero más delgado.

—Este contiene información acerca de la investigación que el FBI adelantaba sobre Patrick. No supimos mucho, por razones obvias. El agente encargado es un hombre llamado Cutter, de Biloxi. Tan pronto supe que habían agarrado a Patrick, llamé a Cutter. Eso fue quizás lo que le salvó la vida.

—Ve más despacio. Esto es muy difícil de seguir.

—Le conté a Cutter que Patrick Lanigan había sido hallado y que se encontraba bajo la custodia de gente que trabajaba para Jack Stephano. Suponíamos que el FBI iría derecho a Stephano a amenazarlo. Sus agentes secretos en Brasil torturaron a Patrick durante varias horas, lo dejaron medio muerto y lo entregaron luego al FBI.

Sandy absorbió cada palabra con los ojos bien cerrados.

—Continúa —dijo.

—Dos días después arrestaron a Stephano en Washington y sellaron sus oficinas.

—¿Cómo lo sabes?

—Todavía les pago una buena cantidad de dinero a los hombres de Plutón. Son muy buenos. Sospechamos que Stephano le está suministrando información al FBI mientras me persigue a mí en secreto. Y a mi padre.

—¿Qué quieres que le diga a Cutter?

—Primero, cuéntale acerca de mí. Descríbeme como una abogada muy cercana a Patrick, que toma las decisiones por él, y que lo sabe todo. Luego cuéntale acerca de mi padre.

—¿Y piensas que el FBI va a presionar a Stephano?

—Tal vez sí, tal vez no. Pero no tenemos nada que perder.

Era casi la una de la mañana y ella estaba muy cansada. Sandy recogió los legajadores y se dirigió a la puerta.

—Tenemos mucho de qué hablar —dijo ella.

—Sería muy bueno saberlo todo.

—Sólo danos tiempo.

—Más vale que se apresuren.

VEINTISÉIS

El doctor Hayani comenzó sus rondas matinales cumplidamente a las siete. Dado que Patrick encontraba tal dificultad para dormir, se colaba a la oscuridad de su cuarto cada mañana, sólo para echar un vistazo. Por lo general encontraba al paciente dormido, aunque después, durante el día, hablara a menudo de las espantosas noches que pasaba. Esta mañana, Patrick estaba despierto, sentado en una silla frente a la ventana. Llevaba unos pantaloncillos blancos de algodón. Tenía la vista clavada en las persianas cerradas que había frente a él, sin ver nada, porque no había nada que ver. Una luz tenue le llegaba de la mesa que había junto a la cama.

—¿Patrick, se encuentra bien? —preguntó Hayani, de pie a su lado.

No contestó. Hayani dio un vistazo a la mesa de la esquina donde Patrick solía sentarse a trabajar. Estaba ordenada, sin libros abiertos ni legajadores fuera de lugar.

Por fin dijo:

—Estoy bien, doctor.

—¿Durmió?

—No, no dormí nada.

—Ahora está a salvo, Patrick. El sol ya salió.

No dijo nada. No se movió, ni habló. Hayani lo dejó tal como lo había encontrado, aferrado a los brazos de la silla y mirando hacia las persianas.

Patrick escuchó las agradables voces en el pasillo, el médico hablándoles otra vez a los aburridos agentes, y las enfermeras coqueteándoles al pasar de prisa. Muy pronto llegaría el desayuno, pero la comida no le interesaba mayor cosa. Después de cuatro años y medio a punto de morir de inanición, había dominado su deseo de comer. Unos mordiscos de cualquier cosa, y manzanas y zanahorias tajadas cuando el hambre arreciaba. Al principio las enfermeras se habían puesto en la tarea de engordarlo, pero el doctor Hayani intervino y le fijó una dieta baja en grasas, carente de azúcar y alta en harinas y legumbres al vapor.

Se levantó de la silla y caminó hasta la puerta. La abrió y en voz baja saludó a los agentes Pete y Eddie, dos de los regulares.

—¿Durmió bien? —preguntó Eddie, como lo hacía cada mañana.

—Claro, Eddie, gracias —dijo Patrick, parte del ritual. En el pasillo, en una banca junto al ascensor, vio a Brent Myers, el superfluo agente del FBI que lo había escoltado desde Puerto Rico. Lo saludó con la cabeza, pero Brent estaba concentrado en el periódico matutino.

Patrick se retiró a su cuarto, y comenzó a hacer una serie de flexiones suaves. Los músculos se habían recuperado, pero las heridas todavía dolían y estaban llenas de costras. Hacer ejercicios pectorales y abdominales era superior a sus fuerzas.

Una enfermera tocó a la puerta al tiempo que la abría.

—Buenos días, Patrick —gorjeó feliz—. Hora del desayuno —puso la bandeja sobre la mesa—. ¿Cómo pasó la noche?

—Perfecta. ¿Y usted?

—De maravilla. ¿Necesita algo?

—No, gracias.

—Llame no más —dijo al salir. La rutina variaba poco de un día a otro. Por tediosa que se hubiera vuelto, Patrick no había perdido de vista cuánto se le podía complicar la vida. En la cárcel del condado de Harrison servían el desayuno en bandejas metálicas introducidas por entre unas rendijas estrechas, y se comía en presencia de los diversos compañeros de celda, cuya composición cambiaba a diario.

Bebió el café y se acomodó en su pequeña oficina, en la esqui-

na, debajo del televisor. Prendió la lámpara y miró sus legajadores.

Llevaba una semana en Biloxi. La otra vida suya había terminado hacía trece días, en un camino angosto y polvoriento que
ahora se encontraba a miles de kilómetros de distancia. Quería
volver a ser Danilo, el señor Silva, con su vida sencilla, en su casa
simple, donde la criada le hablaba en un portugués melódico con
fuertes tintes de sus raíces indígenas. Añoraba sus largos paseos
por las calles cálidas de Ponta Porã, y las carreras largas en el campo. Quería hablar otra vez con los viejos que holgazaneaban bajo
los árboles frescos, bebiendo su té verde, siempre dispuestos a
conversar con quien quisiera acompañarlos. Extrañaba el bullicio
de la plaza de mercado del centro.

Echaba de menos el Brasil, el hogar de Danilo, con su vaste-
dad y belleza y sus contrastes perfectos; las ciudades abarrotadas
de gente y las aldeas conservadoras, la gente amable. Anhelaba a
su amada Eva, la suavidad de sus caricias, la belleza de su sonrisa,
las maravillas de su carne, la tibieza de su alma. No querría vivir
sin ella.

¿Por qué no puede un hombre tener más que una vida? ¿Dónde está escrito que uno no puede volver a empezar? ¿Y otra vez
también? Patrick había muerto y Danilo había sido capturado.

Había sobrevivido tanto a la muerte del primero como a la
captura del segundo. ¿Por qué no podía escapar otra vez? Era me-
nester una tercera vida, sin la amargura de la primera ni las sombras de la segunda. Esta sería la vida perfecta con Eva. Vivirían en
algún lugar, en cualquier parte, con tal de estar juntos y sin que el
pasado los acosara. Vivirían en una casa grande, reproduciéndose
como conejos.

Ella era fuerte, pero tenía límites como cualquiera. Amaba a
su padre, y su país era un imán poderoso. Todo auténtico carioca

ama su ciudad, y la considera una creación especial del Todopoderoso.

Él la había puesto en peligro, y ahora la tenía que proteger.

¿Podría volverlo a hacer? ¿O se le había acabado la suerte?

◇

Cutter aceptó una reunión a las ocho de la mañana sólo porque Sandy McDermott insistió en que era urgente. El edificio federal despertaba a la vida con un poco nutrido grupo de burócratas que llegaba a esa hora tan temprana. El grueso de la gente lo hacía a las nueve.

Cutter no fue grosero, pero tampoco amable. Conversar con abogados insistentes ocupaba un lugar muy bajo en la lista de sus tareas favoritas. Sirvió café hirviente en vasos de papel, y desalojó parte del desorden de su minúsculo escritorio.

Sandy le agradeció con amabilidad que hubiera aceptado verlo, y Cutter se ablandó un poco.

—¿Recuerda esa llamada telefónica que recibió hace trece días? —preguntó Sandy—. ¿De la mujer de Brasil?

—Sí.

—Me he reunido con ella varias veces. Es una abogada de Patrick.

—¿Está aquí?

—Viene y va —Sandy sopló con fuerza su café y luego se atrevió a sorber. De forma sucinta explicó casi todo lo que sabía sobre Lía, aunque nunca mencionó su nombre. Luego preguntó cómo iba la investigación de Stephano.

Cutter se puso en guardia. Garabateó algunas notas con un bolígrafo barato, tratando de organizar a los protagonistas.

—¿Cómo se enteró usted de Stephano?

—Mi abogada consultora, la mujer de Brasil, sabe todo lo referente a Stephano. Recuerde que fue ella quien les suministró el nombre a ustedes.

—¿Cómo sabía ella lo de ese hombre?

—Es una historia larga y compleja, y apenas conozco una parte.

—¿Entonces por qué traerla a colación?

—Porque Stephano sigue persiguiendo a mi cliente, y me gustaría detenerlo.

Cutter siguió escribiendo mientras bebía a sorbos su café caliente. Desarrolló un burdo diagrama de flujo, en su intento por organizar, de manera acertada, quién le había dicho qué a quién. Era conocedor de la mayor parte de lo que sucedía en Washington en torno a la delación de Stephano, aunque tenía lagunas. Pero ciertamente se había acordado que Stephano iba a suspender la persecución.

—¿Y usted cómo lo sabe?

—Porque sus hombres de Brasil secuestraron al padre de mi abogada consejera.

A Cutter le quedó imposible mantener los labios quietos y la cabeza erguida. Dejó que sus ojos divagaran por el techo mientras lo dicho repicaba en su cerebro. Entonces todo adquirió un sentido.

—¿Será posible que esa abogada brasileña sepa dónde se encuentra el dinero?

—Es una posibilidad.

Ahora todo tenía un sentido completo.

Sandy continuó:

—El secuestro es un intento de inducirla a que regrese a Brasil, en donde puedan agarrarla y darle la misma medicina que le dieron a Patrick. Todo se reduce al dinero.

Las palabras de Cutter fueron lentas, pero no por elección.

—¿Cuándo tuvo lugar el secuestro?

—Ayer.

Hacía dos horas, un paralegal de la oficina de Sandy había bajado una historia por Internet. Se trataba de un informe corto, aparecido en la página seis de O *Globo*, un popular diario fluminense. Decía que el nombre de la víctima era Paulo Miranda. Sandy ignoraba aún el verdadero nombre de Lía, y se podía suponer que el FBI la identificaría si conseguía la historia. Francamente, no veía ningún inconveniente en darle su nombre al FBI. El problema era que no lo sabía.

—No hay mucho que podamos hacer.

—¡Cómo que no! Stephano está detrás. Presiónenlo. Díganle que mi abogada consultora no va a caer en esa trampa, y que está dispuesta a acudir a las autoridades brasileñas para darles el nombre de Jack Stephano.

—Veré qué puedo hacer —Cutter no había olvidado el hecho de que Sandy McDermott había entablado una demanda multimillonaria en dólares contra la agencia, por crímenes que esta no había cometido. Nada ganaba con discutir la demanda en este momento. Tal vez después.

—A Stephano lo único que le interesa es el dinero —dijo Sandy—. Si al viejo le hacen daño, jamás verá un centavo.

—¿Está implícito en lo dicho que hay aquí campo para una negociación?

—¿Usted qué cree? Si se viera enfrentado a la pena de muerte o la prisión perpetua, ¿no estaría dispuesto a negociar?

—Entonces ¿qué le decimos a Stephano?

—Díganle que suelte al viejo, y que tal vez luego podamos hablar de dinero.

◆

El día de Stephano comenzó temprano. La reunión, la cuarta, estaba programada para todo el día y se esperaba oír la última parte de sus aventuras en la búsqueda de Patrick. Su abogado estaba ausente, en el tribunal, con un conflicto insoslayable. Stephano no necesitaba un abogado que lo llevara de la mano, y el hecho es que estaba cansado de pagar a cuatrocientos cincuenta dólares la hora. El que lo interrogaba era nuevo. Un fulano de nombre Oliver. Daba igual; todos provenían de la misma escuela.

—Hablaba usted del cirujano plástico —dijo Oliver, como si simplemente los hubiera interrumpido una llamada telefónica. Los dos hombres nunca antes se habían reunido, y ya habían transcurrido trece horas desde que Jack había empezado a hablar sobre Patrick.

—Sí.

—¿Y eso fue en abril del 94?

—Correcto.

—Continúe, entonces.

Stephano se arrellanó en la silla y se puso cómodo.

—El rastro estuvo frío un tiempo. Mucho tiempo, para ser sinceros. Trabajábamos con ahínco, pero pasaron meses y meses sin que apareciera nada, absolutamente nada. Ninguna pista. Luego, a fines del 94, una compañía de investigación en Atlanta, el grupo Plutón, se puso en contacto con nosotros.

—¿Plutón?

—Sí, el grupo Plutón. Los llamábamos los Plutónicos. Buenos tipos. Algunos de los agentes retirados de ustedes. Nos hicieron preguntas sobre la búsqueda de Patrick Lanigan, y dijeron que quizá poseían alguna información. Me reuní con ellos un par de veces, aquí, en Washington. Tenían un cliente misterioso que decía saber algo sobre Lanigan. Como es lógico, me interesé. No tenían prisa, porque su cliente parecía tener mucha paciencia y, lo que no es de extrañar, pedía mucho dinero. Pero, como cosa rara, eso nos animaba.

—¿Por qué?

–Si su cliente sabía lo suficiente como para esperar una recompensa gorda, entonces tenía que saber que a Lanigan todavía
le quedaba mucho dinero. En julio del 95, los Plutónicos se me
aproximaron con una estratagema. ¿Qué tal la idea de que su
cliente, dijeron, nos llevara a un lugar de Brasil donde Lanigan
había vivido hacía poco? Yo dije que bueno, ellos dijeron ¿cuánto?, y acordamos la suma de cincuenta mil dólares. Yo estaba desesperado. El dinero cambió de manos y pasó a un banco en
Panamá. Entonces me dijeron que fuera al pueblo de Itajai, en el
estado de Santa Catarina, en todo el sur de Brasil. La dirección
que nos dieron nos llevó a un pequeño edificio de apartamentos
en una parte bonita del pueblo. El administrador se mostró cor-
dial, y mucho más cuando le untamos la mano. Le mostramos las
fotos de Lanigan posteriores a su operación, y dijo que tal vez. Le
untamos otra vez la mano y lo identificó con precisión. Jan Horst
era el nombre del individuo, un alemán, creía él, que hablaba un
buen portugués. Había alquilado por dos meses un apartamento
de tres alcobas, que pagó en efectivo. Estaba siempre solo y pasó
allí poco tiempo. Era amable y le gustaba tomar café con el administrador y su esposa. También ella hizo una identificación cierta.
Horst dijo que escribía sobre viajes y que ahora trabajaba en un
libro sobre la inmigración de alemanes e italianos a Brasil. Cuando se marchó, dijo que se iba a la ciudad de Blumenau, a estudiar
la arquitectura bávara del lugar.

–¿Ustedes fueron a Blumenau?

–Por supuesto. Y pronto. Cubrimos el pueblo, pero después de
dos meses lo dejamos. Tras la excitación inicial, regresamos al te-
dio de rondar por hoteles y mercados mostrando las fotos y ofreciendo pequeños sobornos.

–¿Y qué pasó con los Plutónicos, como ustedes los llamaban?

–Se enfriaron. Yo ansiaba hablar con ellos, pero tenían poco
que decir. Me daba la impresión de que su cliente se había asusta-

do, o que quizás se había contentado con los cincuenta mil. De todas maneras, pasaron seis meses y poco se oyó de Plutón. Luego, a fines de enero de este año, regresaron de prisa. Su cliente necesitaba dinero, y por fin estaba decidido a venderse. Caminamos a tientas unos días, y luego dejaron caer la bomba: por un millón de dólares podríamos conocer la localización exacta de nuestro hombre. Me negué. No es que no tuviera el dinero, es que era demasiado arriesgado. Su cliente no estaba dispuesto a hablar mientras no se pagara el dinero, y yo no estaba dispuesto a pagar mientras el cliente no hablara. No existía ninguna manera de asegurarnos de que su cliente sí sabía algo. De hecho, podría muy bien ser que ya no hubiera ni cliente. Los ánimos se sulfuraron y las conversaciones se rompieron.

–¿Pero siguieron hablando?

–Sí, más tarde. Teníamos que hacerlo. Su cliente necesitaba el dinero. Nosotros necesitábamos a Lanigan. Se propuso otro trato por medio del cual, por otros cincuenta mil dólares, nos darían el nombre y localización de un lugar donde Lanigan había vivido después de abandonar a Itajai. Aceptamos, porque desde nuestro punto de vista cincuenta mil no era mucho, y siempre existía la posibilidad de correr con buena fortuna y tropezarnos con otra pista. Desde el punto de vista de ellos, era una buena idea porque fortalecía la credibilidad de su cliente. Y, por su puesto, era otro paso hacia el millón de dólares. Detrás de Plutón había una eminencia gris, y yo estaba desesperado por empezar el juego. Pagaría con gusto el millón de dólares. Sólo necesitaba estar bien seguro.

–¿Cuál fue el segundo pueblo?

–São Mateus, en el estado del Espirito Santo, al norte de Río, sobre la costa. Era una ciudad pequeña de sesenta mil habitantes. Un lugar hermoso, con gente amable, donde pasamos un mes mezclándonos y mostrando nuestras fotos. El trato que había hecho para obtener un apartamento era similar al de Itajai: dos meses en efectivo pagados por un hombre llamado Derrick Boone, un británico. Sin necesidad de sobornarlo, el dueño identificó con certeza a Boone como nuestro hombre. Tal parece que Boone había quedado debiéndoles una semana, por lo que le guardaban un poco de rencor. A diferencia de lo que sucedía en Itajaí, empero, Boone se mantenía solo, y el dueño no sabía nada de lo que hacía. No apareció nada más, y a comienzos de marzo de ese año abandonamos São Mateus. Nos reorganizamos en São Paulo y en Río, e hicimos nuevos planes.

—¿Cuáles fueron esos nuevos planes?

—Nos retiramos del norte y nos concentramos en los pueblos más pequeños, en los estados cercanos a Río y São Paulo. Aquí, en Washington, yo me volví más agresivo con los muchachos de Plutón. Su cliente estaba empeñado en su millón. Mi cliente no estaba dispuesto a pagar sin verificarlo. Era un estancamiento en el que ambas partes jugaban a ser duras, pero estaban dispuestas a seguir hablando.

—¿Se enteró usted alguna vez de por qué sabía su cliente tanto acerca de los movimientos de Lanigan?

—No. Especulamos horas y horas. Una teoría era que su cliente también perseguía a Lanigan, por alguna razón desconocida. Podía ser alguien del FBI que necesitaba dinero. Eso, claro está, era traído de los cabellos, pero pensamos en todo. La segunda teoría, la más probable, era que su cliente fuera algún conocido de Lanigan, en quien este confiaba, pero que estaba dispuesto a venderlo. Ahora bien, fuera lo que fuera, mi cliente y yo decidimos que no podíamos darnos el lujo de perder esa oportunidad. La investigación llevaba ya casi cuatro años y no había llegado a ninguna parte. Y según nos habíamos dado cuenta, había un millón de lugares maravillosos donde esconderse en Brasil, y Lanigan parecía saber lo que hacía.

—¿Y ustedes rompieron el punto muerto?

EL SOCIO ◈ 285

—Fueron ellos. En agosto de este año nos sorprendieron con otra oferta: fotos recientes de Lanigan, a cambio de otros cincuenta mil. Asentimos. El dinero fue enviado por cable a una sucursal bancaria del exterior. Me entregaron las fotos aquí, en la oficina de Washington. Eran tres fotos en blanco y negro, de ocho por diez.

—¿Podría verlas, por favor?

—Seguro —Stephano las sacó de su impecable maletín y las deslizó sobre la mesa. La primera era una fotografía de Lanigan en un mercado repleto de gente, obviamente tomada desde una buena distancia. Llevaba gafas de sol y sostenía lo que parecía ser un tomate. La segunda había sido tomada un minuto antes o un minuto después, mientras caminaba por una acera llevando una bolsa de algo en la mano. Vestía bluyines y se confundía con cualquier brasileño. La tercera era la más diciente: Patrick, en pantalón corto y camiseta, lavando la capota de su Volkswagen escarabajo. No se veían las placas, ni mucho de la casa. Se había quitado las gafas oscuras y era una instantánea clara de su rostro.

—Nada de nombres de calles ni de placas —dijo Oliver.

—Nada. Las estudiamos durante varias horas, pero no encontramos nada. Otra vez, como les dije antes, había una eminencia gris en el trasfondo.

—Entonces, ¿qué hicieron ustedes?

—Aceptar pagar el millón de dólares.

—¿Cuándo?

—En septiembre. El dinero fue puesto en custodia donde un fideicomisario, en Génova, para que lo retuviera hasta que ambos lados autorizaran moverlo. Según convinimos, su cliente tenía quince días para darnos los nombres del pueblo y la dirección de la calle donde Patrick vivía. Nos mordimos las uñas los quince días, y luego, el día dieciséis, después de una guerra verbal, cumplieron. El pueblo era Ponta Porã, la calle era Tiradentes. Salimos enseguida hacia el pueblo, luego nos introdujimos con sigilo en él. Ya para esa época le teníamos mucho respeto a Lanigan, y pensábamos que era brillante para avanzar vigilando siempre las espaldas. Lo encontramos y luego lo vigilamos una semana para estar seguros. Su nombre era Danilo Silva.

—¿Una semana?

—Sí, teníamos que ser pacientes. Por algo había escogido a Ponta Porã. Ese es un maravilloso lugar donde esconderse. Las autoridades locales cooperan si les untan la mano. Los alemanes lo descubrieron después de la guerra. Un paso en falso, los policías reciben la señal y entran en acción para proteger al fugitivo. Entonces nos dedicamos a esperar, diseñamos estrategias y finalmente lo agarramos en las afueras del pueblo, en una carretera perdida, sin testigos. Una fuga limpia. Lo sacamos a escondidas hasta una casa segura en Paraguay.

—¿Y allí lo torturaron?

Stephano hizo una pausa, sorbió un poco de café y le clavó la mirada a Oliver.

—Algo por el estilo —dijo.

VEINTISIETE

Patrick recorrió la sala de reuniones de los médicos y se estiró al llegar a uno de los extremos, mientras Sandy escuchaba sentado, haciendo garabatos en una libreta. Una enfermera había traído una bandeja con galletas, que permanecían sin tocar. Sandy admiró lo de las galletas y se preguntó a cuántos prisioneros a la espera de la pena capital les daban galletas ¿Cuántos tenían su propio equipo de guardaespaldas vigilando? ¿En cuántos casos pasaba el juez por donde estaban para compartir con ellos una pizza?

—Las cosas han cambiado, Sandy —dijo Patrick sin mirarlo—. Tenemos que apresurarnos.

—¿Para ir a dónde?

—Ella no se va a quedar aquí mientras su padre siga desaparecido.

—Como siempre, estoy confundido por completo. La brecha es cada día mayor y ustedes hablan un idioma diferente. Pero yo no soy más que el abogado. ¿Por qué habría de saber nada?

—Ella tiene los archivos con los documentos y la historia. Tienes que ir a verla.

—Anoche estuve con ella.

—Te está esperando.

—¿De veras? ¿En dónde?

—Hay una casa en la playa, en Perdido. Está allí.

—Déjame adivinar. Se supone que debo dejarlo todo y salir corriendo para allá de inmediato.

—Es importante, Sandy.

—También lo son mis demás clientes —dijo con rabia—. ¿Por qué no me pueden avisar con un poco de anticipación?

—Lo siento.

–Esta tarde tengo una cita en el tribunal. Mi hija tiene un partido de fútbol. ¿Es mucho pedir que me avisen un poco antes?

–No pude anticipar el secuestro, Sandy. Tienes que admitir que las circunstancias son insólitas. Trata de ser comprensivo.

Sandy respiró profundo y garrapateó algo. Patrick se sentó en el borde de la mesa, muy cerca de él.

–Lo siento, Sandy.

–¿De qué vamos a hablar en la casa de la playa?

–De Aricia.

–Aricia –repitió, y dirigió la mirada a otra parte. Sabía lo básico; al menos lo leído en el periódico.

–Te vas a demorar, de modo que yo empacaría para pasar la noche allá.

–¿Se espera que pase la noche en la casa de la playa?

–Sí.

–¿Con Lía?

–Sí. Es una casa grande.

–¿Y qué se supone que debo decirle a mi esposa? ¿Que estoy encerrado en una casa en la playa con una hermosa brasileña?

–Yo no lo haría. Limítate a decirle que te vas a reunir con el resto del equipo de la defensa.

–Qué bien.

–Gracias, Sandy.

Underhill se unió a Oliver después del café. Se sentaron uno al lado del otro, con una cámara de video detrás, todos los ojos dirigidos al extremo de la mesa, hacia Stephano.

–¿Quién interrogó a Patrick? –le preguntó Underhill a Stephano.

–No se requiere que dé los nombres de mis auxiliares.

–¿Tenía esta persona alguna experiencia en el campo de los interrogatorios físicos?

–Limitada.

–Describa los medios empleados.

–No estoy seguro...

–Vimos las fotos de las quemaduras, señor Stephano, y a nosotros, al FBI, nos demandaron por heridas infligidas por nuestros hombres. Cuéntenos pues cómo lo hicieron.

–Yo no estaba allí. No planeé el interrogatorio porque tenía poca experiencia en el ramo. En términos generales supe que le aplicarían una serie de choques eléctricos en diferentes puntos del cuerpo. Eso fue lo que sucedió. No tenía ni idea de que le causarían quemaduras serias.

Hubo una pausa mientras Underhill miró a Oliver y Oliver a Underhill. Evidente incredulidad. Stephano se quedó mirándolos, desdeñoso.

–¿Cuánto duró?

–Cinco o seis horas.

Revisaron un archivo y dijeron algo en voz baja. Underhill le formuló algunas preguntas sobre el proceso de identificación, y Stephano describió la toma de huellas digitales. Oliver trataba de entender la secuencia temporal, y pasó casi una hora definiendo exactamente cuándo lo capturaron, hasta dónde lo llevaron y por cuánto tiempo lo interrogaron. Lo acosaron con preguntas sobre la salida de la selva hasta la pista aérea de Concepción. Exploraron y pescaron y cubrieron todo lo demás, y luego se reunieron un momento aparte y volvieron a la pregunta crucial.

–¿Durante el interrogatorio del señor Lanigan, qué supieron del dinero?

–No mucho. Nos contó dónde había estado el dinero, pero dijo que lo habían retirado de ahí.

–¿Se puede suponer que les contó esto bajo extrema coacción?

—Es una suposición lógica.

—¿Está usted convencido de que Patrick no sabía dónde se encontraba el dinero en aquel momento?

—Yo no estaba allá. Pero el hombre que condujo el interrogatorio me dijo que cree a pie juntillas que el señor Lanigan ignoraba la localización específica del dinero.

—¿El interrogatorio no fue grabado ni en video ni en audio?

—Claro que no —dijo Jack, como si jamás se le hubiera ocurrido pensarlo.

—¿Mencionó el señor Lanigan a algún cómplice?

—No, que yo sepa.

—¿Qué significa eso?

—Significa que no lo sé.

—¿Y el hombre que condujo el interrogatorio oyó decir al señor Lanigan que tenía un cómplice?

—No, hasta donde yo sé.

—¿Así que, hasta donde usted sabe, el señor Lanigan jamás mencionó a un cómplice?

—Es correcto.

Hojearon archivos otra vez y hablaron en voz baja entre ellos. Luego hicieron una pausa larga que desconcertó a Stephano. Había dicho dos mentiras seguidas —que no habían grabado nada y que no había cómplice— y seguía sintiéndose seguro. ¿Cómo podían saber estos tipos qué se dijo en las selvas de Paraguay? Pero ellos eran el FBI. De manera que se puso a tamborilear con los dedos y a esperar.

De pronto se abrió la puerta y Hamilton Jaynes entró, seguido por Warren, el tercer hombre encargado de interrogarlo.

—Hola, Jack —dijo Jaynes en voz alta, tomando asiento a un costado de la mesa. Warren se sentó cerca de sus compañeros.

—Hola, Hamilton —dijo Stephano aún más nervioso.

—He estado escuchando en el cuarto de al lado —dijo Jaynes

con una sonrisa–, y de pronto se me ocurrió preguntarme si sí estarás diciendo la verdad.

–Claro que sí.

–Claro. Mira, ¿has escuchado alguna vez el nombre de Eva Miranda?

Stephano lo repitió lentamente, como si el nombre lo dejara confundido.

–No lo creo.

–Es una abogada de Río. Amiga de Patrick.

–No.

–Bien, mira, eso es lo que me molesta, Jack, porque creo que sí sabes con precisión quién es.

–Nunca he oído hablar de ella.

–¿Entonces por qué estás tratando de encontrarla?

–No sé de lo que hablas –dijo Stephano débilmente.

Underhill habló primero. Miraba de frente a Stephano, pero le hablaba a Jaynes.

–Él miente.

–Claro que sí –dijo Oliver.

–No hay duda de eso –dijo Warren.

Los ojos de Stephano saltaban de voz en voz. Comenzó a decir algo, pero Jaynes le hizo una seña con las palmas de las manos. La puerta se abrió, y un colega más, de la escuela Underhill-Oliver-Warren, sacó la cabeza lo estrictamente necesario para decir:

–El análisis de la voz muestra a las claras que miente –una vez hecho su anuncio, procedió a retirarse.

Jaynes cogió una hoja de papel e hizo un resumen de lo que se decía en ella.

–Esta es una noticia que apareció esta mañana en un periódico de Río. Habla del secuestro de un señor Paulo Miranda. Su hija es la amiga de Patrick, Jack. Lo hemos comprobado con las autoridades de Río. No hay exigencia de rescate. Nada se sabe de los secuestradores.

Deslizó el papel en dirección a Stephano, pero no alcanzó a llegar hasta él.

—Entonces, ¿dónde está el señor Miranda?

—No lo sé. No sé de qué me habla.

Jaynes miró hacia el otro extremo de la mesa.

—Sigue mintiendo —dijo Underhill. Oliver y Warren asintieron con la cabeza.

—Habíamos hecho un trato, Jack. Nos contarías la verdad y nosotros retiraríamos los cargos contra ti. Y, si mal no recuerdo, acordamos no arrestar a tus clientes. ¿Qué debo hacer ahora, Jack?

Stephano miraba a Underhill y a Oliver, que parecían listos a soltar su próximo pronunciamiento. Ellos, a su vez, lo miraban con frialdad, sin perderse nada.

—Ella sabe dónde se encuentra el dinero —dijo Stephano resignado.

—¿Sabes dónde está?

—No. Huyó de Río cuando encontramos a Patrick.

—¿Ni señas de ella?

—No.

Jaynes miró su equipo detector de mentiras. Sí. Había dejado de mentir.

—Acordé contarles todo —dijo Jack—. No dije que no fuera a hacer nada más. Todavía podemos seguirla buscando a ella.

—Nosotros no sabíamos nada sobre ella.

—Mala suerte. De ser necesario, podemos revisar nuestro acuerdo. Con gusto llamaré a mi abogado.

—Sí, pero ya te sorprendimos mintiendo.

—Lo siento. No volverá a suceder.

—Deja en paz a la muchacha. Y suelta al padre.

–Lo pensaré.

–No. Lo vas a hacer ya.

La casa de la playa era una edificación moderna de tres niveles, en una hilera de casas aparentemente idénticas, a lo largo de una franja de la Costa de reciente desarrollo. Octubre era mes de temporada baja. La mayoría de las casas parecían estar vacías. Sandy estacionó detrás de un automóvil común, brillante, con placas de Louisiana, posiblemente de alquiler. El sol estaba a punto de ponerse sobre el horizonte, a unos cuantos centímetros de la superficie del agua. El Golfo estaba desierto. No había ningún bote ni barco a la vista. Subió las escaleras y siguió el corredor circundante hasta encontrar la puerta.

Lía respondió la llamada con una sonrisa, una sonrisa corta que se abrió paso porque, en el fondo, era una persona cálida, sin propensión a los cambios propios del estado depresivo en que se hallaba sumida.

–Entra –le dijo con suavidad, y cerró la puerta tras él. El estar era grande, con paredes de vidrio en tres lados y una chimenea en el centro.

–Bonito lugar –dijo él, al tiempo que percibía el delicioso aroma que emanaba de la cocina. No había podido almorzar gracias a Patrick.

–¿Tienes hambre? –preguntó ella.

–Me muero.

–Estoy preparando algo ligero.

–Maravilloso.

Los pisos de madera auténtica traquearon un poco cuando él la siguió hasta el área de comedor, en una esquina de la amplia habitación. Sobre una mesa había una caja de cartón, al lado de

la cual se veía una pila de papeles bien ordenados. Lía había estado trabajando. Se detuvo junto a la mesa y dijo:

—Este es el archivo de Aricia.

—¿Preparado por quién?

—Por Patrick, claro.

—¿Dónde ha estado durante los últimos cuatro años?

—Guardado. En Mobile.

Sus respuestas eran cortas, y cada una originaba en Sandy una
docena de preguntas rápidas, que le habría gustado espetarle.

—Llegaremos a ese punto más tarde —dijo Lía, y lo desechó con
un gesto de indiferencia.

Había un pollo asado, entero, en la tabla de cortar junto al ver-
tedero. Una cazuela de arroz integral con legumbres humeaba en
la estufa.

—Es algo muy sencillo —dijo ella—. Me da trabajo cocinar en
una cocina ajena.

—Se ve delicioso. ¿A quién le pertenece esta cocina?

—Es arrendada. La tomé por el mes.

Partió el pollo y le pidió a Sandy que sirviera el vino, un fino
pinot noir californiano. Se sentaron en una mesita del comedor
auxiliar, con espléndida vista sobre el agua y lo que quedaba del
ocaso.

—Salud —dijo ella alzando el vaso.

—Por Patrick —dijo Sandy.

—Sí, por él.

Ella no hizo ningún esfuerzo por empezar a comer. Sandy se
metió en la boca un pedazo grande de pechuga.

—¿Cómo está Patrick?

Sandy masticó rápido, para no fastidiar a tan deliciosa joven
con la boca llena de comida. Un sorbo de vino. Servilleta a los labios.

—Está bien. Las quemaduras van sanando. Un cirujano plástico lo examinó ayer y dijo que no va a haber necesidad de hacerle injertos. Las cicatrices lo acompañarán unos años, pero luego irán desvaneciéndose. Las enfermeras le traen galletas. El juez le trae pizza. No menos de seis hombres armados lo vigilan las veinticuatro horas del día, de modo que me parece que le está yendo mejor que a la mayor parte de los acusados de este tipo de crímenes.

—¿Es obra del juez Huskey?

—Sí, Karl Huskey. ¿Lo conoces?

—No. Pero Patrick me ha hablado mucho de él. Eran muy amigos. Patrick me dijo una vez que, si lo capturaban, esperaba que sucediera mientras Karl Huskey todavía fuera juez.

—Está a punto de renunciar —dijo Sandy. Qué cálculo más afortunado, pensó.

—Él no puede llevar el caso de Patrick, ¿o sí? —preguntó ella.

—No. Se va a declarar impedido muy pronto —Sandy se metió a la boca un pedazo de pollo mucho más pequeño, y seguía comiendo solo, porque ella ni siquiera había tocado el tenedor y el cuchillo. Sostenía el vaso de vino cerca de la cabeza, y miraba las nubes naranja y violeta en el horizonte.

—Lo siento, se me olvidó preguntarte por tu padre.

—No se sabe nada. Hablé con mi hermano hace tres horas, y nada.

—De verdad lo siento, Lía. Ojalá pudiera hacer algo.

—Ojalá pudiera hacer yo algo. Es frustrante. No me puedo ir a casa y no me puedo quedar aquí.

—Lo siento —repitió Sandy otra vez, porque no se le ocurría qué otra cosa decir.

Continuó comiendo en silencio. Ella jugaba con el arroz y observaba el océano.

—Está delicioso —repitió Sandy.

—Gracias —dijo ella esbozando una sonrisa triste.

—¿Qué hace tu padre?

—Es profesor universitario.

—¿Dónde?

—En Río. En la Universidad Católica.

—¿Dónde vive?

—En Ipanema, en el apartamento donde yo crecí.

Su padre era un tema delicado, pero al fin Sandy estaba obteniendo respuestas para sus preguntas. Quizás para ella significara una ayuda hablar de él. Le hizo más preguntas, todas generales y muy alejadas del secuestro.

Ella no tocó su comida.

Cuando Sandy hubo terminado, Lía le preguntó si quería café.

—Lo más probable es que lo necesitemos, ¿no es cierto?

—Sí.

Retiraron de la mesa los platos plásticos de alquiler y los llevaron a la cocina. Lía hizo café mientras Sandy conocía la casa. Se reunieron en el comedor, donde sirvieron el café, y la conversación trivial que habían estado llevando llegó a su fin. Se sentaron el uno frente al otro a la mesa de vidrio.

—¿Qué sabes del asunto de Aricia? —preguntó ella.

—Que era el cliente al que Patrick le quitó noventa millones, según los periódicos. Que era un ejecutivo de Platt & Rockland que denunció a la compañía por sobrefacturación. Que lo hizo amparado en la Ley de Reclamaciones Falsas. A la empresa la pillaron en algo así como seiscientos millones. La recompensa de Aricia, al tenor de la ley, era del quince por ciento de aquella suma. Sus abogados fueron Bogan y compañía, la sociedad donde trabajaba nuestro amigo Patrick. Eso es todo. Lo básico.

—Está bien. Lo que te voy a contar puede verificarse mediante estos documentos y cintas magnetofónicas. Los revisaremos, pues va a ser necesario que tú conozcas este material al derecho y al revés.

—Mira, la verdad es que ya antes había pasado por esto —dijo, sonriendo, pero ella no le devolvió el gesto. Nada más de esfuerzos torpes por dar muestras de humor.

—La reclamación de Aricia fue fraudulenta desde el principio —hablaba con lentitud. No había prisa. Esperó hasta que Sandy hubiera asimilado lo dicho, lo que tomó algunos segundos—. Benny Aricia es un hombre muy corrupto que concibió un plan para defraudar a su compañía y al gobierno. Le ayudaron unos abogados muy capaces, los de la antigua compañía de Patrick, y una gente muy pesada de Washington.

—Te refieres al senador Nye, el primo hermano de Bogan.

—Más que todo. Pero, como sabes, el senador Nye tiene considerable influencia en Washington.

—Eso he oído decir.

—Aricia planeó bien su estratagema, y luego se la llevó a Charles Bogan. Por aquella época Patrick ya era socio, pero no sabía nada de Aricia. A los demás socios los incluyeron en la conspiración. A todos menos a Patrick. El grupo de abogados cambió y Patrick se dio cuenta de que había algo diferente. Hurgando y escuchando detrás de las puertas, acabó por descubrir que un cliente nuevo, un tal Aricia, era la causa de tanto secreto. Tuvo mucha paciencia. Fingió no advertir nada y mientras tanto fue reuniendo evidencias. Buena parte de ellas se encuentran aquí —dijo tocando la caja.

—Regresemos al principio —dijo Sandy—. Explícame en qué sentido era fraudulenta la reclamación.

—Aricia manejaba los Astilleros Coastal en Pascagoula, que es una división de Platt & Rockland.

—Eso lo sé. Un contratista grande del Ministerio de Defensa, con un pasado oscuro y un feo historial de defraudaciones al gobierno.

—Eso es. Aricia se aprovechó de su tamaño para desarrollar su plan. La Coastal estaba construyendo los submarinos nucleares Expedición, y ya se habían pasado del presupuesto. Aricia decidió empeorar las cosas. La Coastal presentó registros laborales fraudulentos —miles de horas a escala sindical— por trabajo que nunca se hizo, para empleados que jamás existieron. Adquirió materiales a precios escandalosamente inflados: bombillas de dieciséis dólares la unidad, tazas de treinta dólares cada una, etc. La lista es interminable.

—¿Se encuentra la lista en esta caja?

—Sólo los artículos grandes: los sistemas de radar, los misiles, armas, cosas de las que yo nunca había oído hablar. Las bombillas resultan insignificantes. Aricia llevaba suficiente tiempo en la compañía para saber con exactitud cómo evitar ser detectado. Creó una tonelada de documentos, muy pocos de ellos con su nombre. Platt & Rockland tenía seis divisiones diferentes dedicadas a los contratos de defensa, de modo que la oficina principal era un zoológico. Aricia se aprovechó de eso. De cada reclamación falsa que entregó a la armada poseía una autorización escrita, firmada por algún ejecutivo de la casa matriz. Aricia subcontrataba los materiales inflados y luego pedía la aprobación de un superior. Era un sistema fácil de manejar, en especial para un hombre listo como Aricia, que de todos modos tenía la intención de engañar a la compañía. Llevó registros meticulosos, que más tarde entregó a sus abogados.

—¿Y Patrick los consiguió?

—Algunos.

Sandy miró la caja. Estaba cerrada.

—¿Y esto ha estado oculto desde que Patrick desapareció?

—Sí

—¿Alguna vez regresó para revisar los documentos?

—No.

—¿Y tú?

—Vine hace dos años a renovar el alquiler del bodegaje. Miré en el interior de la caja, pero no tuve tiempo de examinar el contenido. Estaba asustada y nerviosa, y no quería venir. Estaba convencida de que estos materiales jamás se iban a necesitar, porque a Patrick no lo iban a atrapar. Pero él siempre lo supo.

El abogado examinador que había en Sandy estuvo a punto de lanzar otra andanada de preguntas no relacionadas con Aricia, pero dejó pasar el momento. Tranquilízate, se dijo. No parezcas demasiado curioso y de pronto, algún día, tus preguntas encontrarán respuesta.

—De manera que la estratagema de Aricia funcionó, y en algún momento se aproximó a Charles Bogan, cuyo primo es un tipo poderoso en Washington y cuyo antiguo jefe es juez federal. ¿Sabía Bogan que era Aricia quien originó los sobrecostos?

Ella se puso de pie y se acercó a la caja, sacó una grabadora de pilas y una casetera llena de mini casetes debidamente marcados. Buscó entre los casetes con la ayuda de un bolígrafo, hasta que encontró el que deseaba, y lo insertó en la grabadora. Fue obvio para Sandy que lo había hecho muchas veces.

—Escucha —dijo—. Septiembre 11, 1991. La primera voz es de Bogan, la segunda, de Aricia. Aricia hizo la llamada y Bogan la recibió en el salón de reuniones del segundo piso de las oficinas de la sociedad.

Sandy se inclinó hacia adelante, sobre los codos. Y la cinta comenzó.

Bogan: Hoy recibí una llamada de uno de los abogados de Platt en Nueva York. Un tipo llamado Krasny.

Aricia: Lo conozco. Típico burro neoyorquino.

Bogan: Sí, no estuvo muy amable. Dijo que tal vez podían pro-

bar que tú tenías conocimiento de la doble facturación de las pan-
tallas Stalker que la Coastal le compró a RamTec. Le pedí que me
mostrara la prueba. Dijo que tardaría más o menos una semana.

ARICIA: Fresco, Charlie. No hay manera de que puedan demostrarlo porque no firmé nada.

BOGAN: ¿Pero tú sabías de eso?

ARICIA: Claro que lo sabía. Lo planeé. Lo puse en movimiento.
Fue otra de mis maravillosas ideas. Su problema, Charlie, es que
no lo pueden demostrar. No existen documentos ni testigos.

El casete se silenció y Lía dijo:

—La misma conversación, unos diez minutos más tarde.

ARICIA: ¿Cómo está el senador?

BOGAN: Bien. Ayer se reunió con el secretario de la armada.

ARICIA: ¿Cómo le fue?

BOGAN: Bien. Son viejos amigos. El senador expresó el deseo
de castigar a Platt & Rockland por su avaricia, pero sin perjudicar
el proyecto Expedición. El secretario piensa lo mismo, y dice que
va a abogar por una fuerte sanción para Platt & Rockland.

ARICIA: ¿Podemos acelerar las cosas?

BOGAN: ¿Por qué?

ARICIA: Quiero ese maldito dinero, Charlie. Lo puedo palpar.
Lo puedo saborear.

Lía apretó un botón y la grabadora se detuvo. Sacó el casete y
lo volvió a poner en su lugar.

—Patrick comenzó a grabar a principios del 91. Los socios pensaban botarlo de la compañía a fines de febrero, con el argumento
de que no generaba suficientes negocios.

—¿Está esa caja llena de cintas?

—Hay unas sesenta. Bien editadas por Patrick, de modo que se
pueden escuchar todas en tres horas.

Sandy miró su reloj.

—Tenemos mucho trabajo —dijo Lía.

VEINTIOCHO

Paulo pidió un radio, y no se lo dieron, pero cuando se dieron cuenta de que sólo pretendía oír música le trajeron una grabadora vieja y dos casetes de la filarmónica de Río. Prefería la clásica. Bajó el volumen y empezó a hojear una pila de revistas viejas. Estaban considerando su petición de que le trajeran libros. Hasta ahora la comida había sido más que adecuada; parecían muy interesados en tenerlo contento. Sus captores eran jóvenes, comandados por otra persona, alguien a quien Paulo sabía que nunca iba a ver. Si llegaban a soltarlo, los jóvenes escaparían y sería imposible enjuiciarlos.

Su segundo día pasó lento. Eva era demasiado inteligente para caer en su trampa. Algún día todo esto se aclararía. Él podía esperar tanto tiempo como ellos.

Su señoría trajo una pizza la segunda noche. Había disfrutado tanto la primera, que había llamado a Patrick por la tarde a ver si lo repetían. Patrick anhelaba tener compañía.

Huskey buscó en un maletín y sacó una pila de sobres que arrojó sobre la mesa de trabajo del abogado Lanigan.

—Hay mucha gente que quiere saludarte, especialmente la gente del tribunal. Les dije que te escribieran.

—No me había dado cuenta de que tenía tantos amigos.

—No los tienes. Se trata de oficinistas aburridos a quienes les sobra mucho tiempo para escribir cartas. Esto es lo más cerca que puede estar de la acción.

—Vaya, gracias.

Huskey arrimó una silla hasta la cama de Patrick y subió los pies sobre un cajón abierto de la mesita de noche. Patrick se había comido casi dos pedazos de pizza y ya había terminado.

– Muy pronto deberé declararme impedido –dijo Huskey, casi disculpándose.

–Lo sé.

–Hablé largo con Trussel esta mañana. Sé que no te mueres por él, pero es un buen juez. Está dispuesto a tomar el caso.

–Preferiría al juez Lanks.

–Sí, pero por desgracia no te dejan escoger. Lanks sufre de presión alta, y hemos tratado de no asignarle casos importantes. Como sabes, Trussel tiene más experiencia que Lanks y yo juntos, en especial en casos de pena de muerte.

Patrick dominó un pequeño sobresalto, entrecerró un poco los ojos y aflojó por un instante los hombros huesudos, justo en el momento en que su amigo concluyó la última frase. Un caso de pena de muerte. Lo impresionó, como solía sucederle cuando se arrastraba hasta el espejo para darse una buena mirada. Huskey captaba cada pequeño movimiento.

Según dicen, cualquiera es capaz de asesinar, y Huskey había conversado con numerosos asesinos durante sus doce años de juez. Sin embargo, el caso era que Patrick sería su primer amigo en enfrentar la pena de muerte.

–¿Por qué te vas de los tribunales? –preguntó Patrick.

–Las razones de siempre. Ya estoy aburrido, y si no me voy ya nunca voy a ser capaz de hacerlo. Mis hijos están a punto de entrar a la universidad y necesito ganar más dinero.

Huskey hizo una pausa de un segundo y luego preguntó:

–Sólo por curiosidad, ¿cómo sabías que me retiraba de los tribunales? No lo he divulgado por altoparlante.

–Uno se entera de cosas.

–¿En Brasil?

–Yo tenía un espía, Karl.

–¿Alguien de aquí?

–No. Claro que no. No podía correr el riesgo de contactar a nadie de aquí.

–¿Entonces era alguien de allá?

–Sí. Un abogado que conocí.

–¿Y a él se lo contabas todo?

–A ella. Sí. Se lo contaba todo.

Los dedos de las manos de Huskey se dieron entre sí varios golpecitos, y dijo:

–Me parece lógico.

–Te lo recomiendo mucho para la próxima vez que andes por ahí desapareciéndote.

–Lo recordaré. Y esa abogada, ¿dónde se encuentra ahora?

–Cerca, según creo.

–Ya veo. Ella debe ser la que tiene el dinero.

Patrick sonrió, y luego se rió. El hielo se había roto por fin.

–¿Qué deseas saber del dinero, Karl?

–Todo. ¿Cómo te lo robaste? ¿Dónde se encuentra? ¿Cuánto queda?

–¿Cuál es el mejor rumor que has escuchado en el tribunal sobre el dinero?

–Oh, hay cientos. Mi favorito es que lo duplicaste y lo enterraste en bóvedas en Suiza, y que sólo estabas dejando pasar un tiempo en Brasil para marcharte en unos años a jugarte la plata.

–No está mal.

–¿Recuerdas a Bobby Doak, esa sabandija barrosa que tramitaba divorcios por noventa y nueve dólares y que resiente a todo abogado que cobre más?

–Claro, hace su propaganda en los boletines de las iglesias.

–Ese. Ayer estaba el tipo tomando café en la oficina del secretario y contó que le habían dicho de buena fuente que te habías tirado el dinero en drogas y prostitutas adolescentes, y que por eso vivías como un campesino brasileño.

—Típico de Doak.

Dejaron la frivolidad a un lado, y Patrick guardó silencio. Huskey no iba a perder la oportunidad.

—Entonces, ¿dónde está el dinero?

—No te lo puedo decir, Karl.

—¿Cuánto queda?

—Una tonelada.

—¿Más del que te robaste?

—Más del que me llevé.

—¿Cómo lo hiciste?

Con un movimiento brusco, Patrick pasó las piernas desde el otro lado de la cama, y salió caminando hasta la puerta. Estaba cerrada. Estiró la espalda y las piernas y tomó un trago de una botella de agua. Luego se sentó en el borde de la cama, y bajó la mirada hacia Karl.

—Corrí con suerte —dijo, casi susurrando. Pero Karl oyó cada sílaba.

—Me iba a ir, Karl, con dinero o sin él. Me enteré de que le iba a caer ese dinero a la sociedad, y diseñé un plan para atajarlo. Pero si esto no me hubiera resultado, de todas maneras me habría largado. No resistía un día más con Trudy. Detestaba mi trabajo, y estaba a punto de ser decapitado en la sociedad. Bogan y sus compinches estaban metidos en un fraude gigantesco, y yo era la única persona por fuera del grupo que lo sabía.

—¿Qué fraude?

—La reclamación de Aricia. De eso hablaremos más tarde. De manera que poco a poco fui preparando mi huida. Tuve suerte y me salí con la mía. La suerte me acompañó hasta hace dos semanas. Una suerte increíble.

—Habíamos quedado en el entierro.

–Sí. Regresé a aquel apartamentico que había alquilado en la playa de Orange. Allí me quedé un par de días, sin salir, escuchando las cintas de aprendizaje de idiomas y memorizando el vocabulario portugués. También pasé varias horas editando las conversaciones que había grabado en la oficina. Tenía abundantes documentos que organizar. En realidad trabajé mucho. Por la noche salía a caminar por la playa, horas y horas, hasta que sudaba, tratando de bajar los kilos lo más rápido posible. Me desligué de la comida por completo.

–¿Qué clase de documentos?

–El archivo Aricia. Me aventuré a salir en un velero. Conocía lo básico y, de pronto, me sentí motivado para volverme un buen marinero. El tamaño del bote permitía vivir en él varios días seguidos, y pronto estuve escondido allá en el agua.

–¿Aquí?

–Sí. Anclaba cerca a la isla Ship, y alcanzaba a ver la línea costera de Biloxi.

–¿Por qué lo hacías?

–Porque había intervenido la oficina, Karl. Todos los teléfonos, cada escritorio, excepto el de Bogan. Incluso tenía un micrófono en el baño de los hombres del primer piso, entre la oficina de Bogan y la de Vitrano. Los micrófonos transmitían hasta un receptor oculto en el desván. La nuestra era una sociedad vieja, instalada en un edificio antiguo, con un millón de archivos viejos arrumados en el desván. Nadie subía allí jamás. Había una antigua antena de televisión pegada a la chimenea en el techo del edificio, y a través de ella pasé mis cables. El receptor le transmitía a una parabólica de diez pulgadas que yo tenía en el velero. Era lo último en tecnología, Karl. Lo compré en el mercado negro en Roma, y me costó una tonelada de dinero. Alcanzaba a ver la chimenea con binóculos, y las señales eran fáciles de recoger. Cada conversación que estuviera al alcance de un micrófono me era transmitida y llegaba al velero. Las revisaba todas, y por la noche las editaba. Sabía dónde iban a almorzar y de qué genio andaban sus esposas. Lo sabía todo.

—Es increíble.

—Los deberías oír tratando de parecer compungidos después de mi funeral. Recibían por teléfono las llamadas de condolencia, ¡y qué serios y correctos sonaban! Pero entre sí bromeaban sobre mi muerte. Me ahorré una confrontación desagradable. Habían elegido a Bogan para darme la noticia de que estaba despedido. El día después del funeral, él y Havarac tomaron whisky escocés en la sala de reuniones y se rieron de la suerte que yo había tenido por haber muerto en momento tan oportuno.

—¿Tienes esas cintas?

—Claro. Oye bien esto. Tengo las cintas de la conversación entre Trudy y Doug Vitrano, en mi antigua oficina, sólo unas horas antes de mi funeral, cuando abrieron mi cajilla de seguridad y encontraron la sorprendente póliza de seguros por dos millones de dólares. Es gracioso. A Trudy le tomó sólo veinte segundos preguntar: "¿Cuándo me dan el dinero?"

—¿Cuándo la puedo oír?

—No lo sé. Pronto. Primero había centenares de cintas. Le dediqué a la edición doce horas diarias durante varias semanas. Imagínate todas las llamadas telefónicas que debía recorrer.

—¿Sospecharon alguna vez?

—En forma, no. Una vez Rapley le comentó a Vitrano que mi cálculo había sido increíble, puesto que había comprado una póliza de dos millones de dólares sólo ocho meses antes de morir. Y hubo uno o dos comentarios sobre la manera extraña en que me había estado comportando, pero fueron inocuos. Estaban encantados con que hubiera pasado a mejor vida y dejado de ser un estorbo en esta.

—¿Interviniste los teléfonos de Trudy?

–Lo pensé, pero, ¿para qué molestarme? Su comportamiento era predecible. Ella no podía ayudarme.

–Pero Aricia sí.

–Cierto. Me enteré de cada movimiento que hicieron a favor de Aricia. Supe que el dinero se iba para una filial en el exterior. Supe cuál banco era y cuándo llegaría allá.

–¿Entonces cómo lo robaste?

–Te repito, corrí con mucha suerte. Aunque Bogan tomaba las decisiones, a Vitrano le tocaban la mayoría de las conversaciones con los banqueros. Fui a Miami con un nuevo conjunto de papeles que me identificaban como Doug Vitrano. Yo conocía su número de seguridad social y otros documentos vitales. El falsificador de Miami tiene un catálogo computarizado con un millón de caras. Todo lo que uno tiene que hacer es señalar la que uno quiere, ¡y presto!, esa es la que queda en el pase de conductor. Escogí una que era una mezcla entre la mía y la de Vitrano. De Miami volé a Nassau, y allí sí tenía que andar con pies de plomo. Me presenté al Banco Unido de Gales. El tipo con el que Vitrano había estado hablando era un hombre llamado Graham Dunlap. Presenté todos mis papeles falsos, incluyendo una resolución –fraudulenta y en papelería con membrete de la sociedad, por supuesto– que me ordenaba retirar el dinero tan pronto entrara. Dunlap no estaba esperando al señor Vitrano, y se sorprendió bastante. Hasta se sintió halagado de que un miembro de la sociedad hiciera el viaje para un asunto tan rutinario. Me preparó un café y mandó a una secretaria a que me trajera croissants. Estaba comiéndome uno en la oficina cuando entró el dinero.

–¿Y a él no se le ocurrió llamar a la sociedad?

–No. Y escucha, Karl, yo estaba preparado para salir como un tiro. Si Dunlap hubiera tenido la menor sospecha, yo le habría pegado un puñetazo, habría salido corriendo del edificio, habría tomado un taxi y me habría ido para el aeropuerto a todo vapor. Tenía tres pasajes diferentes, para tres vuelos distintos.

—¿Y adónde te habrías ido?

—Pues yo todavía estaba muerto, recuerda. De pronto, para Brasil. Habría encontrado trabajo en el mostrador de un bar y habría pasado el resto de mis días en la playa. A *posteriori* veo que quizás me habría ido mejor sin el dinero. Estaba en mis manos y era natural que vinieran tras él. Por eso estoy aquí ahora. De todos modos, Dunlap hizo las preguntas de rigor y me salieron preciosas las respuestas. Confirmó que la transferencia había sido efectuada y yo de inmediato autoricé su salida hacia un banco en Malta.

—¿Todo?

—Casi todo. Dunlap vaciló un momento cuando se dio cuenta de que el dinero se iba a ir de su banco. Casi me trago la lengua. Mencionó algo sobre una cuota de administración por sus servicios, y le pregunté qué era lo reglamentario. Se retorció como un gusano baboso, y dijo que cincuenta mil sería lo apropiado, y yo dije que bien. En la cuenta quedaron cincuenta mil, que luego se le transfirieron a Dunlap. El banco queda en el centro de Nassau...

—Quedaba en el centro de Nassau. Cerró seis meses después de que tú le hiciste el robo.

—Sí, eso oí decir. Qué lástima. Cuando salí por la puerta delantera y mis pies tocaron la acera, me tuve que contener para no salir a toda carrera, como un loco, por entre el tráfico. Quería gritar y brincar de una calle a otra, pero me controlé. Me metí al primer taxi vacío que pasó, le dije al chofer que iba retrasado a tomar un vuelo, y salimos a toda velocidad.

El avión para Atlanta salía en una hora. El de Miami, en hora y media. En el de La Guardia estaban pasando a bordo, de manera que me fui para Nueva York.

–Con noventa millones de dólares.

–Menos cincuenta mil, para el viejo Dunlap. Fue el viaje más largo de mi vida, Karl. Me bogué tres martinis y todavía era un manojo de nervios. Cerraba los ojos y veía agentes de aduana con ametralladoras esperándome en la puerta de entrada. Me imaginaba que Dunlap había sospechado algo y había llamado a la sociedad, y que de alguna manera me habían seguido la pista hasta el aeropuerto y habían llegado hasta el vuelo. Nunca en la vida había sentido tantos deseos de bajarme de un avión. Aterrizamos, carretearon el avión hasta el terminal y descendimos. Cuando llegamos al área en torno a la puerta, una cámara disparó un flash, y pensé: ¡Aquí fue Troya! ¡Me pillaron! Era un niño con una Kodak. Me dirigí, prácticamente corriendo, hasta el baño de varones y me senté sobre la taza veinte minutos. Cerca de los pies tenía un pequeño bolso de lona con todas mis posesiones terrenales.

–¡Sin contar los noventa millones!

–Ah, claro.

–¿Cómo llegó el dinero a Panamá?

–¿Cómo sabes que llegó a Panamá?

–Soy el juez, Patrick. Los policías me cuentan historias. Esta es una ciudad pequeña.

–Lo decía en las instrucciones de Nassau: el dinero pasaba a una cuenta nueva en Malta, y luego, rápidamente, a Panamá.

–¿Cómo fue que te convertiste en el mago para transferir dinero?

–Sólo exigió un poco de investigación. Le trabajé un año. Dime, Karl, ¿cuándo te enteraste de que el dinero había desaparecido?

Karl rió y se reclinó aún más. Se agarró las manos por detrás de la cabeza.

–Pues... tus amigos de la sociedad no lograron mantener su arreglito tapado.

–Me sorprende.

–La verdad es que todo el pueblo sabía que estaban a punto de quedar podridos de plata. Aparentaban tomar el secreto con mucha seriedad, pero gastaban dinero a manos llenas. Havarac se compró el Mercedes más negro y más grande jamás fabricado. El arquitecto de Vitrano estaba en la etapa final del diseño para la nueva casa de la familia: mil metros cuadrados. Rapley firmó un contrato para comprar un velero de ochenta pies de eslora. Dijo que pensaba retirarse. Escuché varias conversaciones privadas sobre la compra de un jet. Treinta millones en honorarios legales serían difíciles de ocultar por aquí, pero lo cierto es que ellos no trataron de hacerlo. Querían que la gente lo supiera.

–Sí. Se ve que son abogados.

–Diste el golpe de gracia un jueves, ¿no?

–Sí. El 26 de marzo.

–Al día siguiente, yo estaba preparando los procedimientos de un juicio civil cuando uno de los abogados recibió una llamada de su oficina. La noticia era que había problemas con el gran negocio en Bogan, Rapley, Vitrano, Havarac y Lanigan. El dinero había desaparecido. Todo. Alguien en el exterior se lo había robado.

–¿Se mencionó mi nombre?

–El primer día, no. Sin embargo, no tardó mucho. Se regó el rumor de que las cámaras de seguridad del banco habían captado a alguien que se parecía levemente a ti. Otras piezas cayeron en su lugar, y el chisme salió como una tromba por toda la ciudad.

–¿Tú creías que yo lo había hecho?

–Al principio estaba demasiado impresionado para creer cualquier cosa. Todos lo estábamos. Te habíamos enterrado, te habíamos llevado al eterno reposo, habíamos recitado nuestras oraciones.

Era imposible de creer. Pero a medida que pasaban los días la impresión fue disminuyendo, y el rompecabezas empezó a completarse: el testamento nuevo, el seguro de vida, el cuerpo quemado: comenzamos a sospechar. Entonces encontraron que la oficina estaba plagada de micrófonos. El FBI empezó a interrogar a todo el mundo. Una semana después del insuceso, todo el mundo estaba convencido de que tú eras el culpable del desfalco.

–¿Se sentían orgullosos de mí?

–No puedo decir que ese fuera mi caso. Sorprendido, quizás. Atónito, también, pues al fin y al cabo había un muerto. Luego, me sentí intrigado.

–¡Ni la más leve admiración!

–No lo recuerdo así, Patrick. No. Una persona inocente había sido asesinada a fin de que tú pudieras robar el dinero. Además, dejabas atrás esposa e hija.

–La esposa recibió un montón de dinero. La hija no es mía.

–Pero yo no lo sabía en aquel momento. Nadie lo sabía. No, no creo que te admiraran por estos lados.

–¿Y mis colegas de la sociedad?

–Nadie los vio durante muchos meses. Aricia los demandó. Luego hubo más litigios. Habían gastado mucho más de la cuenta, de manera que entraron en bancarrota. Divorcios, licor, hubo de todo. Se destruyeron a sí mismos como si siguieran instrucciones para hacerlo.

Patrick se encaramó en la cama y dobló las piernas con cuidado. Saboreó esta información con una sonrisa maléfica. Huskey se incorporó y fue hacia la ventana.

–¿Cuánto tiempo te quedaste en Nueva York? –preguntó asomándose por las persianas.

–Más o menos una semana. No quería que ninguna parte del dinero regresara a los Estados Unidos, de manera que lo hice transferir a un banco de Toronto. El banco de Panamá era una sucursal del Banco de Ontario, de manera que era fácil traer lo que necesitara.

—¿Comenzaste a gastar?

—No mucho. Ahora era canadiense venido de Vancouver, tenía papeles buenos y el dinero me permitió comprar un pequeño apartamento y obtener tarjetas de crédito. Conseguí un profesor de portugués y me dediqué a estudiar el idioma durante seis horas diarias. Fui varias veces a Europa, a fin de que mi pasaporte se viera usado y revisado. Todo salió a pedir de boca. Pasados tres meses, puse el apartamento en venta y me marché a Lisboa, donde seguí estudiando la lengua por un par de meses. Luego, el 5 de agosto de 1992, llegué a São Paulo.

—Tu día de la independencia.

—La libertad absoluta, Karl. Aterricé en aquella ciudad con dos maletas pequeñas. Conseguí un taxi y pronto me perdí en un mar de veinte millones de personas. Era de noche y llovía, el tráfico estaba atascado, y yo iba en la banca de atrás de un taxi, pensando para mis adentros que nadie en el mundo sabía dónde estaba. Jamás me encontraría nadie. Casi lloro, Karl. Era la libertad más total y absoluta. Vi las caras de las personas que caminaban presurosas por las aceras, y pensé para mí, ahora soy uno de ellos. Soy un brasileño llamado Danilo, y jamás seré nadie más.

VEINTINUEVE

Sandy durmió tres horas sobre un colchón duro en el ático, situado en algún punto encima de la biblioteca, lejos de ella, y despertó cuando el sol de la mañana entraba a través de los intersticios de la persiana. Eran las seis y media. Se había despedido a las tres, luego de siete horas de una intensa revisión de documentos y de escuchar docenas de conversaciones subrepticias que Patrick había logrado capturar en forma asombrosa.

Se vistió después de ducharse y bajó a la cocina, donde Lía lo esperaba sentada en el comedor auxiliar, con café recién preparado y un rostro sorprendentemente despierto. Mientras él le daba un vistazo a los periódicos, Lía le sirvió un pedazo de jamón y una tostada. Sandy se alistó para irse y regresar a su oficina a organizar todo el embrollo de Aricia en su propio terruño.

–¿Has sabido algo de tu padre? –preguntó. Las voces madrugadoras eran quedas, las palabras escasas.

–No. Pero no puedo llamar desde aquí. Más tarde voy al mercado y llamo de un teléfono público.

–Voy a rezar por él.

–Gracias.

Metieron el archivo de Aricia en el baúl de su automóvil y se despidieron. Ella prometió llamarlo en las próximas veinticuatro horas, pues por ahora no pensaba abandonar la ciudad. Los problemas de su cliente habían pasado de serios a urgentes.

El aire matutino era fresco. Al fin y al cabo era octubre, y hasta en la Costa se alcanzaba a sentir el otoño. Lía se puso un abrigo con capucha y salió a caminar por la playa, descalza y con las piernas desnudas, una mano metida en el bolsillo y la otra sosteniendo el café. Le molestaba tener que esconderse detrás de unas gafas de sol. La playa estaba desierta. ¿Por qué tenía que ocultar su cara?

Como todos los cariocas, había pasado gran parte de la vida en la playa, el centro de la cultura. La casa de su niñez había sido el apartamento de su padre en Ipanema, el barrio más elegante de Río, donde los niños crecían al aire libre, junto al mar.

Estaba poco acostumbrada a pasear por la playa sin verse rodeada por un millón de personas felices bronceándose y jugando. Su padre había sido un pionero en la organización de la lucha contra el desarrollo desbocado de Ipanema. Estaba en desacuerdo con el aumento de la población y con las edificaciones hechas en desorden y sin concierto, y era un infatigable trabajador con grupos vecinales. Aunque tales acciones iban en contravía de la típica actitud carioca de vivir y dejar vivir, con el tiempo llegó a ser admirado e incluso bien recibido. Como abogada, Eva donaba tiempo para los grupos conservacionistas de los barrios de Ipanema y Leblon.

El sol se fue ocultando entre las nubes, y la brisa se hizo viento. Eva regresó a la casa, con las gaviotas siguiéndola y chillando sobre su cabeza. Cerró puertas y ventanas, y salió en automóvil hacia un supermercado, a dos millas, donde pensaba comprar champú y frutas, y encontrar el teléfono público más cercano posible.

Al principio no vio al hombre, y cuando por fin reparó en él, parecía haber estado a su lado desde hacía mucho rato. Eva tenía en la mano un frasco de acondicionador para el cabello cuando el tipo aspiró como si estuviera resfriado. Ella se volvió, miró a través de sus anteojos, y la sorprendió la manera como se quedó mirándola. Tendría entre treinta y treinta y cinco años, era blanco y de barba, pero Eva no tuvo tiempo de detallarlo más.

El hombre la miraba con unos ojos rabiosamente verdes que brillaban en medio de un rostro de bañista bronceado. Eva recorrió el pasillo con serenidad, llevando el acondicionador. Posiblemente no fuera más que un personaje de la localidad, un pervertido inocuo que acechaba en las tiendas y asustaba a las turistas bonitas. Tal vez los del mercado sabían quién era y hasta era posible que lo excusaran diciendo que era incapaz de matar una mosca.

Minutos después lo volvió a ver, esta vez escondido cerca de la panadería, con el rostro oculto tras un pedazo de pizza pero con los ojos metálicos vigilando cada uno de sus movimientos. ¿Por qué se escondía cubriéndose la cara? Eva reparó en que iba de pantaloneta y sandalias.

El pánico se apoderó de ella y comenzaron a temblarle las piernas. Su primer impulso fue salir corriendo, pero trató de calmarse y buscó una canasta de mercado. Quién sabe quién la había detectado. En realidad le resultaba ventajoso observarlo mientras él la vigilaba a ella. Quién sabe cuándo lo volvería a ver. Se quedó en la sección de frutas y verduras, luego recorrió la de quesos, y pasó un rato largo sin encontrárselo. Luego volvió a aparecer de espaldas a ella con un litro de leche en la mano.

Unos minutos más tarde lo vio a través de los ventanales atravesando el estacionamiento. Iba con la cabeza ladeada, hablando por un celular, y no llevaba nada en las manos. ¿Qué había pasado con la leche? Eva habría salido corriendo por la puerta trasera, pero su auto estaba al frente. Pagó los artículos haciendo acopio de calma, pero le temblaron las manos al recibir la vuelta.

En el estacionamiento había unos treinta automóviles, incluyendo el que ella había alquilado, y sabía que era imposible inspeccionarlos todos. Tampoco quería hacerlo. En uno de ellos estaba el hombre. Lo único que quería era marcharse sin que la siguieran. Se subió al auto, abandonó el estacionamiento, y viró en dirección a la casa de la playa, aunque sabía que no podría volver allí. Recorrió unos ochocientos metros y luego dio una vuelta brusca en U, justo a tiempo para verlo tras ella, tres automóviles más atrás, al timón de un Toyota nuevo. Sus ojos verdes apartaron la mirada en el último segundo. Qué extraño, pensó Eva, que no los tuviera cubiertos.

Todo le resultaba muy extraño, por el momento. Qué extraño ir conduciendo por una carretera desconocida, en un país extranjero, con un pasaporte falso que hacía de ella alguien que nunca quiso ser, rumbo a un lugar todavía indefinido. Sí, todo era extraño, borroso y terrible, y lo que Eva necesitaba y quería con desesperación era ver a Patrick para gritarle a su antojo y hasta tirarle piedras. Esto no había sido parte del trato. Una cosa era que a Patrick lo estuvieran persiguiendo por su pasado, pero ella no había hecho nada malo. Y no digamos Paulo.

Como buena brasileña, solía conducir con un pie en el acelerador y el otro en el freno, y el tráfico de la playa la obligaba a aplicar su forma de conducir nativa. Pero debía conservar la calma.

Un fugitivo no se puede dar el lujo de dejarse dominar por el pánico, le había dicho Patrick muchas veces. Es preciso pensar, estar atento y planear el futuro.

Vigilaba los automóviles que venían detrás, sin dejar de obedecer las normas viales.

"Siempre debes saber dónde te encuentras", le había dicho Patrick. Había pasado buen rato estudiando el atlas de carreteras Se dirigió al norte y se detuvo en una estación de gasolina para ver qué pasaba. Nada. El hombre de los ojos verdes no la seguía, pero ese no era ningún consuelo. Él sabía que ella lo había visto. Lo habían pillado. Entonces había hecho una llamada por celular, y ahora eran otros los que la vigilaban.

Una hora más tarde entró al terminal del aeropuerto de Pensacola y esperó ochenta minutos un vuelo a Miami. Cualquier vuelo le habría servido. El de Miami resultó ser el más próximo. Y habría de resultar desastroso.

Esperó detrás de una revista, en una cafetería, observando cuanta cosa se moviera. Un guardia de seguridad estaba feliz mirándola, y a ella le pareció difícil ignorarlo. Por lo demás, el aeropuerto estaba casi libre de actividad humana.

El vuelo a Miami, en un avión turbo hélice, hizo varias escalas, y le pareció que nunca iba a llegar. Dieciocho de los veinticuatro puestos estaban vacíos y los otros cinco pasajeros parecían inocuos. Incluso logró dormir un poco.

En Miami permaneció escondida durante una hora en el restaurante del aeropuerto, tomando un agua costosa y viendo pasar a la gente. En el mostrador de Varig compró un pasaje a São Paulo en primera clase. No sabía muy bien por qué a São Paulo. Ella no vivía allí, pero esa ciudad quedaba ciertamente en la dirección correcta. Tal vez podría esconderse allí unos cuantos días en un buen hotel. Estaría más cerca de su padre, donde fuera que se hallara. Además, de allí salían aviones hacia cien destinos diferentes. ¿Por qué no visitar su país?

◈

El FBI, como parte de la rutina, había enviado una alerta al personal de aduanas e inmigración, lo mismo que a las aerolíneas. En ella se describía a una mujer joven, de treinta y un años, que viajaba con pasaporte brasileño, cuyo nombre real era Eva Miranda, pero que probablemente usaba un alias. Una vez obtenida la identidad de su padre, saber el verdadero nombre de ella había sido un asunto sencillo. Cuando Lía Pires pasó por el puesto de revisión de pasaportes en el aeropuerto internacional de Miami, no esperaba encontrar problemas por delante. Ella seguía pensando que su problema eran los hombres que venían detrás.

Hasta ahora su pasaporte de Lía Pires había resultado muy confiable.

318 ◇ JOHN GRISHAM

Pero el agente de aduanas había visto la alerta una hora antes, durante el descanso para tomar café. Pulsó un botón de alarma en su pantalla mientras examinaba bien cada palabra del pasaporte. Al principio la vacilación molestó a Lía, pero enseguida se dio cuenta de que algo andaba mal. Los viajeros de las otras taquillas iban pasando a la carrera, casi sin detenerse, mostrando sus pasaportes y recibiendo la aprobación con un saludo. Un supervisor de chaqueta azul oscura apareció por alguna parte y le dijo al agente algo en secreto.

—Venga por acá, por favor, señorita Pires —pidió con cortesía, pero sin dejarle alternativa de ninguna clase. Le señaló una serie de puertas en el amplio corredor.

—¿Hay algún problema? —insistió ella.

—No se preocupe, sólo algunas preguntas.

Él la estaba esperando. Un guardia uniformado, con una porra y un arma a la cintura, también la esperaba. El supervisor llevaba su pasaporte. Docenas de pasajeros que venían detrás de ella la miraban.

—¿Preguntas sobre qué? —preguntó Eva, mientras se dirigía con el supervisor y el guardia a la segunda puerta.

—Sólo unas preguntas —repitió abriendo la puerta y acompañándola hasta una habitación cuadrada, sin ventanas. Un cuarto de detenciones. Advirtió el nombre de Rivera en la escarapela del hombre. No parecía de origen hispano.

—Entréitgueme el pasaporte —exigió Eva tan pronto estuvieron solos, a puerta cerrada.

—No tan rápido, señorita. Necesito hacerle algunas preguntas.

—Y yo no tengo que contestarlas.

—Por favor tranquilícese. Tome asiento. ¿Puedo conseguirle café o agua?

—No.

—¿Es esta una dirección válida en Río?

—Claro que sí.

—¿De dónde llegó?

—De Pensacola.

—Su vuelo.

—Airlink 855.

—¿Y su destino?

—São Paulo.

—¿A qué parte de São Paulo va?

—¿Y si es asunto privado?

—¿Por negocios o por placer?

—¿Qué importa eso?

—Sí importa. Su pasaporte dice que usted reside en Río. ¿Dónde va a alojarse en São Paulo?

—En un hotel.

—¿El nombre del hotel?

Vaciló mientras trataba de recordar el nombre de algún hotel, y el pequeño intervalo fue fatal.

—Ejem, el... el... Intercontinental —dijo por fin, sin el menor asomo de veracidad.

Él lo anotó y dijo:

—¿Y hemos de suponer que allá tiene un cuarto reservado a nombre de Lía Pires?

—Claro —dijo replicando de buena manera. Pero una llamada rápida demostraría que estaba mintiendo.

—¿Dónde están sus maletas? —preguntó el hombre.

Otra grieta en la fachada, y esta más reveladora. Vaciló, miró a lo lejos y dijo:

—Viajo ligera de equipaje.

Alguien tocó a la puerta. Rivera la abrió un poco, sacó una hoja de papel y le dijo algo en secreto a su colega invisible. Lía se sentó y trató de tranquilizarse. Cerraron la puerta y Rivera analizó su evidencia.

—De acuerdo con nuestros registros, usted entró al país hace ocho días por Miami, en un vuelo procedente de Londres, originado en Zurich. Ocho días y sin equipaje. Parece raro, ¿no?

—¿Es un crimen viajar así? —preguntó.

—No, pero es un crimen usar pasaporte falso. Al menos aquí en los Estados Unidos.

Ella miró el pasaporte que estaba sobre la mesa, junto a él, a sabiendas de que más falso no podía ser.

—No es falso —dijo indignada.

—¿Conoce a una persona de nombre Eva Miranda? —preguntó Rivera, y Lía fue incapaz de mantener el mentón en alto. El corazón le dejó de latir y bajó la cabeza al darse cuenta de que la persecución había terminado.

Rivera sabía que habían pescado a la otra.

—Tengo que ponerme en contacto con el FBI —dijo—. Esto me llevará algún tiempo.

—¿Estoy arrestada? —preguntó Eva.

—Todavía no.

—Soy abogada. Yo...

Lo sabemos. Y tenemos el derecho de retenerla para interrogarla. Nuestras oficinas quedan en el primer piso. Vamos.

Fue conducida de prisa; llevaba la cartera apretada y las gafas aún puestas.

❖

La larga mesa estaba repleta de papeles y legajadores, de hojas arrugadas, de servilletas y tazas vacías, y hasta de sándwiches empezados traídos de la cafetería del hospital. El almuerzo había tenido lugar hacía cinco horas, pero ninguno de los abogados había pensado en comer. La cuenta del tiempo la llevaban afuera. Adentro no importaba.

Ambos hombres estaban descalzos. Patrick llevaba una camiseta y una pantaloneta de gimnasia. Sandy, una camisa arrugada de algodón y pantalones de dril sin medias; la misma vestimenta que había usado antes, en la casa de la playa. La caja de Aricia estaba vacía en una esquina; todo su contenido reposaba ahora en la mesa.

Tocaron al tiempo que se abría la puerta, y el agente Joshua Cutter entró sin ser invitado. Se quedó en el umbral, de pie.

—Esta es una reunión privada —dijo Sandy, muy cerca de la cara de Cutter. Nadie debía ver los documentos que estaban sobre la mesa. Patrick fue a la puerta y ayudó a tapar la vista.

—¿Por qué no golpea antes de entrar? —dijo enfadado.

—Lo siento —dijo Cutter impasible—. No me demoro sino un minuto. Pensé que querría saber que tenemos a Eva Miranda. La atraparon tratando de evadirse por el aeropuerto de Miami, camino del Brasil, con pasaporte falso y todo.

Patrick se quedó petrificado, tratando de pensar qué decir.

—¿Eva? —preguntó Sandy.

—Sí, conocida también como Lía Pires. Así se llama en el pasaporte falso —Cutter miraba a Patrick mientras le contestaba a Sandy.

—¿Dónde se encuentra? —preguntó Patrick atónito.

—En la cárcel, en Miami.

Patrick se dio la vuelta y se puso a caminar junto a la mesa. La cárcel de cualquier parte sería horrible, pero la de Miami tenía un dejo particularmente ominoso.

—¿Tiene algún número telefónico adonde la podamos llamar? —preguntó Sandy.

—No.

—Ella tiene derecho a usar el teléfono.

—Estamos trabajando en eso.

—Consígame un número, ¿sí?

–Ya veremos –Cutter siguió mirando a Patrick e ignorando a Sandy–. Iba de prisa. Sin equipaje, sólo con una bolsa. Tratando de volverse a meter al Brasil, dejándolo atrás.

–Cállese –dijo Patrick.

–Ya se puede ir –dijo Sandy.

–Sólo pensé que querría saber –dijo con una sonrisa y se marchó.

Patrick se sentó y comenzó a darse masajes suaves en las sienes. Le había estado doliendo la cabeza desde antes de que Cutter llegara, y ahora estaba que se le partía. Él y Eva habían analizado las tres situaciones que ella tendría que enfrentar si lo agarraban a él. La primera, si todo salía según los planes, era que debía permanecer a la sombra, ayudándole a Sandy y moviéndose a voluntad. Segunda, la podrían agarrar Stephano y Aricia, que era la posibilidad más terrible. Tercera, podría capturarla el FBI, alternativa que no era tan terrible como la segunda, pero que planteaba problemas enormes. Al menos estaba a salvo.

No habían analizado esta cuarta posibilidad: su regreso al Brasil sin él. Él no podía creer que lo estuviera abandonando.

Sandy recogió los legajadores y limpió la mesa sin hacerse notar.

–¿A qué horas la dejaste? –preguntó Patrick.

–Más o menos a las ocho. Ella estaba bien, Patrick.

–¿Ninguna mención de Miami o Brasil?

–No. De ninguna clase. Me fui con la impresión de que se quedaría un tiempo en la casa de la playa. Me contó que la había arrendado por un mes.

–Entonces se asustó. ¿Por qué otra razón podría salir corriendo?

–No lo sé.

–Encuéntrame un abogado en Miami, Sandy. Y rápido.

–Conozco algunos.

–Debe tener un susto mortal.

TREINTA

Ya eran más de las seis, de modo que Havarac se encontraba con toda probabilidad en un casino, en la mesa de *blackjack*, tomando whisky gratuito y buscando mujeres. Abundaban los rumores sobre sus deudas de juego. Con toda seguridad, Rapley se encontraba encerrado en la buhardilla, el lugar donde el resto del mundo prefería que estuviera. Las secretarias y paralegales se habían marchado. Doug Vitrano le echó llave a la puerta delantera del edificio y se dirigió a la oficina de atrás, la más grande y bonita, donde Charlie Bogan esperaba detrás de su escritorio, con las mangas enrolladas.

Patrick se las había arreglado para poner micrófonos en todas las oficinas, excepto en la del socio mayor, hecho del que Bogan había sacado provecho durante los terribles altercados que siguieron a la pérdida del dinero. Cuando Bogan no estaba en su oficina, o en algún lugar cercano a ella, la dejaba cerrada con doble cerrojo. Sus socios habían sido demasiado descuidados, les había recordado en repetidas ocasiones. En especial Vitrano, cuyo teléfono, usado durante aquellas últimas malhadadas conversaciones con Graham Dunlap, había sido el medio que le permitió a Patrick enterarse del rumbo del dinero. A esto le habían dado mil vueltas, casi hasta llegar a los puños.

Bogan no podía aducir, en todo caso, que sospechaba que los estuvieran espiando en su propia empresa. De ser así, ¿por qué no había prevenido a sus socios? Se había limitado a ser cauteloso, y afortunado. En su oficina se habían desarrollado conversaciones importantes. Tomaba sólo segundos echar el doble cerrojo. Sólo él tenía la llave. Ni siquiera los aseadores podían entrar allí cuando él no estaba presente.

Vitrano cerró la puerta con firmeza y se dejó caer en el mullido sillón de cuero, al otro lado del escritorio.

—Esta mañana vi al senador —dijo Bogan—. Me invitó a ir a su casa.

La madre de Bogan y el padre del senador eran hermanos. El senador era diez años mayor que Bogan.

—¿Está de buen humor? —preguntó Vitrano.

—Yo no lo llamaría así. Quería ponerse al día en lo de Lanigan y yo le conté cuanto sabía. Ni señas del dinero. Está muy nervioso respecto de lo que Lanigan pueda saber. Le garanticé, como lo he hecho muchas veces, que todas las comunicaciones se hicieron desde mi oficina, y que esta se encontraba limpia. Así que no debía preocuparse.

—¿Pero está preocupado?

—Por supuesto. Me preguntó otra vez si había algún documento que lo ligara con Aricia, y volví a decirle que no.

—Lo que es verdad, por supuesto.

—Sí. No hay documentos con el nombre del senador. Con él todo fue verbal. La mayor parte de las conversaciones tuvieron lugar en el campo golf. Se lo he dicho mil veces, pero él quería volver a escucharlo, en vista del regreso de Patrick.

—¿No le dijiste lo del Armario?

—No.

Ambos vieron el polvo sobre el escritorio de Bogan y rememoraron lo que había sucedido en el Armario. En enero de 1992, un mes después de que el Departamento de Justicia aprobara el arreglo con Aricia, y unos dos meses antes de la fecha en que debían recibir el dinero, Aricia se había aparecido un día, sin cita previa, sin anunciarse y con un genio de los mil demonios. Patrick todavía andaba por ahí, aunque su funeral sólo estaba a tres semanas de distancia. La sociedad había emprendido ya una remodelación completa de sus oficinas, razón por la cual Bogan no pudo reunirse con Aricia en su oficina. Había pintores trepados en escaleras y sábanas tiradas sobre los muebles. Condujeron al combativo Aricia hasta una salita de reuniones al frente de la oficina de Bogan, un cuarto al que todo el mundo llamaba el Armario por su tamaño. Una mesa cuadrada, pequeña, con una silla a cada lado. Nada de ventanas. El cielo raso inclinado, porque por encima pasaba una escalera.

Llamaron a Vitrano, por ser el segundo en el mando, y arrancó una especie de reunión, que no fue muy larga. Aricia se encontraba irritado porque los abogados estaban a punto de ganarse treinta millones de dólares. Ahora que la transacción había sido aprobada la realidad lo golpeaba de lleno, y le parecía que treinta millones por honorarios legales era una vulgaridad. La reunión no tardó en acalorarse, pero Bogan y Vitrano se mantuvieron en sus trece. Le ofrecieron buscar el contrato por servicios legales, pero a Aricia eso no le importaba.

Al calor del momento, Aricia preguntó qué parte de los treinta millones recibiría el senador. Bogan se puso hostil y le dijo que ese no era asunto suyo. Aricia sostuvo que sí lo era porque, al fin y al cabo, el dinero era suyo, y luego se desató en una diatriba contra el senador y los políticos en general. Le daba mucha importancia al hecho de que el senador hubiera trabajado tanto en Washington para presionar a la Armada, al Pentágono y al Departamento de Justicia para que aceptaran esta reclamación.

–¿Cuánto le van a dar? –siguió preguntando.

Bogan siguió esquivando los golpes. Sólo decía que ellos se encargarían de dejar satisfecho al senador. Le recordó a Aricia que él había escogido la sociedad con todo cuidado debido a las conexiones políticas que esta poseía. Agregó, acalorado, que sesenta millones en el bolsillo de Aricia no eran ninguna bicoca si se tenía en cuenta, en primer lugar, que toda la reclamación era una estafa.

Se dijo demasiado.

Aricia propuso una tarifa de sólo diez millones, y cuando Bogan y Vitrano la rechazaron de plano, salió furioso del Armario, lanzando maldiciones a cada paso.

En el Armario no había teléfonos, pero encontraron dos micrófonos. Uno estaba debajo de la mesa, oculto en una esquina donde se juntaban dos soportes, pegado en su lugar con masilla negra. El segundo estaba puesto junto a dos empolvados libros antiguos de derecho, en el único estante del cuarto. Los libros estaban allí con propósitos meramente decorativos.

Pasado el golpe de la fortuna perdida, y del subsiguiente hallazgo por parte de Stephano de todos los alambres y micrófonos, Bogan y Vitrano no hablaron durante mucho tiempo de la reunión en el Armario. Tal vez así desaparecería. Nunca se lo mencionaron a Aricia, más que todo porque se había apresurado a demandarlos y ahora detestaba hasta la mención de sus nombres. El incidente se les había borrado de la memoria. Tal vez no había sucedido.

Ahora que Patrick estaba de regreso se habían visto obligados a confrontar el hecho con timidez. Siempre existía la posibilidad de que los micrófonos hubieran funcionado mal o de que Patrick, en su premura, no los hubiera escuchado. Era considerable el número de artefactos que Patrick tenía que analizar. De hecho, habían decidido que era alta la probabilidad de que la reunión del Armario no hubiera sido escuchada.

—No creo que haya guardado las cintas todos estos cuatros años, ¿no? –preguntó Vitrano.

Pero Bogan no respondió. Se sentó con los dedos entrelazados sobre el vientre a ver posarse el polvo en su escritorio. Ah, lo que podría haber sido. A él le habrían correspondido cinco millones, al senador otro tanto. No habría entrado en bancarrota, no se habría divorciado. Todavía tendría esposa y familia, casa y posición.

Podría haber tomado los cinco millones y haberlos convertido, a estas alturas, en diez, y antes de poco tiempo en veinte, dinero en grande y libertad para hacer lo que quisiera. Ya estaba ahí, todo un festín sobre la mesa, y Patrick se lo había arrebatado.

La ebriedad de haber encontrado a Patrick había durado un par de días, pero luego se había ido desvaneciendo poco a poco, cuando quedó claro que el dinero no iba a volver a Biloxi con él. Cada día que pasaba, el dinero parecía más y más lejano.

—¿Crees que conseguiremos que devuelva el dinero, Charlie? —preguntó Vitrano con una voz a duras penas audible y los ojos clavados en el piso. No lo había llamado Charlie en años. Tanta familiaridad era inusitada en una sociedad donde había tal resquemor.

—No —dijo, e hizo una larga pausa—. Estaremos de buenas si no nos llevan a juicio.

◆

Con una hora de trabajo telefónico serio por delante, Sandy empezó por la llamada más difícil. Desde su auto, en el estacionamiento del hospital, llamó a su esposa y le dijo que llegaría muy tarde, tan tarde que quizá se vería obligado a permanecer en Biloxi. Su hijo estaba jugando un partido de fútbol juvenil. Se disculpó, le echó la culpa de todo a Patrick y dijo que más tarde se lo explicaría. Ella lo aceptó mejor de lo que Sandy esperaba.

En su oficina encontró a una secretaria que se había quedado trabajando hasta tarde y que le consiguió los números telefónicos que buscaba. Conocía a dos abogados en Miami, pero ninguno de ellos estaba en la oficina a las siete y cuarto. En el teléfono de la residencia de uno de ellos no hubo respuesta. El del otro no figuraba en el directorio. Hizo una serie de llamadas a abogados conocidos de Nueva Orleans, y por fin consiguió el número de

Mark Birck, un penalista de Miami tenido en muy alta estima. A Birck no le gustó mucho recibir la llamada mientras comía, pero de todas maneras escuchó. En diez minutos, Sandy le dio una versión breve de la saga de Patrick, incluyendo la última peripecia, la llegada de Eva a una cárcel de Miami. Esta era la causa de la llamada. Birck se mostró interesado y le explicó que conocía muy bien tanto las leyes de inmigración como el procedimiento criminal. Haría dos llamadas después de cenar. Sandy quedó en llamarlo una hora más tarde.

Necesitó tres llamadas para localizar a Cutter, y veinte minutos de echarle flores antes de que aceptara reunirse con él a tomar café en un expendio de rosquillas. Sandy condujo hasta allá, y mientras esperaba a Cutter volvió a llamar a Birck.

Birck le informó que, en efecto, Eva Miranda se hallaba recluida en un centro de detención federal en Miami. Aún no se le había acusado formalmente de ningún crimen, pero estaba muy recién llegada. No había manera de verla esa noche, y probablemente tampoco al día siguiente. Por ley, el FBI y el servicio de aduanas de los Estados Unidos pueden retener a un extranjero que haya sido sorprendido viajando con pasaporte falso hasta cuatro días antes de que se presente una solicitud de liberación. Es lógico, explicó Birck, teniendo en cuenta las circunstancias. Esa gente tiende a desaparecer en un abrir y cerrar de ojos.

Birck había estado en el centro de detención varias veces visitando clientes y, en comparación con sitios similares, el lugar no era malo. Ella se encontraba en su propia celda privada, y en general no corría peligro. Con suerte tendría acceso a un teléfono por la mañana.

Sin proporcionar mayores detalles, Sandy le dijo que no había prisa en que la dejaran libre. Afuera había gente buscándola. Birck prometió mover sus hilos temprano en la mañana y tratar de verla.

Sus honorarios serían de diez mil dólares, suma que Sandy aceptó pagar.

Colgó mientras Cutter entraba contoneándose en el expendio de rosquillas y se sentaba en una mesa junto a la ventana del frente, tal como lo había prometido. Sandy cerró su auto con llave y entró tras él.

◇

La comida era de paquete, calentada en microondas y servida en una bandeja de plástico muy gastada. Aunque tenía hambre, la idea de comerse aquello no le había pasado por la cabeza. Dos robustas mujeres uniformadas, con las llaves tintineando en cadenas puestas alrededor de la cintura, la habían dejado en su celda hecha de bloques de concreto. Una de ellas le preguntó cómo se sentía. Ella murmuró algo en portugués y la dejaron en paz. La puerta era de metal grueso, con un pequeño orificio cuadrado. A ratos se oían las voces de otras prisioneras, pero el lugar permanecía más bien silencioso.

Jamás había estado en la cárcel, ni siquiera como abogada. Fuera de Patrick, no recordaba a ningún amigo a quien hubieran encarcelado. La sacudida inicial le dio paso al miedo, luego a la humillación de estar enjaulada como una criminal. En las primeras horas lo único que la mantuvo firme fue el recuerdo de su padre. No había duda de que se encontraba en condiciones mucho peores que las suyas. Rezó para que no le estuvieran haciendo daño.

En la cárcel le resultaba más fácil orar. Lo hizo por su padre y por Patrick. Resistió la tentación de inculparlo a él por sus problemas, aunque habría sido fácil. La culpa era sobre todo de ella, por haberse llenado de pánico y haber obrado con tanta precipitación. Patrick le había enseñado a moverse sin dejar rastro, a desaparecer. El error había sido suyo, no de Patrick.

Concluyó que los cargos por llevar un pasaporte falso eran menores, y lo podrían resolver sin tardanzas. En un país violento, sin capacidad carcelaria suficiente, es obvio que una ofensa simple de una persona sin récord criminal podía manejarse de manera expedita, poniéndole una multa pequeña y deportándola enseguida.

El dinero la consolaba. Mañana exigiría un abogado, uno bueno, con conexiones. Harían llamadas telefónicas a las autoridades de Brasilia, cuyos nombres conocía. De ser necesario, el dinero podría usarse para intimidar a todo el que se metiera. Al cabo de poco tiempo, estaría libre y de regreso a casa para rescatar a su padre. Se escondería en alguna parte en Río. Sería muy simple.

En la celda no hacía frío. Estaba cerrada con llave y la vigilaban muchas personas armadas. Era un lugar seguro, decidió. Los hombres que lastimaron a Patrick y que ahora tenían a su padre no podrían tocarla.

Apagó la luz del techo y se estiró sobre el catre angosto. El FBI querría contarle a Patrick que la habían detenido, de modo que era probable que él ya lo supiera. Le parecía verlo llenar renglones de su libreta, analizando este último acontecimiento desde una sorprendente variedad de ángulos. Para este momento, ya Patrick habría concebido no menos de diez maneras de rescatarla. Y no dormiría hasta reducir la lista a las tres mejores.

La diversión está en elaborar el plan, solía decir.

❖

Cutter ordenó una gaseosa sin cafeína y una rosquilla de chocolate. Como no estaba de turno, había reemplazado el traje oscuro y la camisa blanca de siempre por bluyines y camisa de manga corta. En él, la sonrisa pretenciosa era una segunda naturaleza. Ahora que habían encontrado a la joven y que la tenían presa mostraba una arrogancia especial.

Sandy se devoró un sándwich de jamón de cuatro mordiscos. Eran casi las nueve de la noche. A la hora del almuerzo, que había tenido lugar hacía mucho tiempo, había compartido la comida de Patrick en el hospital.

–Tenemos que hablar en serio –dijo. El restaurante estaba repleto y su voz era queda.

–Escucho –dijo Cutter.

Sandy tragó, se limpió la boca, se le acercó aún más inclinándose hacia adelante, y dijo:

–No lo tome a mal, pero debemos incluir a otra gente.

–¿Como a quién?

–Como a la gente que está más arriba. Gente de Washington.

Durante un minuto, Cutter sopesó lo dicho, mientras observaba el tráfico recorrer la carretera 90. El Golfo quedaba a menos de cien metros de distancia.

–Seguro –dijo–. Pero tengo que decirles algo.

Sandy miró en derredor. Ni una sola persona lo observaba, ni siquiera en forma casual.

–¿Qué le parecería si yo pudiera demostrar que la reclamación de Aricia contra Platt & Rockland era completamente fraudulenta, que este conspiraba con la firma de Bogan para estafar al gobierno y que el primo de Bogan, el senador, era parte de la conspiración y debía haber recibido varios millones de dólares por debajo de cuerda?

–Una maravillosa historia.

–La puedo demostrar.

–Y si la creemos, entonces tendremos que permitir que Lanigan haga algún tipo de restitución y se marche.

–Tal vez.

—No tan rápido. Aún queda el asunto del cadáver —con aparente indiferencia, Cutter le dio un mordisco a su rosquilla y la masticó, pensativo. Entonces añadió—: ¿Qué clase de pruebas?

—Documentos, llamadas telefónicas grabadas, de todo.

—¿Admisible en la corte?

—La mayor parte.

—¿Suficiente para condenar a alguien?

—Una caja llena.

—¿Dónde está?

—En el baúl de mi auto.

Cutter miró por encima del hombro, de manera instintiva, en dirección al estacionamiento. Luego fijó la vista en Sandy.

—¿Se trata de un material que Patrick recogió antes de largarse?

—Correcto. Se enteró del asunto de Aricia. La sociedad estaba pensando despedirlo. De manera que con mucha paciencia recogió la mugre.

—Un mal matrimonio, etc., etc., así que tomó el dinero y huyó.

—No. Huyó, y luego se llevó el dinero.

—Como sea. Entonces, ahora quiere hacer algún trato, ¿eh?

—Claro. ¿No es lógico?

—¿Y qué hay del asesinato?

—Ese es un asunto estatal que en realidad no les concierne a ustedes. Con ese nos las veremos después.

—Podemos conseguir que sí nos concierna.

—Me temo que no. Ustedes tienen la acusación del robo de noventa millones. El estado de Mississippi tiene la de asesinato. Para desgracia de ustedes, los federales no pueden venir ahora a sindicarlo de asesinato.

Cutter odiaba a los abogados por esa mismísima razón. No se dejaban engañar con facilidad.

Sandy continuó:

—Mire. Esta reunión es un formalismo. Me limito a pasar por

todas las instancias, porque no quiero brincarme ninguna, pero estoy dispuesto a empezar una serie de llamadas a Washington a primera hora de la mañana. Me parecía conveniente sostener esta charla, y esperaba convencerlo de que nos encontrábamos listos para transar. En caso contrario, estaré en el teléfono.

–¿A quién busca?

–A alguien con suficiente autoridad, al FBI y al Departamento de Justicia. Nos reuniremos en algún salón y yo expondré el caso.

–Permítame hablar con Washington. Pero espero que lo que tenga sea realmente bueno.

Se dieron un frío apretón de manos, y Sandy se marchó.

TREINTA Y UNO

La señora de Stephano ya podía dormir otra vez. Esos molestos jóvenes de trajes azules iguales se habían ido de su calle, y los vecinos habían dejado de llamar a fisgonear. Los chismes en las sesiones de bridge habían vuelto a temas más normales. Su esposo se encontraba tranquilo.

Y bien dormida estaba cuando repicó el teléfono a las cinco y media de la mañana. Lo agarró de la mesa de noche.

—Hola.

Una voz firme y potente dijo:

—Jack Stephano, por favor.

—¿Quién llama? —preguntó ella. Jack se movía debajo de las mantas.

—Hamilton Jaynes, del FBI —fue la réplica.

Ella exclamó:

—¡Oh, Dios mío! —y puso una mano sobre el auricular—. Jack, es el FBI otra vez.

Jack encendió la luz, miró el reloj, tomó el teléfono.

—¿Quién es?

—Buenos días, Jack. Es Hamilton Jaynes. Detesto llamarte tan temprano.

—Entonces no lo hagas.

—Sólo quería que supieras que tenemos a la joven, a Eva Miranda, bajo custodia. Está sana y salva, de manera que tus muchachos pueden dejar a su padre en paz.

Stephano salió de la cama y se puso de pie junto a la mesita. Su última esperanza se había esfumado. La búsqueda del dinero había terminado por fin.

—¿Dónde se encuentra? —preguntó, sin esperar ninguna respuesta significativa.

—La tenemos, Jack. Está con nosotros.

—Felicitaciones.

—Mira, Jack, he mandado a algunos hombres a Río a vigilar la situación de su padre. Tienes veinticuatro horas, Jack. Si no lo sueltas antes de las cinco y media de mañana, expediré una orden de detención contra ti y contra Aricia. Diablos, probablemente arrestaré a Atterson, de la Monarch–Sierra y a Jill, de la Northern Case Mutual, sólo por el placer de hacerlo. Siempre he sentido muchas ganas de hablar con esos tipos, lo mismo que con Aricia.

—Disfrutas acosando, ¿no?

—Me fascina. Mira, ayudaremos a los brasileños para que ustedes sean extraditados a Brasil, ¿sabes? Y ese trámite tardará un par de meses. En caso de extradición no hay fianza, de manera que tú y tus sucios clientes pueden pasar las Navidades en la cárcel. Quién sabe, de pronto hasta funciona, como por variar, y les toca irse a Río. Me han contado que las playas son hermosas. ¿Estás ahí, Jack?

—Te escucho.

—Veinticuatro horas —el teléfono produjo un ruido ligero y la línea quedó muerta. La señora de Stephano estaba en el baño con la puerta cerrada, demasiado perpleja para enfrentarlo.

Jack bajó a hacer café. Se sentó junto a la mesa de la cocina, en la semipenumbra, a esperar a que saliera el sol. Estaba cansado de Benny Aricia.

Había sido contratado para encontrar a Patrick y el dinero, no para hacer preguntas de cómo crearon el dinero. Conocía lo esencial de la historia de Benny Aricia con Platt & Rockland, y siempre había sospechado que allí había gato encerrado. Había hurgado una o dos veces, pero Aricia no mostraba interés alguno en hablar de los acontecimientos que precedieron a la desaparición de Patrick.

Desde el comienzo, Jack había sospechado que las oficinas de la sociedad de abogados habían sido interceptadas por dos razones. La primera, para conseguir basura sobre los demás socios y sus clientes, en especial sobre Aricia. La segunda, para conducir a Patrick hasta el dinero después de su funeral. Lo que nadie sabía, con excepción tal vez de Aricia y los socios, era cuánta evidencia comprometedora había grabado y almacenado Patrick. Stephano sospechaba que había recogido mucho lodo.

Cuando el dinero desapareció, y Stephano comenzó su búsqueda, la sociedad de abogados resolvió no unirse al consorcio. Tenía treinta millones de dólares en entredicho y, sin embargo, prefirió lamerse las heridas y marcharse a casa. La razón dada fue la falta de dinero. Los socios estaban prácticamente en la quiebra, las cosas se pondrían mucho peor, y la verdad es que no podían permitirse el lujo de participar. En aquella época eso tenía cierta lógica, pero Stephano también sintió que había cierta renuencia a dar con Patrick.

Algo había en las grabaciones. Patrick los había pillado con las manos en la masa. Por miserables que se hubieran vuelto sus vidas, la captura real de Patrick podría ser su peor pesadilla.

Lo mismo en el caso de Aricia. Esperaría una hora y luego lo llamaría.

◇

Hacia las seis y media, la oficina de Hamilton Jaynes estaba repleta de gente. Había dos oficiales en un sofá estudiando los últimos informes de sus contactos en Río, y uno junto al escritorio de Jaynes esperando a dar una actualización sobre el paradero de Aricia, que seguía en Biloxi, en un apartamento alquilado. Un cuarto rondaba por allí con un informe actualizado sobre Eva Miranda. Una secretaria entró a la oficina trayendo una caja llena de legajadores. Jaynes se encontraba en su silla, al teléfono, desaliñado y sin chaqueta, ignorando a todo el mundo.

Joshua Cutter entró, también cansado y con la ropa arrugada. Había dormido dos horas en el aeropuerto de Atlanta, mientras salía el vuelo que lo llevaría a Washington D.C., donde un agente lo esperaba para llevarlo al edificio Hoover. Jaynes colgó el teléfono, y les ordenó a todos que abandonaran su oficina.

−Tráiganos café, y mucho −le gruñó a la secretaria. El cuarto quedó vacío y Cutter se sentó rígido ante el imponente escritorio. Aunque sentía una enorme fatiga, trataba de estar concentrado. Jamás había estado cerca de la oficina del asistente del director.

−Oigámoslo −gruñó Jaynes.

−Lanigan quiere transar. Sostiene que posee evidencia suficiente para condenar a Aricia, a los abogados, y a un senador de los Estados Unidos cuyo nombre no ha suministrado.

−¿Qué clase de evidencia?

−Una caja llena de documentos y cintas magnetofónicas, material que acumuló antes de escapar.

−¿Viste la caja?

−No. McDermott dice que estaba en el baúl de su auto.

−¿Y el dinero?

−Nunca llegamos hasta allá. Quiere que nos reunamos con usted y con alguien del Departamento de Justicia para discutir las posibilidades de un arreglo. Me quedó la impresión de que creen que pueden comprarse la salida de este asunto.

−Siempre hay esa posibilidad cuando uno roba dinero sucio. ¿Dónde se quiere reunir?

−Allá, en algún lugar de Biloxi.

−Permíteme llamar a Sprawling, al Departamento de Justicia −dijo Jaynes, casi para sí mismo, mientras buscaba el teléfono. El café llegó.

❖

Marck Birck jugaba sobre la mesa con su estilógrafo de marca mientras esperaba en el cuarto de visita del centro de detención federal. No eran todavía las nueve, la hora en que los abogados pueden visitar a sus clientes, pero tenía un amigo en la administración. Birck explicó que se trataba de una emergencia. La mesa tenía biombos a ambos lados para garantizar la intimidad y una gruesa pared de vidrio la atravesaba por la mitad. Podía hablar con ella a través de una pequeña abertura en forma de reja.

Durante treinta minutos jugó con el estilógrafo y con los dedos, hasta que por fin apareció, al doblar una esquina. Llevaba un overol amarillo de una sola pieza, con letras desteñidas estampadas en negro que le cruzaban el pecho. El guardia le quitó las esposas y ella se frotó las muñecas.

Cuando se encontraron solos, ella se sentó en la silla y lo miró. Birck deslizó una tarjeta profesional por una ranura diminuta, ella la tomó y examinó cada letra.

—Patrick me envió —dijo, y ella cerró los ojos—. ¿Cómo se siente? —preguntó.

Se inclinó hacia adelante, recostada sobre los codos, y habló a través de la abertura.

—Estoy bien. Gracias por venir. ¿Cuándo salgo?

—Sólo hasta dentro de unos días. Los agentes federales pueden hacer una de dos. Lo primero, y lo más grave, pueden acusarla de viajar con pasaporte falso. Esto es poco probable porque usted es extranjera y no tiene historial delictivo. Lo segundo, que es lo más probable, se limitarán a deportarla a condición de que no vuelva nunca más. De todas maneras, tardarán unos días en decidirlo. Mientras tanto, está aquí encerrada porque no admiten fianza.

—Entiendo.

—Patrick está muy preocupado por usted.

–Lo sé. Dígale que estoy bien. Y que estoy muy preocupada por él.

Birck acomodó la libreta y dijo:

–Ahora bien, Patrick quiere un recuento detallado de cómo la atraparon.

Ella sonrió, al parecer más tranquila. Era de suponerse que Patrick querría los detalles. Comenzó con el hombre de los ojos verdes, y lentamente le contó la historia.

◇

Benny siempre se había burlado de la playa de Biloxi. Era sólo una estrecha franja de arena, bordeada a un lado por una carretera demasiado peligrosa para poder cruzarla a pie, y por el otro por un agua de un color café opaco, demasiado desagradable para nadar en ella. En verano atraía a turistas de bajos recursos, y los fines de semana a estudiantes que lanzaban *frisbees* y alquilaban esquís motorizados. El *boom* de los casinos trajo un mayor número de turistas a la playa, pero estos rara vez se quedaban mucho rato en ella, pues preferían volver a sus juegos.

Se estacionó junto al muelle de Biloxi, encendió un cigarro largo, se quitó los zapatos, y a pesar de todo recorrió la playa. Ahora estaba mucho más limpia, otro beneficio producido por los casinos. También se hallaba desierta. Unos cuantos botes pesqueros salían a navegar mar adentro.

La llamada de Stephano una hora antes le había arruinado la mañana, y habría de alterarle casi en su totalidad lo que le quedaba de vida. Con la joven tras las rejas, se le esfumaban las posibilidades de encontrar el dinero. Ya ella no podría conducirlo hasta donde este se encontraba, ni él podría usarla como instrumento de presión frente a Lanigan.

Los agentes federales tenían una sindicación pendiente sobre la cabeza de Patrick. Patrick, a su vez, tenía el dinero y la evidencia. Iban a cambiar lo uno por lo otro, y Aricia quedaría en medio del fuego cruzado. Cuando se les aplicara presión a los compañeros de conspiración, Bogan y el resto de sus abogados maricones cantarían al instante. Benny era el único que no encajaba en el grupo, y lo sabía a la perfección. Lo había sabido, en realidad, desde hacía mucho tiempo. Había soñado con encontrar el dinero de alguna manera, y luego desaparecer con él, como Patrick.

Pero su sueño se había desvanecido. Ahora sólo le quedaba un millón de dólares. Sin embargo tenía amigos en otros países, contactos alrededor del mundo. Había llegado el momento de largarse, como Patrick.

◆

Finalmente Sandy decidió no cancelar la reunión programada para las diez de la mañana con T.L. Parrish en las oficinas del fiscal del distrito, aunque había estado tentado a posponerla porque quería dedicar la mañana a trabajar con los documentos. Cuando salió de su oficina a las ocho y media, todo su personal y sus dos socios estaban sacando copias y ampliando las páginas cruciales.

Parrish había convocado la reunión. Sandy estaba seguro de saber para qué era. En el caso del estado había grandes lagunas, y ahora que el entusiasmo de la sindicación había pasado, era hora de hablar de negocios. A los fiscales les gustan los casos herméticos, y estos nunca escasean. Pero un caso de alto perfil con lagunas abismales significa un lío seguro.

Parrish quería ver qué pescaba, pero primero se infló, hizo poses y comenzó a hablar de la jurisdicción. Ningún jurado, de ninguna parte, tendría compasión de un abogado que había asesinado por dinero. Al principio, Sandy se limitó a escuchar. Parrish recitó sus estadísticas favoritas sobre su porcentaje de condenas, y sacó a relucir el hecho de que jamás había perdido un juicio por asesinato punible con pena capital. Ya tenía ocho en el pabellón de los condenados a muerte, dijo, sin ánimos de fanfarronear.

La verdad es que Sandy tenía cosas mejores que hacer. Necesitaba tener una conversación seria con Parrish, pero sería otro día. Preguntó cómo podría demostrar que el asesinato había ocurrido en el condado de Harrison. Y siguió con la causa de la muerte: ¿cómo podía probarse? Claro que Patrick no testificaría, ni les ayudaría a salir del embrollo. Y lo principal, ¿quién era la víctima? Según la investigación de Sandy no se había reportado en el estado ni una sola condena por asesinato con una víctima no identificada.

Parrish se las arregló para no dar respuestas concretas a estas complicadas preguntas.

–¿Ha considerado su cliente la posibilidad de negociar una rebaja de pena? –preguntó por fin con aire acongojado.

–No.

–¿Lo haría?

–No.

–¿Por qué no?

–Porque usted fue corriendo adonde el gran jurado, obtuvo una sindicación de asesinato punible con pena capital, se la mostró, sacudiéndola, a la prensa, y ahora tiene que probarla. No se molestó en esperar y evaluar la evidencia. Olvídelo.

–Puedo lograr una condena por homicidio no premeditado –dijo Parrish furioso–. En ese caso serían veinte años.

–Tal vez –dijo Sandy mostrándose indiferente–. Pero a mi cliente no se lo ha acusado de homicidio.

–Puedo hacerlo mañana.

–Bien. Vaya y hágalo. Retire los cargos de asesinato punible con pena capital, vuelva a entablar una demanda por homicidio no premeditado, y en ese momento hablamos.

TREINTA Y DOS

La llamaban la suite Camille, y ocupaba la tercera parte del último piso del Biloxi Nugett, el más nuevo, ostentoso, grande y exitoso de todos los casinos estilo Las Vegas que estaban surgiendo a lo largo de la Costa. A los tipos de Las Vegas les pareció una buena idea darles a las suites y a los salones de banquetes del Nugett nombres tomados de los peores huracanes llegados a la Costa. A un hombre de la calle, un fulano cualquiera que sólo buscara un lugar espacioso, se la alquilaban por setecientos cincuenta dólares diarios. Eso fue lo que Sandy aceptó pagar. Para los apostadores duros, que llegaban de lejos, la suite era atención de la casa. Pero jugar era lo último que Sandy tenía en mente. Su cliente, hospitalizado a unos tres kilómetros de distancia, había aprobado el gasto. El Camille tenía dos alcobas, cocina, biblioteca y dos salas: varios espacios, para reunirse con distintos grupos. Además, tenía cuatro líneas telefónicas, un fax y una videograbadora. Un empleado de Sandy trajo de Nueva Orleans el computador personal y la maquinaria técnica, junto con el primer paquete de documentos de Aricia.

El primer visitante de las oficinas temporales del señor McDermott fue J. Murray Riddleton, el apabullado litigante de divorcios de Trudy, que muy dócil entregó una propuesta de arreglo de propiedad y visita para la hija, que discutieron durante el almuerzo. Los términos de la rendición fueron dictados por Patrick. Y como esta vez era él quien daba las órdenes, Sandy encontraba muchos detalles con los cuales mostrarse quisquilloso.

—Este es un buen primer borrador —dijo repetidas veces mientras seguía marcándolo con tinta roja. Riddleton aceptó la paliza como un auténtico profesional. Discutió cada punto y se quejó por cada enmendadura, pero ambos abogados sabían que el arreglo se modificaría para adecuarse a los caprichos de Patrick. El examen del DNA y los desnudos eran los reyes supremos.

La segunda visita fue la de Talbot Mims, el abogado de la Northern Case Mutual en Biloxi, hombre activo y jovial que viajaba en una camioneta con todas las de la ley, incluido un conductor veloz, asientos e interiores de cuero, una mesita de trabajo, dos teléfonos, fax, beeper, televisor y videograbadora –para que Mims pudiera analizar declaraciones en video–, computador portátil y sofá para siestas breves, a las cuales sólo sucumbía después de un arduo día en los tribunales. Su séquito incluía una secretaria y un paralegal, ambos con celulares en el bolsillo, y un infaltable adjunto, al que arrastraba consigo con el propósito de pasar cuentas más altas.

Los cuatro corrieron a hacerse presentes en la suite Camille, donde Sandy los recibió en bluyines y les ofreció gaseosas del minibar. Ninguno quiso. La secretaria y el paralegal encontraron de inmediato algunos asuntos que discutir en sus celulares. Sandy llevó a Mims y al asociado, cuyo nombre no conocía, hasta una sala donde se sentaron ante una inmensa ventana con una vista espléndida del estacionamiento del hotel, y en lontananza, de los primeros pilares de acero de un nuevo casino, seguramente tan extravagante como los demás.

–Voy al grano –dijo Sandy–. ¿Conoce usted a un hombre que lleva el nombre de Jack Stephano?

Mims pensó rápido.

–No.

–Eso creí. Stephano es un super detective de Washington al que Aricia, la Northern Case Mutual y la Monarch-Sierra contrataron para encontrar a Patrick.

–¿Entonces?

–Entonces échele una mirada a esto –dijo Sandy con una sonrisa, al tiempo que le deslizaba un conjunto de morbosas fotografías en color de un archivo. Mims las extendió sobre la mesa: las terribles quemaduras de Patrick en todo su esplendor.

–Salieron en el periódico, ¿cierto? –dijo.

–Algunas de ellas.

–Sí, creo que usted las regó por todas partes cuando demandó al FBI.

–El FBI no le hizo eso a mi cliente, señor Mims.

–No me diga –Mims soltó las fotos y esperó a Sandy.

–El FBI no encontró a Patrick.

–Entonces, ¿por qué los demandó?

–Truco publicitario destinado a conseguir simpatía para mi cliente.

–No funcionó.

–Tal vez no en su caso, pero usted no va a estar en el jurado, ¿o sí? De todas formas, estas heridas fueron producto de una prolongada tortura, infligida por hombres al servicio de Jack Stephano, que a su vez trabajaba para varios clientes, uno de los cuales resultó ser la Northern Case Mutual, una compañía muy orgullosa, de propiedad pública, con una sólida reputación de responsabilidad corporativa y un capital accionario de seis mil millones de dólares.

Talbot Mims era un hombre eminentemente práctico. Tenía que serlo. Con trescientos archivos abiertos en su oficina y dieciocho grandes compañías de seguros como clientes, no le quedaba tiempo de andarse con juegos.

–Dos preguntas –dijo–: Primera, ¿puede probarlo?

–Sí. El FBI lo puede confirmar.

–Segunda, ¿qué pretende?

–Quiero que mañana venga aquí un ejecutivo de alto nivel de la Northern Case Mutual, alguien con autoridad incuestionable.

–Esos viven muy ocupados.

–Todos vivimos ocupados. No es que esté amenazando con ir a juicio, pero piense en lo vergonzoso que podría resultar.

—A mí me suena como a una amenaza.

—Tómelo como quiera.

—¿Mañana a qué hora?

—A las cuatro de la tarde.

—Estaremos aquí —dijo Mims, acercándosele para estrecharle la mano. Entonces salió a la carrera, con sus lacayos pisándole los talones.

Los empleados de Sandy llegaron a media tarde. Una secretaria contestaba el teléfono, que ya para ese momento sonaba cada diez minutos. Sandy les había hecho llamadas a Cutter, a T.L. Parrish, al sheriff Sweeney, a Marck Birck en Miami, al juez Huskey, a una serie de abogados en Biloxi y a Maurice Mast, el fiscal para el distrito occidental de Mississippi. Y había hecho otras de tipo personal: llamó a su esposa dos veces para que le diera informes sobre sus hijos, y al director de la escuela de su hijo de tercero de primaria.

Con Hal Ladd había hablado dos veces por teléfono, pero se reunió con él por primera vez en la suite Camille. Ladd representaba a la Monarch-Sierra. Llegó solo, lo que le pareció increíble a Sandy, pues los abogados defensores de seguros *siempre* viajan por parejas. No importa en qué tarea estén empeñados, tienen que ser dos desde antes de comenzar el trabajo. Ambos escuchan, miran, hablan, toman nota y, lo más importante, ambos le pasan cuentas al cliente por el mismo trabajo.

Sandy conocía dos empresas grandes en Nueva Orleans que habían optado por usar tres abogados en la práctica de la defensa de seguros, cosa que no era de extrañar.

Ladd era un tipo serio y cortés de casi cincuenta años, y tenía la reputación de no necesitar la ayuda de otro abogado. Aceptó una Coca-Cola dietética y se sentó en el mismo asiento que había ocupado el señor Mims.

Sandy le hizo la misma pregunta:

—¿Conoce usted a un hombre llamado Jack Stephano?

Como no lo conocía, Sandy recitó la breve biografía de marras. Luego puso sobre la mesa las fotos en color de las heridas de Patrick, y después las analizaron un momento. Las quemaduras no habían sido infligidas por el FBI, explicó Sandy. Ladd leyó entre líneas. Tras haber representado compañías de seguros durante tantos años, hacía mucho habían dejado de sorprenderlo las profundidades a las que podían rebajarse.

Aun así, era impresionante.

—Supongo que usted está en capacidad de demostrar todo esto —dijo Ladd— y yo estoy seguro de que mi cliente preferiría que el asunto se mantuviera callado.

—Estamos a punto de corregir nuestra demanda, de retirar los cargos contra el FBI, y señalar como culpables a su cliente, a la Northern Case Mutual, a Aricia, a Stephano y a cualquier otra persona que sea responsable de la tortura. Se trata de un ciudadano de los Estados Unidos, al que los acusados estadounidenses dejaron lesionado y con cicatrices. El caso vale millones. Lo llevaremos a juicio aquí mismo, en Biloxi.

Eso no pasaría si Ladd lograba intervenir. Se manifestó de acuerdo en llamar a la Monarch-Sierra de inmediato y exigir que el jefe del departamento jurídico se trasladara cuanto antes a Biloxi. Pareció disgustado porque su cliente hubiera destinado fondos para la investigación sin informárselo a él.

—Si esto resulta cierto —dijo—, no los vuelvo a representar jamás.

—Créame. Es cierto.

❖

Ya era casi de noche cuando le vendaron los ojos a Paulo, le pusieron esposas y lo sacaron de la casa. No lo encañonaron, ni le hicieron amenazas. No dijeron nada. Lo llevaron en el asiento trasero de un automóvil pequeño, solo, poco más o menos durante una hora. En el radio sonaba música clásica.

Cuando el automóvil se detuvo, las dos puertas delanteras se abrieron, y le ayudaron a Paulo a salir de la parte de atrás.

–Venga conmigo –dijo una voz junto a su hombro, y una mano grande lo sacó por el codo. El camino que pisaba era de cascajo. Recorrieron unos cien metros y luego se detuvieron. La voz dijo:

–Está en la carretera, a veinte kilómetros de Río. A su izquierda, a trescientos metros, hay una granja con teléfono. Vaya allá a buscar ayuda. Yo tengo un revólver. Si mira hacia atrás, no me quedará más alternativa que matarlo.

–No voy a mirar hacia atrás –dijo Paulo tembloroso.

–Bien. Primero le voy a quitar las esposas, luego la venda.

–No voy a mirar hacia atrás –repitió Paulo.

Le quitaron las esposas.

–Ahora, le voy a quitar la venda. Camine rápido hacia adelante.

Le arrancaron la venda, y Paulo bajó la cabeza y salió trotando por el camino. No oyó ningún ruido detrás de él. No se atrevía a mirar ni a los lados. Desde la granja llamó a la policía, y luego a su hijo.

TREINTA Y TRES

Las reporteras judiciales llegaron muy cumplidas a las ocho. Ambas se llamaban Linda: una con y la otra con i. Tras exhibir sus tarjetas profesionales siguieron a Sandy al centro de la suite, donde habían corrido los muebles contra las paredes y habían agregado más sillas. Sandy colocó a la y a un lado de la habitación, con la espalda hacia la ventana de cortinas bien cerradas, y a la i al otro extremo, en un nicho cerca del bar, con buena visibilidad de todos los actores. Ambas estaban desesperadas por fumarse un último cigarrillo. Las envió a la alcoba más alejada.

Jaynes llegó enseguida, con su grupo: un chofer y un avejentado agente del FBI que también hacía las veces de guardaespaldas, vigía y mensajero; luego llegaron un abogado del FBI y Cutter en compañía de su supervisor inmediato; de las oficinas de la fiscalía general llegó Sprawling, un veterano de ojos oscuros, intenso, que hablaba poco pero no perdía palabra. Los seis iban vestidos de negro o de azul oscuro. Todos sacaron tarjetas profesionales, que el secretario de Sandy recogió. La secretaria tomó las órdenes de café mientras los hombres atravesaban la sala pequeña sin prisa, en grupo, hasta llegar a la biblioteca.

Más tarde vino Maurice Mast, el fiscal de los Estados Unidos para el distrito occidental de Mississippi, que viajaba ligero, con un sólo asistente. Lo siguió T.L. Parrish solo, y el grupo quedó completo, listo para empezar la reunión.

El orden jerárquico se estableció en forma automática. El chofer de Jaynes y el asistente de Mast permanecieron en la sala, donde encontraron un plato de rosquillas y los periódicos matutinos.

Sandy cerró la puerta, pronunció un amable "buenos días" y les agradeció a todos el haber venido. Estaban sentados en torno a la habitación. Aunque nadie sonreía, no estaban molestos por el hecho de encontrarse en aquel lugar. Estaban intrigados.

Presentó luego a las reporteras judiciales y explicó que iba a conservar las dos transcripciones de la reunión hechas por ellas, y que las iba a considerar de la mayor confidencialidad. Esto pareció dejarlos satisfechos a todos. No hubo preguntas ni comentarios al respecto, pues no estaban seguros de saber sobre qué trataba la reunión.

Sandy sostenía una libreta llena de notas ordenadas de manera cuidadosa −el caso organizado en unas doce páginas−. Podría haber estado frente a un jurado. Transmitió el saludo de su cliente, Patrick Lanigan, y dijo que las quemaduras y laceraciones estaban curando bien. Luego recapituló los cargos pendientes contra Patrick: asesinato punible con pena capital, formulado por el Estado; robo, fraude electrónico y evasión, formulados a nivel federal. El de asesinato punible con pena capital podía significar la muerte. Los otros podían sumar treinta años.

−Los cargos federales son graves −dijo muy adusto−, pero palidecen en comparación con el de una pena capital. Francamente, y con el debido respeto, me gustaría despachar los cargos federales para concentrarme en el de asesinato.

−¿Tiene usted en mente despacharnos? −preguntó Jaynes.

−Tenemos una oferta.

−¿Incluye el dinero?

−Por supuesto que sí.

−Nosotros no reclamamos el dinero. No le fue robado al gobierno federal.

−Es ahí donde usted se equivoca.

Sprawling estaba que ardía de ganas de decir algo.

−¿De veras piensa usted que se pueden escabullir comprándonos? −era más bien un reto. Su voz áspera era contundente; las palabras, efectivas.

El jurado comenzaba a ladrarle, pero Sandy estaba decidido a no apartarse del guión.

—Esperen un momento —dijo—. Si me permiten presentar mi caso, podremos discutir las opciones. Ahora bien, presupongo que todos conocemos la denuncia del señor Aricia en 1991 en contra de su antiguo empleador, en términos de la Ley de Reclamaciones Falsas. Esta fue preparada y presentada por la sociedad de Bogan, aquí en Biloxi, sociedad de la que en aquel momento formaba parte un socio nuevo, de nombre Patrick Lanigan. La reclamación resultó fraudulenta. Mi cliente lo descubrió, y luego se dio cuenta de que la compañía estaba pensando expulsarlo una vez que el Departamento de Justicia la aprobara, pero antes de que el dinero llegara. En el transcurso de muchos meses, mi cliente, de manera subrepticia, recogió evidencia que demuestra, de manera clara y convincente, que el señor Aricia y sus abogados conspiraban para birlarle al gobierno noventa millones. La evidencia se encuentra en forma de documentos y conversaciones grabadas.

—¿Dónde está la evidencia? —preguntó Jaynes.

—Mi cliente la tiene en su poder.

—Nosotros podemos conseguirla, como usted bien sabe. Obtenemos una orden de allanamiento y podemos hacernos a la evidencia cuando queramos.

—¿Y qué pasa si mi cliente no hace caso de su orden de allanamiento? ¿Y qué, si destruye la evidencia, o simplemente la vuelve a esconder? ¿Qué harán entonces? ¿Encerrarlo? ¿Sindicarlo de algo distinto? Francamente, él no les teme ni a ustedes ni a sus órdenes de allanamiento.

—¿Y qué pasa con usted? —preguntó Jaynes—. Si usted la tiene, podemos conseguir una orden de allanamiento en contra suya.

—No la presentaré. Cualquier cosa que mi cliente me dé es privilegiada y confidencial, eso lo saben ustedes bien. Se conoce como el producto del trabajo del abogado. No se les olvide que el señor Aricia demandó a mi cliente. Todos los documentos en mi posesión son privilegiados. Así que por ninguna circunstancia les entregaré los documentos hasta que mi cliente me lo solicite.

–¿Y si conseguimos una orden judicial? –preguntó Sprawling.

–La ignoraré, y luego apelaré. Esta no la pueden ganar, caballeros –y con esos argumentos parecieron aceptar su derrota. Nadie se sorprendió.

–¿Cuántas personas estaban involucradas? –preguntó Jaynes.

–Los cuatro socios y el señor Aricia.

Hubo una pausa tensa mientras esperaban que Sandy anunciara el nombre del senador, pero no lo hizo. En vez de ello, observó sus notas y continuó:

–El trato es muy simple. Nosotros entregamos los documentos y las grabaciones. Patrick devuelve el dinero, todo. A cambio, se retiran los cargos federales, de manera que nos podamos concentrar en los estatales. La oficina de administración de impuestos acepta dejarlo en paz. A su abogada brasileña, Eva Miranda, la sueltan de inmediato –fue emitiendo esos términos con fluidez porque los había ensayado bien, y el jurado se empapó de cada palabra. Sprawling tomaba notas cuidadosas. Jaynes miraba al piso sin sonreír ni fruncir el ceño. Los demás se mostraban reservados, pero todos tenían abundantes preguntas.

–Y esto hay que hacerlo hoy –dijo Sandy–. Es un caso de urgencia.

–¿Por qué? –preguntó Jaynes.

–Porque ella está tras las rejas. Porque ustedes están todos aquí y tienen autoridad para tomar la decisión. Porque mi cliente estableció el plazo final de las cinco de la tarde de hoy para llegar a un acuerdo, o de lo contrario se quedará con el dinero, destruirá la evidencia y cumplirá su condena en prisión con la esperanza de salir algún día.

Tratándose de Patrick, nada les extrañaba. Hasta ahora había logrado que su detención transcurriera en una habitación privada bastante cómoda, con todo un personal a su servicio.

—Hablemos del senador —dijo Sprawling.

—Excelente idea —replicó Sandy. Abrió la puerta de la sala y le dijo algo a un paralegal. Entonces trajeron rodando hasta la mitad de la habitación una mesa con una grabadora y parlantes, y Sandy volvió a cerrar la puerta. Miró sus notas y dijo:

—Esto sucedió el 14 de enero de 1992, unas tres semanas antes de la desaparición de Patrick. La conversación se llevó a cabo en la oficina de los abogados, en el primer piso, en una habitación conocida como el Armario, una especie de cuarto multifuncional empleado para reuniones muy pequeñas. La primera voz que se escucha es la de Charlie Bogan, luego está la de Benny Aricia y por último, la de Doug Vitrano. Aricia había llegado a la empresa sin haberse hecho anunciar y, tal como lo verán, no estaba de buen genio.

Sandy se acercó a la mesa y examinó los diversos botones. La grabadora era nueva y le habían añadido dos costosos parlantes. Lo miraron con atención, la mayor parte de ellos inclinándose un poco hacia adelante.

Sandy dijo:

—Repito: Bogan primero, luego Aricia, luego Vitrano —y apretó un botón. Después de diez segundos de silencio total, por los parlantes se oyeron unas voces claras. Voces irritadas.

BOGAN: Acordamos la tarifa de una tercera parte, que es la normal. Tú firmaste el contrato. Desde hace año y medio sabes que nuestra tarifa es de una tercera parte.

ARICIA: Ustedes no se merecen treinta millones de dólares.

VITRANO: Y tú no te mereces sesenta.

ARICIA: Quiero saber cómo se va a dividir el dinero.

BOGAN: Dos terceras partes, una tercera parte. Sesenta, treinta.

ARICIA: No, no. Los treinta millones que vienen para acá. ¿Quién recibe cuánto?

VITRANO: Ese no es asunto tuyo.

ARICIA: Claro que sí, maldita sea. Es una plata que les pago como tarifa. Tengo todo el derecho de saber a quién le dan cuánto.

BOGAN: No tienes ninguno.

ARICIA: ¿Cuánto le van a dar al senador?

BOGAN: No te importa.

ARICIA: (gritando) Claro que me importa. Este tipo se pasó el año pasado en Washington torciendo brazos, apoyándose en la gente de la Armada, el Pentágono y el Departamento de Justicia. Carajo, pasó más tiempo trabajando en mi archivo que trabajando por sus electores.

VITRANO: No grites, ¿O.K., Benny?

ARICIA: Quiero saber simplemente cuánto va a conseguir ese asqueroso bribón. Tengo derecho a saber cuánto le van a pasar por debajo de la mesa, porque es mi dinero.

VITRANO: Todo es bajo cuerda, Benny.

ARICIA: ¿Cuánto?

BOGAN: Lo vamos a tratar bien, Benny, ¿O.K.? Pero, ¿por qué estás tan irritado con esto si no es nada nuevo?

VITRANO: Si no me equivoco, escogiste esta sociedad precisamente por nuestras conexiones en Washington.

ARICIA: ¿Cinco millones, diez millones? ¿Qué tan caro es el tipo?

BOGAN: Nunca lo sabrás.

ARICIA: Con que no, ¿eh? Yo mismo voy a llamar al hijo de puta y se lo voy a preguntar.

BOGAN: Ve y hazlo.

VITRANO: ¿Qué te pasa, Benny? Estás a punto de conseguir sesenta millones de dólares, y ahora te vuelves avaro.

ARICIA: No me eches sermones, y menos por avaricia. Cuando vine aquí, ustedes trabajaban por doscientos dólares la hora. Ahora mírense, tratando de justificar una tarifa de treinta millones de dólares. Remodelando las oficinas desde ya. Encargando autos nuevos desde ya. Lo próximo será conseguir barcos y aviones y los demás juguetes de la gente verdaderamente rica. Y todo con mi dinero.

BOGAN: ¿Tú dinero? ¿No dejaste algo por fuera, Benny? Ayúdame. Tu reclamación era más falsa que un billete de tres dólares.

ARICIA: Sí, pero se dio gracias a mí. Fui yo y no ustedes, el que le puso la zancadilla a Platt & Rockland.

BOGAN: Entonces, ¿para qué nos contrataste?

ARICIA: ¡Qué buena pregunta!

VITRANO: Tienes mala memoria, Benny. Viniste aquí porque nosotros teníamos conexiones. Necesitabas ayuda. Nosotros armamos la reclamación, pasamos cuatro mil horas trabajando en ella, movimos las fichas adecuadas en Washington. Todo con tu pleno conocimiento, podría yo agregar.

ARICIA: Excluyamos al senador. Esto nos ahorrará diez millones. Mochemos otros diez millones, y esto los deja a ustedes con diez millones. Esa resulta una tarifa mucho más justa, en mi opinión.

VITRANO: (riendo): Qué buen trato, Benny. Tú te llevas ochenta, nosotros diez.

ARICIA: Sí, y jodemos a los políticos.

BOGAN: De ninguna manera, Benny. Estás olvidando algo muy importante. Si no fuera por nosotros y por los políticos, no conseguirías ni un centavo.

Sandy apretó el botón. La grabadora se detuvo, pero las voces parecieron seguir resonando por la habitación un minuto más. Los abogados miraban hacia el piso, el techo, los muros, cada uno tratando de saborear y registrar para más tarde lo mejor de cuanto se había dicho.

Con una sonrisa vulgar, Sandy dijo:

—Caballeros, esto es sólo una muestra.

—¿Cuándo nos das el resto? —preguntó Jaynes.

—Podría ser al cabo de unas pocas horas.

—¿Atestiguará tu cliente ante un gran jurado federal? —preguntó Sprawling.

—Sí. Pero no promete testificar en un juicio.

—¿Por qué no?

—No tiene obligación de explicar por qué. Esa es su posición, y listo —Sandy volvió a correr la mesa hasta la puerta, tocó, y se la entregó al paralegal. Volvió a dirigirse a su grupo:

—Ustedes, muchachos, deben hablar. Yo voy a estar afuera. Siéntanse cómodos.

—No vamos a hablar aquí —dijo Jaynes, procediendo a levantarse. Había demasiados cables, y dada la historia de Patrick, ninguna habitación era segura.

—Nos vamos a nuestra habitación.

—Como quieran —dijo Sandy.

Se levantaron y agarraron los maletines. Salieron en fila por la puerta, atravesaron la sala y, por último, abandonaron la suite. Linda y Lynda corrieron al cuarto de atrás para fumar y hacer pipí.

Sandy se sirvió un café y se dispuso a esperar.

Se reagruparon dos pisos más abajo, en una habitación doble, que de inmediato se llenó de gente. Se quitaron los sacos y los tiraron encima de las camas. Jaynes le pidió a su chofer que lo esperara en el vestíbulo con el asistente de Mast. Estaban a punto de discutirse asuntos demasiado sensibles para sus humildes oídos.

El que más perdería con el trato sería Maurice Mast. Si se retiraban los cargos federales no tendría nada que procesar, desaparecería un juicio de importancia. Se sintió obligado, cuando menos, a dejar constancia de su objeción, antes de que los demás comenzaran.

—Pasaremos por tontos si además le permitimos salirse de esto con dinero —comentó dirigiéndose más que todo a Sprawling, que trataba en vano de relajarse sobre una débil silla de madera.

Sprawling se encontraba sólo un nivel por debajo del fiscal general, lo que lo colocaba varios niveles por encima de Mast. Durante unos minutos escucharía cortésmente las opiniones de sus subalternos, y luego él y Jaynes tomarían la decisión.

Hamilton Jaynes miró a T.L. Parrish y preguntó:

—¿Crees razonablemente que se pueda condenar a Lanigan por asesinato?

T.L. era un tipo cauteloso y sabía muy bien que cualquier promesa hecha ante ese grupo sería recordada por mucho tiempo.

—Por asesinato es posible que no. Pero el homicidio es seguro.

—¿Cuánto tiempo le meterán por homicidio?

—Veinte años.

—¿Cuántos años cumpliría?

—Cinco, más o menos.

Como cosa rara, eso pareció complacer a Jaynes, un hombre de carrera que pensaba que quienes delinquen deberían cumplir una condena.

—¿Estás de acuerdo, Cutter? —preguntó, paseándose junto a la cama.

—No hay mucha evidencia —dijo Cutter—. No podemos demostrar, cómo, cuándo o dónde sucedió el asesinato, ni quién fue la víctima. Creemos saber el por qué, pero el juicio podría resultar una pesadilla. Un caso por homicidio no premeditado tiene más posibilidades.

Jaynes le preguntó a Parrish:

–¿Y el juez qué? ¿Le dará la sentencia máxima?

–Si se lo condena por homicidio, esperaría que el juez lo sentenciara a veinte años. La libertad condicional la deciden las autoridades carcelarias.

–¿Podemos estar seguros de que Lanigan pasará los próximos cinco años tras las rejas? –preguntó Jaynes mirando en derredor.

–Sí, con toda certeza –dijo Parrish a la defensiva–. Y no nos estamos retractando de un asesinato punible con pena capital. Tenemos la intención de argumentar con fuerza que Lanigan asesinó a una persona con el fin de robar el dinero. Es improbable la pena de muerte, pero si lo condenan por asesinato simple podría enfrentar cadena perpetua.

–¿Sí existe para nosotros alguna diferencia en que pase algún tiempo en la prisión de Parchman o en una cárcel federal? –preguntó Jaynes. Era obvio que para él no había ninguna.

–Estoy seguro de que Patrick tiene claridad sobre el asunto –dijo Parrish, y con ello se ganó algunas tenues sonrisas.

A T.L. le gustó la propuesta más que a los otros, porque quedaría convertido en el único fiscal. En ese caso, Mast y el FBI harían un rápido mutis por el foro. Quedaba una sola brecha y decidió empujar a Mast para acercarlo un poco más al borde del precipicio.

–No me quedan dudas de que Patrick será enviado a Parchman –dijo para ayudar.

Mast no se iba a retirar en silencio. Sacudió la cabeza y frunció el ceño, muy serio.

–No lo sé –dijo–. De todas maneras me parece que tiene mala presentación hacer esto. Uno no puede robarle a un banco, dejarse pillar y ofrecer la devolución del dinero si retiran los cargos. La justicia no se puede feriar.

–Es un poco más complicado que eso –dijo Sprawling–. Quizás resultemos con peces mayores que capturar, y Lanigan sea la clave. El dinero robado era sucio. Nosotros nos limitamos a recuperarlo y devolvérselo a los contribuyentes.

Mast no tenía intenciones de discutir con Sprawling.

Jaynes miró a T.L. Parrish y dijo:

–Con el debido respeto, señor Parrish, quisiera pedirle que se retirara un momento. Hay algo que nosotros, los federales, tenemos que discutir.

–Seguro –dijo Parrish. Se dirigió a la puerta y salió al pasillo.

Bastaba de cháchara. Era hora de que Sprawling cerrara el trato.

–Caballeros, es muy simple. Hay gente muy importante de la Casa Blanca vigilando este asunto con gran atención. El senador Nye nunca ha sido amigo del presidente y, a decir verdad, un buen escándalo por estos lados pondría feliz a la administración. Nye anda buscando su reelección para dentro de dos años. Estos cargos lo mantendrán ocupado. Y si resultan ciertos, es hombre muerto.

–Nosotros nos encargaremos de la investigación –le dijo Jaynes a Mast–. Y a ti te corresponderá procesarlo.

De pronto, a Mast le quedó claro que esta reunión era para beneficio suyo. La decisión de llegar a un trato con Patrick la había tomado gente mucho más influyente que Sprawling y Jaynes. Lo único que buscaban era mantenerlo contento, ya que él era, al fin de cuentas, el fiscal de los Estados Unidos en el distrito.

La idea de sindicar y juzgar a un senador de los Estados Unidos tenía un enorme potencial, y Mast se puso a favor de ella de inmediato. Ya se imaginaba a sí mismo en un tribunal atiborrado de gente, usando las grabaciones de Patrick, con los jurados y espectadores pendientes de cada palabra.

–¿Entonces vamos a aceptar el trato? –dijo, alzando los hombros como si nada le importara menos.

–Sí –dijo Sprawling–. Es algo que cualquier tonto comprendería. Recuperar el dinero nos da buena imagen. Patrick paga una larga condena en la cárcel, y pillamos a canallas aún mayores.

–Además de que el presidente así lo quiere –dijo Mast sonriendo, aunque nadie más lo hizo.

–Yo no dije eso –dijo Sprawling–. No he hablado con el presidente sobre el asunto. Mis jefes hablaron con su gente. Eso es cuanto sé.

Jaynes trajo a T.L. Parrish del corredor, y pasaron casi una hora repasando la oferta de Patrick y examinando cada uno de sus componentes. Para soltar a la muchacha bastaba una hora de preaviso. Decidieron que Patrick pagaría también intereses sobre el dinero. ¿Qué iba a pasar con la demanda entablada contra el FBI? Jaynes hizo una lista de los puntos que habría que analizar con Sandy.

◈

En Miami, Marck Birck en persona le llevó a Eva la maravillosa noticia de que habían liberado a su padre. No le habían hecho ningún daño. Más aún, lo habían tratado bastante bien.

Le dijo que con un poco de suerte también a ella la soltarían dentro de uno o dos días.

TREINTA Y CUATRO

Impasibles y con rostros solemnes, regresaron a la suite Camille y volvieron a ocupar los mismos asientos. Casi todos habían dejado sus sacos en el otro cuarto y se habían enrollado las mangas y aflojado la corbata, como si fueran a acometer una serie de trabajos pesados. Según el reloj de Sandy, se habían ausentado casi hora y media. Sprawling era su vocero.

—En cuanto al dinero —comenzó a decir, y Sandy supo de inmediato que aceptaban un trato; lo que faltaba era arreglar los detalles—... en cuanto al dinero, ¿cuánto está dispuesto a devolver tu cliente?

—Todo.

—¿Y todo es cuánto?

—Los noventa millones.

—¿Y los intereses qué?

—¿A quién le importan los intereses?

—A nosotros.

—¿Por qué?

—Pues porque es apenas justo.

—¿Para quién?

—Pues para el contribuyente.

Poco le faltó a Sandy para soltarle una carcajada:

—Vamos. Ustedes trabajan para el gobierno federal. ¿Desde cúando se preocupan por proteger a los contribuyentes?

—Es lo normal en casos de robo y malversación —dijo Maurice Mast.

—¿Cuánto? —preguntó Sandy—. ¿A qué tasa?

—El mínimo comercial es de nueve por ciento —dijo Sprawling—. Este sería el justo, pienso yo.

—Ajá, ¿conque eso piensa usted? ¿Y cuánto me paga a mí la

administración de impuestos cuando determina que pagué más de lo debido y me envía una devolución?

Nadie conocía la respuesta.

—Seis por ciento —dijo Sandy—. Un vil seis por ciento es lo que paga el gobierno.

Sandy, claro, había tenido tiempo de prepararse. Se había anticipado a las preguntas y había diseñado las respuestas, y se divertía viéndolos retorcerse mientras trataban de seguirle el paso.

—¿De modo que usted ofrece un seis por ciento? —preguntó Sprawling. Ahora sus palabras eran cuidadosas y lentas.

—Claro que no. Tenemos el dinero. Nosotros decidiremos cuánto vamos a pagar. Es el mismo principio empleado por el gobierno. Creemos que el dinero será absorbido por el mismo hoyo negro del Pentágono.

—Eso no lo podemos controlar —dijo Jaynes. Ya estaba cansado y no tenía humor para un sermón.

—Nuestra manera de ver este asunto del dinero es la siguiente —dijo Sandy—: en manos de esos habilidosos bandidos, este se habría perdido del todo y no lo volveríamos a ver jamás. Mi cliente evitó que esto sucediera, conservó el dinero todo el tiempo, y ahora está dispuesto a devolverlo.

—¿Entonces le damos una recompensa? —preguntó Jaynes.

—No. Simplemente no reclamen los intereses.

—Eso habría que vendérselo a algunas personas de Washington —dijo Sprawling, no suplicando, sino necesitado de ayuda—. Ustedes nos tienen que dar elementos de trabajo.

—Pagaremos la mitad de la tasa de la administración de impuestos, y ni un centavo más.

Con aspecto tenso y serio, Sprawling dijo:

—Se lo haré saber al fiscal general. Espero encontrarlo de buen genio.

—Dele mis saludes —dijo Sandy.

Jaynes alzó los ojos de su libreta de notas y preguntó:

—Tres por ciento, ¿es eso?

—Sí. Desde marzo 26 de 1992, hasta noviembre 1 de 1996. El total llega a ciento trece millones, más unos centavos, que ignoraremos. Ciento trece millones redondos.

La cifra sonaba respetable, y en verdad les sonó bien a los del gobierno. Cada uno la anotó en su libreta. Parecía considerable. ¿Quién podría estar en contra de un trato que les iba a devolver tanto dinero a los contribuyentes?

Que ofrecieran tanto significaba sólo una cosa: Patrick se había llevado los noventa y los había invertido bien. Los chicos de Sprawling habían echado cuentas hacía un rato. Suponiendo que Patrick hubiera colocado todo el dinero en inversiones que rindieran un ocho por ciento anual, el botín valdría ahora ciento treinta y un millones. Y si hubiese sido al diez por ciento, el valor sería de ciento cuarenta millones. Libres de impuesto, por supuesto. Al parecer Patrick no había gastado mucho, de manera que seguiría siendo un hombre muy acaudalado.

—También estamos preocupados por la demanda que usted entabló en nombre del señor Lanigan —dijo Sprawling.

—Retiraremos la demanda contra el FBI, pero voy a necesitar un favor urgente de parte del señor Jaynes. Más tarde lo podemos discutir. Es un punto menor.

—De acuerdo. Como vamos, vamos bien. ¿Cuándo estará su cliente listo para testificar ante el gran jurado?

—Cuando lo necesiten. Físicamente, es capaz de hacerlo en cualquier momento.

—Tenemos la intención de andar rápido con este asunto.

—Mientras más rápido mejor para mi cliente.

Sprawling iba encerrando en círculos algunos puntos de su lista.

—Queremos insistir en que sea confidencial. Que no intervenga la prensa para nada. El trato va a ser objeto de mucha crítica.

—No vamos a decir ni una palabra —agregó Sandy.

—¿Cuándo quisiera que soltaran a Eva Miranda?

—Mañana. Y hay que sacarla con escolta de la cárcel de Miami, y llevarla hacia un terminal aéreo privado. Quisiéramos protección del FBI hasta que esté en el avión.

Jaynes alzó los hombros como si no entendiera.

—No hay problema —dijo.

—¿Algo más? —preguntó Sandy frotándose las manos como si la diversión estuviera a punto de comenzar.

—Nada de parte del gobierno —dijo Sprawling.

—Bien. He aquí lo que yo sugiero —dijo Sandy, como si a ellos les quedara otra alternativa—. Tengo aquí dos secretarias con sendos computadores. Ya hemos preparado los borradores de un acuerdo de conciliación y de una orden de retiro de cargos. No tardaremos mucho en mecanografiar los puntos más específicos, y entonces ustedes pueden dar su aprobación, muchachos. Luego se lo llevo a mi cliente, y espero que en un par de horas hayamos terminado. Señor Mast, le sugiero que lo consulte con el juez federal y establezca comunicación telefónica tan pronto como le sea posible. Nosotros le enviaremos por fax la orden de retiro de la demanda.

—¿Cuándo nos entregarán los documentos y las cintas? —preguntó Jaynes.

—Si todo se firma y se aprueba en el curso de las próximas horas, hoy a las cinco de la tarde serán suyas.

—Necesito un teléfono —dijo Sprawling. Lo mismo dijeron Mast y Jaynes. Se regaron por toda la suite. Sandy se puso a revisar el acuerdo de conciliación.

◆

Todos los prisioneros recibían una hora de sol cada día. Como estaban a fines de octubre y el día era fresco y nublado, Patrick decidió exigir sus derechos constitucionales. Los agentes del corredor dijeron que no. No se había autorizado.

Patrick llamó a Karl Huskey y logró que se aprobara. También le pidió a Karl que se detuviera en Rosetti's, en la calle Division, cerca de Point, y recogiera un par de especiales Vancleave —sándwiches de cangrejo y queso— y que almorzaran juntos al aire libre. Karl dijo que estaría encantado.

Comieron sobre una banca de madera, cerca de una fuentecita y de un pequeño y triste arce. Estaban en el centro de los diversos pabellones del hospital. Karl también había traído sándwiches para los agentes, que se sentaron cerca, pero donde no alcanzaban a oírlos.

Karl no sabía nada de la reunión que se estaba celebrando en la suite del hotel, y Patrick no se lo contó. Parrish estaba allí y a Su Señoría le darían la información muy pronto.

—¿Qué anda diciendo de mí la gente? —preguntó Patrick después de acabar una tercera parte de su sándwich y dejarlo a un lado.

—Ya han disminuido mucho las consejas. Se regresa a la normalidad. Tus amigos siguen siéndote fieles.

—Les estoy escribiendo cartas a algunos. ¿Se las llevarías?

—Claro.

—Gracias.

—Oí decir que pillaron a tu amiga en Miami.

—Sí. Pero ya la van a soltar. Un problemita con el pasaporte.

Huskey le dio un gran mordisco a su sándwich y masticó en silencio. Se estaba acostumbrando a los largos intervalos de silencio del diálogo entre ambos. Se esforzaba por encontrar otra cosa que decir. A Patrick no le preocupaba.

—Qué bueno este aire fresco —dijo Patrick por fin—. Gracias.

366 ◆ JOHN GRISHAM

—Tienes el derecho constitucional al aire fresco.

—¿Has estado en Brasil?

—No.

—Deberías ir.

—¿Como tú, o con mi familia?

—No, no. Ve de visita alguna vez.

—¿Las playas?

—No. Olvídate de las playas y de las ciudades. Ve al corazón del país, a los espacios abiertos donde el cielo es azul y limpio, el aire ligero, la tierra hermosa y la gente amable y descomplicada. Es mi hogar, Karl. No resisto las ganas de volver.

—Tal vez tardes algún tiempo.

—Quizás, pero sé esperar. Ya no soy Patrick, Karl. Patrick ha muerto. Estaba atrapado y se sentía infeliz. Estaba obeso y angustiado, y a Dios gracias se marchó. Ahora soy Danilo, Danilo Silva, una persona mucho más satisfecha, con una vida tranquila en otro país. Danilo puede esperar.

Y con una mujer hermosa y una gran fortuna, quería decir Karl, pero lo dejó así.

—¿Cómo regresa Danilo a Brasil? —preguntó Karl.

—Todavía le estoy trabajando al asunto.

—Mira, Patrick... Espero que no te importe que te llame Patrick y no Danilo.

—Tranquilo.

—Creo que es hora de que me baje del estrado y le entregue el caso al juez Trussel. Ya casi se vence el plazo para algunos procedimientos, y es preciso expedir ciertas resoluciones. He hecho lo posible por ayudarte.

—¿Te están presionando?

—Un poco, pero nada que me preocupe. No quiero hacerte daño, y temo que, de seguir con tu caso mucho tiempo más, empezarán a resentirlo. La gente sabe que somos amigos. ¡Demonios, si hasta me escogiste para llevar tu ataúd!

−¿Te di las gracias por hacerlo?

−No. Estabas muerto en aquel momento. Pero no hay de qué. Me divertí.

−Sí, lo sé.

−De todas maneras, hablé con Trussel y está listo para asumir el caso. También le hablé de tus atroces heridas, y de lo importante que es tu permanencia aquí el mayor tiempo posible. Él lo comprende.

−Gracias.

−Pero tienes que ser realista. En algún momento te van a meter a la cárcel. Y quizá pases allí mucho tiempo.

−¿Piensas que yo maté a ese muchacho, Karl?

Karl guardó los restos de su sándwich en la bolsa y bebió té helado. No deseaba mentir acerca de este asunto.

−Parece sospechoso. Primero, había restos humanos en el auto, de modo que alguien se mató. Segundo, el FBI hizo un análisis computarizado y exhaustivo de las personas que desaparecieron el día 9 de febrero de 1992 o un poco antes. Pepper es la única, en cuatrocientos kilómetros a la redonda, de la que no se han tenido noticias.

−Pero eso no es suficiente para condenarme.

−Tu pregunta no se refería a si te condenaban.

−Bien. ¿Crees que lo maté?

−No sé qué pensar, Patrick. He sido juez por doce años, y he visto gente ante mí confesando crímenes que ni ellos mismos podían creer que hubieran cometido. Si se dan las circunstancias, un hombre es capaz de hacer casi cualquier cosa.

−¿De manera que lo crees?

−No quiero creerlo. No sé qué creo.

−¿Te parece que yo podría matar a alguien?

–No. Pero tampoco habría pensado que fueras capaz de fingir tu muerte y robarte noventa millones de dólares. Tu historia reciente está llena de sorpresas.

Otra pausa larga. Karl miró su reloj y se puso a guardar los restos de su almuerzo. Patrick dejó a Karl sentado en la banca y comenzó a darle vueltas lentas al patio.

◇

El almuerzo en la suite Camille, una colección de sándwiches insípidos servidos en bandejas plásticas, fue interrumpido por una llamada que devolvía el juzgado federal al que le habían asignado el caso de Patrick cuatro años atrás. El juez se encontraba en Jackson en medio de un juicio, y sólo disponía de un minuto. Mast describió el elenco reunido en la suite, y el juez consintió en que activaran el altavoz del teléfono. Entonces Mast le dio un resumen breve del acuerdo propuesto. A renglón seguido, el juez quiso escuchar la versión de Sandy, y este la expuso. Le formuló unas preguntas a Sprawling, y la que iba a ser una corta conversación telefónica se alargó. En un momento dado, Sprawling salió de la habitación para hablar en privado con el juez. Le dejó saber los deseos urgentes de algunos en las altas esferas de Washington de llegar a un acuerdo con Lanigan a fin de lograr pescar a un pez más gordo. El juez también habló en privado con T.L. Parrish, que le dio las mismas garantías de que Lanigan no iba a escapar, pues con seguridad habría de enfrentar cargos más serios, y con toda probabilidad, aunque no pudieran garantizarlo, pasaría muchos años en la cárcel.

Al juez no le parecía bien actuar con tanta precipitación, pero dado que presionaban personas tan íntimamente involucradas en el caso, y dada la importancia de los que se hallaban en Biloxi, cedió, y aceptó firmar la orden para retirar todos los cargos federales contra Patrick, orden que, enviada rápidamente por fax, firmó sin tardar y devolvió, también por fax.

Tan pronto terminaron de almorzar, Sandy los dejó un rato y corrió al hospital. Patrick se encontraba en su cuarto escribiéndole una carta a su madre, cuando Sandy entró a la carrera.

–¡Lo logramos! –y arrojó el acuerdo sobre la mesa de trabajo de Patrick–. Conseguimos todo lo que queríamos –dijo.

–¿Lo retirarán todo?

–Sí. El juez lo acaba de firmar.

–¿Cuánto dinero?

–Noventa, más un tres por ciento.

Patrick cerró los ojos y apretó los puños. La fortuna había recibido un fuerte golpe, pero todavía quedaba mucho. Lo suficiente para que él y Eva se establecieran algún día en algún lugar seguro y tuvieran una casa llena de niños. Una casa grande. Y muchos hijos.

Rápidamente revisaron el acuerdo. Patrick lo firmó, y Sandy corrió de regreso al hotel.

◊

El grupo se había reducido mucho hacia las dos de la tarde, cuando comenzó la segunda reunión. Sandy recibió a Talbot Mims y a su cliente, un vicepresidente de la Northern Case Mutual, llamado Shenault, que trajo consigo a dos abogados de la empresa cuyos nombres se le escaparon a Sandy. Por si acaso, Mims también trajo a uno de sus socios y a un auxiliar, también sin nombre. Sandy les recibió las tarjetas profesionales y los acompañó a la misma sala donde había tenido lugar la primera reunión. Las reporteras judiciales ocuparon sus posiciones.

Jaynes y Sprawling estaban al lado, en la biblioteca, hablando por teléfono con Washington. Habían enviado el resto de su comitiva al casino, para que tuvieran una hora de diversión, sin alcohol.

El escuadrón de la Monarch–Sierra era mucho más pequeño; lo formaban tan sólo Hal Ladd, uno de sus asociados, y el jefe del departamento jurídico de la compañía, un dinámico hombrecito de apellido Cohen. Se presentaron en medio de gran tensión, y se sentaron a escuchar. Para cada uno había un paquete pequeño, un legajador delgado, que Sandy distribuyó y que, según les pidió, debían hojear. Cada uno contenía una copia de la demanda entablada por Patrick contra el FBI por sus lesiones, y cada uno tenía una serie de fotos en color de las quemaduras. Los tipos de los seguros habían sido preparados por sus abogados, de manera que nada de esto les caía de sorpresa.

Sandy resumió lo que había alegado el día anterior: que las heridas de su cliente no habían sido infligidas por el FBI, porque no fue este quien encontró a Patrick. Fue Stephano. Y Stephano trabajaba para tres clientes: Benny Aricia, la Northern Case Mutual y la Monarch–Sierra. Los tres quedarían sometidos a una seria revelación, en una demanda de responsabilidad civil que Patrick iba a entablar.

–¿Cómo piensa demostrar lo de Stephano? –preguntó Talbot Mims.

–Esperen un momento –dijo Sandy. Abrió la puerta que daba a la biblioteca y le preguntó a Jaynes si tenía un minuto. Jaynes entró a la habitación y se indentificó ante el grupo. Con gran placer describió en detalle lo que Stephano les había contado de la búsqueda de Patrick: la financiación del consorcio, las recompensas, las delaciones, la cacería en Brasil, el cirujano plástico, los tipos de Plutón, la captura y la tortura. Todo. Y todo realizado con dinero de Aricia, la Monarch–Sierra y la Northern Case Mutual. Y todo hecho sólo para el beneficio de ellos.

Fue una actuación deslumbrante, que el mismo Jaynes disfrutó inmensamente.

—¿Alguna pregunta para el señor Jaynes? —preguntó Sandy feliz cuando la narración tocó a su fin.

No hubo ninguna. En las dieciocho horas anteriores, ni Shenault ni Cohen, de la Monarch–Sierra, habían logrado determinar quién de su compañía había autorizado que se contratara a Jack Stephano. Lo más probable era que nunca lo supieran, ahora que alguien andaba borrando huellas.

Ambas compañías eran grandes y poderosas, con muchos accionistas y enormes presupuestos publicitarios que se empleaban para proteger el buen nombre de la corporación. Ninguna quería ese dolor de cabeza.

—Gracias, señor Jaynes —dijo Sandy.

—Estoy en seguida por si me necesitan —dijo Jaynes, como si nada le hubiera gustado tanto como regresar a seguir metiéndole clavos a este ataúd.

A los otros les resultó desconcertante su presencia, y de malos augurios. ¿Qué hacía el director asistente del FBI en Biloxi, y por qué parecía con tantas ganas de inculparlos a ellos?

—Aquí está el trato —dijo Sandy una vez cerrada la puerta—. Es simple, rápido y no negociable. Primero, señor Shenault, en cuanto hace a la Northern Case Mutual, el último asalto de su cliente en esta pequeña guerra consiste en un intento por recuperar los dos y medio millones pagados a Trudy Lanigan. Preferimos que usted se limite a irse a casa, retire la demanda, se olvide de Trudy y la deje vivir en paz. Ella tiene una hija para criar y, además, ya se gastó la mayor parte del dinero. Retírela y mi cliente desistirá de la demanda por daños y perjuicios contra su compañía.

—¿Eso es todo? —preguntó Talbot Mims incrédulo.

—Sí.

–Listo.

–Queremos analizarlo un momento –dijo Shenault, todavía con la mirada dura.

–No, no queremos –le dijo Mims a su cliente–. Es un buen trato. Está sobre la mesa. Lo aceptamos. Así no más.

Shenault dijo:

–Me gustaría analizar...

–No –le dijo Mims, airado, a Shenault–. Aceptamos el trato. Ahora bien, si usted quiere que lo represente otra persona, adelante. Pero mientras yo sea su abogado, aceptamos el trato, ya mismo.

Shenault se quedó sin habla.

–Lo aceptamos –dijo Mims.

–¿Señor Shenault? –dijo Sandy.

–Sí, sí. Supongo que lo aceptamos.

–Bien. Tengo las propuestas de acuerdo de conciliación listas en el cuarto de al lado. Ahora, caballeros, retírense unos minutos, por favor, pues necesito hablar en privado con el señor Ladd y su cliente.

Mims condujo a su gente hacia afuera. Sandy cerró la puerta con llave y se volvió para dirigirse al señor Cohen, a Hal Ladd y a su auxiliar.

–El trato con ustedes es un poco diferente del de ellos, me temo. A ellos les quedó fácil porque hay un divorcio de por medio. Es sucio y complicado, y mi cliente puede usar su reclamación contra la Northern Case Mutual para ventaja suya en los trámites del divorcio. Ustedes, por desgracia, no están en la misma posición. Ellos contribuyeron con medio millón para Stephano, ustedes pusieron el doble. Ustedes tienen una responsabilidad civil mayor, una exposición mayor y, como todos lo sabemos, mucho más dinero que la Northern Case Mutual.

–¿Cuánto tiene en mente? –preguntó Cohen.

– Para Patrick nada. Sin embargo, a él le preocupa mucho la

niña. Tiene seis años y su madre gasta dinero a manos llenas. Ese es uno de los motivos que llevó a la Northern Case Mutual a rendirse tan rápido: sería muy difícil sacarle algo a la señora de Lanigan. Patrick se conformaría con una cantidad modesta, que se pusiera en un fondo fiduciario para la niña, un dinero que estuviera fuera del alcance de la madre.

–¿Cuánto?

–Un cuarto de millón. Adicionales a otro cuarto para cubrir las costas. Un total de medio millón de dólares, pagado con mucha discreción a fin de no hacer quedar mal a su cliente con esas fotos.

En la Costa había una tradición de veredictos generosos en casos de daños y perjuicios y de muertes injustas. Hal Ladd le había hecho ver a Cohen que se veía venir un veredicto multimillonario contra Aricia y las compañías de seguros por lo que le habían hecho a Patrick. Cohen, un buen californiano, lo comprendió muy bien. La compañía estaba loca por llegar a un arreglo y marcharse de la ciudad.

–¿Renunciamos a cualquier litigio –dijo Cohen– y pagamos medio millón?

–Eso es.

–Aceptado.

Sandy alcanzó un legajador y sacó algunos papeles.

–Tengo una propuesta de acuerdo de conciliación, que les voy a entregar.

Les entregó las copias y los dejó.

TREINTA Y CINCO

El siquiatra era amigo del doctor Hayani. Su segunda sesión con Patrick duró dos horas y fue tan poco productiva como la primera. Sería la última.

Patrick pidió que lo excusara y regresó a su cuarto, a la hora de comer. Dejó sin tocar la mayor parte de la comida mientras miraba el noticiero de la noche. No mencionaron su nombre. Recorrió el piso y conversó con sus guardias. Sandy había llamado toda la tarde para mantenerlo actualizado, pero Patrick quería ver los documentos. Vio *Jeopardy* e intentó leer un grueso libro de bolsillo.

Eran casi las ocho cuando oyó a Sandy hablar con los guardias y preguntarles cómo se encontraba el prisionero. Sandy disfrutaba refiriéndose a él como "el prisionero".

Patrick lo esperó en la puerta. Su abogado estaba muerto del cansancio, pero sonriente.

—Todo listo —le dijo, y le dio una pila de papeles.

—¿Y qué hay de los documentos y las cintas?

—Hace una hora los entregamos. Debe haber una docena de agentes del FBI girando a su alrededor. Jaynes me dijo que iban a trabajar toda la noche.

Tomó los acuerdos de conciliación y se sentó junto a la mesa de trabajo, en una esquina, debajo del televisor. Leyó palabra por palabra, con cuidado. Sandy había traído una bolsa con comida rápida, y se puso a comer de pie junto a la cama, viendo un juego de rugby de Australia en el canal ESPN, con el televisor mudo.

—¿Chillaron por lo del medio millón? —preguntó Patrick sin alzar la vista.

—Ni un segundo. Nadie chilló por nada.

—Tal vez deberíamos haber pedido más.

—Creo que ya tienes suficiente.

Patrick pasó una página, y luego firmó.

—Buen trabajo, Sandy. Soberbio.

—Tuvimos un buen día. Retiraron todos los cargos federales, el litigio está arreglado. Lo de las costas quedó resuelto. El futuro de la niña, asegurado. Mañana acabaremos con Trudy. Estás en ascenso, Patrick. Lástima que tengas un cadáver atravesado en el camino.

Patrick dejó los papeles sobre la mesa y se dirigió hacia la ventana, dándole la espalda al cuarto. Las persianas estaban abiertas, el cristal de la ventana tenía una grieta de quince centímetros.

Sandy siguió comiendo y mirándolo.

—Tienes que contarme algo, Patrick.

—¿Contarte qué?

—Pues, veamos. ¿Por qué no comenzamos con Pepper?

—Bien. Yo no maté a Pepper.

—¿Alguien lo mató?

—No, que yo sepa.

—¿Se suicidó?

—No, que yo sepa.

—¿Estaba vivo cuando desapareciste?

—Eso creo.

—¡Maldita sea, Patrick! ¡He tenido un día muy largo y no estoy para juegos!

Patrick dio la vuelta y dijo cortésmente:

—Por favor, no grites. Allá afuera están esos policías esforzándose por oír cada palabra. Siéntate.

—No me quiero sentar.

—Por favor.

—Puedo oír mejor de pie. Estoy escuchando.

Patrick cerró la ventana, bajó las persianas, revisó la puerta cerrada y apagó el televisor. Volvió a sentarse en la cama en la posición acostumbrada, con las sábanas a la cintura. Una vez acomodado dijo en voz baja:

—Yo sí conocía a Pepper. Vino a la cabaña un día a pedir comida. Fue un poco antes de la Navidad de 1991. Me contó que casi todo el tiempo vivía en el bosque. Le preparé huevos con tocineta y comió como un refugiado. Tartamudeaba, era muy tímido y se sentía muy incómodo a mi lado. Obviamente me intrigó. Tenía ante mí a un muchacho que decía tener diecisiete años, pero que parecía más joven, que era bastante limpio y bien vestido, que tenía familia a unos treinta kilómetros de ahí, y que sin embargo vivía en el bosque. Lo hice hablar. Al preguntarle por su familia me contó la triste historia. Cuando acabó de comer se dispuso a marcharse. Le ofrecí un lugar para dormir, pero insistió en regresar a la tienda de campaña.

»Al día siguiente, yo estaba cazando venados solo y Pepper me rastreó. Me mostró su tienda de campaña y su saco de dormir. Tenía utensilios de cocina, un cajón para el hielo, una linterna y una escopeta. Dijo que no había ido a su casa desde hacía dos semanas. Que su madre tenía un novio nuevo, el peor en muchos años. Me interné con él en el bosque hasta un refugio de venados que él había encontrado. Una hora más tarde maté un ciervo macho de diez puntas, el mayor de mi vida. Dijo que conocía el bosque al derecho y al revés y ofreció mostrarme los mejores lugares para la caza.

»Un par de semanas más tarde regresé a la cabaña. La vida con Trudy era insoportable. Ambos vivíamos para los fines de semana, en los que yo me ausentaba. Poco después de llegar apareció Pepper. Preparé un guiso y comimos como cerdos: yo tenía muy buen apetito por aquel entonces. Me contó que había pasado tres días en su casa, pero que se había marchado tras pelearse con su madre. Mientras más hablaba, menos tartamudeaba. Le dije que era abogado y a poco me contó todos sus problemas legales. Su último trabajo había sido en una gasolinera, en Lucedale. Un día faltó algún dinero en la registradora. Como lo creían retrasado, le echaron la culpa. Él, por supuesto, no había tenido nada que ver con eso. Esa era otra buena razón para mantenerse en el bosque. Le prometí ayudarle con el asunto.»

–Y así empezó a quedarse –dijo Sandy.

–Algo así. Nos vimos unas veces más, en el bosque.

–Ya se acercaba el 9 de febrero.

–Sí. Le dije a Pepper que los policías estaban a punto de arrestarlo. Eso era falso. Yo no había hecho ni una sola llamada. No podía permitirme hacerla. Pero mientras más hablábamos, más me convencía yo de que él sí sabía algo sobre el dinero faltante. Estaba asustado, y buscaba mi apoyo. Analizamos sus opciones, una de las cuales era simplemente desaparecer.

–Vaya, eso me suena conocido.

–Detestaba a su madre. Los policías lo buscaban. Se trataba de un chico asustado que no podía vivir en un bosque el resto de su vida. Le gustó la idea de ir al oeste a trabajar como guía de caza en las montañas. Esbozamos un plan. Busqué en los periódicos hasta que vi una historia horrible de un bachiller muerto en un accidente de tren en las afueras de Nueva Orleans. Su nombre era Joey Palmer. Sonaba como un buen nombre genérico. Llamé a un falsificador de Miami, que consiguió el número de la tarjeta de seguridad social de Joey y ¡listo! en cuatro días le había conseguido un buen conjunto de papeles a Pepper. Licencia de conducir de Louisiana, con foto en primer plano y todo; tarjeta de seguridad social, certificado de nacimiento, e incluso pasaporte.

–Lo haces parecer tan fácil.

–No, fue más fácil de lo que lo hago parecer. Se necesita sólo un poco de dinero y algo de imaginación. A Pepper le gustaron sus nuevos papeles, y le encantó la idea de irse en autobús a las montañas. En serio, Sandy, el chico no dudó un instante en dejar a su madre en la oscuridad. No le preocupó ni una pizca.

—De tu talante.

—Sí. Bueno, de todas maneras, el domingo 9 de febrero...

—La fecha de tu muerte.

—Sí, si mal no recuerdo. Llevé a Pepper a la estación de la Greyhound de Jackson. Allí le di todas las oportunidades de retractarse, pero el tipo estaba decidido. No; estaba dichoso. El pobre chico jamás había salido del estado de Mississippi. El solo paseo a Jackson le producía emoción. Le aclaré que no podría regresar nunca, bajo ninguna circunstancia. Jamás mencionó a su madre. Tres horas en el auto y no la mencionó ni una vez.

—¿Hacia dónde iba?

—Yo había localizado un campamento maderero al norte de Eugene, Oregon, y había examinado las rutas de autobús y los horarios. Le anoté todo y lo practicamos una docena de veces camino a la estación. Le di dos mil dólares en efectivo, y lo dejé a dos cuadras del lugar. Era casi la una de la tarde y yo no podía correr el riesgo de que me vieran. La última vez que vi a Pepper trotaba con una sonrisa en la cara y un morral a reventar colgado del hombro.

—Su rifle y equipo de acampar fueron hallados en tu cabaña.

—¿Dónde más los podía dejar?

—Sólo otra pieza del rompecabezas.

—Claro. Yo quería que pensaran que Pepper se había quemado en el auto.

—¿Dónde está ahora?

—No lo sé, y no tiene importancia.

—Eso no fue lo que pregunté, Patrick.

—No tiene importancia, de veras.

—Deja de jugar conmigo, maldita sea. Si te hago una pregunta, merezco una respuesta.

—Te la daré cuando lo desee.

—¿Por qué eres tan evasivo conmigo?

Sandy comenzaba a hablar con voz más recia e irritada, y Patrick se detuvo un momento para dejar que se calmara. Ambos se pusieron a respirar más lentamente, tratando de dominarse.

—No estoy siendo evasivo, Sandy —dijo Patrick más calmado.

—Vaya si no. Me mato por resolver un acertijo, y me caen diez misterios más. ¿Por qué no me lo puedes contar todo?

—Porque tú no necesitas saberlo todo.

—Pero sería bueno.

—¿De veras? ¿Cuándo fue la última vez que un acusado de algún crimen te lo contó todo?

—Es gracioso, pero no pienso en ti como en un criminal.

—¿Entonces qué soy?

—Quizás un amigo.

—Tu trabajo será más fácil si piensas en mí como en un criminal.

Sandy levantó de la mesa el documento de conciliación y se dirigió a la puerta.

—Estoy agotado. Me voy a descansar. Regreso mañana y me lo vas a contar todo.

Abrió la puerta y se marchó.

◇

Hacía dos días, al salir de un casino, Guy se había dado cuenta por primera vez de que lo estaban siguiendo. Un rostro conocido había apartado la mirada un poco más rápido de lo normal. Luego, un automóvil los había seguido en forma más agresiva de lo normal. Guy tenía experiencia en asuntos como estos, y se lo mencionó a Benny que iba al timón.

—Deben ser los federales —dijo Guy—. ¿A quién más le importaría?

Resolvieron irse de Biloxi. Desconectaron las líneas telefónicas del apartamento alquilado, y despacharon a los demás tipos.

Esperaron a que el sol se pusiera. Guy se marchó en un auto en dirección al oriente, a Mobile, en donde pensaba pasar la noche cuidándose la espalda, para luego agarrar un avión por la mañana. Benny se marchó al oeste, bordeando la Costa por la carretera 90, para luego atravesar el lago Ponchartrain y llegar a Nueva Orleans, ciudad que conocía al dedillo. Estaba bien atento, pero no veía nada detrás de él. Comió ostras en el barrio francés y luego tomó un taxi hacia el aeropuerto. Voló a Memphis y luego al aeropuerto de O'Hare, donde se escondió casi toda la noche en un restaurante. Al amanecer partió hacia Nueva York.

Mientras tanto los agentes del FBI se encontraban en Boca Ratón vigilando su casa. La sueca con la que vivía estaba aún allí. Suponían que pronto se iría a la carrera y sería mucho más fácil de seguir.

TREINTA Y SEIS

Nunca fue más fácil una liberación. Eva salió del centro de detención a las ocho y media de la mañana, con los mismos bluyines y la misma blusa que tenía puestos cuando entró al lugar. Los vigilantes fueron amables. Los dependientes mostraron una eficiencia sorprendente. El supervisor incluso le deseó buena suerte. Mark Birck la acompañó hasta el automóvil, un hermoso jaguar antiguo que había limpiado por dentro y por fuera para la ocasión, y les hizo una seña con la cabeza a los dos escoltas.

—Son agentes del FBI –le dijo, señalando con la cabeza a dos hombres que esperaban en un automóvil cercano.

—Pensé que ya nos habíamos librado de ellos –dijo Eva.

—No del todo.

—¿Debo saludarlos o qué?

—No. Sólo sube al auto –abrió la puerta para que ella entrara, la cerró con suavidad, admiró un segundo lo bien que habían encerado el largo e inclinado capó, y luego dio la vuelta para entrar por el lado del conductor.

—Esta carta me la acaba de mandar Sandy McDermott por fax –dijo mientras encendía el motor y echaba marcha atrás–. Ábrela.

—¿A dónde vamos? –preguntó ella.

—Al aeropuerto, a aviación general. Hay un pequeño jet esperándote allá.

—¿Para llevarme a dónde?

—A Nueva York.

—¿Y luego a dónde?

—A Londres, en el Concorde.

Estaban en una calle congestionada, con los agentes del FBI detrás.

—¿Por qué nos siguen? –preguntó ella.

—Para darnos protección.

Cerró los ojos, se frotó la frente y pensó en Patrick en su pequeño cuarto del hospital, aburrido, con poco que hacer fuera de buscar lugares adonde enviarla a ella. Entonces se dio cuenta de que en el automóvil había un teléfono.

—¿Me permites? —dijo levantándolo.

—Claro.

Birck conducía con cuidado, vigilando por los espejos como si llevara al presidente.

Eva llamó a Brasil, y tuvo en su lengua nativa una sentimental reunión con su padre, vía satélite. Él se encontraba bien y ella también. Los habían liberado a ambos, aunque Eva no le contó dónde había pasado los tres últimos días. Él le dijo de buen humor que al fin de cuentas un secuestro no era una experiencia tan terrible. Lo habían tratado a las mil maravillas. No tenía ni una sola lesión. Ella le prometió regresar a casa pronto. Estaba a punto de terminar el trabajo legal en los Estados Unidos, y era mucho lo que echaba de menos la casa.

Birck escuchaba sin querer, aunque no entendía ni una palabra. Cuando Eva colgó y se secó los ojos, él dijo:

—En esta carta hay algunos números telefónicos, en caso de que te vuelva a parar la aduana. El FBI levantó la alerta, y están dispuestos a dejarte viajar usando tu pasaporte durante los próximos siete días.

Ella escuchó sin comentar nada.

—También hay un número telefónico en Londres, por si algo te pasa en el aeropuerto de Heathrow.

Por fin abrió la carta. Era de Sandy, y estaba en papel membreteado. En Biloxi los asuntos marchaban muy bien, y con gran rapidez. Le pidió que lo llamara a la suite del hotel cuando llegara al aeropuerto John F. Kennedy. Allí le daría más instrucciones.

En otras palabras, le diría cosas que el señor Birck no debía oír.

Llegaron al congestionado terminal aéreo de aviación general, al lado norte del aeropuerto internacional de Miami, donde los agentes se quedaron con su auto, mientras Birck la acompañaba adentro. Los pilotos la esperaban. Señalaron hacia un hermoso jet estacionado afuera, listo para llevarla a donde ella quisiera.

Llévenme a Río, estuvo a punto de decir. Por favor, a Río.

Le estrechó la mano a Birck, le agradeció su amabilidad y abordó el vuelo. Sin equipaje. Sin una prenda adicional. Patrick lo pagaría caro. Pero que se esperara a que llegara a Londres y pasara un día en Bond y Oxford. No le cabría la ropa, al menos no en el pequeño jet.

A hora tan temprana, J. Murray se veía más cansado y desgreñado que de costumbre. Alcanzó a mascullar un saludo a la secretaria que le abrió la puerta, y aceptó un café, fuerte y negro. Sandy lo saludó, le recibió la chaqueta arrugada y lo llevó a una sala, donde se sentaron a repasar el documento del acuerdo de conciliación.

—Esto está mucho mejor —dijo Sandy cuando terminaron. Trudy ya había firmado su aprobación final del arreglo. J. Murray no podía soportar otra visita de la mujer y su repulsivo gigoló. El día anterior se habían peleado en su oficina. J. Murray llevaba muchos años tramitando divorcios sucios, y apostaría lo que fuera a que los días de Lance estaban contados. La tensión por las finanzas carcomía a Trudy.

—Lo vamos a firmar —dijo Sandy.

—¿Por qué no habrían de hacerlo? Lograron cuanto querían.

—Es un arreglo justo, en vista de las circunstancias.

—Ajá.

—Oye, Murray. Hay una novedad importante relacionada con tu cliente y la demanda de la Northern Case Mutual.

—¿De qué se trata?

—Mira. Hay muchas cosas de fondo que no son importantes para tu cliente, pero la conclusión es esta: la Northern Case Mutual acepta retirar su demanda contra Trudy.

J. Murray se sentó unos segundos, y el labio superior se le separó del inferior. ¿Estaba bromeando?

Sandy alcanzó unos papeles, una copia del acuerdo de conciliación con la Northern Case Mutual. Ya había tachado algunos de los párrafos más importantes, dejándolos ilegibles, pero aún quedaba mucho para que J. Murray leyera.

—¿Bromeas? —balbuceó mientras tomaba el acuerdo. Pasó a la carrera sobre los renglones tachados, sin el menor interés, y llegó al meollo del asunto: dos hermosos párrafos que no habían sido tocados por los censores. Leyó donde decía, en un lenguaje claro y preciso, que se exigía el retiro inmediato de la demanda contra su cliente.

No le importó saber por qué. Un velo impenetrable rodeaba a Patrick, y no iba a comenzar a hacer preguntas.

—Qué agradable sorpresa —dijo.

—Sabía que te iba a gustar.

—¿Ella se queda con todo?

—Con todo lo que le queda.

J. Murray lo volvió a leer con lentitud.

—¿Me puedo quedar con esto? —preguntó.

—No. Es confidencial. Pero hoy se presentará una moción de retiro, y te enviaré una copia por fax.

—Gracias.

—Hay otra cosa —dijo Sandy y le entregó a J. Murray una copia del arreglo con la Monarch–Sierra, también censurada.

—Mira la página cuatro, el párrafo tercero.

J. Murray leyó las cláusulas que establecían un fondo de doscientos cincuenta mil dólares en beneficio de la pequeña Ashley

Nicole Lanigan. Sandy McDermott sería el fideicomisario. El dinero habría de usarse sólo para la salud y educación de la niña, y cualquier remanente de dinero no usado se le entregaría a ella al cumplir los treinta años.

—No sé que decir —pero ya estaba pensando en cómo redundaría esto en beneficio de su oficina.

Con un gesto de la mano Sandy indicó que no valía la pena.

—¿Algo más? —le preguntó J. Murray con una sonrisa alegre. ¿Algún otro regalito?

—Eso es todo. El divorcio está listo. Ha sido un placer.

Se dieron la mano, y J. Murray se marchó caminando más rápido que de costumbre. Entró al ascensor con la mente a mil. Le contaría a Trudy que se había puesto duro con esos truhanes, que al fin se había hartado de sus demandas exageradas, que había entrado como una tromba en la reunión y los había amenazado con llevarlos a un juicio desagradable, hasta que se vieron obligados a ceder y hacer algunas concesiones. La verdad es que había llevado muchos casos ante los tribunales, y era bastante conocido por sus trifulcas en la corte.

¡Malditos los cargos de adulterio! ¡Malditas las fotos de ellos desnudos! Su cliente no tenía la razón, pero aun así tenía derecho a la justicia. ¡Era necesario proteger a una niña inocente!

Le contaría cómo los había destruido hasta hacerlos retroceder. Les había exigido un fondo de fideicomiso para la niña, y Patrick se había derrumbado bajo el peso de su propia culpa. Mire, insistieron, aquí tiene un cuarto de millón de dólares.

Y qué maldita lucha la que sostuvo con ellos para proteger para siempre los bienes de su cliente, que no había hecho nada malo al tomar los dos millones y medio. Por puro miedo se habían doblegado y habían encontrado la manera de salvar el dinero de Trudy. Algunos detalles estaban un poco vagos aún, pero le quedaba todavía una hora de camino para irlos afinando.

Cuando llegara a su oficina estaría ya convertida en una magnífica historia.

❖

En el mostrador del Concorde, en el aeropuerto JFK, se arquearon algunas cejas al ver que ella no traía equipaje. Llamaron a un supervisor, que se retiró a secretearse mientras Eva luchaba por controlar sus nervios. No soportaría otro arresto. Amaba a Patrick, pero esto superaba con creces el llamado del amor. Poco tiempo antes había tenido una promisoria carrera de abogada en la ciudad que amaba. Luego había aparecido Patrick.

De pronto todo se llenó de cálidas sonrisas británicas. La condujeron a la sala del Concorde, donde Eva se sirvió un café y marcó el número de Sandy, en Biloxi.

—¿Estás bien? —preguntó Sandy al escuchar su voz.

—Yo estoy bien, Sandy. Estoy en el aeropuerto John F. Kennedy, camino de Londres. ¿Cómo está Patrick?

—A las mil maravillas. Acabamos de llegar a un acuerdo con los federales.

—¿De cuánto?

—De ciento trece millones —replicó, esperando escuchar una respuesta. Patrick había permanecido indiferente al enterarse del monto de la devolución. Ella siguió el mismo guión.

—¿Cuándo? —fue lo único que dijo.

—Te daré las instrucciones cuando llegues a Londres. Hay una habitación en el hotel Cuatro Estaciones, a nombre de Lía Pires.

—Soy yo otra vez.

—Llámame cuando llegues.

—Dile a Patrick que a pesar de la cárcel lo sigo amando.

—Lo veré esta noche. Cuídate.

—*Ciao.*

◇

Con pesos pesados como estos en la ciudad, Mast no podía resistir la oportunidad de impresionarlos. La noche anterior, después de tomar posesión de los documentos y cintas, había dispuesto que sus empleados llamaran a todos los miembros del gran jurado en ejercicio y les informaran que habría una sesión de emergencia. Había trabajado con cinco de sus fiscales auxiliares y los del FBI en la clasificacción y depuración de los documentos. Había abandonado su oficina a las tres de la mañana, y regresado cinco horas después.

La reunión del gran jurado federal se realizaría a medio día, con almuerzo incluido. Hamilton Jaynes resolvió quedarse el tiempo suficiente para oírlo todo, y eso mismo hizo Sprawling, el hombre de la oficina del fiscal general. Patrick sería el único testigo.

Convinieron en no transportarlo esposado. Lo escondieron en la parte trasera de un auto de la agencia, sin insignias, y lo entraron en secreto por una puerta lateral del tribunal federal de Biloxi. Sandy se encontraba a su lado. Patrick llevaba pantalones de dril largos, zapatos tenis y camiseta, ropa que Sandy le había comprado. Estaba pálido y delgado, pero caminaba sin impedimentos. La verdad es que se sentía de perlas.

Los dieciséis jurados se sentaron en torno a una larga mesa cuadrada, de suerte que al menos la mitad le estaba dando la espalda a la puerta cuando Patrick entró con una sonrisa. Los que no lo veían se apresuraron a voltearse. Jaynes y Sprawling se encontraban en una esquina, muy intrigados, pues por primera vez iban a ver a Lanigan.

Patrick se sentó en el extremo de la mesa, en la silla usada por los testigos, y aprovechó el momento. Poco estímulo necesitó de parte de Mast para contar su historia, o al menos parte de ella.

Estaba tranquilo y animado, en parte porque ese grupo ya no lo podía tocar. Se las había arreglado para liberarse de los tentáculos de cualquier ley federal.

Comenzó el relato hablando de la compañía de abogados, de los socios, sus personalidades, sus clientes y hábitos de trabajo, y poco a poco fue llegando al tema de Aricia.

Mast le pidió que se detuviera y le entregó un documento, que Patrick identificó como el contrato entre la sociedad y Aricia. Aunque de cuatro páginas de extensión, podía reducirse a un acuerdo básico, según el cual a la firma le habría de corresponder una tercera parte de lo que Aricia recibiera por su reclamación contra las industrias Platt & Rockland.

—¿Y cómo se hizo usted a esto? —preguntó Mast.

—La secretaria del señor Bogan lo mecanografió. Teníamos los computadores interconectados. Simplemente lo saqué de allí.

—¿Y es por eso que esta copia no tiene firma?

—Correcto. El original posiblemente se encuentra en los archivos del señor Bogan.

—¿Tenía usted acceso a la oficina del señor Bogan?

—Limitado —contestó Patrick, y explicó el celo de Bogan por el secreto. Esto llevó a una digresión sobre el acceso a las demás oficinas, para luego pasar a la fascinante historia de sus aventuras en el mundo de la vigilancia sofisticada. Como Aricia le pareció muy sospechoso, se propuso recoger la mayor información posible. Fue un autodidacta en lo de la vigilancia electrónica. Vigilaba los demás computadores de la empresa. Escuchaba los chismes. Les hacía preguntas a secretarias y paralegales. Revisaba todos los documentos de la papelera en el cuarto de la fotocopiadora. Trabajaba horas adicionales, con la esperanza de encontrar las puertas abiertas.

Al cabo de dos horas, Patrick pidió una gaseosa. Mast declaró interrumpida la sesión por veinte minutos. El tiempo había volado porque tenía cautivado al público.

Cuando el testigo regresó del baño se volvieron a sentar rápidamente, ansiosos de escuchar más. Mast le hizo algunas preguntas sobre la reclamación contra Platt & Rockland, y Patrick la describió en términos generales.

—Aricia era un hombre muy hábil. Estableció una estratagema para llevar una doble contabilidad y echarle la culpa a la gente de la oficina matriz. Él era la fuerza oculta detrás de los sobrecostos.

Mast puso una pila de documentos al lado de Patrick, quien tomó uno. Con echarle una sola mirada supo de qué se trataba.

—Este es un ejemplo de la mano de obra ficticia por la que los Astilleros Coastal tenían que pagar. Es un resumen computarizado del trabajo de una semana, en junio de 1988. En ella aparecen ochenta y cuatro empleados, todos con nombres falsos y sus salarios semanales. El total es de setenta y un mil dólares.

—¿Y cómo escogían estos nombres? —preguntó Mast.

—En aquella época Coastal tenía ocho mil empleados. Seleccionaban nombres verdaderos que fueran comunes: Jones, Johnson, Miller, Green y Young, y les cambiaban la primera inicial.

—¿Cuánto trabajo se falsificó?

—Según el archivo de Aricia, diez y nueve millones en un período de cuatro años.

—¿Sabía Aricia que era falsificado?

—Sí. Él había diseñado la estratagema.

—¿Y cómo sabe usted eso?

—¿Dónde están las cintas magnetofónicas?

Mast le entregó una hoja de papel con el catálogo de cintas de más de sesenta conversaciones. Patrick la estudió un segundo.

—Creo que es la grabación número diecisiete —dijo.

El fiscal general asistente, encargado de la caja de cintas, sacó la número diecisiete y la introdujo en una grabadora colocada en la mitad de la mesa.

Patrick dijo:

—Este es Doug Vitrano hablando con Jimmy Havarac, dos de los socios, en la oficina de Vitrano, el 3 de mayo de 1991.

Encendieron la grabadora y esperaron las voces.

PRIMERA VOZ: ¿Cómo adicionaste diecinueve millones en mano de obra falsa?

—Ese es Jimmy Havarac —dijo Patrick rápidamente.

SEGUNDA VOZ: No fue difícil.

—Y ese es Doug Vitrano —dijo Patrick.

VITRANO: La mano de obra andaba por los cincuenta millones al año. En cuatro años ascendía a doscientos millones, de manera que sólo estábamos añadiendo un incremento del diez por ciento. Eso se perdía entre tanto papel.

HAVARAC: ¿Y Aricia lo sabía?

VITRANO: ¿Que si lo sabía? Diablos, él era el que lo ejecutaba.

HAVARAC: Vamos, Doug.

VITRANO: Todo es falso, Jimmy. Cada dato de esta reclamación es falso: la mano de obra, las facturas infladas, las cuentas dobles y triples de materiales costosos. Aricia lo planeó desde el comienzo, y tuvo la suerte de trabajar en una empresa con un largo historial de robos al gobierno. Él sabía cómo funcionaba la compañía. Sabía cómo funcionaba el Pentágono. Y tuvo la suficiente astucia para montar esta estratagema.

HAVARAC: ¿Quién te lo contó?

VITRANO: Bogan. Aricia se lo contó todo a Bogan. Bogan se lo contó al senador. Nosotros nos quedamos callados, les seguimos el juego, y un día seremos millonarios.

Las voces se silenciaron cuando la grabación, bien editada por Patrick hacía años, llegó a su fin.

Los jurados observaron la grabadora, asombrados.

—¿No podríamos escuchar más? —preguntó uno de ellos.

Mast se encogió de hombros y miró a Patrick, quien dijo:

—Me parece una maravillosa idea.

Con los comentarios de Patrick a cada cinta, y un análisis, a veces colorido, tardaron casi tres horas en escuchar todas las cintas. La del Armario quedó para el final, y la pasaron cuatro veces antes de que los jurados la dejaran de lado. A las seis ordenaron comida a una salsamentaria vecina.

A las siete le permitieron a Patrick marcharse.

Mientras comían, Mast habló de uno de los documentos más dicientes. Señaló las diferentes leyes federales que se violaban. Con las voces de los pillos capturadas de manera tan clara en las cintas, la conspiración quedaba al descubierto.

A las ocho y media, el jurado votó por unanimidad sindicar a Benny Aricia, Charlie Bogan, Doug Vitrano, Jimmy Havarac y Ethan Rapley de conspirar para cometer un fraude mediante la Ley de Reclamaciones Falsas. Si los condenaban, cada uno podría recibir diez años de prisión y una multa hasta de quinientos mil dólares.

Del senador Harris Nye se dijo que, sin considerarse aún sindicado, habría sido partícipe de la conspiración —un tipo de designación temporal que, como era lo más probable, cambiaría para lo peor—. Sprawling, Jaynes y Maurice Mast diseñaron la estrategia de sindicar primero a los peces menores y presionarlos para que firmaran un trato y denunciaran al grande. Perseguirían con agresividad a Rapley y a Havarac porque estos detestaban a Charlie Bogan.

El jurado levantó la sesión a las nueve. Mast se reunió con el jefe de la policía y planeó hacer los arrestos efectivos al día siguiente por la mañana. Jaynes y Sprawling encontraron vuelos tardíos de Nueva Orleans a Washington.

TREINTA Y SIETE

—Una vez me tocó manejar un accidente automovilístico. Fue muy poco después de entrar en la compañía. Sucedió en la 49, en el condado de Stone, cerca de Wiggins. Nuestros clientes iban hacia el norte cuando salió un planchón de un camino vecinal y se les vino encima. Un choque terrible. En nuestro automóvil había tres personas: el conductor, que quedó muerto; su esposa, muy herida, y un niño que venía en la silla de atrás, con una pierna rota. El camión pertenecía a una fábrica de papel y estaba bien asegurado, de modo que el caso ofrecía posibilidades. Me lo dieron a mí, y yo, como era principiante, lo asumí con alma, vida y sombrero. No había duda de que el camión había tenido la culpa, pero su conductor, que había quedado ileso, sostenía que nuestro auto venía muy rápido. Todo el asunto podría resumirse en lo siguiente: ¿a qué velocidad venía nuestro chofer muerto? Mi perito la estimaba en noventa kilómetros por hora, lo que no estaba mal. En la carretera había avisos que fijaban el límite de velocidad en ochenta por hora, aunque todo el mundo andaba al menos a ochenta y cinco. Mis clientes se dirigían a Jackson a visitar parientes y no llevaban prisa.

»El perito en accidentes contratado por la compañía de seguros del camión estimaba que la velocidad de mi hombre era de ciento quince, lo que, claro está, habría perjudicado mucho nuestro caso. Cualquier jurado frunce el ceño ante un exceso de más de treinta kilómetros por encima del límite. Encontramos un testigo, un viejo que fue la segunda o tercera persona en llegar al sitio. Su nombre era Clovis Goodman, tenía ochenta y un años de edad, y era ciego de un ojo e invidente del otro.»

—¿En serio? —preguntó Sandy.

—Bromeo, pero su visión sí estaba bastante disminuida. Todavía conducía, y aquel día iba a paso de tortuga por la carretera en su camioneta Chevrolet 68 cuando nuestro auto lo pasó. Al poco rato, justo al bajar la colina siguiente, se encontró con el accidente. Clovis era un anciano cariñoso, sin familiares cercanos, que vivía solo y abandonado, y al ver aquello tan horrible se conmovió mucho. Trató de ayudarles a las víctimas, estuvo ahí un rato, y luego se marchó. No le dijo nada a nadie. Estaba demasiado afectado. Luego me contó que no había dormido durante una semana.

»De todas maneras, supimos que una persona que llegó más tarde grabó la escena del accidente en video mientras las ambulancias, la policía y los automóviles de bomberos trabajaban en el lugar. Como el tráfico se interrumpió, la gente empezó a aburrirse y, pues, qué carajo, por qué no ponerse a grabar. Así que pedimos prestada la cinta. Un paralegal la analizó, y anotó todas las placas de los autos. Nos dedicamos a buscar a los dueños, tratando de encontrar testigos. Así fue como dimos con Clovis. Nos dijo que prácticamente había visto ocurrir el accidente, pero que estaba demasiado afectado para hablar de él. Le pregunté si podía ir a su casa y dijo que sí.

»Clovis vivía en el campo, en las afueras de Wiggins, en una casita de madera que él y su esposa habían construido antes de la guerra. La esposa llevaba muchos años de muerta, al igual que su único hijo, un muchacho que se había descarriado. Tenía dos nietos. Uno vivía en California y la otra cerca de Hattiesburg. No los veía desde hacía muchos años. De todo eso me enteré en la primera hora. Clovis era un anciano solitario, y al principio se mostró huraño, como si desconfiara de los abogados y le molestara perder tiempo. Pero al poco rato de estar conversando, en la primera visita, puso a hervir agua para hacer un café instantáneo, y empezó a contarme los secretos de la familia. Nos sentamos en el corredor, en sillas mecedoras, con una docena de gatos viejos rondando a nuestros pies, a conversar de todo menos del choque. Por fortuna era sábado y yo podía dedicarle tiempo sin preocuparme por la oficina. Era un excelente conversador. La Gran Depresión era su tema favorito, lo mismo que la guerra. Después de un par de horas, por fin mencioné el accidente automovilístico. El hombre se quedó muy callado, con cara de estar sufriendo, y me comentó en voz baja que lo que le pasaba era que todavía no se sentía capaz de hablar de eso. Dijo que sabía algo importante, pero que no era el momento adecuado. Le pregunté qué tan rápido iba él cuando nuestro auto pasó a su lado. Dijo que jamás conducía a más de ochenta. Le pregunté si podía calcular la velocidad del otro, y se limitó a sacudir la cabeza.

»Dos días después, pasé por allá una tarde y me senté en el corredor a escuchar otra ronda de historias de la guerra. Muy cumplidamente, a las seis, Clovis dijo que tenía hambre y que le encantaría comer bagre, y me preguntó si me gustaría comer con él. Como en aquel entonces yo estaba soltero, me fui a cenar con Clovis. Yo conducía, claro está, y él hablaba. Nos comimos un bagre grasoso, seis dólares por todo el que nos cupiera entre pecho y espalda. Clovis comía muy despacio, con el mentón a sólo unos centímetros de la pila de pescado. La mesera puso la cuenta sobre la mesa y Clovis no la vio. Ahí se quedó diez minutos. Siguió hablando con la boca llena de papa rallada. Me pareció que gastar dinero pagando esta comida era una buena inversión, si Clovis lograba por fin dar su testimonio. Al rato nos marchamos, y de regreso a casa anunció de repente que necesitaba una cerveza, sólo una para la vejiga, y en ese preciso momento pasábamos frente a una tienda rural. Me estacioné. Como él no se movió, yo compré también la cerveza. Viajamos y bebimos, y él comentó que le gustaría mostrarme el lugar donde había crecido. Dijo que no quedaba muy lejos. Un camino vecinal llevaba al siguiente, y veinte minutos después yo no tenía ni idea de dónde me encontraba. Clovis no podía ver muy bien. Necesitaba otra cerveza, también para su vejiga. Le pedí indicaciones al dependiente de una tienda, y arrancamos de nuevo. Me señalaba a uno y otro lado, hasta que por fin encontramos el pueblo de Necaise Crossing, en el condado de Hancock. Una vez allí, me dijo que ya podíamos regresar. Había olvidado lo de la casa de su niñez. Más cerveza. Más indicaciones de los dependientes en las tiendas.

»Cuando ya estábamos muy cerca de su casa me di cuenta de dónde nos encontrábamos y comencé a hacerle preguntas sobre el accidente. Dijo que todavía le dolía mucho hablar de eso. Le ayudé a llegar hasta la casa y allí se echó sobre un sofá y se puso a roncar. Era casi la media noche. Así siguió durante un mes. Mecedora en el corredor delantero. Bagre los martes. Paseos en auto para su vejiga. La póliza de seguros tenía un límite de dos millones. Nuestro caso los valía todos y, aunque Clovis no lo sabía, su testimonio se iba volviendo más crucial a medida que pasaban los días. Me aseguró que nadie más se había puesto en contacto con él sobre el accidente. Por tanto, era imprescindible que yo definiera bien los hechos antes de que lo encontraran los tipos de la aseguradora.»

—¿Cuánto tiempo había pasado desde el accidente? —preguntó Sandy.

—Cuatro o cinco meses. Al fin, un día lo presioné. Le dije que habíamos llegado a un punto importante en la demanda, y que era hora de que él contestara algunas preguntas. Dijo que estaba listo. Le pregunté a qué velocidad iba nuestro automóvil cuando lo pasó. Él dijo que había sido horrible, de veras, ver a la gente herida, aplastada y sangrando, en especial el niñito. Al pobre hombre se le llenaron los ojos de lágrimas. Unos minutos más tarde le volví a preguntar: "Clovis, ¿puedes calcular la velocidad que llevaba el auto cuando te pasó?" Dijo que le encantaría ayudar a la familia. Yo le comenté que ellos se lo agradecerían. Me miró de frente a los ojos y dijo: "¿A qué velocidad crees tú que iban?"

»Le dije que en mi opinión iban a unos ochenta y cinco kilómetros por hora. Clovis dijo: "Eso es. A ochenta y cinco por hora. Yo iba a ochenta y ellos a duras penas me pasaron."

»Fuimos a juicio, y Clovis Goodman resultó ser el mejor testigo que he visto jamás. Era un anciano humilde, pero sabio y completamente creíble. El jurado hizo caso omiso de toda la sofisticada reconstrucción del accidente y se pegó del veredicto de Clovis. Gracias a eso logramos los dos punto tres millones de dólares.

»Clovis y yo seguimos viéndonos. Le hice su testamento. No tenía mucho que dejar: sólo su casa y seis cuadras de tierra. Siete mil dólares en el banco. Cuando muriera, quería que se vendiera todo y se le diera el dinero a las Hijas de los Estados Confederados. En su testamento no mencionaba a ningún familiar. El nieto de California se había marchado hacía veinte años. La nieta en Hattiesburg no se había puesto en contacto con él desde 1968 cuando le mandó una invitación al grado de secundaria, y él ni asistió ni mandó regalo. Rara vez los mencionaba, pero yo sabía que anhelaba tener algún contacto con su familia.

»Luego se enfermó y ya no podía vivir solo, de modo que lo interné en un asilo de ancianos en Wiggins. Vendí su casa y su tierra, y le manejé los asuntos financieros. En aquella época yo era su único amigo. Le mandaba tarjetas y regalos, y cada vez que iba a Hattiesburg o a Jackson me detenía a visitarlo el mayor tiempo posible. Al menos una vez al mes iba por él y lo llevaba a la cabaña donde vendían el bagre. Entonces salíamos a pasear en el auto. Tras una o dos cervezas, comenzaba sus historias. Un día lo llevé a pescar. Solos Clovis y yo en el bote durante ocho horas. Jamás me había reído tanto en la vida.

»En noviembre del 91 cogió una neumonía y estuvo a punto de morir. Eso lo asustó. Volvió a arreglar su testamento. Quería dejar parte de su dinero a la iglesia de la localidad, y el resto a lo poco que aún quedaba de la Confederación. Escogió el lote del cementerio, y definió los detalles de su entierro. Yo le di la idea de un documento en que solicitaba una muerte digna, a fin de que no lo mantuvieran con vida por medios artificiales. Le gustó, e insistió en que yo fuera la persona encargada de desconectar el aparato, de común acuerdo con sus médicos, claro está. Clovis estaba cansado del asilo, cansado de la soledad, cansado de la vida. Decía que su corazón ya estaba con Dios, y que él se encontraba listo para marcharse.

»A comienzos de enero del 92 le repitió violenta la neumonía. Lo hice transferir aquí, al hospital de Biloxi, a fin de poder estar pendiente de él. Lo visitaba todos los días. Era el único; ni un amigo, ni un pariente, ni un sacerdote. Nadie más que yo. Poco a poco su estado comenzó a deteriorarse y era obvio que no se recuperaría. Cayó en un coma del cual nunca regresó. Lo pusieron en un respirador, y una semana más tarde los médicos declararon que tenía muerte cerebral. Nosotros, tres médicos y yo, leímos el documento con sus deseos y apagamos el respirador.»

—¿Qué día era? —preguntó Sandy.

—Febrero 6 de 1992.

Sandy exhaló, apretó los ojos y sacudió la cabeza con lentitud.

—El hombre no quería que sus exequias se llevaran a cabo en una iglesia porque sabía que nadie vendría. Lo enterramos en un cementerio en las afueras de Wiggins. Yo ayudé a cargar el ataúd. Había allí, llorando, tres viejas viudas de la iglesia que le daban a uno la impresión de que hubieran llorado en todos los entierros de Wiggins durante los últimos cincuenta años. Había igualmente un sacerdote, que arrastraba tras él a cinco diáconos ancianos para que cargaran el ataúd. Había dos personas más, para un total de doce. Después de un breve servicio, Clovis fue llevado a su última morada.

—Era un ataúd ligerísimo, ¿verdad? —dijo Sandy.

—Así es.

—¿Dónde estaba Clovis?

—Su espíritu se regocijaba con los santos.

—¿Dónde estaba su cuerpo?

—En el corredor de mi cabaña, en un congelador.

—Estás chiflado.

—No maté a nadie, Sandy. El viejo Clovis estaba cantando con los ángeles cuando se incineraron sus restos. No pensé que le importara.

—Tienes una justificación para todo, ¿no es así, Patrick?

Las piernas de Patrick colgaban por un lado de la cama. Tenía los pies a veinte centímetros del piso. No respondió.

Sandy comenzó a pasearse y luego se recostó contra la pared. El alivio que pudo sentir al enterarse de que su amigo no había asesinado a nadie no fue grande. La idea de un cadáver ardiendo le parecía casi igual de repulsiva.

—Oigamos el resto —dijo Sandy—. Estoy seguro de que lo tenías todo fríamente calculado.

—Sí, he tenido tiempo de pensar en todo esto.

—Te escucho.

—Hay una ley penal en Mississippi sobre la profanación de tumbas, pero no se me aplicaría porque no robé a Clovis de ninguna. Lo saqué de su ataúd. Hay otra sobre mutilación de cadáveres. Es la única que Parrish me puede aplicar. Es un delito mayor, y da alrededor de un año de cárcel. Imagino que es el único al que pueden acudir, y que Parrish va a presionar para que me impongan ese año.

—Él no te puede dejar libre así no más.

—No, no puede. Pero el asunto es este. Él no va a saber de Clovis a menos que yo se lo diga, pero yo se lo tengo que decir antes de que retire los cargos de asesinato. Ahora bien, contarle lo de Clovis es una cosa, pero testificar en la corte es otra. Él no me

puede obligar a testificar en la corte si me enjuicia por mutilación. Lo van a presionar para que me enjuicie por alguna cosa,
porque, como tú dices, no pueden permitir que salga así no más.
Él me puede enjuiciar, pero no me puede condenar, porque soy
el único testigo, y no hay manera de demostrar que el cuerpo quemado era el de Clovis.

—Parrish está en una sin salida desde todo punto de vista.

—Correcto. Ya no hay cargos federales, y cuando dejemos caer
esta bomba sentirá una enorme presión para encerrarme, sea por
lo que sea. De lo contrario, podré salir libre.

—¿Cuál es la idea?

—Simple. Le quitamos de encima la presión a Parrish y le permitimos que no quede mal. Tú vas adonde los nietos de Clovis,
les cuentas la verdad, les ofreces dinero. Sabemos que tendrán
derecho a demandarme una vez conozcan la verdad, y puedes estar seguro de que lo harán. Su demanda no tiene mayor peso porque la mayor parte de su vida ignoraron al anciano, pero apuesto a
que de todas maneras van a demandar. Entonces les salimos al
paso. Llegamos a un arreglo privado con ellos, y a cambio del dinero aceptan presionar a Parrish para que no me acuse.

—Eres un demonio calculador.

—Gracias. ¿Alguna razón para que no funcione?

—Sí, que Parrish te acuse haciendo caso omiso de los deseos de
la familia.

—Pero no lo hará, porque no me puede condenar. Lo peor que
le puede pasar a Parrish es llevarme a juicio y perder. Le va mejor
haciendo mutis por el foro y usando a la familia como excusa para
librarse de la vergüenza de perder un caso de alto perfil.

—¿Es en esto en lo que has estado pensando durante los últimos cuatro años?

—Sí, confieso que me ha pasado por la cabeza.

Sandy comenzó a caminar junto a la cama, sumido en sus

pensamientos, con la mente activa, tratando de seguirle el paso a la de su cliente.

–Le tenemos que dar algo a Parrish –dijo casi para sus adentros, sin dejar de caminar.

–Me preocupo más por mí que por Parrish –dijo Patrick.

–No es sólo Parrish. Es el sistema, Patrick. Si sales tan campante, lo que significa es que efectivamente has comprado tu salida de la cárcel. Todo el mundo queda mal menos tú.

–Es que yo sólo me preocupo por mí.

–Yo también. Pero no puedes humillar al sistema y esperar salirte con la tuya.

–Nadie obligó a Parrish a acusarme de asesinato punible con pena capital. Pudo haber esperado una semana o dos. Nadie lo obligó a anunciárselo a la prensa. No le tengo lástima.

–Ni yo. Pero hay una presión fuerte, Patrick.

–Entonces se lo voy a facilitar un poco. Voy a declararme culpable de mutilación, pero sin cárcel. Ni un solo día. Voy a ir a la corte, voy a declararme culpable, pagaré una multa y le daré crédito a Parrish por la condena, pero luego saldré.

–Serás un criminal condenado.

–No. Seré libre. ¿Y en Brasil a quién le importa que me den una palmada en la muñeca?

Sandy dejó de caminar y se sentó en la cama, al lado suyo.

–¿De modo que vas a regresar al Brasil?

–Es mi país, Sandy.

–¿Y la muchacha?

–Vamos a tener diez hijos, u once. No lo hemos decidido.

–¿Cuánto dinero tendrás?

–Millones. Me tienes que sacar de aquí, Sandy. Me espera otra vida.

Una enfermera entró a la carrera, encendió la luz y dijo:

–Son las once, Patty. Se acabó la hora de visita –le tocó el hombro–. ¿Estás bien, amor?

–Estoy bien.

–¿Necesitas algo?

–No gracias.

Se marchó tan a la carrera como había venido. Sandy tomó el maletín.

–¿Patty? –dijo.

Patrick se encogió de hombros.

–¿Amor?

Otra encogida de hombros.

A Sandy se le ocurrió otra idea cuando llegó a la puerta.

–Una preguntica: cuando echaste a rodar el auto por la cañada, ¿dónde estaba Clovis?

–En el mismo lugar de siempre. Amarrado en el asiento del pasajero, con el cinturón de seguridad. Le puse una cerveza entre las piernas y le deseé un buen viaje. Tenía una sonrisa en la cara.

TREINTA Y OCHO

A las diez de la mañana, en Londres, todavía no habían llegado las instrucciones para el regreso del botín. Eva salió del hotel y dio un largo paseo por Piccadilly. Sin destino particular y sin horario, vagaba entre la muchedumbre mirando vitrinas y disfrutando la vida de las aceras. Tres días de soledad habían aguzado su aprecio por los sonidos y las voces de la gente en medio del tráfago. Almorzó ensalada caliente de queso de cabra en el rincón de un *pub* antiguo repleto de gente. Le llegaban las voces frívolas y felices de personas que ni tenían idea de quién era ella, ni les importaba.

Patrick le había dicho que su primer año en São Paulo había sido tonificante porque no había una sola persona que conociera su nombre. Sentada en el *pub* se sentía más como Lía Pires que como Eva Miranda.

Fue de compras a la calle Bond, y empezó por lo indispensable: ropa interior y perfumes. Pero luego fue subiendo a vestidos de Armani, Versace y Chanel, sin parar mientes en el precio. En ese momento era una mujer muy acaudalada.

Habría sido más sencillo, y la verdad es que menos dramático, esperar hasta las nueve y arrestarlos en la oficina. Pero ocurría que sus hábitos de trabajo eran erráticos, y uno de ellos, Rapley, rara vez salía de casa.

Resolvieron que los allanamientos se hicieran bien de madrugada. Qué importaba asustarlos y humillarlos ante sus parientes. Qué importaba si los vecinos salían a ver la conmoción. Capturarlos mientras duermen o están en la ducha, esa sería la táctica.

Charlie Bogan abrió la puerta en pijama y comenzó a llorar en voz baja cuando un alguacil de los Estados Unidos, un tipo al que conocía, sacó las esposas. Como Bogan había perdido su familia, al menos se evitó parte de la vergüenza.

La esposa de Doug Vitrano abrió la puerta y se mostró inmediatamente hostil. Se la cerró en la cara a los dos jóvenes agentes del FBI, que esperaron con paciencia mientras subía corriendo a sacar a su esposo de la ducha. Al menos los niños dormían cuando metieron a Doug en la parte trasera del auto, esposado como un criminal común, dejándola a ella en las escaleras del frente, en levantadora, maldiciéndolos y llorando al mismo tiempo.

Como de costumbre, Jimmy Havarac se había acostado borracho como una cuba, y el timbre resultó insuficiente. Lo llamaron desde un celular, sentados en la acera, hasta que lograron levantarlo y arrestarlo.

Cuando despuntó el alba, Ethan Rapley se encontraba en la buhardilla trabajando en un memorial, indiferente al día o la hora. No oyó nada. A su esposa la despertaron los golpes en la puerta y corrió a llevarle la mala noticia. Pero primero escondió la pistola que él guardaba en un cajón de la mesita de noche. Él la buscó dos veces mientras sacaba un par de medias, pero no se la preguntó a su esposa. Temía que le dijera dónde estaba.

El abogado que había fundado la sociedad de Bogan había sido promovido a la corte federal hacía trece años. El senador Nye lo nominó, y cuando se fue de la sociedad fue reemplazado por Charles. La sociedad tenía fuertes vínculos con los cinco jueces federales en ejercicio, y no era raro entonces que los teléfonos estuvieran repicando aun antes de que los socios se hubieran vuelto a reunir en la cárcel. A las ocho y media los transportaron en sendos automóviles hasta el tribunal general de Biloxi para una audiencia arreglada a la carrera ante el magistrado federal más cercano.

A Cutter lo irritó la velocidad con que Bogan movió sus fichas.

Aunque no había creído que los abogados fueran a permanecer en la cárcel en espera de los juicios respectivos, tampoco podía aceptar una súbita audiencia ante un magistrado que apenas acababa de saltar de la cama. Entonces le pasó la onda al periódico local, y luego a la estación de televisión.

El papeleo estuvo listo y firmado en un abrir y cerrar de ojos, y los cuatro salieron del tribunal a pie, sin esposas ni grillos, libres para recorrer las tres cuadras que los separaban de sus oficinas. Los seguían un muchacho grande y torpe con una minicámara y una reportera novata que no estaba segura de cuál era la historia, pero a quien le habían dicho que era enorme. Ningún comentario por parte de los tipos de caras largas. Al llegar al edificio de la oficina, en la calle Vieux Marche, cerraron la puerta. Charles Bogan tomó de inmediato el teléfono para llamar al senador.

Un investigador privado, recomendado por Patrick, encontró a la mujer en menos de dos horas, valiéndose sólo del teléfono. Vivía en Meridian, a un par de horas al noroeste de Biloxi. Se llamaba Deena Postell y manejaba la salsamentaria y la segunda registradora de un almacén de variedades recién abierto en las afueras del pueblo.

Sandy encontró el lugar y entró. Fingió admirar un mostrador nuevo de pechugas de pollo fritas y de papas a la francesa mientras les echaba ojo a los ajetreados dependientes. Una mujer rechoncha, de cabello platinado y voz estridente, le llamó la atención. Como los demás empleados, llevaba un camisa de rayas rojas y blancas, y al acercársele, Sandy alcanzó a ver la placa con su nombre. Decía Deena.

Para inspirar confianza, había ido de bluyines y chaqueta azul, sin corbata.

—A la orden —dijo ella con una sonrisa.

Eran casi las diez de la mañana, demasiado temprano para comer papas.

—Un café con leche, por favor —dijo Sandy, también sonriendo, y vio un destello en el ojo de la mujer. A Deena le encantaba coquetear. Se encontraron en la registradora. En lugar de entregarle el dinero, Sandy le dio una tarjeta profesional.

Ella le echó un vistazo y la soltó. Para la mujer, que había levantado a tres delincuentes juveniles, una sorpresa como esta sólo significaba líos.

—Un dólar con veinte —dijo hundiendo botones y mirando hacia el mostrador para ver si alguien la observaba.

—Es algo que le conviene —dijo Sandy buscando el dinero.

—¿Qué desea? —dijo ella de modo casi inaudible.

—Diez minutos de su tiempo. La esperaré en la mesa.

—¿Pero qué quiere? —tomó el dinero que él le daba y le entregó el cambio.

—Por favor. Se va a alegrar de dedicarme ese tiempo.

A ella le encantaban los hombres, y Sandy era un tipo buen mozo, mucho mejor vestido que la mayor parte de los que pasaban por ahí. Jugueteó nerviosa con el pollo asado, preparó más café y entonces le dijo al supervisor que iba a parar de trabajar un minuto.

Sandy esperaba con paciencia en una mesa ubicada en una pequeña sección de comedor junto al enfriador de cervezas y la máquina de hacer hielo.

—Gracias —dijo mientras ella se sentaba.

Deena era una mujer de unos cuarenta y cinco años, carirredonda y profusamente coloreada con cosméticos baratos.

—Conque un abogado de Nueva Orleans, ¿eh? —dijo.

—Sí. Supongo que no habrá oído ni leído sobre el caso, allá en la Costa, de un abogado que se robó un montón de dinero.

Ella negaba con la cabeza antes de que él hubiera terminado.

–Yo no tengo tiempo para leer, mi amor. Trabajo sesenta horas a la semana aquí, y tengo dos nietecitos que viven conmigo. Mi esposo los cuida. Está incapacitado. Tiene problemas en la espalda. Yo no leo nada, no miro nada, no hago más que trabajar aquí y cambiar pañales sucios cuando estoy en casa.

Sandy estaba casi arrepentido de haber preguntado. ¡Qué deprimente!

De la manera más sucinta posible, le contó la historia de Patrick. A ella le pareció divertida, pero hacia el final su interés se fue perdiendo.

–Se merece la pena de muerte –dijo durante una pausa.

–Él no mató a nadie.

–Pensé que usted había dicho que había alguien en el auto.

–Lo había. Pero ya estaba muerto.

–¿Lo mató él?

–No. Sólo se lo robó o algo así.

–Hmmm. Mire. Tengo que volver al trabajo. Perdóneme que le pregunte, pero, ¿qué tiene que ver todo esto conmigo?

–El cadáver que se llevó era el de Clovis Goodman, su abuelo difunto.

Movió la cabeza hacia la derecha.

–¡Incineró a Clovis!

Sandy asintió con la cabeza.

La mujer entrecerró los ojos, tratando de fingir los sentimientos de rigor.

–¿Para qué? –preguntó.

–Debía simular una muerte, ¿no?

–¿Pero por qué a Clovis?

–Fue su abogado y amigo.

–Vaya amigo.

—Sí, mire, no estoy tratando de justificarlo. Sucedió hace cuatro años, mucho antes de que usted y yo entráramos en la escena.

Deena empezó a jugar con los dedos de una mano y a comerse las uñas de la otra. El tipo que estaba al frente parecía un abogado muy astuto, de manera que probablemente no iba a servirle de nada mostrar con lágrimas en los ojos los sentimientos por su amado abuelito. No sabía qué pensar. Mejor dejarlo que hablara.

—Escucho.

—Mutilar un cadáver es un crimen grave.

—Por supuesto.

—Además, es demandable por la ley civil. Esto significa que la familia de Clovis Goodman puede demandar a mi cliente por destruir el cadáver.

Ah, sí. La espalda se le puso rígida cuando respiró hondo y dijo sonriendo:

—Ya veo.

Sandy también sonrió y dijo:

—Sí. Por eso estoy aquí. Mi cliente quiere ofrecer un arreglo muy discreto con la familia de Clovis.

—¿Qué significa familia?

—Esposa, hijos y nietos que le sobrevivan.

—Supongo que yo soy su familia.

—¿Y su hermano?

—Ese no. Lutero murió hace dos años. Drogas y alcohol.

—Entonces, usted es la única persona con derecho a demandarlo.

—¿Cuánto? —exclamó, incapaz de aguantarse. Luego se sintió avergonzada.

Sandy se le acercó un poco más.

—Estamos dispuestos a ofrecer veinticinco mil dólares. Ya mismo. Tengo el cheque en el bolsillo.

Ella también se había agachado, y había acercado su cara a la de Sandy; cuando cayó en cuenta de lo del dinero se quedó fría. Se le aguaron los ojos y el labio inferior empezó a temblarle.

—Ay, Dios mío —dijo.

Sandy miró en torno a sí.

—Eso es, veinticinco mil dólares —dijo.

Ella sacó una servilleta de papel del servilletero y al hacerlo derramó la sal. Se dio unos toques en los ojos, luego se sonó la nariz. Sandy seguía mirando hacia todos los lados, esperando evitar un espectáculo.

—¿Todo mío? —dijo atónita. Tenía la voz ronca y baja, y la respiración rápida.

—Sí, todo suyo.

Se volvió a estregar los ojos y luego dijo:

—Necesito una Coca-Cola.

Se bogó una gaseosa Dr. Pepper de dos litros sin pronunciar palabra. Sandy bebió su café malo y se puso a mirar a los transeúntes que pasaban. No tenía prisa.

—Para mí que —dijo con los ojos ya secos— si usted entra aquí y me ofrece veinticinco mil dólares así sin más, es que probablemente está dispuesto a pagar una suma mayor.

—No estoy en posición de negociar.

—Si yo demando, podría irle mal a su cliente, ¿sí o no? El jurado me va a mirar a mí, y va a pensar en el pobre Clovis todo quemado para que el cliente suyo se pudiera robar noventa millones de dólares.

Sandy sorbió y asintió con la cabeza. Era admirable.

—Si contrato a un abogado, lo más probable es que consiga más plata.

—Tal vez, pero puede demorar cinco años. Además, usted tiene otros problemas.

—¿Tales como? —preguntó ella.

—Usted no era muy cercana a Clovis.

—Quizás lo fuera.

—Entonces, ¿por qué no asistió a su funeral? Es muy difícil venderle eso a un jurado. Mire, Deena, estoy dispuesto a transar con usted. Si no quiere, me voy al auto y regreso a Nueva Orleans.

—¿Cuánto es el tope?

—Cincuenta mil.

—Trato hecho —extendió la rolliza mano todavía húmeda por la gaseosa, y apretó la del hombre.

Sandy sacó del bolsillo un cheque en blanco y lo llenó. También le mostró los papeles. Uno era un breve documento de conciliación, y el otro una carta de Deena al fiscal.

El trámite duró menos de diez minutos.

Por fin se vio movimiento en el canal en Boca. La sueca estaba metiendo maletas a toda prisa en el baúl del BMW de Benny y salió a toda velocidad. La rastrearon hasta el aeropuerto internacional de Miami, donde esperó dos horas antes de abordar el vuelo para Frankfurt.

Allí la esperarían, con toda paciencia, hasta que cometiera un error. Entonces encontrarían al señor Aricia.

TREINTA Y NUEVE

El último acto oficial del juez que presidía el asunto fue una audiencia improvisada de una variedad indefinida, en su oficina y sin presencia del abogado defensor. Ni del fiscal. En el archivo no iba a quedar registro alguno de la reunión. En forma precipitada, tres escoltas llevaron a Patrick por la puerta trasera del tribunal, subieron las escaleras y entraron sin hacer ruido en el despacho de Huskey, donde su señoría esperaba sin la toga. Ningún juicio sesionaba, y en un día que desde todo punto de vista era normal, la sala habría estado tranquila. Pero aquella mañana habían sido detenidos cuatro prominentes abogados y los chismes volaban por los corredores.

Aún tenía vendas en las heridas y no podía usar ropa ceñida. Los pantalones aguamarina de cirujano le quedaban cómodos y anchos, y además le recordaban a la gente que todavía estaba hospitalizado, no en la cárcel como un criminal.

Cuando se encontraron a solas y cerraron la puerta, Karl le entregó una hoja de papel.

—Dale una mirada a esto.

Era una orden de un solo párrafo, firmada por el juez Karl Huskey, en la cual, por su propia voluntad, se declaraba impedido en el asunto *El Estado Vs. Patrick S. Lanigan*. Efectivo desde el medio día, hacía una hora.

—Pasé dos horas con el juez Trussel esta mañana. De hecho, acaba de irse.

—¿Se portará bien conmigo?

—Lo mejor posible. Le dije que en mi opinión este no era un juicio por asesinato punible con pena capital. Se sintió muy aliviado.

—No va a haber ningún juicio, Karl.

EL SOCIO ◆ 411

Patrick miró el calendario en la pared, de los mismos que Karl siempre usaba. Cada día del mes de octubre contenía más audiencias y juicios de los que podrían manejar cinco jueces.

–¿Todavía no has comprado computador? –preguntó.

–Mi secretaria usa uno.

Se habían conocido en ese mismo cuarto años atrás, cuando Patrick, un abogado joven y desconocido, vino a representar a una familia destruida por un accidente automovilístico. Karl presidía. El juicio duró tres días y se volvieron amigos. El jurado le concedió al cliente de Patrick 2.3 millones de dólares, lo que constituyó una de las indemnizaciones más altas que se hubiera dado en la Costa hasta el momento. En contra de los deseos de Patrick, la sociedad de Bogan aceptó transar, en la apelación, por dos millones redondos. Los abogados se quedaron con una tercera parte, y después de pagar deudas y comprar algunos artículos, dividieron en cuatro lo que quedó de la tarifa. Por aquella época Patrick no era socio. De mala gana le dieron una bonificación de veinticinco mil dólares.

Ese fue el juicio en el que Clovis Goodman tuvo su participación estelar.

Patrick raspó un pedazo de yeso de la pared, que se estaba descascarando en una esquina. Examinó una mancha de agua color café en el techo.

–¿No pueden hacer algo para que el condado les pinte esta sala? No ha cambiado un ápice en cuatro años.

–Me voy dentro de dos meses. ¿Por qué habría de importarme?

–¿Recuerdas el juicio de Hoover? Fue mi primero en el tribunal, y mi mejor cuarto de hora como abogado litigante.

–Claro –Karl cruzó los pies sobre el escritorio, y se trenzó las manos detrás de la cabeza.

Patrick le contó la historia de Clovis.

❖

Un golpe recio en la puerta interrumpió el relato casi al final. Había llegado el almuerzo, y no esperaba. Un agente entró con una caja de cartón de la que emanaba un magnífico aroma. Patrick se acomodó cerca mientras la desocupaban sobre el escritorio de Karl. Sopa de quimbombó y tenazas de cangrejo.

—Es de Mahoney's —dijo Karl—. Bob la mandó. Te envía saludes.

Mary Mahoney's era más que un abrevadero de viernes por la tarde para abogados y jueces. Era el restaurante más viejo de la Costa. Con una comida deliciosa y un quimbombó de película.

—Mándale también saludes mías —dijo Patrick, y agarró una tenaza de cangrejo—. Quiero volver pronto a comer allí.

Exactamente al medio día Karl prendió un pequeño televisor que había en el centro de un estante de libros y, sin hacer comentarios, vieron el frenético cubrimiento de los arrestos. Era un grupo mudo. "Sin comentarios", por todas partes. Los abogados tenían los labios herméticos, al igual que las puertas de sus oficinas. Maurice Mast, como cosa rara, no tenía nada que decir. Lo mismo el FBI. Nada sustancioso, de modo que la reportera hizo aquello para lo cual la habían entrenado: se dedicó al chisme y al rumor, y fue ahí donde Patrick entró en escena. Fuentes sin confirmar le habían contado que los arrestos eran parte de una investigación más amplia del asunto Lanigan. Y para probarlo exhibió algunas tomas incontrovertibles de Patrick entrando al tribunal de Biloxi once días antes. Un colega serio apareció en la pantalla e informó en tono bajo que se encontraba frente a la puerta de la oficina de Biloxi del senador Harris Nye, primo hermano de Charles Bogan, por si alguien no había caído en cuenta del parentesco. El senador se hallaba en Kuala Lumpur en una misión comercial para traer más empleos de salario mínimo a Mississippi, así que no estaba disponible para hacer comentarios. Ninguna de las ocho personas de la oficina sabía nada de nada. Luego no tenían nada que declarar.

La historia siguió por diez minutos sin interrupciones.

—¿Por qué sonríes? —preguntó Karl.

—Es un día maravilloso. Sólo espero que tengan los cojones para atrapar al senador.

—Oí decir que los federales retiraron todo lo que tenían en contra tuya.

—Es correcto. Ayer testifiqué ante el gran jurado. Me divertí mucho, Karl, pudiendo por fin descargar este equipaje que había mantenido secreto por tantos años.

Patrick había dejado de comer durante el relato de la noticia, y de pronto se aburrió con la comida. Según observó Karl, se había comido dos tenazas de cangrejo y casi ni había tocado el quimbombó.

—Come. Te ves como un esqueleto.

Patrick tomó una galleta saltina y se fue hacia la ventana.

—A ver si entiendo bien —dijo Karl—. Lo del divorcio está listo. Los federales retiraron todos los cargos y aceptaste devolver los noventa millones y parte de los intereses.

—Un total de ciento trece.

—El asesinato punible con pena capital está a punto de desplomarse, porque no hubo asesinato. El estado no te puede acusar de robo, porque los federales ya lo hicieron. Las demandas entabladas por las compañías de seguros fueron retiradas. Pepper sigue con vida en alguna parte. Clovis ocupó su lugar. Esto deja sólo un feo carguito de profanación de tumbas.

—Casi. Se llama mutilación de cadáver, por si quieres revisar el código criminal. Ya debías conocer estas cosas.

—Correcto. Creo que es uno de los delitos mayores.

—Un leve delito mayor.

Karl revolvió su quimbombó y admiró a su delgado amigo, que se asomaba por la ventana mordisqueando una galleta y sin duda planeando su próxima maniobra.

—¿Puedo ir contigo? —preguntó.

—¿Adónde?

—Adonde sea que vayas. Te vas de aquí, te encuentras con la muchacha, recoges la lana, caes a una playa y vives en un yate. Sólo quisiera pegarme al viaje.

—Todavía no estoy allí.

—Cada día estás más cerca.

Karl apagó el televisor y puso a un lado la comida.

—Hay una laguna que quisiera llenar —dijo—. Clovis murió y luego fue enterrado, o no lo fue. ¿Pero qué paso entre una y otra cosa?

Patrick rió y dijo:

—Te gustan los detalles, ¿no?

—Soy juez. Los hechos son importantes.

Patrick se sentó y subió los pies descalzos al escritorio.

—Casi me pillan. No es fácil robar un cadáver, como te imaginarás.

—Te creo.

—Yo le había insistido a Clovis que dejara previsto su funeral. Incluso había agregado un codicilo a su testamento, en el que daba instrucciones a la funeraria: que no hubiera ataúd abierto, ni visitas, ni música, velorio de una sola noche, un ataúd simple y un servicio sencillo al pie de la tumba.

—¿Un ataúd de madera?

—Sí, a Clovis le gustaba mucho el cuento de cenizas a las cenizas, polvo al polvo. Un ataúd sencillo de madera, sin bóveda. Así había enterrado a su abuelo. De todos modos yo estaba en el hospital cuando él murió, y esperé a que el empleado de pompas fúnebres de Wiggins llegara con el auto mortuorio. Se llamaba

Rolland, un tipo bien divertido. Es el dueño de la funeraria del pueblo. De traje negro, con todos los fierros. Le di copia de las instrucciones de Clovis y le expliqué que el hombre no tenía a nadie en el mundo. El testamento me autorizaba a hacer lo que se necesitara, y a Rolland no le importaba. Eran cerca de las tres de la tarde. Rolland dijo que lo iba a embalsamar en unas horas. Me preguntó si Clovis tenía un saco con el cual enterrarlo. No habíamos pensado en eso. Le dije que no, que nunca lo había visto con traje completo. Rolland dijo que él siempre tenía unos viejos, por si acaso, y que se encargaría del asunto.

»Clovis quería que lo enterraran en su granja, pero le expliqué muchas veces que eso no se puede hacer en Mississippi. Tiene que ser en un cementerio registrado. Su abuelo había peleado en la guerra civil y había sido un gran héroe, según él. Cuando tenía siete años murió su abuelo y tuvieron uno de esos velorios de antes, que duraban tres días. Pusieron el ataúd sobre una mesa en la sala principal y la gente llegaba a raudales a mirarlo. A Clovis le gustaba eso. Y querría hacer algo semejante. Me hizo jurar que le haría aunque fuera una velación corta. Se lo expliqué a Rolland. Dijo algo así como que él había visto de todo. Esto no lo sorprendía.

»Acababa de oscurecer y yo estaba sentado en el corredor delantero de Clovis cuando llegó el auto mortuorio. Le ayudé a Rolland a meter el ataúd por el estacionamiento de la casa. Lo subimos cargado por las escaleras de entrada, atravesamos el corredor y llegamos hasta el estar, donde lo instalamos frente al televisor. Recuerdo haber pensado lo liviano que estaba. Clovis se había consumido hasta pesar unos cuarenta kilos.

»"¿Usted es el único aquí?", dijo Rolland mirando en redondo.

»"Sí, es un velorio pequeño", le contesté.

»Le pedí que abriera el ataúd. Vaciló, y le dije que se me había olvidado poner unos recuerdos de la guerra civil con los que

Clovis quería que lo enterraran. Rolland abrió el ataúd con un destapador, un instrumento maestro que abriría cualquier ataúd del mundo. Clovis se veía igual. Le puse la gorra de infantería de su abuelo y una raída bandera del regimiento No 17 de Mississippi en la cintura. Rolland volvió a cerrar el ataúd y se marchó.

»Nadie se presentó al velorio. Ni un alma. Alrededor de la media noche apagué las luces y cerré las puertas con llave. Los destapadores no son otra cosa que llaves de boca fija, y yo había comprado un juego completo. Tardé menos de un minuto en abrir el ataúd. Saqué a Clovis. Era liviano, estaba rígido como una tabla y no tenía zapatos. Supuse que por trescientos dólares a uno no le dan un par de zapatos. Lo puse con suavidad sobre el sofá, luego coloqué cuatro bloques de concreto macizo en el ataúd y lo cerré.

»Clovis y yo nos dirigimos a mi cabaña. Él iba acostado en el asiento trasero, y yo lo llevaba con mucho cuidado. Sería muy difícil contestar las preguntas de algún policía vial.

»Un mes antes yo había comprado un congelador viejo y lo había puesto en el corredor enmallado de la cabaña. Acababa de arreglármelas para meter a Clovis en el congelador cuando escuché algo en el bosque. Era Pepper, que se aproximaba en silencio a la cabaña. Las dos de la mañana y Pepper me había pillado. Le dije que mi esposa y yo acabábamos de tener una pelea horrible, que yo andaba de mal genio y que por favor se marchara. No creo que me viera luchar con el cadáver por las escaleras de la cabaña. Cerré el congelador con cadenas, les puse una lona encima y luego unas cajas viejas, y esperé hasta el amanecer porque Pepper andaba por ahí en alguna parte. Luego me escabullí, fui a casa, me cambié de ropa, y hacia las diez regresé a donde Clovis. Rolland llegó de muy buen humor y me preguntó cómo había estado el velorio. Excelente, dije. El dolor se había mantenido al mínimo. Empujamos y halamos y volvimos a meter el ataúd en el auto mortuorio y luego nos dirigimos al cementerio.»

Karl escuchaba con los ojos cerrados, con una sonrisa esbozada en los labios y un movimiento de incredulidad en la cabeza.

—Eres un hijo de puta tramposo —dijo casi para sus adentros.

—Gracias. Aquello fue el jueves, febrero 6. El viernes por la tarde fui a la cabaña a pasar el fin de semana. Trabajé en un memorial, perseguí pavos con Pepper, revisé al viejo Clovis que parecía estar descansando cómodamente. El domingo por la mañana salí antes del amanecer y acomodé la motocicleta y la gasolina. Más tarde, llevé a Pepper a la estación de autobuses de Jackson. Una vez anocheció, saqué a Clovis del congelador, lo senté cerca de la chimenea para que se descongelara, y alrededor de las diez lo puse en el baúl. Una hora después yo estaba muerto.

—¿Sin remordimientos?

—Claro que sí. Era algo terrible. Pero había tomado la decisión de desaparecer, Karl, y tenía que inventarme la manera de hacerlo. No podía matar a nadie, pero necesitaba un cuerpo. De veras, es lógico.

—Perfectamente lógico.

—Y cuando Clovis murió, me llegó la hora de partir. En realidad conté con buena suerte. ¡Cuántas cosas podrían haber salido mal!

—Tu suerte continúa.

—Hasta ahora.

Karl miró su reloj, y se comió otra tenaza de cangrejo.

—¿Cuánto de esto le cuento al juez Trussel?

—Todo, excepto el nombre de Clovis. Eso lo dejaremos para más tarde.

CUARENTA

Patrick estaba sentado en un extremo de la mesa. Su espacio se hallaba libre, a diferencia del abogado que había a su derecha, que tenía dos legajadores y una pila de papel dispuestos cual armas para una batalla. A su izquierda se encontraba T.L. Parrish, con una sola libreta, pero también apertrechado con una aparatosa grabadora que Patrick le había permitido instalar. No había auxiliares ni sirvientes que complicaran las cosas, mas como todo buen abogado necesita verificación, aceptaron que se grabara.

Ahora que los cargos federales se habían desintegrado, la presión para someter a Patrick a la justicia recaía sobre el estado. Parrish la sentía. Los federales se habían descargado de este preso para dedicarse a perseguir a un senador, una presa mayor. Pero este acusado le había dado nuevos giros a la historia, y Parrish se encontraba a su merced.

—Olvídate de un asesinato punible con pena capital, Terry —dijo Patrick. Aunque casi todo el mundo lo llamaba Terry, el apelativo le molestaba un poco al provenir de un acusado al que apenas había conocido años atrás, en una vida anterior—, yo no asesiné a nadie.

—¿Quién se quemó en el auto?

—Una persona que llevaba cuatro días de muerta.

—¿Alguien que conozcamos?

—No. Era un anciano a quien nadie conocía.

—¿Y cómo murió el tal anciano?

—De vejez.

—¿Dónde murió de vejez el tal anciano?

—Aquí, en Mississippi.

Parrish garrapateaba líneas y cuadrados en su libreta. Al desplomarse los federales, se habían abierto las esclusas. Patrick pasaba por ellas sin esposas ni grillos. Nada, al parecer, podía detenerlo.

—¿De manera que quemaste un cadáver?

—Es correcto.

—¿No hay una ley al respecto?

Sandy deslizó una hoja de papel sobre la mesa. Parrish la leyó a la carrera y dijo:

—Perdóname. No es algo con que nos topemos todos los días.

—Es lo único que hay, Terry —dijo Patrick, con la confianza ciega de quien ha planeado esta reunión durante varios años.

T.L. ya estaba convencido, pero ningún fiscal se entregaba con tanta facilidad.

—Tal parece que pasarás un año en la cárcel —dijo—. Un año en Parchman no te vendría mal.

—Seguro, sólo que no voy a ir.

—¿Y a dónde piensas ir?

—A otro lugar. Y voy a llegar a él con un pasaje de primera clase.

—No vayas tan rápido. Tenemos un cadáver.

—No, Terry. No tienes ningún cadáver. No tienes ninguna pista sobre quién fue cremado, y no les voy a contar quién fue mientras no hayamos hecho un trato.

—¿Y cuál será ese trato?

—Que retiren los cargos. Que se rindan. Ambas partes empacan y se marchan a casita.

—Ah, qué bien se va a ver esto. Agarramos al ladrón de bancos, nos devuelve el dinero, retiramos los cargos y le decimos adiós. Será un buen mensaje para los otros cuatrocientos acusados que tengo. Estoy seguro de que sus abogados lo entenderán. Un auténtico disparo sobre el brazo de la ley y el orden.

—No me interesan los otros cuatrocientos acusados, y a ellos ciertamente no les importo yo. Este es un proceso criminal, Terry, donde cada quien cuida su pellejo.

—Pero no todos aparecen en primeras páginas.

—Ah, ya veo, estás preocupado por la prensa. ¿Cuando es la re-elección? ¿El año entrante?

—No tengo opositor. Y la prensa no me preocupa demasiado.

—Claro que te preocupa. Eres empleado público. Es obligación tuya preocuparte por la prensa, que es precisamente la razón por la cual debes retirar los cargos en contra mía. No puedes ganar. ¿Te preocupa la primera página? Imagina tu foto en ella cuando pierdas.

—La familia de la víctima no desea que se formulen cargos —dijo Sandy—. Y está dispuesta a hacerlo público.

Sandy levantó un papel y lo meneó. El mensaje había llegado: tenemos la prueba, tenemos la familia, sabemos quiénes son y ustedes no.

—Qué bien se va a ver eso en la primera página —dijo Patrick—. La familia rogándote para que no acuses.

—¿Cuánto les pagaste? —comenzó a decir y luego se detuvo. Qué más daba. Siguió dibujando en la libreta y sopesando sus opciones, cada vez menores, mientras la grabadora captaba el silencio.

Con su oponente contra las cuerdas, Patrick entró a noquear.

—Mira, Terry —dijo con sinceridad—, no me puedes enjuiciar por asesinato. Esto se acabó. No me puedes enjuiciar por mutilar un cadáver, porque no sabes a quién mutilé. No tienes nada. Sé que es un trago amargo, pero no puedes cambiar los hechos. Vas a recibir algo de presión, pero, carajo, esos son gajes del oficio.

—Vaya, gracias. Mira, puedo sindicarte de mutilar el cadáver. Lo podemos llamar el difunto NN.

—¿Y por qué no la difunta NN? —preguntó Sandy.

—Lo que sea. Buscaremos el registro de todos los viejos excéntricos muertos a principios de febrero de 1992. Vamos adonde sus familias a ver si han hablado contigo. Incluso podemos conseguir una orden judicial y desenterrar unas cuantas tumbas. Eso nos tomará tiempo. Mientras tanto te transferiremos a la cárcel del condado de Harrison, y estoy seguro de que al sheriff Sweeney le parecerá necesario darte unos buenos compañeros de celda. Nos opondremos a la libertad bajo fianza, y ningún juez la dará en vista de tu propensión a escapar. Pasarán muchos meses. Llegará el verano. La cárcel no tiene aire acondicionado. Perderás un poco más de peso. Seguiremos escarbando, y con algo de suerte encontraremos la tumba vacía. Y exactamente a los nueve meses, doscientos setenta días después de haberte acusado, iremos a juicio.

—¿Y cómo vas a demostrar que yo lo hice? No hay testigos, tan sólo un poco de evidencia circunstancial.

—No será fácil. Pero no captas mi punto. Si yo voy a paso de tortuga para conseguir que te acusen, le puedo agregar dos meses a tu sentencia. Quiere decir que vas a pasar casi un año en la cárcel del condado antes del juicio. Es mucho tiempo para un hombre lleno de dinero.

—Yo soy capaz de bandearme —dijo Patrick mirando a Parrish a los ojos, con la esperanza de no parpadear primero.

—Tal vez, pero no puedes correr el riesgo de que te condenen.

—¿Cuál es tu conclusión? —preguntó Sandy.

—Tienes que darle una mirada a todo el cuadro —dijo Parrish extendiendo las manos muy por encima de la cabeza—. No nos puedes hacer quedar como unos tontos, Patrick. Los federales se fueron por la puerta de atrás. Al estado no le queda mucho. Deja que apretemos la correa un punto. Algo.

—Te dejaré que me condenes. Entraré al tribunal. Enfrentaré al juez, escucharé la rutina y me declararé culpable del delito mayor de mutilar un cadáver. Pero no me metan a la cárcel. Le puedes explicar al juez que la familia no quiere que me enjuicien. Puedes recomendar sentencia suspendida, libertad condicional, multas, devoluciones, reconocimiento por el tiempo que he estado preso. Puedes hablar de las torturas y de las cosas por las que he pasado. Puedes hacer todo eso, Parrish, y se verá muy bien. La conclusión es: cárcel, no.

Parrish se puso a jugar con los dedos y a analizarlo.

—¿Y vas a revelar el nombre de la víctima?

—Lo haré, pero una vez hayamos hecho el trato.

—Tenemos autorización para abrir el ataúd —dijo Sandy mostrando otro documento un instante, antes de devolverlo al legajador.

—Estoy de prisa, Terry. Debo ir a varios lugares.

—Necesito hablar con Trussel. Él tiene que aprobar esto, como bien sabes.

—Lo hará —dijo Patrick.

—¿Trato hecho? —preguntó Sandy.

—En lo que a mí respecta, sí —dijo Parrish, y apagó la grabadora. Recogió sus armas y las guardó en el maletín. Patrick le hizo un guiño a Sandy.

—Ah, a propósito —dijo Parrish—, casi se me olvida. ¿Qué nos puedes decir acerca de Pepper Scarboro?

—Les puedo dar su nuevo nombre y su número de seguridad social.

—¿De modo que todavía está entre los vivos?

—Sí. Lo puedes buscar, pero no lo importunes. No ha hecho nada malo.

El fiscal del distrito abandonó la habitación sin decir más.

Tenía cita a las dos de la tarde con un vicepresidente de la sucursal londinense del DeutscheBank, un alemán que hablaba un perfecto inglés, de saco cruzado azul oscuro de confección impecable, modales rígidos y sonrisa permanente. Por un instante le miró las piernas a Eva, y fue directo al grano. Su banco, la sucursal de Zurich, haría una transferencia inmediata de ciento trece millones de dólares a la sucursal de Washington del America Bank. Ella tenía los números de las cuentas y las instrucciones de la ruta. Mientras él se excusó para conversar en privado con Zurich, trajeron té y bizcochos.

–No hay problema, señorita Pires –dijo con una sonrisa cálida cuando llegó, y luego tomó una galleta. La verdad es que ella no había anticipado ningún problema.

Su computador sonó con silenciosa eficiencia, y emitió un impreso. Se lo entregó a ella. Después de la operación, el saldo en el DeutscheBank sería de un millón novecientos mil dólares, y algo más. Ella lo dobló y lo guardó en su elegante cartera nueva de Chanel. Otro balance, en una cuenta suiza, daba tres millones. En un banco canadiense, en las Islas Gran Caimán, tenían seis y medio millones. Un administrador en las Bermudas estaba invirtiéndoles más de cuatro millones, y en la cuenta de Luxemburgo había en la actualidad siete millones doscientos mil dólares, pero estaban a punto de ser retirados.

Una vez lista la transacción, buscó al chofer que la esperaba cerca con el automóvil. Iba a llamar a Sandy y comunicarle sus próximos movimientos.

❖

La carrera de Benny como fugitivo federal fue breve. Su amiga pasó la noche en Frankfurt, luego voló a Londres y aterrizó por la noche en Heathrow. Como sabían que venía, el agente de la aduana le revisó el pasaporte con cuidado y la hizo esperar. Llevaba gafas oscuras y le temblaban las manos. Todo quedó registrado en el video.

Afuera la esperaba un policía que se hizo pasar por encargado

424 ◇ JOHN GRISHAM

de los taxis y le pidió que esperara, junto con dos mujeres más, a que se organizara el tráfico. El conductor que le correspondió sí era un taxista real, pero segundos antes lo habían puesto al tanto del asunto y le habían dado un pequeño radio.

–Al hotel Athenaeum, en Picadilly –dijo ella. Él salió con facilidad del terminal, en medio de la congestión del tráfico y, como si fuera cosa rutinaria, transmitió su destino por radio.

No se apresuró. Una hora y media después la depositó en la puerta del hotel. Tuvo que volver a esperar, esta vez en el mostrador, para registrarse. El administrador asistente se disculpó por la tardanza: el sistema estaba caído.

Cuando le informaron al empleado que ya el teléfono de la habitación estaba debidamente intervenido, le entregaron una llave y el botones la acompañó. Ella le dio una propina pequeña, cerró la puerta con llave y cadena, y sin perder un minuto se dirigió al teléfono.

Las primeras palabras que le oyeron decir fueron:

–Benny, soy yo, estoy aquí.

–Gracias a Dios –dijo este–. ¿Cómo estás?

–Bien. Un poco asustada nada más.

–¿Te siguió alguien?

–No. No lo creo. Tuve mucho cuidado.

–Bien. Mira. Hay un barcito en la calle Brick, cerca de Down, a dos cuadras del hotel. Nos vemos allí en una hora.

–O.K. Tengo miedo, Benny.

–Todo está bien, querida. Me muero de ganas de verte.

Benny no estaba en el bar cuando ella llegó. Esperó una hora antes de entrar en pánico y salir corriendo hacia el hotel. Él no llamó y ella no durmió.

A la mañana siguiente recogió los periódicos matinales en el lobby del hotel y los leyó mientras bebía café en el comedor. Al poco rato encontró en las paginas interiores del *Daily Mail* una nota de dos párrafos sobre la captura de un fugitivo norteamericano de nombre Benjamin Aricia.

Empacó las maletas y reservó un vuelo para Suecia.

CUARENTA Y UNO

El juez Karl Huskey le hablaba en susurros a su colega, el juez Henry Trussel, y concluyeron que al asunto Lanigan habría que otorgarle precedencia hasta darlo por concluido. Flotaban por toda la comunidad legal de Biloxi rumores de que iban a llegar a un arreglo, rumores a los que se les armaba una cacería y que eran luego, a su vez, reemplazados por otros rumores sobre la pobre compañía de Bogan. En realidad, no se hablaba de nada más en el tribunal.

Trussel empezó el día llamando a T. L. Parrish y a Sandy Mac-Dermott para que lo pusieran rápidamente al tanto de la situación, lo que acabó por exigir varias horas. Patrick participó en la discusión en tres ocasiones, mediante el uso del celular del doctor Hayani. Los dos, paciente y médico, jugaban ajedrez en la cafetería del hospital.

—No creo que esté hecho para la cárcel —murmuró Trussel después de la segunda llamada a Patrick. Estaba visible y verbalmente en contra de dejar salir a Patrick con tanta facilidad del aprieto, pero condenarlo era más que improbable. Con un registro de sumarios de procedimiento compuesto por narcotraficantes y violadores de niños, no iba a perder el tiempo en un mutilador de cadáveres de alto perfil. Toda la evidencia era circunstancial, y dada la reputación actual que Patrick tenía de ser un planeador meticuloso, Trussel dudaba que lo pudiera condenar.

Elaboraron los términos de la declaración de acuerdo. El papeleo comenzó mediante una moción conjunta para reducir los cargos contra Patrick. Luego se preparó una orden, aceptada por ambos, de sustituirlos por cargos nuevos, seguida por otra orden, también acordada, en la que se acogía la declaración de culpabilidad. En el curso de la primera reunión, Trussel habló por teléfono con el sheriff Sweeney, con Maurice Mast, Joshua Cutter y Hamilton Jaynes, en Washington. También conversó dos veces con Karl Huskey, que estaba enseguida, por si acaso.

Los dos jueces, junto con Parrish, estaban sometidos cada cuatro años a una posible revocatoria de su cargo por parte de los electores en la votación general. Trussel nunca había tenido un opositor y se consideraba políticamente inmune. Huskey estaba a punto de renunciar. Parrish era sensible, aunque, como buen político, presentara la fachada tradicional del que toma decisiones sin importarle la reacción pública. Los tres llevaban mucho tiempo haciendo política, y cada uno había aprendido una lección básica: cuando se trata de una acción que puede resultar impopular, hay que ejecutarla con rapidez. El mal paso hacerlo breve. La vacilación permite que el mal se encone. La prensa lo agarra, crea una controversia antes de la acción y luego le echa gasolina al fuego.

El asunto de Clovis era simple, tal como lo explicaba Patrick. Él daría el nombre de la víctima junto con la autorización de la familia de desenterrar el ataúd, abrirlo y mirar adentro. Si estaba realmente vacío, se concretaría la confesión de culpabilidad. Si por casualidad el ataúd se encontraba ocupado, el acuerdo se rompería y Patrick seguiría enfrentando el cargo de asesinato punible con pena capital. Patrick mostraba una inmensa seguridad cuando hablaba de la víctima, y todos estaban convencidos de que la tumba estaría vacía.

Sandy se dirigió al hospital, donde encontró a su cliente acostado, rodeado de enfermeras y en manos del doctor Hayani que estaba dedicado a lavarle y vendarle las quemaduras. Sandy le dijo que era urgente, y Patrick se disculpó y les pidió a todos que se marcharan. Cuando estuvieron a solas, repasaron todas las mociones y órdenes, leyeron cada una de las palabras en voz alta y Patrick firmó su aprobación.

Sandy advirtió una caja de cartón sobre el piso cerca del escritorio temporal de Patrick. En ella estaban algunos de los libros que él le había prestado a su cliente. El cliente ya estaba empacando.

El almuerzo fue un sándwich rápido en la suite del hotel, que Sandy se comió de pie mientras observaba, por encima del hombro, a una secretaria que volvía a digitar un documento. Los dos paralegales y una segunda secretaria habían regresado a la oficina de Nueva Orleans.

El teléfono repicó y Sandy lo agarró. Quien llamaba se identificó como Jack Stephano, de Washington. Quizás Sandy había oído hablar de él. Sí, claro, había oído hablar de él. Stephano se encontraba en el vestíbulo, en el primer piso, y quería conversar con él unos minutos. No había problema. Trussel les había pedido a los abogados que regresaran hacia las dos.

Se sentaron en la pequeña biblioteca y se miraron el uno al otro por encima de la atestada mesa de café.

—Estoy aquí por pura curiosidad —dijo Stephano, pero Sandy no le creyó.

—¿Por qué no empieza más bien por pedir disculpas? —dijo Sandy.

—Sí, tiene razón. A mis hombres se les fue la mano y, bueno, no debieron haber sido tan duros con su hombre.

—¿Esa es su idea de unas disculpas?

—Lo siento. Hicimos mal.

Lo dicho carecía de sinceridad.

—Se lo comunicaré a mi cliente. Estoy seguro de que va a ser muy importante para él.

—Sí, bien... yendo al grano, yo, pues ya no tengo velas en este entierro. Mi esposa y yo nos vamos a la Florida de vacaciones y quise desviarme un poco de la ruta. No me demoro sino un minuto.

—¿Capturaron a Aricia? —preguntó Sandy.

—Sí. Hace apenas unas horas. En Londres.

—Bien.

—Yo ya no lo represento, y no tengo nada que ver con el asunto de Platt & Rockland. Me contrataron cuando el dinero desapareció. Mi oficio era encontrarlo. Lo intenté, me pagaron y cerré el caso.

—Entonces, ¿a qué viene esta visita?

—Tengo una gran curiosidad por saber algo. Nosotros encontramos a Lanigan en Brasil porque alguien lo sopló. Alguien que lo conocía muy bien. Hace dos años nos buscó una firma de Atlanta, el grupo Plutón. Tenían un cliente en Europa que sabía algo sobre Lanigan, y que deseaba dinero. Resultó que sí teníamos un poco en ese momento y de ahí surgió una relación. El cliente nos ofrecía una pista, aceptábamos pagar una recompensa, el dinero cambiaba de manos. El cliente siempre fue preciso. Esa persona sabía muchísimo acerca de Lanigan. Sus movimientos, sus hábitos, sus alias. Se trataba de un montaje. Había un cerebro detrás. Sabíamos lo que vendría y francamente estábamos muy ansiosos. Al fin, soltaron la grande. Por un millón de dólares el cliente nos iba a contar dónde residía. Nos entregaron una serie de fotos muy buenas de Lanigan; una de ellas lavando el auto, un Volskwagen escarabajo. Pagamos el dinero. Atrapamos a Lanigan.

—¿Y quién era el cliente? —preguntó Sandy.

—Esa es mi pregunta. Debe ser la muchacha, ¿no?

La reacción de Sandy no fue inmediata. Gruñó, como si fuera a reír, pero no estaba nada divertido. Poco a poco comenzó a recordar la historia de que ella había empleado a Plutón para vigilar a Stephano que, claro, estaba buscando a Patrick.

—¿Dónde se encuentra ella ahora? —preguntó Stephano.

—No lo sé —dijo Sandy. Estaba en Londres, pero la verdad es que no era asunto suyo.

—Le pagamos un total de un millón ciento cincuenta mil dólares a este misterioso cliente —o clienta— y él —o ella— cantó. Exactamente igual que Judas.

—Se acabó. ¿Qué quiere de mí?

—Como le dije, siento curiosidad. Si un día de estos llega a saber la verdad, le agradecería que me llamara. No tengo nada que ganar o perder, pero no voy a descansar hasta saber si ella se llevó nuestro dinero.

Sandy hizo una vaga promesa de llamarlo algún día si se enteraba de la verdad, y Stephano se marchó.

A la hora del almuerzo le llegó al sheriff Raymond Sweeney el rumor de que se había hecho un trato, y no le gustó nada. Llamó a Parrish y a Trussel, pero ambos se encontraban demasiado ocupados y no podían hablar con él. Cutter había salido de la oficina.

Sweeney se dirigió al tribunal para que lo vieran. Se estacionó en el corredor, junto a las oficinas de los jueces, a fin de que, si finiquitaban algún trato, él pudiera estar en el medio de alguna manera. Conversó en secreto con los alguaciles y los agentes. Algo venía en camino.

Los abogados aparecieron alrededor de las dos, con los labios cerrados y las caras largas. Se reunieron en la oficina de Trussel, a puerta cerrada. Pasados diez minutos, Sweeney golpeó la puerta. Interrumpió la reunión con la exigencia de saber qué estaba sucediendo con su prisionero. El juez Trussel le explicó con calma que pronto habría una confesión de culpabilidad, como resultado de una negociación que, a su manera de ver y a la de todos los presentes, era lo que más le convenía a la justicia.

Sweeney tenía su propia opinión, que procedió a compartir:

—Quedamos como unos tontos. La gente está furibunda. Se

captura a un rufián rico y en un santiamén compra su salida de la cárcel. ¿Qué somos? ¿Una manada de payasos?

—¿Qué sugieres, Raymond? —preguntó Parrish.

—Me alegra que lo preguntes. Como primera medida, yo lo metería a la cárcel del condado y lo dejaría ahí un rato, como a cualquier preso. Luego, lo enjuiciaría con el máximo rigor.

—¿Por cuál crimen?

—Él se robó ese maldito dinero, ¿no? Quemó ese cadáver. Que pague diez años en Parchman. Eso es justicia.

—El dinero no se lo robó aquí —dijo Trussel—. No tenemos jurisdicción. Era un asunto federal, y los federales ya retiraron los cargos.

Sandy estaba en una esquina, con los ojos fijos en un documento.

—Entonces alguien se tiró todo, ¿no?

—No fuimos nosotros —dijo Parrish rápidamente.

—¡Qué maravilla! Vaya véndale eso a la gente que lo eligió. Culpe a los federales, porque ellos no tienen que buscar que los elijan. ¿Y qué pasó con la confesión de que había quemado un cadáver? ¿Puede salir libre después de eso?

—¿Piensas que hay que perseguirlo por ese delito? —preguntó Trussel.

—Claro que sí, obviamente.

—Bien. Entonces, ¿como crees que debemos planear el caso? —preguntó Parrish.

—Tú eres el fiscal. Ese es asunto tuyo.

—Sí, pero tú, que pareces saberlo todo, dime, ¿cómo lo plancarías?

—Él reconoció haberlo hecho, ¿no?

—¿Y crees que Patrick Lanigan va a aceptar sentarse en el banquillo, en su propio juicio, y confesarle al jurado que quemó un cadáver? ¿Esa es tu idea de la estrategia del juicio?

—No lo va a hacer —dijo Sandy tratando de ayudar.

A Sweeney se le enrojecieron el cuello y las mejillas, y se puso a gesticular como un loco con los brazos en todas las direcciones. Miró a Parrish y luego a Sandy. Y cuando se dio cuenta de que esos abogados tenían todas la respuestas, se forzó a serenarse.

—¿Cuándo va a llevarse a cabo? —preguntó.

—En las últimas horas de la tarde de hoy —dijo Trussel.

Eso tampoco le gustó a Sweeney. Se metió las manos hasta el fondo de los bolsillos y caminó hacia la puerta.

—Ustedes los abogados se guardan la espalda unos a otros —dijo lo bastante recio para que todo el mundo escuchara.

—Somos una gran familia feliz —comentó Parrish con fuerte sarcasmo.

Sweeney cerró la puerta de un golpe y salió rezongando por el pasillo. Se alejó del juzgado en su automóvil oficial sin insignia. Por el radioteléfono llamó a su informante personal, un reportero del diario *La Costa*.

Puesto que la familia, según el arreglo, les había dado un poder amplio, lo mismo que había hecho Patrick en calidad de albacea, la excavación de la tumba fue un asunto sencillo. El juez Trussel, Parrish y Sandy no dejaron de darse cuenta de la ironía de que Patrick, el único amigo de Clovis, firmara una declaración en la que concedía permiso para abrir el ataúd a fin de que a él mismo no lo condenaran por habérselo robado. Cada decisión parecía estar cargada de ironía.

No tenía nada que ver con una exhumación, procedimiento que requería una orden judicial, luego una moción apropiada y algunas veces hasta una audiencia. Se trataba sólo de una inspección rápida, proceso desconocido en el código de Mississippi, por lo que el juez Trussel obró en forma muy laxa. ¿A quién se iba a hacer daño? En ningún caso a la familia. Tampoco al ataúd: era evidente que de todos modos prestaba poco servicio.

Rolland aún tenía la funeraria en Wiggins. Recordaba muy bien al señor Clovis Goodman y a su abogado, y el pequeño velorio en el campo, en la casa del difunto, donde no apareció nadie más que el abogado. Sí. Lo recordaba bien, le dijo al juez por teléfono. Sí, había leído algo acerca de Lanigan y, no, no los había relacionado.

El juez Trussel le hizo un resumen rápido, que pronto mostró la relación de Clovis con el asunto. No, no había abierto el ataúd después de la velación, no había tenido necesidad, nunca lo hacía. Mientras el juez hablaba, Parrish enviaba a Rolland, por fax, copias de los consentimientos firmados por Deena Postell y por Patrick Lanigan, el albacea.

De pronto, Rolland tenía muchas ganas de ayudar. Nunca antes le habían robado un cadáver pues la gente de Wiggins no hacía esas cosas y, pues sí, podía hacer que se abriera la tumba en menos de lo que canta un gallo. También era el dueño del cementerio.

El juez Trussel mandó a su dependiente con dos agentes al cementerio. Bajo la bonita lápida que rezaba "CLOVIS F. GOODMAN, enero 23 de 1907 – febrero 6 de 1992. Camino a la gloria", una retroexcavadora iba rompiendo la tierra margosa, mientras Rolland daba instrucciones y esperaba su turno, con una pala. Tardaron menos de quince minutos en llegar al ataúd. Rolland y un ayudante se pararon sobre la tumba y acabaron de sacar la tierra con palas. La madera de álamo ya había comenzado a podrirse por los bordes. A horcajadas sobre el ataúd, con las manos llenas de tierra, Rolland metió la llave. Se puso a saltar y a hacer palanca hasta que la tapa traqueó y luego se abrió con dificultad.

Tal como todos lo sospechaban, el ataúd estaba vacío.

Salvo, claro, por los cuatro bloques de concreto.

La idea era hacerlo con el tribunal abierto, tal como lo requería la ley, pero esperar a que fueran casi la cinco, cuando se cerraba el edificio del tribunal y la mayoría de los empleados del condado se marchaban.

Que fuera a las cinco le pareció bien a todo el mundo, en especial al juez y al fiscal del distrito, que si bien estaban convencidos de que hacían lo correcto y adecuado, aun así estaban nerviosos. Sandy se había pasado el día haciendo fuerza para lograr que se tomara una decisión rápida una vez se llegara a un acuerdo en la declaración de culpabilidad y se hubiera destapado el ataúd. No había razón para esperar. Su cliente estaba preso, aunque esto en realidad no suscitaba mayor piedad. La corte debía cumplir ciertos plazos. La oportunidad era perfecta. ¿Qué se ganaba con esperar? Nada, había decidido por fin su señoría. Parrish no objetó. Tenía programados ocho juicios para las tres semanas siguientes, y salir de Lanigan era un alivio.

A las cinco le quedaba muy bien a la defensa. Con un poco de suerte, podrían entrar y salir del tribunal en menos de cinco minutos. Con otro poco de suerte, nadie los vería.

A las cinco le iba muy bien a Patrick. ¿acaso tenía algo más que hacer?

Se cambió y se puso un par de pantalones de dril que le quedaban holgados, y una camisa de algodón, blanca y larga. Se puso un par de zapatos de tenis nuevos marca Bass, sin medias, debido al tobillo lacerado. Abrazó a Hayani y le agradeció su amabilidad. Abrazó a las enfermeras, les dio las gracias a las auxiliares, y les prometió a todas que pronto vendría a visitarlas. Todo el mundo estaba seguro de que no lo haría.

Tras más de dos semanas como paciente y prisionero, Patrick abandonó el hospital con Sandy, y los escoltas armados que los seguían juiciosos.

CUARENTA Y DOS

Era evidente que las cinco era la hora perfecta para todos. No hubo un solo empleado del tribunal que se marchara a casa una vez se supo en cada rincón de cada oficina que esa tarde tendría lugar allí un proceso que sólo demoraría unos minutos.

Resulta que una secretaria de propiedad raíz de una importante sociedad de abogados estaba buscando un título de tierras en la oficina de registro de instrumentos públicos, cuando alcanzó a oír el último informe sobre Patrick. Corrió al teléfono y llamó a su oficina. Al cabo de pocos minutos, toda la comunidad legal de la Costa sabía que Lanigan estaba a punto de declararse culpable tras haber llegado a algún acuerdo raro, y que buscaba hacerlo en secreto, a las cinco de la tarde, en la sala principal del juzgado.

La idea de una audiencia clandestina para completar un acuerdo realizado entre bastidores, puso a trabajar los teléfonos como locos. Los abogados se llamaron unos a otros, llamaron a sus esposas, a los reporteros de cabecera, a los socios que no se encontraban en la ciudad. En menos de treinta minutos media ciudad sabía que Patrick estaba a punto de aparecer en una audiencia para cerrar un trato y, lo más probable, para salir libre.

La audiencia habría atraído menos atención de habérsele hecho propaganda en el periódico y por medio de carteleras. Pensaban hacerla rápida y secreta. Y envuelta en el misterio. Era el sistema legal en acción, dispuesto a proteger a uno de los suyos.

La gente se agrupó en corrillos a murmurar en voz baja, a mirarse los unos a los otros y a cuidar sus asientos. La muchedumbre creció, con lo que el rumor se volvió más plausible. Tanta gente no podía estar equivocada. Y apenas llegaron los reporteros, los rumores quedaron confirmados.

—Aquí llega —dijo alguien, un dependiente judicial que se hallaba cerca del estrado, y los curiosos comenzaron a buscar asientos.

Patrick les prodigó una sonrisa a los dos camarógrafos que corrieron a saludarlo por la puerta trasera. Lo condujeron hasta el mismo cuarto de deliberación del segundo piso, donde le quitaron las esposas. A los pantalones les sobraban unos centímetros de largo, de modo que se los enrolló metódicamente y les hizo un doblez. Karl entró y les pidió a los agentes que esperaran en el corredor.

—Vaya si logramos tener una audiencia pequeña, sin alborotos —dijo Patrick.

—Aquí es difícil mantener secretos. Bonita ropa.

—Gracias.

—Un reportero conocido, del periódico de Jackson, me pidió que te preguntara...

—De ninguna manera. Ni una palabra a nadie.

—Es lo que imaginaba. ¿Cuándo te vas?

—No lo sé. Pronto.

—¿Dónde está tu amiga?

—En Europa.

—Puedo irme contigo.

—¿Para qué?

—Sólo para ver.

—Te enviaré un video.

—Vaya, gracias.

—¿De veras te marcharías? ¿Si tuvieras la posibilidad de escapar, de perderte ya mismo, lo harías?

—¿Con o sin noventa millones?

—De cualquier manera.

—Claro que no. No es lo mismo. Yo amo a mi esposa y tú no amabas a la tuya. Tengo tres hijos maravillosos. Tu situación era diferente. No, yo no huiría. Pero no te culpo.

438 ◈ JOHN GRISHAM

—Todo el mundo quiere escapar, Karl. En algún momento de la vida, todo el mundo piensa en largarse. La vida siempre es mejor en una playa o en las montañas. Los problemas se pueden dejar atrás. Y eso es algo que tenemos metido muy adentro. Somos producto de inmigrantes que dejaron condiciones miserables y vinieron aquí en busca de una vida mejor. Y siguieron hacia el oeste, empacando y marchándose, siempre en busca de una mina de oro. Ahora, ya no hay lugar a dónde ir.

—Ah. Yo no lo había pensado desde una perspectiva histórica.

—Es una condena.

—Ojalá mis padres hubieran estafado a alguien en noventa millones de dólares antes de salir de Polonia.

—Yo los devolví.

—Dicen que debe haber quedado un nidito lleno de huevos.

—Uno de tantos rumores infundados.

—¿De modo que, según tu opinión, la próxima onda consistirá en empacarse el dinero de los clientes, quemar cadáveres y huir a Suramérica donde, claro, abundan las mujeres hermosas dispuestas a dejarse acariciar?

—Hasta ahora ha funcionado bien.

—Pobres brasileños. Todos los abogados de mala calaña tirando para allá.

Sandy entró en la habitación con otra hoja de papel para pedir una firma más.

—Trussel está de lo más nervioso —le dijo a Karl—. La presión lo tiene afectado. El teléfono se va a reventar de tanto repicar.

—¿Y Parrish qué?

—Nervioso como puta en iglesia.

—Acabemos con esto antes de que se arrepientan —dijo Patrick mientras firmaba.

Un alguacil se paró junto a la barandilla y anunció que la sesión estaba a punto de comenzar, de modo que por favor tomaran asiento. La gente hizo silencio y corrió hacia los lugares vacíos. Otro alguacil cerró las puertas dobles. Las paredes quedaron enchapadas de espectadores. Todos y cada uno de los dependientes judiciales tenían algo que hacer cerca del estrado. Eran casi las cinco y media.

El juez Trussel entró con su rígida dignidad de costumbre, y todo el mundo se puso de pie. Dio la bienvenida y agradeció el interés por la justicia, especialmente a esas horas tan avanzadas del día. Habían decidido con el fiscal del distrito que una audiencia rápida daría la impresión de que había gato encerrado, de manera que iban a proceder con lentitud. Incluso habían analizado la posibilidad de posponerla, pero resolvieron que una demora haría que la gente creyera que los habían pillado tratando de hacer pasar alguna cosa ilegal.

Trajeron a Patrick, que pasó frente al puesto de los jurados y se detuvo cerca de Sandy, frente al estrado. No miró a su público. Parrish estaba de pie, cerca, deseando entrar en acción. El juez Trussel hojeaba el archivo, revisando cada palabra de cada página.

—Señor Lanigan —dijo por fin, con voz profunda y lenta. Durante los treinta minutos siguientes todo se diría en cámara lenta—. Usted ha presentado varias mociones.

—Sí, Su Señoría —respondió Sandy—. La primera es para cambiar el cargo de asesinato punible con pena capital por el de mutilación de un cadáver.

Las palabras resonaron en el silencioso salón. ¿Mutilación de un cadáver?

—Señor Parrish —llamó su señoría. Se había acordado que Parrish haría la mayor parte de la exposición. Le tocaba entonces llevar la carga de explicárselo todo a la corte para que quedara en el acta y, lo más importante, a la prensa y los ciudadanos que lo escuchaban.

Se desempeñó de maravillas, haciendo un detallado recuento de los desarrollos recientes. No se trataba ya de un asesinato, sino de algo mucho menor. El estado no se oponía a la reducción de cargos, porque ya no creía que el señor Lanigan hubiese matado a alguien. Caminaba por todo el salón, al mejor estilo de Perry Mason, sin las ataduras de las reglas de etiqueta y los procedimientos de rigor. Era capaz de manejar la información para todos lados.

—Acto seguido tenemos una moción del acusado para que esta corte acepte su declaración de culpabilidad por el cargo de mutilación de un cadáver. ¿Señor Parrish?

El segundo acto fue similar al primero, y Parrish relató la historia de Clovis, el pobre viejito. Patrick podía sentir las miradas airadas mientras Parrish se deleitaba con todos los detalles que Sandy les había proporcionado. "¡Al menos no maté a nadie!", quería gritar Patrick.

—¿Cómo se declara usted, señor Lanigan? —preguntó su señoría.

—Culpable —dijo Patrick con firmeza, pero sin orgullo.

—¿Recomienda el estado alguna sentencia? —le preguntó el juez al fiscal.

Parrish se dirigió hacia su mesa, rebuscó entre sus notas, regresó al estrado, y mientras lo hacía, dijo:

—Sí, Su Señoría. Tengo una carta de una señorita Deena Postell, de Meridian, Mississippi. Es la única nieta que le sobrevive a Clovis Goodman —y procedió a entregarle una copia a Trussel, como si fuera algo completamente nuevo.

—En su carta, la señorita Postell le ruega a esta corte no acusar al señor Lanigan por haber quemado el cadáver de su abuelo. Lleva cerca de cuatro años de muerto, y la familia no puede tolerar más sufrimientos y tribulaciones. Al parecer, la señorita Postell era muy cercana a su abuelo, y su muerte fue un duro golpe para ella.

Patrick le clavó la mirada a Sandy. Y este permaneció como si nada.

—¿Habló con ella? —preguntó el juez.

—Sí, hace una hora. Se puso muy emotiva por el teléfono y me suplicó que no reabriera este triste caso. Juró que no testificaría en ningún juicio ni cooperaría con la fiscalía de ninguna manera.

Parrish se volvió a acercar a la mesa y volvió a rebuscar entre sus papeles. Le habló al juez, pero dirigiéndose al tribunal.

—Teniendo en cuenta los sentimientos de la familia, el estado recomienda sentenciar al acusado a pagar doce meses de cárcel, excarcelarlo por buen comportamiento, obligarlo a pagar una multa de cinco mil dólares y todas las costas del juicio, y dejarlo en libertad condicional.

—Señor Lanigan, ¿está usted de acuerdo con esta sentencia? —preguntó Trussel.

—Sí su señoría —dijo Patrick, casi incapaz de alzar la cabeza.

—Cúmplase. ¿Algo más? —Trussel alzó el mazo y esperó. Ambos abogados indicaron con la cabeza que no había nada más.

—Se levanta la sesión —dijo, dando un golpe recio.

Patrick dio la vuelta y salió presuroso del tribunal. Una vez más se había marchado, volviéndose a esfumar ante los propios ojos de los asistentes.

Esperó una hora con Sandy en la oficina de Huskey a que acabara de oscurecer y a que los últimos rezagados del tribunal se rindieran a regañadientes y se marcharan. Patrick estaba desesperado por irse.

A las siete le dio un largo y cariñoso adiós a Karl. Le agradeció su compañía, su apoyo, todo, y le prometió mantenerse en contacto. Ya de salida, aprovechó para volverle a agradecer que hubiera ayudado a cargar su ataúd.

—Siempre a la orden —dijo Karl—. Siempre a la orden.

◇

Salieron de Biloxi en el Lexus de Sandy, con Sandy al volante. Patrick iba recostado en el asiento de al lado, sin ánimos, mirando por última vez las luces que bordeaban el Golfo. Pasaron por los casinos de la playa de Biloxi y de Gulf Port, por el muelle de Pass Christian, y luego las luces se esparcieron al cruzar la bahía de St. Louis.

Sandy le dio el número telefónico y Patrick llamó al hotel de Eva. Aunque en Londres eran las tres de la mañana, ella levantó el auricular como si hubiera estado pendiente.

—Eva, soy yo —dijo sin contenerse. Sandy casi detiene el automóvil para apearse mientras Patrick hablaba. Trató de no escuchar.

—Estamos saliendo de Biloxi y vamos camino de Nueva Orleans. Ya me encuentro bien. Nunca me he sentido mejor. ¿Y tú?

Escuchó un rato largo, con los ojos cerrados y la cabeza recostada.

—¿Qué día es hoy?

—Viernes, noviembre 6 —dijo Sandy.

—Nos encontramos en Aix, en Villa Gallici, el domingo. Bueno. Sí. Estoy bien, mi amor, te amo. Vuelve a dormir y te llamo en unas horas.

Cruzaron Louisiana en silencio y en el algún punto sobre el lago Ponchartrain Sandy dijo:

—Esta tarde tuve una visita interesante.

—¿De veras? ¿De quién?

—Jack Stephano.

—¿Aquí en Biloxi?

—Sí. Me fue a buscar al hotel, dijo que había terminado con el caso de Aricia y que iba camino de la Florida para tomar unas vacaciones.

—¿Por qué no lo mataste?

—Se disculpó. Dijo que los muchachos se habían extralimitado un poco cuando te apresaron, y que te pasara sus disculpas.

—Qué tipo. Estoy seguro de que no se desvió de su camino sólo para disculparse.

—No, claro. Me contó sobre el quintacolumnista de Brasil, sobre el grupo Plutón y las recompensas, y me preguntó de frente si la joven, Eva, era tu Judas. Yo le dije que no tenía ni idea.

—¿Por qué le interesa?

—Buena pregunta. Dijo que estaba muerto de la curiosidad. Pagó un millón de dólares en recompensas, consiguió a su hombre pero no el dinero, y dijo que no sería capaz de dormir hasta saberlo. Y no sé por qué, pero le creí.

—Suena lógico.

—Él ya no tiene velas en este entierro, o algo así. Son sus palabras, no las mías.

Patrick montó el tobillo izquierdo sobre la rodilla derecha y se tocó la laceración con cuidado.

—¿Qué aspecto tiene? —preguntó.

—Es un hombre de cincuenta y cinco años, muy italiano, con un cabello canoso muy bien peinado y ojos negros. Un tipo bien parecido. ¿Por qué preguntas?

—Porque lo he visto en todas partes. En los tres últimos años, la mitad de los desconocidos que veía en las selvas del Brasil eran Jack Stephano. En sueños me han perseguido mil hombres, todos los cuales resultaron ser Jack Stephano. Ese hombre se ha escondido en callejones, se ha agazapado detrás de los árboles, me ha perseguido a pie, por la noche, en São Paulo, se me ha pegado detrás en motocicleta, y me ha perseguido en auto. He pensado más en Stephano que en mi propia madre.

—La caza se acabó.

—Al fin me cansé de ella, Sandy, me rendí. La vida de fugitivo es una aventura muy emocionante y romántica, hasta que adviertes que hay alguien detrás de ti. Mientras duermes, alguien trata de encontrarte. Mientras cenas con una maravillosa mujer en una ciudad de diez millones de habitantes, alguien golpea puertas, les muestra en secreto tu foto a los empleados, les ofrece pequeños sobornos en busca de información. Robé demasiado dinero, Sandy. Tenían que perseguirme, y cuando me di cuenta de que ya se encontraban en Brasil, sabía que el final estaba cerca.

—¿Qué quieres decir con eso de que te rendiste?

Patrick respiró con dificultad y cambió de posición. Se asomó por su ventanilla para ver el agua, mientras trataba de organizar sus pensamientos.

—Me rendí, Sandy. Me cansé de correr y me entregué.

—Sí, ya me contaste eso.

—Sabía que me iban a encontrar, de modo que decidí hacerlo en mis propios términos, no en los suyos.

—Escucho.

—Las recompensas fueron idea mía, Sandy. Eva iba a volar a Madrid, luego a Atlanta donde se iba a reunir con los muchachos de Plutón. A ellos les pagaron para hacer contacto con Stephano y manejar el flujo de información y dinero. Le ordeñamos el dinero a Stephano, y por último lo condujimos hasta mí, a mi casita en Porta Porã.

Sandy volvió la cara, poco a poco, con el rostro lívido, la boca abierta y torcida hacia un lado, los ojos vacíos.

—Fíjate hacia dónde vas —dijo Patrick, señalando hacia el camino. Sandy viró el timón con brusquedad y volvió a encarrilar el automóvil.

—No puede ser —dijo sin mover los labios—. No te creo.

—Es cierto. Le sacamos un millón ciento cincuenta mil dólares a Stephano, y ahora están escondidos, probablemente en Suiza, con los demás.

—¿Tú no sabes dónde están?

—Ella los está cuidando. Lo sabré cuando la vea.

Sandy estaba demasiado sorprendido para seguir hablando. Patrick decidió ayudar.

—Yo sabía que me iban a agarrar, y sabía que iban a tratar de hacerme hablar. Pero no tenía idea de que iba a suceder esto —señaló la laceración del tobillo izquierdo—. Pensé que las cosas iban a ponerse feas, pero no que me iban a dejar medio muerto, maldita sea, Sandy. Finalmente me quebraron y les conté de Eva. Para ese entonces ella se había ido, lo mismo que el dinero.

—Te podrían haber matado fácilmente —logró decir Sandy. Conducía con la mano derecha y se rascaba la cabeza con la izquierda.

—Es cierto, muy cierto, pero dos horas después de mi captura, ya el FBI, en Washington, sabía que Stephano me tenía. Eso fue lo que me salvó la vida. Stephano no podía matarme porque los federales lo sabían.

—Pero cómo...

—Eva llamó a Cutter, a Biloxi. Él llamó a Washington.

Sandy quería parar el auto, salir y gritar; recostarse sobre la baranda del puente y dejar fluir una cadena sinfín de palabrotas subidas de color. Cuando ya por fin creía conocer todas las claves del pasado de Patrick, esto último cayó sobre él con estrépito.

—Fuiste un tonto dejándolos agarrarte.

—Conque eso crees, ¿verdad? ¿No acabo, pues, de salir del tribunal como hombre libre? ¿No acabo de hablar con la mujer a la que amo con todo mi corazón y que me está guardando con una pequeña fortuna? El pasado por fin se fue, Sandy. ¿No lo ves? No hay nadie buscándome ya.

—¡Cuántas cosas pudieron haber salido mal!

—Sí, pero no pasó nada. Yo tenía el dinero, las cintas, la coartada de Clovis. Y cuatro años para planearlo todo.

—La tortura no fue planeada.

–No, pero las cicatrices se borrarán. No me arruines el momento, Sandy. Estoy en las buenas.

Sandy lo dejó en la casa de su madre, la de su niñez, donde había un ponqué en el horno. La señora Lanigan le pidió que se quedara, pero él sabía que ellos necesitaban estar solos. Además, llevaba cuatro días sin ver a su esposa y a sus hijos. Sandy se alejó, con la cabeza dándole aún vueltas.

CUARENTA Y TRES

Se despertó después del amanecer, en una cama en la que no había dormido desde hacía casi veinte años, en un cuarto que no había visto desde hacía casi diez. Los años estaban distantes, en otra vida. Las paredes parecían más cerca ahora, el techo más bajo. Con el pasar de los años habían retirado sus pertenencias: los recuerdos de muchacho, las banderolas del equipo de los Santos, los afiches de modelos rubias en vestido de baño ceñido.

Como producto de dos personas que rara vez se hablaban, el cuarto había sido su santuario. Desde mucho antes de ser adolescente mantenía la puerta cerrada. Sus padres sólo entraban cuando él se lo permitía.

En este momento, su madre cocinaba abajo. El olor de tocino invadía toda la casa. Aunque habían trasnochado, ella se había despertado temprano, loca de ganas de conversar. ¿Y quién podía culparla?

Patrick se estiró lenta y cuidadosamente. Las costras de las heridas se partían, y halaban. Si se estiraba demasiado se le resquebrajaba la piel y comenzaba a sangrar. Se tocó las heridas del pecho, desesperado por hurgárselas con las uñas y rascarse sin parar. Cruzó los pies y trenzó las manos detrás de la cabeza. Le dirigió al techo una sonrisa arrogante, porque su vida de fugitivo había terminado. Patrick y Danilo ya no existían, y las sombras que los perseguían habían sufrido una derrota aplastante. A Stephano y Aricia, a Bogan y compañía, a los federales y a Parrish, con su pequeña acusación insípida, los había vuelto pedazos. Ya no quedaba nadie en posición de cazarlo.

La luz del sol entró por la ventana, y las paredes se acercaron un poco. Se duchó a la carrera, se untó crema en las heridas y se puso una gasa nueva.

Le había prometido a su madre darle más nietos, un nuevo montón de nietos que ocuparan el lugar de Ashley Nicole, una niña a quien todavía anhelaba volver a ver. Le habló muy bien de Eva, y prometió traerla a Nueva Orleans en un futuro cercano. Aunque no habían decidido casarse, tarde o temprano lo harían.

Comieron waffles con tocino y café en el patio, mientras las viejas calles cobraban vida. Antes de que los vecinos comenzaran a pasar por la casa a felicitarla por la buena noticia, salieron a dar un largo paseo. Patrick quería ver su ciudad al menos otra vez, aunque fuera brevemente.

A las nueve, su madre lo acompañó a pie a Robilio Brothers, un almacén situado en la calle Canal, donde se compró varios pantalones de dril nuevos, algunas camisas y una preciosa maleta de cuero. Comieron *beignets* en el café Du Monde en Decatur, y luego cenaron, ya tarde, en el café Bon Bon.

Estuvieron sentados una hora junto a la puerta de salida en el aeropuerto, con las manos entrelazadas y hablando poco. Cuando llamaron el vuelo, Patrick abrazó a su madre con fuerza y le prometió llamarla a diario. Ella quería conocer sus nuevos nietos, y que fuera pronto, dijo, esbozando una sonrisa triste.

Voló a Atlanta. Con un pasaporte legítimo a nombre de Patrick Lanigan que Eva le había entregado a Sandy, abordó el vuelo a Niza.

Hacía un mes había visto a Eva por última vez, en Río, durante un fin de semana en que no se separaron ni un instante. La persecución ya tocaba a su fin y Patrick lo sabía.

Se aferraban el uno al otro en sus paseos por las playas atiborradas de Ipanema y de Leblon, ajenos a las voces alegres que los rodeaban. Cenaban tarde, sin prisas, en sus restaurantes favoritos

—Antiquarius y Antonino´s—, pero no tenían mucho apetito para la comida. Cuando hablaban, las frases eran suaves y cortas. Las conversaciones largas solían terminar en lágrimas.

Hubo un momento en el que ella lo había convencido de volver a huir, juntos, mientras aún estaban a tiempo, de que se escondieran en un castillo escocés o en un apartamentico minúsculo en Roma, donde nadie los volviera a encontrar jamás. Pero el momento había pasado. Simplemente estaba cansado de huir.

Antes del anochecer, subieron por teleférico a la cima del Pan de Azúcar para mirar la puesta de sol sobre Río. La vista de la ciudad por la noche estaba espectacular, pero en sus circunstancias les era difícil apreciarla. Él la apretó con fuerza, helado por el viento, y le prometió que algún día, cuando todo hubiera pasado, vendrían a este mismo lugar a mirar el mismo atardecer y a hacer planes para el futuro. Ella trató de creerle.

Se despidieron en una esquina, cerca del apartamento. Él la besó en la frente, y se alejó a pie, entre la muchedumbre. La dejó llorando allí, porque era mejor así que con una escena lagrimosa en un aeropuerto congestionado. Él se marchó de la ciudad, rumbo al occidente. A medida que cambiaba de vuelos, los aviones y los aeropuertos se hacían más pequeños. Llegó a Ponta Porã ya entrada la noche, encontró su escarabajo estacionado donde lo había dejado, en el aeropuerto, y recorrió las calles apacibles hasta llegar a Tridentes, a su casa modesta, donde organizó sus cosas y comenzó su espera.

La llamaba todos los días entre las cuatro y las seis, una llamada codificada, con nombres diferentes.

Un día no la llamó.

Lo habían encontrado.

◈

El tren de Niza llegó a Aix puntual, unos minutos después del mediodía del domingo. Patrick se apeó en la plataforma y la buscó entre la multitud. En realidad, no esperaba verla allí. Sólo guardaba la esperanza, y casi rezaba para que estuviera. Cargó su maleta nueva, llena de ropa sin estrenar, hasta que encontró un taxi que lo llevara hasta la Villa Gallici, en las afueras de la ciudad.

Ella había reservado una habitación a nombre de los dos: Eva Miranda y Patrick Lanigan. Qué agradable dejar los problemas atrás, viajar como personas reales, sin la espada de Damocles de nombres y pasaportes falsos. Ella todavía no se había registrado, le informó el dependiente, eso lo afligió. Había soñado con encontrarla en el cuarto, adornada con ropa interior suave, lista para la intimidad. Casi la palpaba.

—¿Cuándo hizo la reservación? —le preguntó al dependiente, irritado.

—Ayer. Llamó de Londres y dijo que llegaría esta mañana. No la hemos visto.

Entró en el cuarto y se duchó. Desempacó y ordenó té y pasteles. Se durmió, soñando en que la oía tocar a la puerta, y la halaba hacia el cuarto.

Le dejó un mensaje en el mostrador de la recepción, y salió a dar un paseo por la hermosa ciudad renacentista. El aire estaba helado y claro. La Provence a comienzos de noviembre era hermosa. Tal vez vivirían ahí. Empezó a mirar los apartamentos primorosos sobre las angostas calles antiguas y pensó que era un lugar excelente para vivir. Se trataba de una ciudad universitaria, donde se reverenciaban las artes. El francés de Eva era muy bueno, y él quería aprenderlo bien. Sí, francés sería su próximo idioma. Permanecerían allí una semana o más, y luego volverían a Río por un tiempo, pero tal vez no se quedarían a vivir allí. Pletórico de libertad, Patrick quería vivir en muchas partes, empaparse de las diferentes culturas, aprender distintos idiomas.

Un grupo de jóvenes agresivos, misioneros mormones, lo abordaron, pero se los sacudió y siguió caminando por el Cours Mirabeau. Tomó un expreso en el mismo café al aire libre donde se habían cogido las manos y habían mirado a los estudiantes hacía un año.

Se negaba a entrar en pánico. Seguro había habido una falla en alguna conexión. Se hizo el propósito de no volver hasta que fuera de noche, y llegado el momento, lo hizo con el paso más lento posible.

No se encontraba allí, ni había siquiera un mensaje; nada. Llamó al hotel de Londres, y le informaron que se había marchado ayer sábado, a media mañana.

Salió al jardín de la terraza, contiguo al comedor, y encontró una silla en un rincón, a la que le dio vuelta, de manera que pudiera observar el mostrador por una ventana. Ordenó dos cognacs dobles para combatir el frío. Podría verla cuando llegara.

Si hubiera perdido un vuelo, ya era hora de que hubiera llamado. Si la hubieran vuelto a detener en la aduana, ya lo habría sabido. Cualquier problema con el pasaporte, la visa o los pasajes, se habría reportado.

Nadie la estaba persiguiendo. A los bandidos, o los habían encerrado, o los habían comprado.

Más cognac sobre un estómago vacío, y antes de darse cuenta estaba ebrio. Se pasó a café fuerte, con el fin de no dormirse.

A media noche cerraron el bar, y Patrick subió a su habitación. Eran las ocho de la mañana en Río y sin muchas ganas llamó a su padre, a quien había visto dos veces. Ella lo había presentado como a un amigo y cliente canadiense. El pobre hombre ya estaría cansado de pasar sustos, pero a Patrick no le quedaba más alternativa. Dijo que se hallaba en Francia y debía discutir un asunto legal con su abogada brasileña. Se disculpó por molestarlo tan temprano en la casa, pero no había logrado localizarla. La necesitaba para un asunto importante, e incluso urgente. Paulo no quería hablar, pero su interlocutor parecía saber mucho sobre su hija.

Se encontraba en Londres, dijo Paulo. Había hablado con ella el sábado. No dijo nada más.

Patrick esperó dos angustiosas horas antes de despertar a Sandy.

—Eva desapareció —dijo, dominado ya completamente por el pánico. Sandy no había sabido nada de ella.

Descartó toda posibilidad de dormir. Fue al mostrador y convenció al dependiente de que preparara más café. Conversaron toda la noche.

◇

Patrick recorrió la calles de Aix durante dos días, caminando sin rumbo, durmiendo a horas diferentes, sin comer nada, bebiendo cognac y café fuerte, llamando a Sandy y asustando aún más al pobre Paulo con las repetidas llamadas. La ciudad perdió su aura romántica. Solo en su cuarto, lloró con el corazón roto. Y solo en las calles maldijo a la mujer a la que seguía amando con locura.

Los empleados del hotel lo veían ir y venir. Al principio estaba nervioso y les preguntaba si había mensajes para él, pero a medida que fueron pasando las horas y los días, casi ni los saludaba. No se afeitaba y parecía cansado. Estaba bebiendo demasiado.

Después del tercer día canceló la cuenta del hotel y dijo que regresaba a América. Le pidió a su dependiente favorito que guardara un sobre sellado en el escritorio, para el caso de que madame Miranda apareciera.

Viajó a Río. Por qué, no estaba seguro. Por mucho que amara a Río, este sería el último lugar donde podría verla a ella. Era demasiado lista para ir allí. Ella sabría ocultarse y desaparecer, cambiar de identidades, mover dinero de forma instantánea y gastarlo sin llamar la atención.

Había aprendido con un maestro. Patrick le había enseñado demasiado bien el arte de desaparecer. Nadie la podría encontrar, a menos, por supuesto, que así lo quisiera. Tuvo una reunión dolorosa con Paulo, en la que le contó toda la historia, sin omitir detalle alguno. El pobre hombre se desmoronó ante sus ojos, lloró y lo maldijo por haber corrompido a su preciosa hija. La reunión fue un acto de desesperación, y del todo infructuosa.

Se alojaba en hoteles pequeños cerca del apartamento de ella. Recorría las calles, mirando cada rostro una vez más, pero por razones diferentes. Ya no era la presa. Ahora era el cazador, y qué cazador más desesperado.

No veía su cara, porque le había enseñado a esconderla.

Se le acabó el dinero, y al fin sólo le quedó recurrir a Sandy y pedirle prestados cinco mil dólares. Sandy aceptó en seguida y hasta le ofreció más.

Al cabo de un mes se rindió, y cruzó el país hasta Ponta Porã.

Quizás vendería su casa y el automóvil, con lo que conseguiría unos treinta mil dólares. O tal vez no los vendería y conseguiría trabajo. Sería bueno vivir en ese país que amaba, en el pueblito que adoraba. De pronto podría trabajar como profesor de inglés, vivir en paz en la calle Tiradentes, de donde las sombras se habían marchado ya, pero donde los muchachos seguían jugando con balones de fútbol en las calles calientes.

¿A dónde más podría ir? Su viaje había terminado. Su pasado se había cerrado por fin.

No había duda de que algún día ella lo encontraría a él.

Colección *El Dorado*

Emmanuèle Bernheim
Su mujer

Didier Decoin
La mucama del Titanic

John Grisham
El jurado

John Le Carré
Nuestro juego

María Fornaguera
Victoria

Josef Skvorecky
El regraso del teniente Boruvka

Daniel Pennac
El hada carabina

Frances Sherwood
Mary

Austin Wright
Tony y Susan

Plinio Apuleyo Mendoza
Cinco días en la isla

Rosa Beltrán
Amores que matan

Aparecerán próximamente

Josef Skvorecky
Los pecados del padre Knox

John Lescroart
El jurado Nº 13

Daniel Pennac
Señor Malaussène